新 潮 文 庫

わたしの名前を消さないで

ジャクリーン・バブリッツ
宮 脇 裕 子 訳

新 潮 社 版

11843

あちらにいる父へ

帰郷したいという欲望は、全体性を獲得したいという欲望である。自分が今いる場所を知ること、すべての星をつなぐ線が交わる一点にいること、星座系の創造者になり、世界の中核になること。その中核を愛と呼ぶ。眠りから目覚めること、目覚めから小休止すること、動物を飼い慣らすこと、魂を熱狂させること、闇《やみ》に避難し、光とともに燃え上がること、話すのをやめ、完璧《かんぺき》な理解を得ること。

——レベッカ・ソルニット

ここでうまくやれたら、どこでもうまくいく

——映画『ニューヨーク・ニューヨーク』主題歌

わたしの名前を消さないで

主要登場人物

アリス・リー………………殺害されるウィスコンシン州出身の女性
ルビー・ジョーンズ………アリスの遺体発見者
ノア…………………………〃　住むアパートメントの家主
タミー………………………〃　親友
ジェイミー・ジャクソン…〃　高校時代の美術教師
アッシュ……………………ルビーの恋人
レニー・ラウ………………〈デス・クラブ〉創立者
ジョシュ……………………〈デス・クラブ〉のメンバー
スー…………………………〃
トム・マーティン…………金融業界の男

わたしのことはもうだいたいおわかりですよね。

こちらには亡《な》くなった女性がたくさんいます。そういう女性たちの物語は、遠目には同じように見えるでしょう。第三者がその人のことを語ると、どうしてもそうなります。死者が残した物を念入りに調べ、亡骸《なきがら》からその人の人格を作り上げる——生きている人にはそうすることしかできません。それは生前どんな人物であったかについて、第三者から見た印象なのです。

もし、わたしが自分の口で語ったなら……。わたしの身に何が起こったかをみなさんにお話しすることができたなら……。みなさんにわたしがどういう人間だったかを知ってもらえるかもしれません。わたしがどんな人間であるか、を。みなさんも、わたしについて本当のことを知りたいでしょうし、この先、亡くなった女性たち一人一人についても真実を知りたいでしょう。どのように死を迎えたかではなく、その人自身を知ってもらうチャンスです。
それが大切なことではないでしょうか。わたしたちがすべてを失ったあとでは。

I

わたしが命を落とすことになる街について、最初に理解したのは、この街が心臓のように脈打っているということだ。わたしをここまで運んできてくれたバスが縁石を離れかけ、足が舗道に着くか着かないかというときに、わたしはニューヨークの鼓動を感じた。ここかしこに人があふれ、そのリズムに合わせて早足で往来している。わたしはこれまで見たこともない広い通りのまん中に呆然《ぼうぜん》と立ち尽くし、この最初の瞬間に現実の世界のにおいや味を知る。わたしは兎《うさぎ》の巣穴に落ちた少女の名前をつけられてはいるが、このとき、自分が暗い巣穴をよじ登って外に出て、今までのゆがんだ人生に別れを告げたことを実感する。振り返ってみたなら、アメリカの小さな町にある、全方向一旦《いったん》停止の標識や星条旗が手を振っているのが見えるだろう。穴が開いたままの道路や、ほかには使い道がないような場所に建つ、窓もないコンビニエンス・ストアが目に留まるかもしれない。製氷機がガラスの引き戸の隣で錆《さ》びついていたり、埃《ほこり》の積もった棚に九ドルのアルコール飲料が並んでいるのを目にするだろう。さらに目を凝らせば、その包装フィルムにわたしの名前を見つけるかもしれない。賞味期限の切れたポテトチップや瓶入りサルサ（メキシコ料理のソース）のあいだに置いてある瓶だ。

、、、　、、

アリス・リー。

わたしはここにいる。以前、彼女はその町にいた。そのあと、自分の過去を置き去りにしてニューヨークへと飛び出した。

次に理解しているのは、兎の巣穴にもう一度落ちるわけにはいかないということ。たとえ、穴の底からジャクソン先生が現れ、繊細な手で手招きしたとしても。わたしは一人でやっていける、彼がいなくてもちゃんと生きていけることを証明しなくてはならない。詫《わ》びさえすればどんな男でも許してしまう母のようにはならない。母を反面教師として学んできた。突かれて痛い場所を男に知られたら、相手はそこを攻撃して女を変えようとする。いくら泣き叫んだとしても、男の攻撃がやむことはない。

二度と泣きをみるのはごめんだ。もうこりごり。

旅行鞄《りょこうかばん》の中に手を入れ、腰骨の前に回す。歩きながら、キャンバス地の底に隠れている、古いライカの黒い硬質ゴムを指先でなぞり、レンズをはめるときの溝に触れる。なぜ確かめずにはいられないのか自分でもわからない。ここまで来る旅のあいだ、カメラの重みと腿《もも》に当たる衝撃をずっと感じていた。セーターやソックスや下着に埋もれて、突然バッグの中で消えてしまうわけでもあるまいし……。だが、ともかくライカが無傷でそこにあることで自分を安心させる必要がある。わたしに残された物はこれだけなのだ。わたしが持ち出した唯一《ゆいいつ》の物であり、これがなくなったことにジャクソン先生がまもなく気がつくと思うと、溜飲《りゅういん》が下がる。わたしがいなくなったことはなんとも思わないにしても、このレンズを通してわたしを見られなくなったことだけは残念に思うだろう。

アリス、人間は誰でも大事な物を失うものだよ。

つい先日、彼がそう言ったのではなかったか。

一九九五年夏の終わりの輝かしい三週間、わたしの母はタイムズスクエアの電光掲示板に映し出された。わたしが生まれる数か月前。もし、古いロイ・ロジャーズ・レストランの店先に立ったなら、通りの向こう側の、ちょうど「ドナヒュー・トークショー」と「映画『ショーガール』近日公開」という広告のあいだに、母の美しい顔が巨大なビルの側面を飾っているのが見えたことだろう。その夏のことは、母から詳しく聞いて知っている。それまで父親に殴られつづけ、ついにニューヨークへと逃げてきた。まるで我慢できる魔法の数があり、母が十八歳になった年にその数を超えたとでもいうように。切れた唇からまだ血が止まらないうちに、わたしの祖父の財布からお金を盗み、ウィスコンシン州ベイフィールド郡から、母が思いつくかぎり一番遠い場所ニューヨークまでのバスの切符を買った。ニューヨークに着いた最初の晩、八番街の薄汚い食堂の奥まったテーブル席で、懸命に眠気と闘っていたとき、写真家としていくらか名の知れた男性と出会った。夜が明ける前に、その男は母を自分のアパートメントへ連れて行き、シャワーを浴びたあとの彼女が美人だとわかると、愛しているよ、とささやいた。もちろん、それは口先だけ、あるいはほんのいっとき恋心を抱いたのかもしれない。だが、母よりもハンプトンズにいる裕福な妻への愛情が勝り、結局、母を捨てた。彼が母の笑顔の写真を撮り、その写真が暑い時期の三週間、堂々とタイムズスクエアの一画を飾ったころ、母はすでに妊娠していた。

「あなたもいっしょにあそこにいたのよ、アリス」母はよくそう言った。「あそこにふさわしいというように、みんながわたしたちを見上げていたわ」

父が撮影したとき、その写真が示す本当の意味を母が告げていたのかどうか、わたしは知らない。そこには、これから生まれてくる子供も写っているのだということを。わたしが誕生することになった経緯についての詳しい話は、わたしが聞いたころにはぼんやりかすんでいた。

そんなことをわたしは思っている。タイムズスクエアの高い外壁に掲げられた母とわたしの写真。当時、わたしの存在は誰の目にも見えなかった。ちょうど、今夜、込み合ったレストランや縦になったり横になったりしているたくさんのネオンサイン、そのクロスワードパズルがこれまで目にしたこともないほどすてきなビルの壁面に描かれている通りを歩いていても、誰の目にも留まらないのと同じだ。あそこに名前が載るには、どんな人でなければならないの？　どんなことをしなければならないの？数週間後、わたしのことを話題にせずにはいられなくなったとき、この街の人々はまったく新しい名前をわたしにつける。誰も本名を知らないので、わたしはジェイン・ドウ（身元不明の女性に用いる仮名）と呼ばれる。一人の犠牲者として――。

しかし、今夜はまだすべての出発点にすぎない。わたしの名前はアリス・リー。暑苦しい長距離バスから降りて、大都会ニューヨークの七番街と呼ばれる大きな通りに足を踏み出したばかりだ。生きていて、周囲を警戒している。ダンボールや尿や金属の臭《にお》いがする空気を吸っている。それがこの街に降り立った最初の瞬間だ。物事が起こるには順番がある。みなさんには並べたパンくずをたどってもらう必要がある。今、この時点では、みなさんにもわたしといっしょに道に迷っていただきたい。中古のスマートフォンにあちこちの地図を表示させ、わたしの現在位置を示す青い点の点滅をたどっていく。このとき、線や丸はわたしにとってなんの意味も持たない。

さあ、島に着いた。周囲を水に囲まれ、なんとなくここのほうが呼吸しやすい。バッグ二つに現金六百ドル、それとスマートフォンに保存してある知らない人の住所一つを頼りに、混雑したバスターミナルで降ろされた。わたしは十八歳になったばかり。できないことは山ほどあるが、ニューヨークに来ることはできる。家出と言われたくはない。たしかに母と同じように、この年齢になるのを待ち望んでいたのだけれど。年月というのはそのようにおもしろいものだ。年を重ねるにつれていろいろなことへの許可が与えられる。十八歳になったとたん、性行為への同意を自ら判断できるとみなされる。午前零時からなのだろうか、それとも零時一分過ぎ、あるいは心の準備をさせるための何か別の計算方法があるのか。自ら同意の判断ができるようになるということは、それまでは同意していなかったことになるのだろうか。ジャクソン先生はそのように考えているようだ。

指先がカメラの金属部分やレンズの上をさまよっている。彼が所有していた物に触れるたびに、彼を思い出さずにはいられない。

わたしはこれまで彼の所有物だった。

今は自分以外の誰にも属してはいない。もう未成年者でも被後見人でもない。年齢にたった一日加わっただけで、頭上の脅威がなくなる。わたしの人生を権力でコントロールしようとしていたおおぜいの人たちが取り払われた。十八歳になると、突然、誰もわたしに手を出せなくなる。そう考えると気持ちが軽くなり、重いバッグを提げていなかったなら、スキップしていたかもしれない。マンハッタンの広い通りは、ここで迎える初めてのすばらしい夜にスキップするために造られているように思える。クラクションやエンジン音が鳴り響き、行き交う人々が歩きながら電話している声が大きすぎるけれど。

こういう騒音に動揺し、わたしは歩道のコンクリートの亀《き》裂《れつ》や金属枠のついた穴を用心深く避けて歩く。穴はだんだん間隔が広くなっていく。錆びた跳ね蓋《ぶた》が開くのを見て、それが地下食料室への出入り口の扉だとわかった。そこから、エプロン姿の男たちが、隠れている階段を上り、花の入った枠箱や袋詰めされたフルーツを両腕に抱えて、通りに出てきた。こんな贈り物をどこから持ってきたのか見当もつかない。地下にどんな農園が広がっているのだろう。もしかしたら、わたしの足の下に、まったく別の都市が存在し、栄えているのかもしれない。そんなことを考えながら、こういう穴や男たちから遠ざかるように縁石の近くを早足で進む。わたしは自分の足で立ち上がって、この新しい世界に飛び込んだばかりだ。どんな物にもどんな人にも、引き戻されたくはない。

さらに北へ向かって歩きながら、右や左、上や下へと顔を動かして、見慣れない物一つ一つに目を留め、緑と白の道路標識や、どこの土産物店にもある自由の女神像――ときには子供ほどの大きさのものもある――に挨拶《あいさつ》をする。ハラール（イスラムの戒律に従って処理された食肉など）やコーシャ（ユダヤ教の法にかなった清浄な食品）の看板に歓迎を受け、歩行者用の道路標識に舌打ちされる。今、わたしの鼓動は街の鼓動と同じくらい大きくなり、すべてを受け入れる。急に、映画のシーンによくあるように、指を鳴らしてタクシーを呼び止めたい衝動に駆られる。けれども、この通りの車は南へ向かい、わたしの右や左を通り過ぎていく。せいぜい数インチの距離をどちらが先に行くか駆け引きをしている。歩いているわたしと同じくらいしか進んでいない。

バスに長時間乗っていたせいで足が痛み、筋肉もこわばっているので、ノアに電話をしてアパートメントまでの近道を尋ねようかと思う。だが、わたしたちはまだ言葉を交わしたことはない。実際に話をしたことはないのだ。メッセージでの瞬時のやり取りは、言葉を交わしたことにはならないし、わたしはまだ彼の名字さえ知らない。そう考えると、もう少し慎重になったほうがいいのかもしれない。彼は自宅の部屋を、こんな見ず知らずの人間に提供してくれるという。広告には「空き部屋あり」とあった。「専用ベッド、共用バスルーム」。まるでベッドも共用なのが普通だとでも言うかのように。「部屋代は一週間につき三百ドル（すべて込）」。すべてが何を意味するのか、わたしにはわからない。朝食、あるいは最低でもコーヒー一杯がそこに含まれているといいのだが。とりあえず一週間の予約をし、これで所持金の半分が消える。一週間のうちには別の方法が見つかるだろうと自分に言い聞かせ、七日間たったときにどうするかについては考えないようにしている。もし、このノアなんとかさんに何か引っかかりを感じたなら、すぐにも別の方法を見つけなくてはならない。

こういうことをこれまでする必要がなかったというわけではない。今回は新規蒔《ま》き直しを図り、このニューヨークで一からやり直すつもりなのだ。

足がひりひりするにもかかわらず、この街の刺激を受けて、しだいに高揚感が高まってくる。わたしは自分が誕生するきっかけとなった場所に戻ってきた。何年間も中西部を転々としていたころ、クラスメートの名前も、母のそのときどきの恋人の名前も知らなかった。母がどこにいるのかも知らないまま、夜一人で家に残されていることもあった。あれは単なる訓練、このための準備だったのだ。わたしができるだけよい方法で、自分の足で人生を歩んでいくための練習。昔、母はここに着いて二十四時間もしないうちに他人の好意にすがった。わたしはそんなことはしない。たとえこのノアという人物がニューヨークで一番の人格者だとわかったとしても、そんなことをするつもりはない。この街で誰かに頼ったりしない。苦労してようやく自立を手に入れたのだ。自分の未来をむだにするようなことをけっしてするつもりはない。わたしには七十九・一年が約束されている。それが、わたしたち一九九六年生まれの女性に与えられた平均余命だ。七十九・一年、どこかの小学校で二年生か三年生のときにそう習った。どこの町の学校だったかは憶《おぼ》えていないけれど、その数字だけは絶対に忘れない。これまで生きてきた年数を平均余命から引くことによって、あとどのくらいの年数が自分に残されているかを知ったときの気持ちも。今夜、このニューヨークで十八歳の誕生日を迎え、わたしにはこの先、六十年以上の年月が残っている。ここで新たなスタートを切って、それだけの年数があれば、とてつもなくすごいことができそうだ。

のちに、話が先に進んだときに、男の手が首にかかり、わたしが楽観的だったことがわかる。その男はわたしの真剣な思いをばかにし、わたしのような女性が世の中での成功を夢見ているのを笑い飛ばすだろう。わたしの体を好きにする権利があると思い込み、立ち去ったあとはそんな女もいたという記憶しか残らない。

わたしたちは何度もこの部分に戻る。どんなに努力しても、マンハッタンの通りや音は薄らいでいき、フルーツや花を抱えた男たちは消え、ついに、わたしはこの岩の上に横たわることになる。いくらみなさんの気を紛らわせようとしても、それは避けられない。この希望にあふれたうきうきした夜は、わたしの人生のほんの一部に過ぎないのだから。別の面から見るとこうなる。ハドソン川の土手の下に若い女の死体が横たわっている。

こんなことをおこなった男は彼女をそこに残して、家に帰った。そして、まもなく、孤独な女性が現れて、その死体を見下ろす。わたしにはこの孤独な女性がやって来るのが、あるいは、すでにそこにいるのが見える。彼女の悲しみは、それまでわたしが感じたことがないほど深い。その悲しみは今もぐつぐつ煮えている。これまでは吹きこぼれて火傷《やけど》をしたことはなかったので、重要な出来事、意味のある出来事は、自分の人生に一度も起こったことがないと感じている。

やがて、彼女はわたしという出来事と出会うことになる。

2

ルビー・ジョーンズは自分がどのくらいの年だかがわからない。というより、暦や日付による年齢しか知らない。数字そのものにはなじみがなく、刻みつけられた年月のしるしでしかない。彼女がたどり着いた年齢は、そこにあることがわかりきっている場所、地図上にはっきり記された地点でしかない。別の言葉で言えば、彼女は自分が三十六歳であることを実感していない。何かの用紙に年齢を記入するときや、バースデーケーキの蠟燭《ろうそく》の数を目にしたときに困惑する。そんなわけで、有名人女性——自分が遠くからその人生を傍観してきた人たち——が、実際にははるかに年下であることを知って、意外に思うという体験を繰り返している。いくつも仕事を持ち、何回か結婚し、何人もの子供を持った女性たち。自分と同年代か、あるいは、あれだけ中身の濃い人生を過ごしてきたのだから年上だろう、と思っていた女性たち。

現実はこうだ。ルビーは三年ほど前から外見に衰えが見えはじめた。最近のカメラは現実をごまかす工夫がされているが、毎朝見る鏡に現実を突きつけられる——ゆるんだ顎《あご》、下がった口角、おなかのふくらみ、贅肉《ぜいにく》のついた腰回り。彼女は誰かといっしょに年齢を重ねるチャンスがなく、毎朝、一人で目を覚ましてこういう姿を鏡で見る。容色が衰えて久しい女性でも、いまだにセクシーだったり、ときには美しく見えることさえある。だが、今のルビーの外見からは、まったく若さが感じられない。化粧なしでは若く見えないことを自分でも否定できなかった。

それなら、三十六歳とはどうあるべきなのか。こんなふうになるんだよ、と周囲に言われていたのと、実際にその年になってみたのとがまったく違う場合、それをどう理解したらいいのだろう。そう言っていたのは世間。母。女性誌。大人になるまでに読んできた好きな本の著者たち。分別ある人々。ルビーにははっきりわかっているのは、突然、自分が思う以上に年をとったということだ。それを実感したのは、メルボルンから車で三時間ほどのところ（ルビーがいたいと思っている場所から地球半周離れたところ）にある、アポロ・ベイに造られた仮設ダンスフロアのまん中にいたときだった。隅に置かれた安物のスピーカーから八〇年代の歌がけたたましい音で流れ、ルビー・ジョーンズは積み上げてきた三十六年間を放り出してしまおうと決意する。目を閉じ、それらをあちこちにまき散らすのを想像する。

あいにく、ルビーはどうすればそれができるのか理解していない。歌詞を間違えている歌が耳の中で響いている。友人たちは互いによろけてぶつかりながら、彼女を仲間に引き込もうとする。ルビーもほかの人たちも酔っ払っている。真夜中が近づいたころには、新婦のサリーは食べたものを嘔吐《おうと》するだろうし、ルビーはサリーの髪を押さえて介抱し、すばらしい一日だったと話しかける。

「あなたにも愛してくれる人がいたらいいのにね」サリーがそうつぶやいたとき、マスカラが頬を伝い落ちた。「あなたはとってもすてきな女性ですもの。わたしたちの愛《いと》しいルビー」

その言い種《ぐさ》。この結婚式。夏の終わりの夜、霧雨のなか、グラスを交わし、裸足《はだし》で踊る。愛しいルビーにはおなかいっぱいだった（頭がはっきりしたときに考えると、「足りない」と言ったほうがいいと思い直した）。高価な服を着て、高級なワインを飲み、スピーチやバンド演奏の合間にこっそりピルを飲んでいる友人たち。夏じゅう、ダイエットに励んだ末、ウェディングドレスに身を包み、一年前、マッチングアプリのティンダーで知り合ったすばらしい男性と結婚する、泣き上戸のサリー。〈右スワイプ〉だった、と二人は結婚の誓いのなかで言った。ルビーは〈イエス〉が右スワイプなのか左なのか、どうしても思い出せなかった。

遅い時間になって、ルビーは枕《まくら》と毛布を持ち、週末用に友だちと借りたビーチハウスの一階バルコニーにこっそり出た。午前三時、ほかのみんなはカップルどうし、互いの腕の中で、あるいは背中を向けて、いびきをかきながら一つのベッドで眠っている。いつものように、ルビーだけがグループの中で独り者《シングル》だ。もっとも、ルビーも厳密には自分を独り者だとは思っていない。おおっぴらには言えないが、今のルビーの状況を的確に言い表す言葉は別にある。

独り《アローン》でいる。

それでけっこう、とルビーは思い、湿った籐《とう》の長椅子《ながいす》に膝《ひざ》を曲げて横になった。誰かがシートクッションを取り外したらしく、重ねて置かれているのが二階のバルコニーの縁からのぞいているが、ルビーにはここまで引っ張ってくる元気はなかった。今、本格的に雨が降り出した。この不快な状態、顔が濡《ぬ》れ、硬いソファーの底部が腰に食い込んでいる状態を、ルビーは喜んでいる。部屋に戻ったとき、世界がぐるぐる回り始めた。今は真っ黒な海を眺め、インクのような水が砂浜に打ち寄せる音が聞こえる。その音は自分の内部から発しているように思える。うねったり砕けたりしているのが自分自身であるかのように。やがて、このバルコニーでひとり雨に打たれ、波の音を聞きながら、星のない空の下で泣いていることに、ルビーは気がつく。まもなく、天候と同じくらい激しい号泣となるだろう。この数年間に積もり積もったものが彼女の中から立ち上がって抜け出していこうとしている。これは自分がいるつもりだった状況ではない。

この瞬間、人生が自分の思っていた展開にならなかったことを、ルビーは理解する。真夏や真冬の盛りに数え切れないほどのダンスフロアに立ったり、ほかの人のパーティに参加したりしたが、結局、次の朝、目を覚まして以前より老《ふ》けていることに気がつくだけだった。長いあいだ、なんの変化もなかった。ルビーが立ち止まったままでいる一方、彼女が愛する男性は自分の人生を歩み出そうとしている。彼はルビーをキープしておけるよう、ちっぽけなスペースを用意し、彼女にこう頼む。そこで小さくなって収まっていてくれ。独りで。

独りでここに。

ルビーはこの先もここに収まっていたいとは思わない。

夜明けが近づき、波や雨や涙で体じゅうがびっしょりになっても、これからどうするかはっきり見えてはこなかった。数日後、ルビーは自分が何をしようとしているのか、なぜそうしようとしているのかを本当には理解しないまま、これまでに貯《た》めたお金をかき集め、メルボルンのタラマリン空港からニューヨークのケネディ国際空港までの片道航空券を予約した。わかっているのは、これ以上このままの状態を続けられないということだけだ。今の状況を振り払うための何か、なんでもいいからきっかけが必要で、自分を改造するにはニューヨークが最適に思えた。
　こうして、わたしたち二人の世界は刻一刻と近づいていく。

　機上のルビーがどんどん近づいてくるのが目に浮かぶ。彼女は遠くなっていくオーストラリアに向かって手を伸ばし、時間を巻き戻している。彼女自身の昔の人生から三万五千フィートも上空にいるのと同時に、気持ちはまだそこにいる。好きな曲を編集して作った昔のカセットテープ——これまで何度も繰り返し聴いたベスト曲集——のように、彼女の頭の中で次々に思い出がよみがえってくる。だが、あの高度の上空では些《さ》細《さい》な瞬間でさえ、悲しみに染まって見える。彼がどんなふうに自分を見つめたか……二人が初めて……彼女が最後に……そして今、ルビーは航空機の小さな窓を人差し指で強く押し、まばたきして涙をこらえている。爪《つめ》が白くなり、厚いガラスの向こう側に小さな氷柱《つらら》ができているのが見える。周囲の乗客はすでに座席の背もたれを倒して、いびきをかき始めていた。けれども、わたしにはルビーがこのフライトのあいだじゅう、しっかり目を覚ましているのがわかる。ちょうどこの同じ日に、わたしもウィスコンシンからのバスに揺られ、一睡もしないまま、わたしたち二人がめざすニューヨークへと向かっていた。

わたしと同じように、ルビー・ジョーンズもこの旅のあいだ、向こうに残してきた恋人のことを思い返していたにちがいない。彼との思い出の品。わたしにとって、それはこっそり持ち出したカメラだ。ルビーの場合は、飛行機に乗り込む直前、彼から届いた最後のメッセージ。

きみがいなくなって寂しくなったよ。過去形が使われている。

きみがいなくなって寂しくなったよ。

その書き方は、二人の距離が数時間ではなく、もう何年にもなったように思える。

数分違いで、わたしたちはニューヨークに到着する。

「どこまでだね？　ど、こ、へ、行くんだい、お客さん？」

人であふれかえったケネディ国際空港のタクシー乗り場で、運転手が二度目はさらに大きな、叫ぶような声をルビーに浴びせた。彼女は、その質問の幅の広さ、心臓が止まりそうな空間的広がりに戸惑った。運転手は行き先を訊《き》いているにすぎない。住所ならわかっている。睡眠不足の頭が細かい番地まで憶えていれば伝えられるはずだ。

「あの……ええと……」

ルビーはスマートフォンの画面を見ながら、通りの名前と建物の番号を読み上げ、知っているかどうか相手に確認するように語尾を上げた。運転手は鼻から息を吐いて了解したことを伝え、混雑している空港からの車列に車を割り込ませた。日が暮れかけ、ぼんやりした彼女の目に、あたりがうっすら灰色がかって見える。ルビーは三十時間以上もの長旅の疲れを振り払い、自分のなかにわずかに残る、この街に来たことへの高揚感を引き出そうと努めた。ロサンゼルス国際空港に着陸したとき、ほんの一《いっ》時《とき》ではあったが気持ちが高まり、目の前に広がる自由を感じて両腕を広げたい気分だった。だが、それも何時間も前のこと。そのあと乗り継ぎに時間をとられ、三時間後の次のフライトを待つあいだに飲んだコーヒーは、ひどい味だった。長い時間、太陽を見ていないため、実際、今が何時なのか、時間の感覚がなくなっていた。

タクシーの窓から周囲の景色をぼんやり眺めながら、ニューヨークの空を背景にした有名な建造物を目にしたら、気持ちが明るくなるのではないか、とルビーは思った。たとえば、一目でわかる橋やおなじみの建物、中でもクリスマスツリーのような照明のついた有名なビル。ところが、今、目に映っているのは、太った鳥のように木立のあいだを漂っている灰色のビニール袋だ。それから、間口の狭い、スレート屋根の住宅。傾斜のある庭ぎりぎりのところを、高速道路が走っている。ルビーが目をしっかり見開いていられるなら、こういう住宅や教会の看板や金網フェンスが、まもなくきらきらした水面《みなも》やネオンサインに替わり、さらに金属パネル製の指のように細い有名なビルが手招きしていることがわかるだろう。こんなことを考えながら、ルビーは意識が混濁しているのを認める。太った鳥や手招きする指が見えるなんて、自分は今、目を覚ましているのではなく、夢を見ているにちがいない。

（わたしがコンクリートの割れ目を避けたり、雑踏に動揺したり、道路標識や銅像に手を振ったりしているあいだ、彼女は助手席側の窓に額を押しつけ、手招きする指を眺めている。この旅のどの時点で、わたしたちの行く道が交わるのだろう）

　なんとか瞼《まぶた》を閉じないようにしながら、ルビーは運転手がもっとスピードを上げてくれるのを望んだ。今このとき、新しい世界へ、すべての始まりへと自分を運んでいく重要な役割を担《にな》っていることを、この運転手はわかっているのだろうか。運転手は携帯電話で誰かと話をしている。低くてよく聞き取れないが、この男がルビーのことをなんとも思っていないし、彼女が胸を高鳴らせていることにも気がついていないのがわかる。また一人、失意に暮れ、希望を抱いて、何が待ち受けているかわからないニューヨークに来た客を送り届けるのは、運転手にとってけっして目新しいことではないのだ。

見ていると、角を曲がるたびに、カウントダウンが続く。運転手の手はハンドルの上をなめらかに動いている。ルビーは、自分がなんの計画も予定もなくこの街に来たことなど、見知らぬ人間にはどうでもよいことなのだと理解した。この男はルビーを目的地に送り届けて車から降ろし、今、話をしている相手のところに戻るか、あるいは誰かの家を訪ねよう、そう思っているだけなのだ。ルビーのことはやらなくてはならない仕事の一つ。彼にも、ニューヨークにも、車窓の向こうに輝くネオンのきらめきにも関係ない。彼女は急に声を上げて笑いたくなった。

名前を変えて、新しい人生を踏み出してもいいかもしれない、とルビーは思った。ここでは、誰も自分のことを知らないのだから。

　そのときだった。

「ここだよ」

車がいきなり停まり、運転手が肩越しにルビーのほうを向いた。

「えっ……」

「お客さんの言った住所はここだよ」

彼は右手にある五階建てのアパートメントを指さした。建物の正面には一階分の高さの足場が組まれ、そこから錬鉄製の非常階段が屋根までジグザグに続いている。いつまでも建設中といった感じの建物だ。広い正面玄関の上に、ケネディ国際空港でルビーが運転手に伝えた番号が記されているのが見える。

慌《あわ》てて財布を捜し、料金と多めのチップを渡したため、ようやく運転手もルビーの顔を見た。ちょっと首を振ったあと、トランクを開け、ルビーのスーツケースを取り出して道路に並べてくれた。

ルビーは、タクシーが走り去るのを見つめながら、手を振って呼び止め、空港に戻るよう頼みたい気持ちと闘った。黄色いタクシーが見えなくなると、重いスーツケースを提げて、新しい住まいの入り口へ続くコンクリートの階段をなんとか上り、〈押す〉と書かれたボタンを肘《ひじ》で押した。向こう側で響くブザーの音を聞き、ルビーは体を小刻みに震わせて目の前のドアが開くのを待った。

わたしの場合、玄関の扉はノックで開いた。

ルビー・ジョーンズが新居の玄関に着いたころ、わたしはスマートフォンの青い点に導かれてセントラルパークの端まで行き、地図のとおりに角を曲がった。ハドソン川を左にして歩き続けると、まもなく商店はアパートメントに替わり、縁石には一般家庭のごみ袋が現れはじめた。葉のない細い木々が、舗道にはみ出すほど茂った木立に替わり、すねの高さほどの鉄製フェンスで囲まれた小さな庭が並んでいる。初めての場所にもかかわらず、そのなにもかもが人の暮らしている地域に入ったことを感じさせてくれた。このアッパー・ウエスト・サイドでは、ミッドタウンの狂騒が別世界のようだ。頭上に夜空が広がるだけで、住宅街の通りに人の姿はなかった。それでも、不安は感じない。近くの通りには周囲の住宅に暮らす人の気配がする。どこかの戸口の前で煙草《たばこ》を吸っていた男が口笛を吹いたとき、思わずびくっとしたが、不思議なほど落ち着いた気持ちで、ノアのアパートメントへと向かった。

静まり返っている。ドアをノックしたとき、心臓が上がってきたように喉《のど》に動悸《どうき》が響いた。ノックをしたことで勇気を使い果たしてしまったのだろうか。都会の喧噪《けんそう》の中を歩き、少し汗もかいている。ライカのカメラを体に押しつけたまま、わたしは狭い階段を上った。並んでいるいくつもの扉はどれも閉まったままだが、やがて、捜していた扉が目に入った。

専用ベッド、共用バスルーム。家賃一週間につき三百ドル（すべて込）……

――はい、現金でお支払いします……

――いいえ、犬アレルギーはありません……

住所を書いておきます。地下鉄を利用されるなら最寄りの九十六丁目駅で降り、ブロードウェイを……

――バスで行きますので、九時までには到着するはず……

どうぞお好きなように。

「どうぞお好きなように」とはよそよそしい終わらせ方だ、とそのときは思った。けれども、この効率的なやり方には好感を持った。メッセージで部屋の賃貸交渉をおこない、こちらに対してはなんの質問もしない。社交辞令や世間話もなし。ノアがどんな声なのかも知らない。今、木のドアをノックしながら、わたしはそう思った。ドアが音を立てて開き、最初に片方の青い瞳《ひとみ》が、次に紺色の帽子のつばが、わたしの目に入った。きれいに磨かれた黒い靴。そのとき、何か冷たく湿ったものがわたしの手をかすめた。手を引っ込めるまもなく、茶色の大型犬が開きかけたドアを押し開けて突進してきた。

「フランクリン！」

たちまちノアが茶色の体の前に割り込んで、首輪をつかんだ。二人と一匹がドアのところでよろめき、わたしは思いもかけず笑いがこみ上げてきた。暑い日に冷たい水を浴びたように、効果はてきめんだった。一気に緊張がほぐれた。バッグを置いて、肩からストラップをはずした感じだ。ノアと犬がしばらく姿を消し、わたしはこれまで見たこともないほど美しい部屋の中に立ち尽くしていた。磨かれた床は光沢を放ち、高さも幅もある窓の下に分厚いクッションが置かれている。その横の壁面にはびっしり本が並び、寝転ぶこともできるほど大きなソファーもあった。骨やゴム製のチキンといった鮮やかな色の小さなおもちゃやテニスボールなどが、床のあちこちに転がっている。驚きのあまり口が半開きになったのは、部屋の反対側にあるつややかな黒いピアノが目に入ったときだ。その上できらめいている巨大なシャンデリア——生活の場にあるのを見るのはこれが初めてだ。ぶらさがっている一つ一つのクリスタルがひじょうに繊細で完璧《かんぺき》な形をしている。雨粒か涙のような形だ。

奇妙な思いが、羽のようにわたしの肩に舞い降りた。この部屋はどれだけの悲しみを見てきたのだろうか。

気がつくと、ノアが犬の首輪に手をかけたまま、こちらを見つめていた。陸《おか》に上がった魚のように、わたしは目も口もぽかんと開けていたので、お里が知れてしまったようだ。財布に入っている六百ドルを出して、これが全財産でほかには何もないことを打ち明けたほうがいいかもしれない。高級品になじんでいる人やこの大型犬にさえも、そんなことはお見通しにちがいないのだから。わたしは、ここの住人であり、ピアノやシャンデリアや本や犬の所有者でもある人物を見つめた。彼もまた、左の口角を上げて笑みをのぞかせながら、じっとわたしを見返している。このとき、この男性がかなり年配であることに気がついた。祖父といってもいい年ごろ、六十五から七十ぐらいだろうか。身長はわたしよりほんの少し低い。すてきなポロネックのスウェットを着て、首元からシャツの襟がのぞいている。ヤンキースの帽子を被《かぶ》っているが、髪はなさそうだ。ふさふさした眉《まゆ》に淡いブルーの目。やさしく微笑《ほほえ》み、長くきれいな指をした手が差し出された。

「いらっしゃい、アリス・リー。お会いできてうれしい。これはフランクリン」わたしのほうに身を乗り出している茶色の大型犬を手で示した。「おわかりのように、この子も歓迎してますよ」

　のちに、わたしは少しずつ川へと引き寄せられていくが、すべての始まりであるこのときがもっとも穏やかだった、と思い返すことになる。ノアと温かい握手を交わしたあと、犬に先導されて家のあちこちを案内してもらった。寝室のドレッサーには清潔なタオルが置かれ、クローゼットにはハンガーが掛かっている。「あなたの服を自由に掛けてくださいね」夜遅い時間だが、コーヒーはどうかと尋ねられ「お願いします」と答える。わたしが一週間分の部屋代の前払いを申し出ると、彼は首を横に振った。

「今は、そんなこと気にしないで。時間はたっぷりあるからね」

　ノアは肩越しにそう言ってコーヒーを淹《い》れに行った。わたしは新しいベッドの端に腰かけた。足元にはフランクリンがうずくまっている。七泊分で全財産の半分が消える。だが、ふたたび同じ笑いがこみ上げてくる。暑い日の冷たい水のような感覚。

「だいじょうぶよ、アリス・リー」タオルやハンガー、チョコレート色の犬に向かって、わたしはつぶやく。このとき、そう信じられてうれしかった。

　ルビー・ジョーンズはそうではなかった。

まず、体の感覚が時間とずれていた。ニューヨークに着いて数時間なのに、時間の感覚がおかしくなっていて、何日もたったようにも、またほんの数分しかたっていないようにも感じられた。入り口の扉を開けるなり、ドアから一歩の距離にある、低い、幅の広いベッドにもぐりこんでしまいたかった。けれども、まだ早い時間なので、厚い上着を着て、こわばった脚の筋肉をほぐすつもりで、思い切って一ブロック先のブロードウェイまで行くことにした。長旅で疲れているにもかかわらず、ルビーは、どこまでも続く工事用の足場や商店、舗道の割れ目、大声で話しながら足早に歩く人々、映画のセットやエキストラ以外のものに、懸命に目を向けた。現実と譫妄《せんもう》状態の狭間《はざま》で、あてもなく寒い通りを北上したり南下したりして、ようやく一切れ一ドル二十七セントのピザと、それを流し込むための一瓶五十九ドルのグレイグースを買った。ニューヨークでの最初の夕食だ。部屋に戻ると、例の低いベッドの中央にあぐらをかいてすわり、ボトルから直接ウオッカを飲み、油だらけの指を舐《な》めながら食事をした。

ベッドの反対側にある大型の鏡に映る自分の姿を見て、ルビーは笑いをこらえきれなくなり、ほかの部屋の住人に聞こえないよう、手で口をふさいで笑った。鏡の中の女性はピザと同じくらい髪がぎとぎとし、頬は赤く、唇が荒れている。人生の再出発に際して、なんとぶざまな姿だろうか。隈《くま》のできた目の下のたるみを引っ張り、たまっている疲れを取ったあと、またウオッカのボトルに口をつけた。

「ルビー、なんて刺激的なの！　よく思い切ったわね！　ほんとに勇敢だわ！」

半年間、ニューヨークへ行って暮らすつもりだ、とルビーが告げたとき、みんなが感嘆の声を上げた。彼女がおこなったこと――仕事を辞め、家具や衣類の大半を処分し、生活必需品を整理して、二つのメタリック・ブルーのスーツケースに詰める――は、周囲の人の心を動かしたようだ。行く先々でみんなの視線を浴びたり、彼女たちの思いをこっそり打ち明けられたりした。「わたしもずっとそうしたかったのよ……わたしもそうできたらねえ……いつかわたしも……」

しばらくのあいだ、ルビーは見知らぬ人物や友人たちから、勝手に秘密を打ち明けられていた。今、ウオッカを飲み、少し揺れる部屋の中で、あの人たちがみんな、自分より少し先に、メルボルンのあしたの時間帯で生活していると思うと妙な気がする。この新しいタイムゾーンでは、オーストラリアの何時間かあとを追いかけるので、自分は永久に彼らのあとを生きて行くことになる。故郷の人々はルビーが自分たちの先頭に立って行動していると考えているというのに。自分でニューヨーク暮らしを決めたのは、それができる状況にあったからにすぎない。みんなには月へ行くと言ってもよかった。

「わたしは勇敢なの？　それとも頭がおかしいだけ？」ウォッカのボトルや部屋や曇った鏡に映る自分に問いかけたが、どこからも満足な答は得られない。そのままひっくり返って、ルビーは眠りに落ちた。

そして今、午前二時、ニューヨークでの二日目であり、最初の朝。ルビーは目を覚ました。シーツが汗でぐっしょり濡れ、トイレに行こうと立ち上がったとき、体が前のめりになるのを感じた。まるで自分の体がどこか別の場所に行きたがってでもいるようだ。どこか別の場所に。いつもいる場所から別の場所に来たばかりだというのに。この大都会、人口が――今、どのくらいだったかしら？　八百万？　九百万？　どちらでもかまわないが、それほどの人がいる中で知り合いはたった二人。以前の同僚で、二人ともぜひ連絡を取りたいと言っていた。近いうちにね、ルビー。あなたが落ち着いたら。

こっちに来たわ！　住まいも決まって落ち着いたが、あまり勇ましい気分ではない。メルボルンの友人や知らない人たちはこんな弱気な自分をどう思うだろう。

ルビーがまだふらふらしながら部屋に戻ってベッドの端に腰を下ろしたとき、窓の外からサイレンが聞こえてきた。暗闇《くらやみ》のなかで聞くおなじみの音だ。メルボルンで聞いていた救急車のサイレンとは少し違う。もっと哀愁を帯びているというか、あるいは……。ルビーは窓辺に近寄り、人気《ひとけ》のない通りを見下ろした。このサイレンには諦《あきら》めの響きが感じられるような気がする。最悪の悲劇が次々に起こり、使われすぎで疲労したような響き。こんなふうに考えるのもまた譫妄のせいだろうか。なんでもない日常的なことに詩的な意味を押しつけようとするなんて。だが、まだほかにもある。今までにない寂しさを感じるようになってすぐ、ルビーは自分が物に向かってしゃべっていることに気がついた。ヘアブラシやウオッカのボトルや枕などなんにでも、それらが人であるかのように話しかけていた。最初の朝のこんな早い時刻に、ルビーは孤独が迫っているのを感じていた。この先、ほとんど誰とも口をきくことはないだろう。せいぜい朝食の注文を繰り返したり、ドアを押さえてくれた見知らぬ人にお礼を言うぐらいだ。

　この孤独の始まりの朝、窓辺を離れ、黒いごみ袋の山やジャングルジムのような足場、通りにばらばらに駐車している車が見えないようブラインドを閉めた。今から眠るのは無理だとあきらめた。その代わり、静かにスーツケースを開けて中身を出し、ワンピースやジャケットをハンガーに掛け、靴を並べた。それが終わると、からのスーツケースをドアのわきにしまい、清潔なリネン類と専用バスルームのあるこの部屋で、居心地よく暮らすために必要な物のリストを作った。ウオッカ用のグラス。キャンドル。部屋の隅にある電子レンジに対応した皿数枚。新鮮な花を飾る花瓶。自分が今ここで暮らしていることを忘れないようにしてくれる何か小さな物。

ここニューヨーク、メルボルンから一万マイルも離れた場所で。

あの人との距離も一万マイル離れたところで。

ルビーもわたしも、故郷を離れなくてはならなかった。そして、ウオッカや時差ぼけや早朝の灰色の光を押しのけて、ルビーの頭に浮かんだ次の考え方は正しいと思う。

もしかしたら、勇敢に見える人はやらなければならないことをしているだけではないのか。荷物をまとめ、それまでの生活を捨てるのは、勇気とは関係ない。ほかに選択肢はなく、そして、おそらく失う物も何もないことに、突然、気がついただけだ。

ニューヨークでの最初の朝、ルビーがリストを作ったり、譫妄状態で考えごとをしていたころ、わたしはぐっすり眠っていたことだろう。でも、間違えないでいただきたい。わたしたちは遠く離れた場所からやって来たが、ニューヨークにたどり着いた経緯は、二人とも同じだと言ってもいい。

3

最初の七日間の話をさせてもらいたい。

まるで日曜の午後に放送しているミュージカル映画の中で暮らしているような気分だった。見続けるつもりはなかったのに、とても明るく楽しくて、見るのをやめられなくなってしまうような映画の世界。雨が降るときは、相当な量の雨が降るのだが、ここではそんなときでも空が灰色になることはない。わたしにはそう思えた。ミッドタウンをぶらぶら歩いていて、ほんの一瞬、通りのまん中で足を止め、クライスラー・ビルに目を向けることがある。きらびやかなうろこ状の尖塔《せんとう》が、空めがけてレキシントン街にそびえ立っている。美しいビル。きらきらしたサッシュやティアラを着けて、銀色に輝いていた、昔の美人コンテストの女王のようだ。誰も気がついてはいないと思うが、わたしはいつもこっそりあのビルに手を振っている。そのあと、市内横断バスやクラクションを鳴らすタクシーに轢《ひ》かれないよう、さっさと通りを渡る。

今ではマンハッタンの東と西を知っている。北と南も知っていて、ブロードウェイが川のように蛇行していることもわかっている。行政区《バラ》や街区《ブロック》についても知っているし、歩道の車道側を歩いたほうがいいことも知っている。あの地下へ通じる扉、花やフルーツや想像できる物すべてが置かれている地下室へと通じている扉でさえ、もう怖くない。一週間前にやって来たばかりの若い娘がこの街で一年間も暮らしたように成長し、どれほど多くのことを理解できるようになったことか。子供時代を過ごした小さな町では考えられなかったことばかりだ。

わたしが作ろうとしている新しい地図を完成させるには、まだ行ってみなくてはならない場所がたくさんある。でも、今はクライスラー・ビルに手を振り、新しい物に出会うたびに写真を撮りながら何ブロックも歩くだけでいい。カメラのレンズを通してこの街を見るのが大好きだ。見られる側ではなく見る側になると、なにもかもが違って見える。このことは父も理解していたにちがいない。ジャクソン先生もそうだろう。気持ちを落ち着けてフィルムを巻き、ピントを合わせ、シャッターを押す。もし、カメラのこちら側にいたら、母にも物事は違って見えていたにちがいない。そうすれば、わたしの状況も違っていただろう。母に思いを馳《は》せるとき、わたしがカメラに収めたこの街をぜひ見てもらいたかったと思う。母が愛しながらもすぐに去らなければならなかったこの街。

もっとも、写真の出来についてはわからない。古いライカのカメラはこれまで使ったことのあるどのカメラとも違うし、今もまだ、構え方や親指でのフォーカスレバーの動かし方、反対の手を使っての小さなボディの支え方を体で覚えようとしているところだ。ファインダーはとても小さい。最初は小さな窓から何も見えなかったが、一週間たつと、こつがつかめてくる。まるで違うやり方が見えてくるようだ。絞りを調節し、レンズの開き口を狭くすると、後ろにある物にピントが合う。世界を引き寄せて自分に近づけているような感じだ。どんな物も遠くにある感じはしない。

わたしはノアに心から感謝しなければいけないと思う。お礼の言葉は伝えている。毎晩、寝る前に。最初の七日間が過ぎた今、ノアはこのブラウンストーン――富裕層の住宅を表すこの言葉も、ここに来てから知った――のアパートメントの部屋代をただにしてくれると言う。そして、その期限はわたしが職に就いて、自分で支払えるようになるまで。ノアがその話を切り出したのは、一週間目の途中、コーヒーと新鮮なベーグルを出してくれたときだった。そのとき、わたしはその場ですぐに施しを受けるのはいやだと伝えた。けれども、ベッドルームやピアノ、張り出し窓――「こういう窓をなんて呼ぶのかしら」通りを見下ろしながらノアに教えてもらった――に深い愛着を感じていたし、いつもわたしの手に湿った鼻を押しつけてくるフランクリンとも別れがたかった。それに、初めからはっきりわかっていたが、ノアはいっしょに暮らしやすい人だ。どこへ行ったらいいか、街で何を見たらいいかというわたしの質問に快く答えてくれたし、向こうからあれこれ尋ねることはあまりなかった。もっとも、朝食を食べながら、わたしのほうからこれまでの生活について、いくらか打ち明けてはいたけれど。

「経済的に頼りたくはないの」と、わたしは言った。「これまでの体験から、そういうことは……。でも、ここでの暮らしはぜひ続けたいんです」

　そこでこういう解決案に至った。冷蔵庫の扉に台帳代わりの紙を貼《は》っておく。ここで暮らしているあいだの貸し借りの記録だ。ノアは毎朝、金額を書く。白い紙に黒インクで手早く書き留める。そうすれば、いつかノアに返さなければならない借金の額もわかる。何週間か経《た》つと、この黒い数字は横に延びて、その行がいっぱいになると次の行に移った。一度も合計したことはない。そもそもの初めから、わたしがなんとか生きのびてきたことの総計のように思っていたからだ。

　そのまま生きていられたなら……。

ニューヨークについての歌がどのくらいあるか知っているだろうか。ここで暮らしていると、通りがセレナーデを歌ってくれるようだ。せっかく自立したのだから、それをむだにしたくない、とわたしが言ったのを憶えているだろうか。でも、それはずっと前の話。わたしがノアに言ったことではないし、その前やさらにその前の話。とにかく、このころわたしが思いを寄せていたのは、特定の個人ではなく場所であることを、理解してもらえるのではないか。

想像できるだろうか。場所が人のように感じられるということを。場所はわたしを慰めてくれたり、歌を歌ってくれたり、驚かせてくれたりする。ただ地下鉄を降りて通りに出るだけなのに、皮膚がぞわぞわとすることがある。ちょうど誰かにキスしようとするときのように。ノアにこの話をして、自分がニューヨークに恋をしたようだと言ったら、彼はおかしそうに笑って、わたしを〈ベイビー・ジョーン〉と呼んだ。それが何を意味しているのか、今でもわからない。

（正直言って、ノアの言葉にはわたしの理解できないことがたくさんある）

今、大事なのは、わたしが幸せだということ。また不安な気持ちが忍び寄ってきたら、時間にかまわず外へ出て、不安が消えてなくなるまで、通りや広い道路や川沿いの小道をあてもなく歩く。それには、これ！　ノアが買ってきてくれたスニーカー。ここに来て五日目、わたしが長い散歩から戻ると、ベッドの上に箱が置いてあった。

値札は剝《は》がされていたが、末尾の九十七セントだけが残っていた。ゴムと染料のにおいがする、真新しい紫の厚底スニーカーだ。わたしを未来へ、目の前にある限りない可能性へと連れて行ってくれるもの。わたしはそう感じ、目頭が熱くなった。だが、ノアにはそんな話はしなかったし、お礼さえはっきり言ってない。彼がそういうのを好きではないことがわかっているからだ。ただキッチンへ行き、借用書代わりの付箋《ふせん》にスニーカーと書いて、冷蔵庫の扉に留めてある台帳の、今日の日付の横に貼り付けた。

ほんの一週間前に持っていた物――乏しくなってきた現金、ライカの白黒フィルム、わたしが履いてきた底の薄い靴――がほとんど残っていないのが不思議な気がする。これまでのわたしの人生は引き算で、残っているわずかな物にしがみついていた。それが今、計算方法が変わった。人生がわたしを変え、わたしを満たし、幸せで頭がくらくらしている。初めての都会で、知らない人のアパートメントで暮らし、その両方のおかげで自分がこの街になじんできている。台帳を作り、新しい靴をプレゼントしてくれたノアは、何も訊かないのに、わたしが歩き回って足が痛くなっていることを知っている。そして、ニューヨークは、春の雨の洗礼により、わたしをこの都会の一員と認め、わたしたちの過去を洗い清めてくれる。この古くて新しい街は、右、左、上と視点を変えると、違った景色が見える。さまざまな景色のなかで、わたしは南北に走るまっすぐな道路が気に入っている。目に見える何か、理解できる何かへの距離が短く感じられる。きのう、思い切ってかなり南まで足を延ばしたら、歩いていた通りがなんの前触れもなく、別の通りになった。そこで、少し左に方向を変えたところ、初めて道に迷ってしまった。やはり広々としたコロンバス街やアムステルダム街を歩けばよかったと思いながら、1系統の地下鉄に乗って家に戻った。

、家。

街を探索していると、高級スーツに白いスニーカーを履き、風を切ってわたしを追い越していくおおぜいのビジネスマンを見かける。肩肘を張り、足早に先を急ぐ人々。視けっして立ち止まったり回りを見たりしないところが、わたしは好きになれない。線を右や左、上へと動かして、この街を別アングルから見ようともしない。

こういう人たちを毎日目にし、わたしはあのくらいの年齢になったとき、動きにくいペンシル・スカートにスニーカーといった格好は絶対にしないと心に誓う。近隣を猛スピードで歩くようなこともしない。おしゃれなハイヒールを履いて、ゆっくりと優雅な歩き方を身につけるか、あるいは足に優しいスニーカーを履きつづけ、楽な服装で歩き回るだろう。

最初の七日間については、どう話したらいいか、まだ決めかねている。

ノアのアパートメントから通り二、三本離れたところで、ルビーはベッドから出られずにいる。自分がどこかで必要とされていること――職場、友人たちとのブランチ、週二回のパーソナル・トレーニング――がなくなった今、悲しみの重みが四肢や瞼にのしかかっていた。わたしがマンハッタンのあちこちを歩き回り、レンズを通して世の中をのぞいていたころ、ルビーは部屋に閉じこもってコンクリートの天井を見つめ、時間だけが流れていった。うつ伏せの姿勢で、もう何時間も自身の不調について考えつづけている。中年の危機《ミッドライフ・クライシス》の症状が早めに現れたのだろうか。過労だろうか。あるいは、状況の変化による鬱《うつ》状態に陥ったのか。それとも、単に希望がなくなり、心にぽっかり穴が開いた状態になると、誰もがこうなるものなのだろうか。

「人は一度どん底まで落ちるものよ」

ルビーは、ある友だちにそう言われたことがある。不運続きからの抜け出し方を示してくれたときのことだ。そんなときは、試練にも際限がある、そう考えることで自分を慰めるように、とのことだった。物事が悪いほうにばかり進むと、やがてまた人生は好転する。だが、今、顎まで毛布を引っぱり上げ、窓の外のアッパー・ウエスト・サイドの騒音を耳にしていると、ルビーはその言葉を聞き間違えたのではないかという気になる。もしかしたら、友人はこう言いたかったのかもしれない。ある程度、悲しみをやり過ごすことはできるが、いずれは追いつかれる、と。メルボルンにいたとき、ルビーは一種の感情静止状態にあり、現実から目を逸《そ》らすことで、自分を哀れむのを避けていた。おそらく、これが一番いけなかったのだろう。押し込めることで感情が硬化して、錨《いかり》となってしまった。そして、居場所も会う人もいなくなった今、突然、自分の体が動かせないことに気がついた。

　彼女が避け続けてきた現実とはなんだろう。このニューヨークに来て最初の週に、彼女をベッドに縛りつけているものはなんなのか？　窓の外では冬から春へと季節が変わろうとしているときに。それは、彼女の愛する人が別の女性と結婚しようとしていることにほかならない。

　アッシュと知り合ったときからそのことは知っていたし、なんとも思っていなかった。広告代理店の新しい同僚が最近婚約をした。同年代の人が次々に結婚する、と思っただけだった。それからまもなく、腰に置かれた彼の手や、肩に彼の唇を感じたとき、彼の婚約が自分の人生まで変えてしまうことに思い当たった。式の日取りが決まり、彼女のなかで時間の見方が変わった。未来にはしるしがつけられて、最終期日が決まった。その期日の前のどこかで、ルビーは自分の予定を入れるのをやめた。アッシュの気持ちを翻《ひるがえ》させ、目前に迫っている間違いを正すよう導く時間はどんどん少なくなっていく。心変わりをさせるためには、現在だけに生きて、求められるときにいつでも会えるようにしなくてはならない。ほんとうに彼が心変わりしてくれるなら、それはそれで価値のあることだろう。

しかし、心変わりはしなかった。

あと六か月あまりで、彼は既婚者となる。カラースキームが決まり、食器類も指定済みだ。結婚式の招待状の返事も届くようになり、フィアンセのエマは四着のドレスのうち二着の仮縫いを済ませた。（二着目の仮縫いのとき、彼女は涙を流した）

「おまえも……来る？」

アッシュの歯切れの悪い問いかけを聞いて、彼が鈍感なのか残酷なのか、ルビーは図りかねた。彼女の裸の背中に上半身を押しつけ、腹部の丸みに左手を置きながら訊いたのだ。今、ルビーは遠く海を隔てたベッドで一人横になりながら、その両方だと得心する。彼女の中で何かが動きはじめる。体の奥深くで誰かが火をつけたように、小さな熱の塊が燃え上がろうとしている。ふいに、酸素が加えられ、最初の爆発が起こる。かなり大きなもので、ルビーはその反動でベッドから飛び出て、ランニングシユーズを履いた。持ち帰りの食べ物やウオッカを近所に買いに行ったのをのぞけば、完全に起き上がったのはこの七日間で初めてで、体がふらついている。けれども、シューズの紐《ひも》を二重結びにしているうちに、怒りが燃料となって体内を駆け巡るのを感じた。アッシュは唇で彼女の体を愛撫《あいぶ》しながら、結婚式への招待を口にした。それは、二人の関係を終わらせるための周到なやり方ではなかったのか。ルビーの思考や感覚や心の揺れを押しのけながらも肉体を求めるなんて、冷たく打算的だ。実際、いつもそうなので、ルビーもそのときはショックを受けなかった。
自分の感情を抑えることに慣れていたので無理もない。

　外はかなり強い雨が降っていたが、ルビーはほとんど気にならなかった。暗いべとつく雨の中、目に流れ落ちてくる滴《しずく》を拭《ぬぐ》いながら、セントラルパークをめざして、東へと走った。筋肉が抗議の声を上げると、ルビーはその痛みを味わいながらスピードを上げた。何か克服しなければならないものがあるとすれば、それは体の麻痺《まひ》している感覚だ。そのせいでこのところずっとベッドから離れられなかった。今日も一日、時間が過ぎていくのを待つより、大腿四頭筋《だいたいしとうきん》のこわばりを感じ、心臓の強い鼓動を味わっているほうがずっといい。公園に入ると、濡れた砂利を踏みしだきながら、頭の中で園内マップを思い浮かべ、きっぱりした表情で近くの貯水池をめざした。

〈ザ・レイク〉に着くと、ルビーはうっかり反対方向に走り始めていた。オーストラリアでは時計回りに左側を走っていたためだが、すぐに間違いに気がついた。ジョギング中の人たちは、彼女を見て眉をひそめたり、ため息をついたり、通りすがりに首を左右に振ったりし、中にはわざとらしくよけて走る者までいた。ルビーは謝ろうとして、すぐに気が変わった。意地でも向きを変えない。みんなに合わせようとはせず、そのまま走り続ける。何年間も自分を抑えつけてきて、初めて人をわきにのけて自分の行きたい方向へ進むことの気持ちよさを味わった。

一時間後、部屋に戻ったときも、ルビーはまだランナーズ・ハイで心が高ぶっていた。ぐっしょり雨に濡れているため、通りに立ったまま、着ているTシャツの裾《すそ》を絞ってから、建物に入った。フロント係の青年が気の毒そうな笑みを浮かべたが、ルビーは笑ってこういう天気は好きだと言った。

「気分がすっきりするわ」

ルビーが急に前向きな態度を見せたことにフロント係は戸惑ったようで、気遣わしげな表情になった。（彼はルビーが持ち帰る料理やウオッカを見ている。この新しい入居者が数日間ほとんど姿を現すことがなかったことと考え合わせて、一週間もしないうちにここを出て行くのではないか、と勝手に思い込んでいたのだ）

「貸し傘もありますよ。よかったら……」

小さなエレベーターに乗り込むルビーの背中に、フロント係がためらいがちに言うのが聞こえたが、まもなくドアが閉まった。

数分後、シャワーから出たとき、ルビーはあの青年の驚いた顔を思い出して、声を上げて笑った。ニューヨークでは、人に変人だと思われると勝ち誇った気分になる。存在が消えているのとは大違い。熱いシャワーを浴びながら、ルビーは目を閉じ、叫ぶような大きな声で笑った。さまざまな感情が、塗りたてのペンキのように入り混じって肌を伝い落ちた。これを本当の再スタートにしよう、と決意する。洗礼でも受けたように新たな気持ちになった。バスルームを出て、ひりひりする体に堅くタオルを巻き、狭いクローゼットの前まで歩いて行って一番きれいな服を探す。柔らかいコットンのスカートを触りながら、自分が明るい幸せな色を背後にたなびかせて、夏のニューヨークの通りを歩いているところを想像する。

このレンガの壁の外側に全世界があり、殻を破って踏み出していく心がまえがようやくできた。

これがあれこれ考えた末の結論だと思って微笑んだとき、ナイトスタンドの上のスマートフォンから着信音が聞こえた。振り返って手を伸ばし、明るくなっている画面をチェックする。

元気？

きれいなドレスや暖かい夏の日や明るい色のイメージが、とたんに消えた。気持ちが沈み、二通目のメッセージが届く。

今もこっちにいてくれたらよかったのに。

アッシュからだ。

ルビーはどすんとベッドに腰を下ろした。スマートフォンを体から離し、そのあと胸元に当てる。五分以上そのまますわっていたが、やがて動悸が激しくなり、小刻みに震える指で返事を入力し始めた。

そんなのは彼女だけだとは思わないでいただきたい。わたしは今、前よりはるかに恵まれた時間を過ごしているかもしれないが、そんなわたしでも、過去が身近に迫り、引き戻されそうになることがある。つまり、こういうこと。飛行機やバスから降りたからと言って、過去の自分を置き去りにしてくることはできない。どんなに走ろうと、どんなに目覚めようと、そんなふうに配線を繋《つな》ぎ直すことはできない。完全には無理。自己啓発本に書いてあったり、昼間のワイドショー番組（以前、親友のタミーとよくそういう番組を見ていた）で言っているようにはならない。わたしに言わせれば、誰かから受けたダメージはスーツケースに隠すことはできても、人はぴったり皮膚に貼りついて離れない。朝、目を覚まして、ジャクソン先生の姿が目に浮かぶことがある。まるで、夜のあいだに彼がベッドに忍び込んできたかのように。また、たまたまきのうがそうだったが、母が現れることもある。母の柔らかな肌の匂《にお》い、白粉《おしろい》と薔薇《ばら》の香りがなぜか部屋に漂っている。わたしはこういうことが起こるのは、好きではない。ルビーと同じように、胸がどきどきし、指が震える。でも、わたしは彼女と違って、それに応《こた》えたりしない。動悸が収まり、指の震えが止まるのを待って、正面を見続ける。母が訪ねてくるのはかまわない。ジャクソン先生だって、そうしたければどうぞ。ただ、長いあいだ、彼らを居続けさせることは絶対にしない。

　わたしの場合、初めから自分の意志で姿を消した。ルビーと同じように、自分の望まない状況から抜け出した。ただ、ルビーと違うのは、行き先を誰にも告げなかったこと。親友にさえ言わなかった。タミーには、彼女と別れたときにいた場所に、わたしがそのまま居続けているように思わせておいた。それまでの生活から、誰の目にも触れずに抜け出したかったのだ。たとえ誰かがわたしの皮膚に貼りついていたとしても、招かれていないのにわたしのスーツケースに入っていたとしても、もう新たな傷をつけることはできない。そう考えたことで、新しいスタート地点に立てたような気がした。過去のさまざまな傷が癒《い》える時間ができたような気がした。

わたしは初めからやり直したかった。姿を消したいと思っていた。

だが、それは忘れ去られることとは違う。はっきり言っておくが、そんなことは一度だって望んではいなかった。

4

八日目の朝食のときに、ノアはわたしに仕事を提供してくれた。これもまた思いがけないプレゼントの一つだ。この数日間、ノアは、たいてい小さくて、いつも役に立つ物を買ってきてくれた。わたしが街歩きから帰ると、銀色の水筒やスポーツソックスがベッドの端に置かれていた。それを持っていくと、ノアはただ冷蔵庫の扉を手で指し示すだけだった。借用書代わりの付箋はどんどん増えていった。

「将来のために今は我慢すべきだ、という考え方は好きではないんだよ」きのう、ノアはそう言った。ドレッサーの上に置いてあった紫色のふわふわしたパーカを、わたしが受け取るのをためらっていたときのことだ。ソックスや水筒ならともかく、パーカは高価すぎて、受け取るのに戸惑いを覚えた。「いつか払ってくれればいいんだ」ノアはわたしの心配を退けて、落ち着いた声で言った。「ちゃんとした格好で歩かないと、ひどい風邪でもひいたらなんの意味もないじゃないか、ベイビー・ジョーン」

何かでカラスの話を読んだことがある。タフタ鳥、わたしは子供のころ、不気味に見える真っ黒な羽に興味をそそられ、そう呼んでいた。カラスは、気に入った人間や信頼している人間に、やたらとプレゼントをすることで知られている。きらきらした物やきれいな物、実用的な物などを置いていく。それが、言葉を使わない、カラスなりのコミュニケーションの取り方で、わたしはノアのプレゼントについてもそう考えることにした。どうしてノアがこんなにすぐわたしを信頼し、バックアップしてくれる気になったのか、完全には理解していないのだが。

(死の鳥、母はカラスをそう呼んだ。人の死を察知して空を旋回しているのだという。わたしはそんな迷信には同意できなかった)

そして、今、これまでで一番のサプライズ。ノアは給料と自立を提供してくれた。そう、仕事を! ノアのアシスタントとして、犬の世話の手伝いをさせてくれるという。ノアはこのアッパー・ウエスト・サイドで、犬の散歩代行をしている。かつてはネクタイを締め、スーツを着てダウンタウンで別の仕事をしていた。張り出し窓やピアノやシャンデリアのあるこれだけの住まいを維持することが重要だったからだろう。最近は、どう見ても人間より犬とのつきあいを好んでいる。それに、このあたりには散歩を必要としている犬がたくさんいる。どの家にも犬が思う存分遊べる庭があるわけではないし、犬が独りで通りをうろつき回っているのを見かけたこともない。犬のための在宅サービスも始めようと思っている、とノアから聞かされたとき、いい考えだと思った。そうすれば、この界隈《かいわい》の飼い主たちは、出張に出かけたり、週末をハンプトンズ――ノア自身はもう何年も行ったことはないそうだが、お金持ちがよく行く場所らしい――で過ごしたりするとき、愛犬を安心して自宅に置いていける。

（ノアには友人がいないようだ。かかってくる電話も、犬の用事に限られている。それに、部屋の壁には高そうな絵画がいくつも飾られているが、写真立ては一つもない。わたし自身、一つも持っていないので、それがそんなに変わったことだとは思わない。もし、写真がないのが変わっているなら、わたしたちは二人とも同じくらいの変わり者なのだろう。もちろん、ノアも目を閉じれば、思い浮かぶ顔もあると思う。意識的に思い浮かべないようにしている顔もあるのかもしれない。でも、それが誰であるかは、わたしには少しも関係ないことだ。ノアは犬たちにもわたしにも優しい。今はそれだけわかっていればじゅうぶんだ）

　わたしはクリームチーズ・ベーグルをほおばりながら、ノアが仕事について説明するのを聞いていた。これからは、わたしの給料から部屋代が差し引かれる。その中に、食費やここで暮らしていく上で必要な日用品も含まれる。わたしとのあいだに置かれた黄色の用箋には、いくつもの言葉やわたしにはよくわからない方程式が書かれている。ノアはそこに視線を走らせたあと、顔を上げて、差し引き後、わたしの手元に毎週百五十ドルの現金が残ると説明した。

「午前八時から午後三時まで、週に四日働いてもらう。仕事は犬の散歩と在宅サービス。内容はお客さんによって変わる。みんなそれぞれ異なったケアのルーティンがあるからね。一度に世話をするのは多くても二匹。毎回フランクリンの世話もお願いする」

彼は書かれたメモの一部を線で消すと、目を輝かせてわたしを見つめ、手を差し出した。かさかさと黒い羽根が音を立てているイメージが目に浮かぶ。

「これでどうかな？」

驚いたことに、わたしはまた泣きそうになり、舌の先で口蓋《こうがい》を強く押しながら無言でうなずいた。こうすると物理的に泣けなくなるということがどこかに書いてあった。にもかかわらず、ノアと握手をしたとき、わたしの目は涙であふれそうになっていた。ノアが書いた方程式の数字の中に、部屋代や食費、光熱費のすべてが含まれ、それでもなおわたしの手元にこれだけの現金が残るはずはない。また、ノアが世話をする犬の数を増やす必要がないこともわかっている。彼はお金のためにこの仕事をしているのではない。四本足の友だちと触れ合い、ときどき外に出る機会があればいいのだ。わたしは他人のモチベーションをいつも正しく理解できるわけではないが、この新しい在宅サービスは、ノアがわたしのためにおこなおうとしている事業拡張の一つにちがいない。わたしが毎日きちんと彼の元に戻るよう、ノアが知恵を絞ったのかもしれない。

いろいろな考えが頭の中を飛び交い、わたしはノアが開けてくれた扉に戸惑いを覚えた。なぜこんなふうに助けてくれるのか、なぜほかのおおぜいの人たちにしてあげることはできないような特別な配慮をしてくれるのか、理由がわからない。もう少したって、本音で話ができるようになったら、どうして部屋の賃貸広告を出したのかを訊《き》いてみようと思う。社交的ではないと自ら認めている人が、どういうわけで自分の生活への扉を開ける気になったのか、を。今のところは、ここにたどり着いたことに深く感謝し、犬の在宅サービスという新しい仕事に備えてきちんと計画を立て、自分が報酬に見合う仕事をしていると思えるようにしたい。新しい生活、自分の居場所があり、自分が属している人生の始まり。

世の中で見知らぬ人から親切を受ける話は、これまでよく耳にしたことがあるが、それがついにわたしの身に起こった。

みなさんは、わたしがバリアを取り去るのにほとんど時間がかからなかったことを、意外に思っているだろうか。過去の事情が違っていたら、みなさんもそれがいいことだと思うかもしれない。わたしのような若い娘が、昔ながらの方法に頼りがちなときに、この新たなスタートが切れることをどれだけうれしく思っていることか。あなたも、わたしの立ち直る力を称賛し、グータッチをして、わたしが前向きな人生へと方向転換しようとしていることを祝ってくれてもいいのではないだろうか。

もう少しだけ、いっしょに幸せな空想に浸ってもらいたい。

ルビーはまるで熱病にかかっているかのようだ。それはセックスと関係がある。おおいに関係がある。アッシュがメッセージを送ってくるようになってから、ほんの少しの刺激にも体が強く反応するようになった。むき出しの脚に触れるひんやりしたシーツ。背中を伝い落ちる熱いシャワー。りんごをかじったり、フォークから舌へ食べ物を移すときでさえ、なぜかエロティックに感じる。セックスの夢を見て、全身汗だらけで目を覚ます。毎朝、目を開けると、鎖骨が熱く痛む。まるでそこに彼女の欲望の電線がつながっているとでもいうように。

その電線は彼女をアッシュのもとへ引き戻しつづける。

ルビーは遠くからアッシュに思いを募らせることには慣れているが、この熱い思いはこれまでのと感覚が違う。すぐにわかったのだが、これは恋人であるアッシュその人への思いだけではない。もっとも、彼の唇や手の感触を思い出したとたん、どうしようもなく胸が弾む。ルビーは、男性問題を引き起こした従姉《いとこ》のことを、祖母がこう言っていたのを憶《おぼ》えている。「あの女はいつも盛りがついてるからねえ」祖母が口をゆがめて言った古くさい表現が、今の状態を表すのに一番近いかもしれない。一週間何も感じなかったあとで、どういうわけかそんな状況に陥っていることに、ルビーは気がついた。

（ルビーは、サリーの結婚式に出たときの感情の小さな爆発や、ダンスフロアにいた、今では自分とは思えない女性のことは忘れていた。人は適切なときに記憶がよみがえるとは限らない）

ルビーは気を紛らせようと、ニューヨークに来て二週間目に——実質、一週間目のようなものだが——訪ねる場所のリストを作った。さらに、場所の名前を蛍光ペンでなぞって目立たせる。メトロポリタン美術館を訪ね、フェリーでスタテン島へ行き、地下鉄でブルックリンへ行き、雨の中、歩いて橋を渡って戻ってくる。降り続く春の雨は、ルビーにとってこの街の一部となっている。路上のごみや建物に巡らされた足場、どの街角にもあるチェーンストア、財布の中に入っているメトロカードなどと同じようなものだ。ルビーは、預金の力を借りてニューヨークになじもうとしている。ウオッカ・マティーニや部屋に置くフランス製キャンドルを買い、おとといの晩は、新しく買ったダイアン・フォン・ファステンバーグのワンピースを着て、リンカーン・センターへ演劇を観《み》に行った。お気に入りの映画女優の一人が、半裸でステージに立っていたが、あまりに距離が近く、コーヒーの染《し》みのような乳首が見えた。これがニューヨークだ！

ここはソーシャル・メディアの発信地でもあり、母にメッセージを送ったり、メルボルンで家族と暮らす姉のキャシーに電話をしたりしている。

しかし、ニューヨークには別の面もある。期待に身を焦《こ》がしながら天井を見つめ、早朝、スマートフォンの着信音を待つ。アッシュからの着信音が聞こえたとたん、電話に手を伸ばす。ルビーは裸で眠る。いつメッセージが来てもいいように。これまでのところ、彼はいつも喜んでくれる。アッシュは、メルボルンで別れたときのままの彼として、この街に存在している。最初の一週間連絡を取らなかったせいで、彼はいっそう強くルビーを求めるようになり、二人の会話は知り合った当初——大昔に思えるが——のように性急に感じられる。

　眠れないんだよ、ルビー。おまえがおれをこんなふうにしたんだぞ。一日中、おまえのことばかり考えていたよ。見せてくれ、おまえの——。

「まさか」ゆうべ、ルビーはキャシーに言った。「こっちに来てから、彼とは話してないわ」嘘《うそ》をつくのはいやだが、自分がまだアッシュと連絡を取っていると知ったら、姉がどんなにがっかりするかわかっていた。だが、毎朝、自分に言い聞かせているように、これは小さな嘘。三百平方マイルのあらゆるものの中でたった一つの小さな嘘。あしたはコニー・アイランドとアメリカン・バレエ・シアター、それからヴィレッジのキャバレーへも行ってみよう。また別のルーフトップ・バーへ行って、ばか高い値段のカクテルを飲もう。ルビーは一生懸命やろうとしている。だが、自分が完璧《かんぺき》になると約束したことは一度もない。

　ルビー・ジョーンズは完璧さにこだわっている。ルビーはアッシュのフィアンセを完璧だと思う。近々彼の妻になる女性をけなすような人間ではない。紋切り型の人間にはならない。少なくとも、今そうなっている以上にありきたりのタイプにはならないつもりだ。そういうことから、ルビーはよくその逆の方向に振れ、会ったことも話をしたこともない相手を理想化して考えてしまう。

きれいに並んだ真っ白な歯、手入れした爪《つめ》。透明なリップグロスに薄くつけたファンデーション。カプリパンツに機能的な腕時計。ずっしりした一粒ダイヤの指輪をつけた薬指。つややかな長い髪。二つの大学からあっさり学位を取得し、一年間の海外ボランティア活動もおこなっている。何冊もの本を同時に読むようなことはせず、パーティには得意料理を持参する。もちろん、招待主に頼まれればの話。というのも、みんながエマの料理が大好きだから。ここで、ルビーが想像する彼女の長所がとぎれそうになる。ＳＮＳでわずかに知ったことや小耳に挟んだ会話を基に、頭の中でアッシュのフィアンセ像を作り上げるのはさほどむずかしくはない。その作り上げた人物を現実の中にはめ込むとなると苦痛になってくる。この女性とアッシュを共有している現実の世界――おおぜいの友だち、ディナーパーティ、週末、さまざまな計画。こう考えたとき、ルビーは体の奥から苦しくなる。自分は紙切れに書かれた殴り書きにすぎず、アッシュのフィアンセは句読点のある完全な文章として続き、アッシュの人生の段落を作り上げる。

　手からこぼれたことをくよくよ考えるのは愚かしい。

　自分がアッシュにもたらしたもの、彼の中から引き出したものに目を向けたほうがいい。

「ほかのやつといるとき、おれはこんなじゃないんだ」いつか彼がそう言ったことがあり、少なくともその言葉は事実だ、とルビーは思っている。

（わたしたちは誰かといっしょにいるとき、別の人といるときと同じ人間なのだろうか。もし、同じでないなら、誰かがいなくなったとき、その人といっしょのときのわたしはどうなるのだろう。これは、母がわたしを置いて亡《な》くなったとき以来、しょっちゅう考えていることだ）

熱病のような状態になっているのはたぶん天候のせいだ、とルビーは思っている。降り続ける雨が、午後の長い時間、何度もいっしょにベッドで過ごした記憶を呼び起こす。手足を絡《から》ませ、ゆっくりとキスをし、互いの腕の中でうとうとしていたときのことを。この数日間、一人で街を歩きまわっていたことで、体の触れ合いを求める気持ちが明らかに強まっている。午後の長時間ベッドで過ごしていた記憶は、大半が想像にすぎず、現実とは違う。というのも、アッシュが――そういう相手はほかには誰もいなかった――ルビーといっしょに過ごせたのはせいぜい一、二時間だったから。この事実に、ルビーの心は弾《はじ》かれたギターの弦のようにビーンと音を立て、突然、誰かに体に触れてもらいたい衝動に駆られる。どんな形にしろ、人との触れ合いを経験してから、何日もたつ。何週間かもしれない。人はこういう触れ合いの欠如から頭がおかしくなることもある。

二日前、ルビーがアムステルダム街を歩いていたとき、コンピュータ修理の会社と両替所のあいだに、小さなマッサージ店があるのを見かけた。「深部組織、一時間五十五ドル、平日割引」と、窓に手書きの看板が出ていた。試してみるのもいいかもしれないと思い、ルビーは気が変わらないうちに、また雨のなかを外に出て、東に向かった。この辺の地理が少しずつわかってきたと思いながら、この通りを渡り、次にあの通りも渡って、目的地にたどり着いた。通りから店に入ると、小さなベルが鳴り、シルクのパジャマのような服を着た小男が受付の向こうでうなずいた。客はほかにいないようで、すぐに、奥の小部屋に通された。そこはベッドと衣服を入れる籐《とう》かごを置くのがやっとという狭さだった。

「下着はつけたままで」男はそう言って、ルビーが服を脱げるように背を向けた。指の関節をポキポキ鳴らしたあと、両手を彼女の体に乗せたとき、ルビーは閉じている目の向こうでオレンジ色の光がきらめくのを感じた。見かけによらず力のある男性に体を押され、骨のずれを直してもらい、こねるように筋肉をマッサージされる。気持ちがよいというのとは少し違うが、本来の自分に戻されているという満足感があった。自分には肉体があり、神経や腱《けん》や筋があり、今、ニューヨークの街にいる。ウオッカをたくさん飲み、最高の恋人が与えてくれる以上の快感を得て、高級な服を買い、ときには昼までベッドで寝《やす》んでいる。ポニーテールに結った髪が崩れ、歯が歪《ゆが》み、この小柄な男の肘が左の肩甲骨のくぼみに押し込まれたとき、瞼《まぶた》の下で明るい火花が散った。ひょっとしたら自分は完璧ということに重きを置きすぎていたのだろうか。完璧途上のものもなかなかいい。

　マッサージが終わると、体が軽くなった。窮屈な部屋で、男は体のあちこちを解きほぐし、ルビーは海に押し出されたような解放感を感じた。こんなことだけでよかったのだろうか、とルビーは自分の単純さに少し戸惑っていた。一時間自分の面倒を見て、物事の中心に自分を置いてくれる。もし、それでいいなら、毎日この男のところに通ってもいい。彼がまだおこなっていない施術がどれだけあるのかを確かめるために。

　ジャケットのポケットでスマートフォンが振動したときも、ルビーは自分が完全にその束縛から解き放たれたと思い、笑みを浮かべていた。地球の反対側で誰かが目を覚ましたらしい。たぶん、キャシーだろう。いつも子供たちにとんでもない時間に起こされている。ポケットからスマートフォンを取り出して、てのひらで雨をよけながら三回読んで、ようやくメッセージを把握した。文章が形作られたあとも、文と文の関連を理解するのに苦労した。

七月に会議でニューヨークに行く。嘘みたいだろ？　最高のルーフトップを探しといてくれ。

アッシュだ。彼女のあとを追ってニューヨークに来る。結婚式の二か月前に。完璧な女性と結婚する二か月前に。ルビーはきりきりと胸が締め付けられる思いだった。突然、雨に平手打ちをくらったように感じる。

まさかこんなにうきうきした気分になるとは。

5

二週目中ごろのある晩、夕食のときに、わたしはこの街について話をしてもらいたいとノアに頼んだ。いっしょに仕事をすることになり、わたしたちは食事や会話もともにするようになった。最初の会話は、まるでトレーディング・カードのセットを完成させようとしているかのように、相手の基本的な情報を集めるところから始まった。今では、シリアルやソーセージを食べながら、科学や政治、宗教、わたしがもっと知りたいと思うあらゆることについて話題にしている。わたしはろくに学校教育を受けてこなかったことをノアに指摘された。小さな町からまた別の小さな町へと引っ越すたびに転校を繰り返し、それ以上の教育は受けなかったのだから、認めないわけにはいかない。いっしょに過ごす時間が長くなって、ノアはよく本当のことを言ってくれる。わたしはそんなことはあまり気にならない。真実は人を傷つけるという考え方もあるが、そうだろうか？　わたしには嘘をつくほうがよほど相手を傷つけるように思える。

「たいていのことは自分で身につけたわ」先日、わたしはノアに言った。「図書館の本や、テレビのワイドショーで。ほかの人がやっているのを見て覚えることもあったわ」

「独学者だな」そう言ったあと、ノアはその言葉の意味を説明してくれた。一人で大人になっていくという、意味のあることなのだから、もっと聞こえのいい言葉があってもいいのに、とわたしは答えた。

「たしかにそうだな」ノアは微笑《ほほえ》んだ。彼もまた、わたしの口から真実を聞くのが好きらしい。

ニューヨークについて何を知りたいのかを訊かれたとき、わたしは肩をすくめて、ノアが知っておいたほうがいいと思うことならなんでも、と答えた。左や右や上を見ただけでは理解しにくいようなことを教えてもらいたい。

持ち帰りの中華料理を食べながら、ノアはこんな興味深い話をしてくれた。この街には四百七十二もの地下鉄の駅があり、毎日五百五十万人をあちこちへ運んでいるという。構内でアナウンスされているように、プラットフォームから下がって地下鉄を待つことが大切だ。実際、毎年、百五十人ほどのニューヨーク市民が、重さ四百トンの列車に衝突されている。

「死んだ人はどのくらい？」わたしが訊くと、ノアはそのうちの三分の一が致命傷を負ったと答えた。わたしは命を取り留めた人のことが気になった。

　負傷者を救助するための病院はたくさんある、とノアは言った。交通事故や火災現場やあらゆる種類の個人の事故に対して、市営または民営の事業者から救急車が一日に千回も出動している。ニューヨーク市では九分に一人の割合で人が亡くなるが、同じ九分のあいだに二人の赤ちゃんが生まれている。だから、救急車が走っているのを見かけただけでは、その車が生と死のどちらで呼ばれているのかはわからない。

「サイレンの音には慣れてきたわ」わたしが言うと、ノアはうなずいた。

「それはよかった。それ以外の音が聞こえなくなったらまずいけどね」

　この街には祈りを捧《ささ》げる場所が六千か所以上あると聞いて、宗教にすがる人が多いこと、いろんな神様に祈りを捧げていることについて考えてみた。わたしが春巻の最後の一つをフランクリンに食べさせていると、ノアが言った。祈りの言葉を聞き取れるなら、イディッシュ語からウルドゥー語やフレンチ・クレオール語まで、一度に八百種類の言語を聞いていることになる、と。それを聞いて、ニューヨークの人たちはいったいどうやってお互いを理解しているのだろうか、とわたしは不思議に思った。

「三百平方マイルの〈人種のるつぼ〉で暮らしていると、そんな魔法みたいなことが起こるんだよ」ノアはそう言って、少なくともこの街の人口の半分はよその国から、あるいは合衆国の別の地域から来た人たちであることを説明してくれた。

「ウィスコンシンからはどのくらいの人が来てるのかしら？」そう尋ねると、ノアは建築家のフランク・ロイド・ライトが生まれた場所だということ以外、ウィスコンシンについては何も知らないし、訪ねたいとも思わないと答えた。

「わたしも離れて寂しいわけじゃないのよ」そう思われているかもしれないと思って、わたしはすかさずそう言った。

　救急車やこの街で暮らす人々や祈りを捧げている人たちの話をしているうちに、やがて地面に空いている二つの巨大な穴のことをノアに尋ねた。ダウンタウンにある、かつて高層ビルのあった場所だ。あの悲惨な出来事が起こったとき、わたしはまだ幼くて理解できなかったが、きのう9・11メモリアルを訪ねた。あの日の犠牲者全員の名前が彫られた追悼碑を指でなぞり、刻まれた溝から彼らの存在を感じ、その場所で取り返しのつかないことが起こったことを痛感した。わたしは一枚も写真を撮らなかった。縁に犠牲者の名前が刻まれた二つの人工池のわきで、ポーズを取って自撮りをしている人たちもいたが、わたしにはできなかった。

「九月十一日にはあのグラウンド・ゼロで三千人近い人が亡くなった」ノアは言った。

「そのあとも、救助や復興に携わったおおぜいが命を落としている。あそこの残骸《ざんがい》を覆《おお》っている埃《ほこり》と灰には毒性があったからね。癌《がん》を引き起こし、今も告知を受けている人がいる」

わたしは体が震えた。埃や灰のことを考えたら、ふいに死の味を舌に感じた。ノアはじっとわたしを見つめ、静かに微笑んだ。

「知ってるかな。星が死ぬと、残った塵《ちり》とガスが星雲を作る。それは見たこともないほど美しいものだよ。しかし、星雲はもっとおもしろい。なぜなら、明るい新しいいくつもの星が作られる場所だからね。星の子供部屋とも呼ばれている。遠くに見える星雲は、物の終わりであり、また始まりでもある。宇宙では誕生と死はそれほど違わないんだ」

「知らなかった」わたしは正直に言った。「星が死ぬなんて」

いつでもそこに存在しているものだと思っていた。今、思い返すと、あらゆる物が変化するのは当たり前なのだが。ノアはパソコンで星雲の画像を見せてくれた。これまで見たこともないほど美しいものだというのは本当だった。それにしても、星の子供部屋と星の死について考えると胸が痛む。不変の物など何一つないのだ。わたしはなにもかも今あるがまま、変わらずにいてほしいと強く望んでいるのに。ノアと夕食を食べ、あしたは脚の短い太った二匹のコーギー犬が連れてこられるのを待ち、あしただけではなく、その翌日も自分がどこにいるかをわかっている。

それから、もう一つ。美しいものに悲しい気持ちにさせられることにはうんざりだ。ひっくり返して裏を見ても、むき出しの配線や安っぽい部品が見えないものを大切にしたい。わたしは初めて、ノアが物事の真実をこんなに熱心に教えてくれなければいいのに、と思った。

「物事がどう機能しているのかを、きみが知りたがっていると思っていたんだが」

わたしが急にふさぎ込んだのを見て、ノアがそう言うのが聞こえた気がする。テーブルを片づけ、寝る支度をするころには、わたしもなんとか笑顔を作る。ノアはわたしが学ばなくてはいけないことを教えてくれているのだ。星雲や地面に空いた穴を二度と見たくないことを、ノアに伝えるつもりはない。

十三日目、アッシュがルビーにニューヨークへ来ることを伝えた日に、あることが起こる。わたしはエンパイアステート・ビルの写真を撮ろうと思った。クライスラー・ビルほど好きではないのだが、日が落ちると、建物の正面にプロジェクション・

マッピングで芸術家の絵が映し出される。どういう人か知らないが、エンパイアステート・ビルを自分のアート・ギャラリーとして使わせてもらえるなんて、才能ある作家にちがいないから行ってみたい。1系統の地下鉄に乗ると、今夜はどの車両も半分ぐらい空席で、自由に席を選ぶことができた。ダウンタウンに向かうあいだ、生命保険やコミュニティ・カレッジなどの車内広告を読んだり、窓の外を一瞬で通り過ぎる落書きやトンネルの壁にスプレーで書かれているわかりにくいメッセージに目を向けていた。わざわざこんなところまで来て、どんな人が書いたのだろう。壊れた汚いコンクリートの上に自分の考えを書くために、どうやって線路を越えていったのだろうか。駅と駅のあいだで地下鉄がスピードを落としたとき、左に目を向けると、血のような赤ペンキで書かれた文字が目に入った。書いたばかりらしく、ペンキが幾筋も流れ落ちている——おまえはまもなく死ぬ。流れ落ちる文字を見つめ、また胸に圧迫感を覚えた。やがて、列車が足元で軋《きし》み音を上げ、体が前後に揺れた。くだらない落書きだ。鼠《ねずみ》やごみの中に芸術作品を書き残したつもりでいるのだろう。わたしは星の死や地面の穴を思い出し、とたんにビルの写真を撮りたい気持ちが萎《しぼ》んだ。

それはまるでこの列車の中で突然、もう一人の自分から目を離さないように注意された感じだ。人生も人々も、予期していない者にいろんないたずらを仕掛けてくることを知っている、もう一人の自分から。なんといっても、わたしは人生の曲がり角や分岐点を知らない人間ではない。ほんの一瞬で人生が変わってしまうことにも驚きはしない。数秒前までどれほど幸せであっても、キッチンのドアノブをひねろうとした瞬間、一変することだってある。

二十八丁目駅に近づいたとき、このまま乗っていたい気持ちになった。ただ移動し続けるだけのために。乗客が地下鉄からホームへと降りはじめると、同じ方向に泳ぐしかない魚のように、わたしも流れに乗ってホームに降りた。人ごみのなか、歩幅を変えたりリズムを乱したりしないよう気をつけながら、この集団に溶け込み、前に進む。隊列を組んで階段を上る——一、二、三、四、五——もう汚れてしまったスニーカーに視線を落としながら一段ごとに足を下ろしていく。次の階段の前にある踊り場で、向きを変える。集団がばらけるのはたいていこういうところだ。広がる空間がある。足元に視線を落としていると、左側を歩いていた人たちにぶつかられた。まるでわざとやっているように、次から次へとわたしのコースに侵入してくる。やがて、みんながこちらに来るのは、左側にある障害物を避けようとしているからだとわかった。

その人たちの外側に回りながらのぞきこむと、床にあるものがちらっと見えた。みんながよけているのが人間であることがすぐにわかった。男性がひとり仰向けに倒れ、ボタンのはずれたシャツから、なめらかな黒っぽい胸が見えている。脚のあいだには紙袋とコートが転がっていた。男性というより少年といったほうがいいほど若く、わたしはまわりの人をかき分けて集団の端に移動し、その少年のすぐわきに立って正面から見つめた。少年の上から。彼は目を閉じている。唇は固く結ばれ、息をしているのかどうかもわからない。前屈《まえかが》みになって、少年の口の前に手をかざして確かめたかったが、腕を動かせそうになかった。どんどん人がやって来る。一、二度肩越しにのぞき込む者もいたが、誰ひとり足を止めようとはしなかった。彼らの無言の警告が聞こえるような気がする。危ない！　離れるんだ！　あんたの身が危険だぞ！けれども、上から顔を近づけて見ると、少年は眠っている子供のように見える。わたしの腕は動いてはくれないが、足も立ち去ろうとはしない。

　まもなく、二人きりになった。仰向けに倒れている少年と、どうしたらいいかわからず、上から見下ろしているわたし。少年は素足で、黒みがかったピンクの足の裏に泥がこびりついている。凍るほど寒いにちがいない。そう思ったと同時に、手が伸びて、わたしは自分のスニーカーとソックスを脱いだ。真っ白で分厚い新しいソックス。ノアのことを思いながら、少年の足になんとかソックスを片方はかせ、それから反対の足にもはかせた。彼の足がもう少し小さかったら、靴もはかせてあげただろう。わたしが触れているあいだ、彼はぴくりともしなかったが、皮膚にはぬくもりが感じられた。わたしは死んだ人の体がどんなだか知っている。こんなではない。思い切って膝《ひざ》をつき、彼のシャツの前身頃を引っ張って、すり切れた生地が胸を覆うよう、ぎこちない手つきでまん中のボタンを留めた。裸足《はだし》のまま立ち上がったとき、わたしの目から涙があふれた。わたしにできるのはこれだけ？　新しいソックスをはかせて胸のボタンを留めることだけなの？

　この人にだって、愛してくれた人はいる。

　いつか近いうちに――それは近づいている――わたしにも愛してくれた人がいることが、あの男にわかるかしら。わたしだって愛されていたことが。でも、今のわたしは、半地下のコンクリートの上に横たわっている少年を見て、懸命に涙をこらえている。周りの人たちは、まるで彼が存在していないかのように、よけたり、またいだりして通り過ぎていく。別の列車が到着したらしく、乗客が階段に押し寄せる音が聞こえる。わたしは財布から十ドル札を取り出すと、少年のシャツのポケットにそっと押し込んだ。それから、向きを変えて階段を駆け上がり、人通りの激しい通りへと出た。誰かに追いかけられてでもいるように。あたりは暗かったが、明るいイルミネーションのせいでそれを感じない。都会の明るさに目を痛めそうだ。両手に片方ずつスニーカーを持ったまま、一、二ブロック歩くと、足の裏に泥や都会の汚れが付いた。ここでは、わたしを振り返る者もいなければ、だいじょうぶかと尋ねる者もいない。少年をよけて歩いていた人々が、今度はわたしをよけて歩いている。実際にはここに存在していないかのように目をくれようともしない。

　家に帰りたい。

　家はどこにあるのだろうか。この二週間、わたしは夢の中で暮らしていたような気分だ。そして今、目が覚めると、冷たくて硬いベッドに横たわり、冷たい硬い壁に鼻をつけている。十四歳のとき、母がキッチンの床に倒れて死んでいた。わたしは通学《つうがく》鞄《かばん》を持ったまま、血だらけの手で９１１に電話をして救急車を呼んだ。十五歳のときには、別の小さな町へ行き、同じように小さな家で母のいとこと暮らした。十七歳で、ジャクソン先生に震える裸の写真を撮られ、一人でミルウォーキーからニューヨーク行きのバスに乗った日に、十八歳になった。そして今、あの男と出会うまで、この人生になるまで、あと二十七時間。

　おまえはまもなく死ぬ。どんな計算をしたらあの人生に別れを告げるときがわかるのだろうか。どうやって時間や距離を計算すれば、ぎりぎりのところから、安全に逃れることができるのか。引き戻される危険を回避できるのか。ノアは握手をし、わたしにスニーカーを買ってくれ、ニューヨークについていろいろな話をしてくれた。もし、今夜、彼のところに戻らなかったら寂しいと思ってくれるだろうか。それとも、この十三日間、わたしが占めていた場所や彼の生活の寂しさを埋めるために、また新たな居住者を見つけるだろうか。

ジャクソン先生はわたしがいなくなって寂しがっているだろうか。いなくなったと知って、胸を痛めただろうか。わたしは会えなくなって寂しいと思う。そんなふうに考えるべきではないとわかっていても、事実は事実だ。この何日間か、前を向いて過去から身を隠そうとしてきたが、今夜、みんながあの少年を避けて歩いていたこと、気にする人もいなかったことで、わたしは無理やり過去に引き戻された。ロープをかけられて引っ張られるように、わたしの中心をぐいと引っ張って向きを変えさせられた。わたしはロープの端にいて、反対端には誰が、あるいは何がいるのだろうか。

もし、わたしがまたいなくなったら、それを寂しいと思ってくれる人はいるだろうか。

6

この話は、ミルウォーキーの西、六十数マイルのところにある小さな町から始まる。今に通じる第一歩は、一枚の紙切れがわたしの目の前で振られたことだった。

「やってみなさいよ、アリス。彼に電話したいと思ってるんでしょ。――っていうか」タミーは顔をしかめた。「あんたは、さっさとここを出て働かなくちゃならなくなるの。あっちのバンガローは狭くて泊めてあげられないし、第一、父さんが……」

タミーが最後まで言う必要はなかった。彼女の父親は、アルコール中毒の治療中なのだ。もう何回目だろうか。ただ今回に限っては、神も味方してくれている、と本人は言っている。凍った湖のわきに建つ新しい教会で、神様のために生まれ変わるのだという。タミーが住み込んで家事を引き受けてくれるなら、娘との関係を修復したい、彼女の父はそう考えている。聖パトリックの日（三月十七日。アイルランドの守護聖人、セント・パトリックの功績を称え、アイルランドの伝統文化を祝う日）の前に娘を呼び寄せたい、娘がいれば、自分が立ち直る助けになる、と思っている。けれども、娘には教会の向こうの町に暮らすライという新しい恋人がいることや、その男がどんな商売をしているのかは知らない。地下室に置いてあるオキシコドンという半合成麻薬からヘロインまでの、ありとあらゆる薬物を売り捌《さば》いているのだ。

タミーは片方がもう一方の足りないところを補ってくれるだろう、と思っている。

彼女は親友だが、たとえ招かれたとしても、わたしはいっしょに湖へ行くつもりはない。そんなバンガローや教会にろくなものが待ち受けているわけはないし、あちこちの地下にはおそらくこの地域から一生離れることのない男たちがいっぱいいるだろう。刑務所にでも行かない限り、この州を出ることもないような若者たちだ。高校を出て、九か月がたち、新しい年になったころから、小さな町はわたしには向いていないとの思いがいっそう強くなった。母は小さな町でわたしを身ごもったわけではないし、こんな町で人生を終えるのはごめんだ。わたしに必要なのは仕事。給料がよく、まあ、それほどではなくても、この町でくすぶっている期間を短くしてくれるような仕事。それがどんどん短くなって、やがて一つの点として見えてくるような。

十八歳になっているなら、ジミーのバーでテーブルを片づける仕事に就けるのだが……。彼はタミーのいとこで、いつもわたしによくしてくれるし、チップだけでもこの町を出て行く旅費にはなるだろう。だが、わたしの十八歳の誕生日までまだまる四週間あり、それまでは銀行口座からお金を下ろすにも後見人グロリア・Dのサインが必要で、自由には下ろせない。正規の仕事に就けたとしても、そこは短縮できないのだ。

「十八歳になるまで面倒を見るって、あんたのママに約束したのよ」グロリアはよくそう言った。でも、わたしは政府からの小切手が関係していると思っている。その小切手にしても、決められた年齢に達したら止まるのだが。

わたしはタミーが持っている紙切れを見つめ、その可能性を考えた。

「さあ、どうかしら……」

わたしたちはでこぼこしたダブルベッドでいっしょに寝《やす》み、どんより曇った冷たい朝、掛け布団《ぶとん》を引っ張り上げる。ぴったりくっついて横になっているので、親友の肌に残るゆうべのマルボロライトと何年も使っているシャネルの五番の混じった匂《にお》い、それに彼女の首に顔を埋めたくなるような嗅《か》ぎ慣れたファンデーションの匂いがする。あしたにはタミーがいなくなると思うと、わたしは泣きたくなった。だが、泣いたところで状況は変わらない。自分を哀れんでもどうにもならないのだ。

行き場所はない。わたしはどこにも行く当てがなかった。悪いことに、小さな町に閉じ込められている。この町では、空にも蓋《ふた》をされている。空気は重くどんよりとして、まるでほかのもっとすてきな町から汚染された空気が流れてきて、わたしたちの頭上に停留しているようだ。母がどういうつもりで故郷に戻ってきたのか、わたしには理解できない。どうしてあのままニューヨーク市に留まっていなかったのだろうか。

わたしができた場所の話をして。

わたしはしょっちゅう母にそうねだった。母から聞くニューヨークの話にけっして飽きることはなく、マンハッタンが島であることを教わって目を輝かせた。「島だからって全部が熱帯にあるわけじゃないのよ、アリス」それから、一日中何時でも地下鉄に乗ることができ、レストランも二十四時間営業していて、通りではすぐわきを映画に出ている人たちが歩いていたりする――そんな場所があることを知って心を躍らせた。なにもかもがロマンティックだと思った。そのころ、ロマンティックがどういう意味なのかまだ理解できず、ただその言葉の響きが好きで口にしていただけだったが。

わたしが知っているのは、一人の男が母とわたしを中西部に連れ戻したということだ。ある男とある約束をして、結局、それが果たされることはなかった。母がこの町に留まった理由は、ほかのどこよりもはるかに物価が安かったからだ。それに、別の男たちとの別の約束が母を待ち受けていた。まだわたしが小さかったころは、母と二人きりの時期が多く、気がつくといつのまにか二人で暮らしていた。正直なところ、荷物をまとめて引っ越すたびに、わたしはほっとした。また男がいなくなり、母と二人きりの生活が戻ってくる。二人だけのほうがずっとよかった。

「どうしてわたしをここに残していったの？」

「えっ？」

タミーは肘《ひじ》を突いて上体を起こし、わたしの顔を見た。

「なんのこと？」

「何かぶつぶつ言ってたわよ、アリス。なんて言ったの？」

わたしは、答の得られない本質的な疑問を口にするつもりはなかった。そんなことをしたら、すべてのルールを破ってしまうことになる。安酒を飲み過ぎて、自分が何を言っているかわからない振りをするときにだけ、口にする話がある。アルコールを飲み過ぎると、悲しみに心が引き裂かれている事実を隠すことができなくなる。その悲しみはまだ癒《い》えていない。まるでそれが何年も前――まだ十四歳のとき――に起こったことではなく、ついきのうの出来事のように思える。あのときは、親友が髪を押さえてくれて、マリファナや前の晩飲んだ安酒を吐き出した。なにもかもが体の外に転がり出てきた。喉《のど》を焼き尽くす胆汁のような激しい言葉。自分もキッチンの床で死んでしまいたかったとか、棺《ひつぎ》の周りで黒く重いカーテンが閉じられたとき、自分もよじ登って火の中に入りたかったとか。

母が銃で頭を撃って自殺したとき、わたしは十四歳だった。母はわたしが学校から帰宅する三十分前に引き金を引いた。わたしが帰ったときには確実に息絶えているように計算して。さっきのわたしの質問にきちんと応じられる人などいるだろうか。

酔っ払っているときに、うっかり口走った言葉なら、誰も翌朝、そのことには触れないし、素面《しらふ》に戻ったときにその話題を持ち出したりすることもない。同じように、わたしもタミーにどういう意味かを問いただしたりしない。彼女は言った。ベッドの下のお化けとは違うおじさんたちがいた、と。彼女が子供から大人になっていく途中のことだ。また、いっしょに押しかけた金曜の晩のパーティで、彼女が大学生のフットボール選手二人とどこかへ行こうとしたときも、わたしはちゃんと彼女を引き止めた。夜は互いに気を遣うが、朝にはもうそんなことはしない。それが二人が生き延びるためのルールだ。

「わかった、おかしな人ね。お好きなように」

タミーはわたしがいつまでも黙り込んでいるのを無視して、また顔の前で紙切れをひらひらさせた。

「電話しなさいよ、アリス。ジャークソン先生に。もう生徒じゃないんだから。彼もあんたの先生じゃないわ。それに」タミーは身を乗り出して、わたしの目に掛かっている髪を手で払いながら目を輝かせた。「あの人はセクシーよ。とってもセクシー！　正直になりなさい。このあたりで手っ取り早く稼ぐにはこれが一番。あんたの半分も美人だったら、あたしがやるんだけど。あたしの絵じゃ見たがる人なんかいないもの」

　タミーは紙切れをたたんでわたしの手に押しつけ、その手を自分の手で包み込んでしっかりと握らせた。

「電話しなさい。がんばって。それで失う物なんかある？」

　タミーはわたしの返事を待ってはいなかった。

「アリス・リー、あたしに言わせれば、そんなのなんでもないことよ」

「だいじょうぶかい、アリス？」

「ええ」わたしは嘘をついた。脚は痛いし、左腕の筋肉の痙攣《けいれん》が止まらない。先生が最初にわたしの腕を取って位置を決め、そこから動かさないように言われたときから、こんな姿勢をとり続けるのはきつそうだと思った。デニムのショートパンツに白いタンクトップというカジュアルな服装で、寝椅子《カウチ》にもたれかかってポーズをとる――たしかに、これまでで一番楽にお金を稼ぐ方法に思えた。じっと動かないで絵のモデルをするだけで二百ドル。楽にお金を稼げる。ところが、一分もたたないうちに、あちこちが痛み始めた。

「これはまだ練習だからね、アリス」先生はわたしの両腕を頭上に上げながら言った。「どんなふうにしたらきみを最高に表現できるか探っているんだ。人間の体は一人ひとり違う。だから、きみの体を知る必要がある。わかるかな？」

ジャクソン先生が前屈みになったとき、マリファナとスコッチのにおいがし、指先に黒い染みがついているのが目に留まった。短い汚れた爪を見ていると、彼は曲げた片膝でそっとわたしの脚を押して、開き具合を少し大きくした。彼の指が近くにあり、緊張のあまり、自分がばかみたいに笑い出しはしないか、と胸がどきどきする。おかしなことはしたくなかった。隣のテーブルに置かれている二十ドル札十枚のためだけではない。ジャクソン先生を喜ばせたかったからだ。

ジャクソン先生。

わたしたちみんなが先生を喜ばせたいと思っていた。

二年生の授業のとき、一度、先生がわたしの席まで来たことがあった。あのときも、マリファナとスコッチの混じった強烈なにおいを感じた。わたしは息を殺し、先生がわたしのスケッチを見てくれるのを待った。レッスン・バーについているバレリーナのスケッチで、わたしはダンサーの弾力性のある筋肉を表現したかった。すると、先生はなんの前触れもなく、わたしが描いたダンサーのチャコール色の脚と脚のあいだをそっと指でなぞった。ほんの一瞬の、素早い手の動きだったので、クラスの誰も気がつかなかったはずだ。だが、わたしにはわかった。その指にわたしの脚のあいだをなぞられたかのように感じた。先生が離れていったとき、胸が高鳴り、それがうれしさの表れなのか、教室から逃げ出したい気持ちからなのかわからなかった。

最終学期に、先生は人物モデルの描き方について話をした。人間の体を――皮膚や骨格や体の曲線まで――理解しなければ、本当の人物写生はできない。先生によると、最高の肖像画家はつねに裸から描き始める。先生も人物モデルを使って生徒に絵を描かせたいと思っていたが、教育委員会からの許可が下りなかった。そこで、卒業したら、騙《だま》されたと思って、自分の目で確かめてもらいたい。

「逆の立場になってみるのもいいかもしれないね」先生はクラス全体に向けて言ったが、視線はわたしに注がれていた。

「ジェイミーだよ、ジャクソン先生じゃなくて」その日の午後、わたしがコートを脱ぐのに手を貸しながら、彼は言った。「いいかい、もうわたしはきみの教師じゃないんだから」

わたしは反射的に答えた。「すみません、ジャクソン先生」彼は大笑いして、わたしの頰に軽く触れた。電話してくれてうれしい、と言った。

「この町ではなかなか――」最後まで言う必要はないというように、彼は手を振った。先生にはわかっていた。わたしのほうも、この町で暮らしていくのが楽ではないことは指摘されるまでもなかった。

タミーがわたしの手に押しつけた広告にはこうあった。「人物モデル求む。報酬二百ドル。追加の仕事の可能性あり」わたしは震える手で、彼に電話をした。

「はい、十八歳です。ええ、前にもやったことがあります。はい、今も絵は描いています。お目にかかるのを楽しみにしています」わたしは電話でそう言った。

全部嘘だ。最後の一つをのぞいて。もしかしたら、最後のも嘘だったかもしれない。現金で二百ドルもらえることと、そのお金でどこまで行けるか、そんなことだけを考えていた。

今、ジャクソン先生と初めて二人きりになった。先生はスケッチとわたしを見比べ、軽く舌を嚙《か》んで絵を描いている。先生は、わたしの周囲にいるほかの男たちとは違って見える。細身で、肌は日に焼け、短い無精ひげが生えている。最近流行の、しっかり生やすスタイルとは違う。また、靴をはかず、腿《もも》がぴったりとし、裾《すそ》の擦り切れたジーンズをはいている。学校ではスラックスをはいていた。ジーンズ姿だと、細マッチョに見える。わたしもまた、彼の体のカーブや輪郭をたどり、スケッチしていることに気がついた。

皮膚や骨格や体の曲線。

「さっきまで真剣な表情だったんだが」イーゼルから一歩足を踏み出して、彼は言った。「表情を捉《とら》えたと思った瞬間、変化してしまったよ」

「ごめんなさい。もっと……集中します。ちょっと腕が痛くて」

わたしは腕を下ろし、姿勢をまっすぐにしてすわり直した。

「思っていたよりきつくて」

うっかり口を滑らせ、二つ目の嘘が簡単にばれてしまった。どうやら先生も疑っていたらしい。モデルの経験はなさそうだ、と。

「緊張をほぐすために何かいるかい？　今」ちらりと腕時計を見る。「二時を過ぎたところだ」

わたしがうなずくと、ジャクソン先生――いえ、ジェイミー――は細く煙を吐き出したあと、わたしの隣に腰を下ろした。寝椅子《カウチ》には白いシーツが掛けられている。二人の腿が触れたが、彼は脚を引こうとはしなかった。

差し出されたマリファナ煙草《たばこ》を深く吸い込むと、喉と鼻が焼けるように感じた。以前吸ったことのあるものより質がよく、二回目に吸い込んだときにはむせて、体を折って咳き込んだ。

「おやおや、アリス、初心者なんだな」

ジャクソン先生は親しみを込めてそう言うと、優しく笑って、わたしの背中を手で軽く叩《たた》いた。わたしは両膝のあいだに頭を入れ、背中に先生の手が置かれたまま、怖くて上体を起こせなかった。部屋が狭く感じられ、ぐるぐるしながら狭まってくる。彼の手のせいなのか、煙なのか、それともわたしがここでやっていることのせいなのか。かつて授業中にわたしを見つめていた美術教師と二人きりでいる。彼の手が背中からおなかのほうへゆっくり滑り降りてきたかと思うと、ふたたび上体を起こされた。

「これ、脱がせてもいいね」

わたしに許可を求める問いかけだったと思う。でも、別の日なら、そうではなく、脱がせるよ、という意思表示だと感じたかもしれない。マリファナについても、汚れた指でわたしの肌に触れることも、タンクトップの肩紐《かたひも》を外すことも、断ることができたのではないか。どうしてノーと言ってみなかったのか、抵抗していたらどうなっていたのか、とそんなふうに考えたことだろう。だが、そのときはただ目を閉じてうなずくだけだった。彼の表情を見ないまま、タンクトップとショーツを脱がされる。その目の輝きにわたしが気がつかないうちに、彼は二百ドルの横に置いてあったカメラに手を伸ばし、わたしの体にレンズを向けた。

　わたしがはっきりイエスと言っていないことは、重要だろうか。でも、それが仕事の一部に含まれていることはわかっていた。人物モデル求む。報酬二百ドル――ジャクソン先生は何を求めているか、明確にしている。カメラを向けられるのは意外でもなんでもないし、その先、どういうことに進展したとしても、それをとやかく言う権利など、わたしにはなさそうだ。少なくとも彼にとっては、それが自然な成り行きなのだ。

　彼は、わたしのほうから求めたと言うかもしれない。

　メルボルンでは、ルビーがアッパー・ウエスト・サイドに予約をした長期滞在用ワンルーム・アパートメントのホームページを姉に見せている。

「狭いのよ」キャシーが注いでくれたワインに口をつけながら、ルビーは言った。

「でも、必要な物はなにもかも揃《そろ》っているわ」次に、二人は周辺の地図を眺める。「ここを走ろうと思ってるの」ルビーはセントラルパーク内にブルーで示されたジャクリーン・ケネディ・オナシス貯水池の周囲を指でなぞる。「それから、こっちも」ルビーの指は地図の西端へ移り、ハドソン川沿いを蛇行している濃い緑の帯を指した。

「リヴァーサイド・パーク。こっちのほうがすいてるって書いてあったわ。地元の人が多いんですって」

「危なくないの?」キャシーが尋ねると、ルビーは天を仰いだ。

「最近のニューヨークは、世界でも安全な都市の一つなのよ」

「そうね。でも、あなたは一人で行くんだから。一人旅のときはじゅうぶん注意しなくちゃね」

「わたしはいつだって一人よ」それを聞いて、今度はキャシーが天を仰いだ。

「ほんと。なぜそうなのか、理由はわかってるでしょ。ルビー、あなたにはニューヨークで走るだけじゃなくて、それ以上のことをお願いしたいわ」キャシーはワイングラスをルビーのほうに傾けて、目を細くした。「遠くまで走って、あの男から、あなたを動けなくしているあの男の束縛から、抜け出してちょうだい」

わたしはそのまま居着いた。この状態をそう呼ぶのだと思う。最初に訪ねた午後以来、家には帰らなかった。最初の夜。わたしたちは何もしなかった。本当の意味では。それに、今もしていない。彼にタンクトップを脱がされてから一週間になるけれど。わたしの肌を手で押してショーツを脱がされてから。「下着はなしで」初めての電話で訪問時刻を告げたあと、彼はそう言った。「それから、柔らかい素材のものを着てくるように。体に線が付かないものを。線は好きじゃない」わたしはちゃんとジャクソン先生の指示に従って、外気温が摂氏四度ではなく、三十度以上のときに着る服を身につけ、その上に厚手のコートを着て、震えていた。あの日の午後、彼がわたしの体から取り去る物はたいしてなかった。小さなシーツを掛けただけの寝椅子《カウチ》で、わたしを丸裸にするのに手間はかからなかった。

一週間が過ぎても、あのときのことを思い出すと胸がどきどきする。それまで、男の人の前で裸になったことは一度もなかった。近くから見上げられたこともない。セックスの経験はある。もっとも、あれをそう呼べるならの話だが。あちこちのパーティで、シーツをかぶったままごそごそやっているだけで、これとはぜんぜん違う。わたしはこのとき初めて、床の上からこちらを見上げながら滑るように動くジャクソン先生を見た。「こういうふうに」手を伸ばし、わたしの脚を開かせる。膝をついて、わたしの内腿に手を這《は》わせ、さらに脚を広げる。

「きみのこういう写真を撮りたいんだ、アリス」

部屋がぐらりと傾いた。先生は授業中、よくわたしを見ていた。そのときと同じ、沈んだり浮き上がったりするような気分になる。ずっと触れていてほしい、体を隠したい、起き上がって駆け出したい、そんな気持ちが次々にこみ上げてくる。けれども、わたしは心の内の震えを抑えて、じっと動かずにいた。ともかく、それがわたしに求められていることだから。

「じっと動かないでいるんだよ」

「はい、わかってます。前にもやったことがありますから」と、わたしは言った。

先生にはそれが嘘《うそ》だとわかっているだろう。もっとも、本当の年齢はまだ伝えていない。伝えていないのは、嘘をついているのとは少し違う。衣類を取りに戻ったとき、グロリアについた嘘とは違うのだ。グロリアには、タミーといっしょに湖へ出かけると説明した。先生に対しては嘘をついたのではなく、説明を省いただけ。特に意味のないことは省略してもかまわないではないか。救いがあるとすれば、故意におこなったのではない点だ。モデル経験のないことがばれるだけでも都合が悪い。シャッターが切られるたびにわたしがたじろぐのを見れば、彼にはもう見透かされていると思う。

今でもちょっと体がびくっとすることがあるが、新しい日課に慣れてきている。ゆうべ、この寝椅子《カウチ》でまだ眠れずにいたときに、今までに経験したことのない不慣れなことでも、すぐに普通のこととして感じられるようになるものだ、と思った。裸の写真を撮られた最初の日の午後、わたしはどこか別の場所に、レンズを超えたどこかに、たぶん完全に部屋を出たところに、自分の意識を飛ばした。彼がわたしの写真を一枚、もう一枚と撮るたびに、近すぎるところから必要以上に見られていることで、体に震えが走った。けれども、一度だってやめてくれと頼んだりしなかったし、イーゼルの向こうへ戻ってくれとも言わなかった。先生は写真を撮り終わると、柔らかな毛布でわたしをくるみ、一晩中、芸術と神について語り合った。「その二つは同じものだと思うよ」と、先生は言い、二人で手作りのナチョスを食べた。彼はけっして、それ以上のことに発展するようなやり方で体に触れることはなかった。わたしは毛布にくるまり、寝椅子《カウチ》で眠った。翌朝、シャワーを浴びたとき、半開きのシャワールームのドアの隙間《すきま》から、彼はわたしの写真を撮った。そのあと、わたしが寝椅子《カウチ》に戻ると、彼はもう一度撮影したいと言った。「ちょうど今、光の具合がとてもきれいなんだ」今度は、わたしもどこかほかの場所に意識を飛ばしはしなかった。わたしはレンズから目をそらさなかった。レンズの目は、わたしの体をしっかり捉えて開いたり閉じたりしている。わたしは力がみなぎってくるように感じて、まっすぐに見つめ返した。撮った写真を何枚か、あとで見せてもらったが、白いむき出しの肌や脚の付け根の三角形のヘアは、どうということはなかった。視線が釘付《くぎづ》けになったのは、燃えるような目だ。それと、ちょっとめくれ上がった上唇。

彼は気まぐれな表情だと言い、もう一度寝椅子《カウチ》を整えた。

今、この新しい取り決めに従うようになって一週間がたつ。二人の会話は家じゅうのことに及び、昼間、彼が学校に行っているあいだ、わたしは一人でくつろぎ、書斎にある、名前だけは聞いたことのある作家の本をめくってみた。ニーチェ、サルトル、ユング。それからキルケゴールという人は「それは、実際、無より始まり、したがって、いつでも始まることができる」と述べている。わたしはその言葉の響きが気に入り、理解できるような気がした。

ジャクソン先生が食料品とビールを持って帰宅すると、二人で夕食を作り、少し飲んだあと、彼はこれまでとは違ったやり方でわたしを撮影する。

「ポルノじゃないよ」ある晩、彼はそう言ったあと、両脚の間に手を置くよう、わたしに指示した。「力を抜いて、こんなふうに」たぶん、わたしがこの先どういうことになるのか戸惑い、ためらっているのを感じたのだろう。

「ポルノにはそれなりの目的があり、価値もあるんだよ、アリス。この町の頭の堅い連中のたわごとに耳を貸すことはない。もっとも、わたしたちがしているのはそれとは違う。これはきみの体についての表現だ。強靭《きょうじん》で美しい体の中に、きみがどのように存在しているかを世の中に表現しているんだ。きみがやっているのはものすごいことなんだ」

　そのあと、彼はパソコンでいくつかのビデオを見せてくれた――ポルノグラフィーの優秀作品。何人もの男女が互いに絡《から》み合い、あえいだり、くっついたり、見つめたり、大半が苦痛を感じているかのような映像だった。

「苦悶《くもん》と喜び。どちらも同じに見えることがある」わたしが不満を口にしようとしたとき、彼はそう言った。たしかに、わたしには違いがわからない。こういう場面を眺めながら、自分が怖がっているのか、おもしろいと感じているのかもわからなかった。わかっているのは、もっと見たいと言ったことと、その映像を見ることでわたし自身が濡《ぬ》れていること、びしょ濡れになっていることだ。わたしはこの快感に矛盾を感じていた。恐怖と興奮が同時にあったからだ。

　ジャクソン先生に見せられたものを見なかったことにはできない。それだけはよくわかる。だが、その晩も一人置いておかれて、先生がこの新しい世界、手招きする新しい世界をどうしろと言っているのか、さっぱりわからなかった。

あとになって、彼が何をしていたのか、なぜわたしを放置していたのかがわかる。彼はわたしが信頼できるかどうかを試す必要があったのだ。自分が安全であることを確認しておかなくてはならなかった。そこにはわたし自身の安全など入り込む余地はなかった。

ルビーも職場の送別会の晩、同じことを考えていた。アッシュがその晩、ルビーと距離をとってバーの反対側にいたため、彼女はずっと彼の姿を目で追っていた。これが自分のためのパーティであることを忘れ、「あなたがいなくなるときっと寂しくなるわ」とか「忘れないでいてね」という言葉にもうわの空だった。午後十一時前には安いシャンパンのせいではなく、心のわだかまりのために気分が悪くなり、途中で退出して、泣きながら家路についた。アッシュはどうしてこんなふうにわたしを無視できるのだろう。今夜だけは、彼が親しげな態度をとったとしても誰も変には思わないはずなのに。職場の誰もがルビーを抱き締めて優しい言葉をかけてくれていたのだから。そんなときにも、彼は距離をとり続けていた。

二十分後、アッシュはルビーのアパートメントに現れた。

「三十分だけだよ」時計を見ながら言った。三十分で、一晩じゅう彼を待ち続けた埋め合わせができると思っているようだ。その三十分後に立ち去るときも、自分のではなく、ルビーのスマートフォンからウーバータクシーを呼んだ。「念のためにね」最初からこうする予定で、それをわざわざ言わなかっただけなのだろう。今夜はルビーのための夜にしよう、せめて今夜だけは彼女が安心した気分で過ごせるようにしてあげよう、と考えはしなかったのだろうか。いや、これまでも自分のことしか考えていなかったのではないか。

もちろん、ルビーにはその答がわかっている。わたしたちは知っている。だが、この時点では、こういういいかげんな男たちと関わったことで、実際にどんな結果がもたらされるかをわたしたちが知るのは、まだ数週間先のことになる。

7

今シーズン最後の大雪が降った日だった。ジャクソン先生は、肩や髪に白い雪をつけて、少し遅い時刻に学校から帰ってきた。開けたままの玄関先に二人で立ち、雪の結晶が地面に舞い落ちる様子を眺めた。街灯が一つまた一つと灯《とも》り、その光に照らされて、まるで星が落ちていくように見える。わたしはジャケットを着ていなかった。彼が両腕を回してその体を引き寄せる。そうしていたのが何分間だったのか何時間だったのかわからない。わかっているのはわたしの体が震えていたことだけ。彼もまた震えながら、顔をこちらに向けた。

「アリス？」

問いかけるような優しいキスだった。わたしは唇を重ねたまま返事をしようとしたが、突然、舞い落ちる雪のように体がばらばらになった。彼はわたしを室内に抱き入れ、ドアを閉める。唇をふさがれたまま、わたしたちはおぼつかない足取りで寝椅子《カウチ》のほうに歩いて行った。

いっしょに倒れそうになったとき、彼が体を離して、急に笑い出した。場違いな声は壁に反響して、二人のあいだに距離ができた。

「まったくもう。なんてありきたりなことをしてるんだろうねえ」

わたしは彼が雪のことを言っているのか、キスのことなのか、それとも元教師と教え子――今は彼のお気に入りの若いモデル――という関係を指しているのかわからなかった。あれこれ考えて、気の利《き》いたことを言おうとしていた。キスについては、その意味については、わたしに責任があることを伝えたかったが、まず自分の感情を理解するのにもっと時間が必要だった。このときわかっていたのは、もう一度キスしてもらいたいということだけだった。さもないと何かが失われてしまう。その理由を説明する言葉は見つからなかった。

「いいの。わたしが望んでいるんだから」

訴えかけるようにそう言うのがやっとだった。これ以上、この崖《がけ》っぷちに立たされていたくない。

彼は揺らめき、目を輝かせて、わたしの服を脱がせ始めた。

「ほう」

両手をわたしの胸に置いたあと、唇で触れる。片方ずつ乳首を吸われ、わたしの体の奥でまったく初めての感覚がうずく。やがて、彼はひざまずいて片方の腿からもう一方の腿へと唇を這わせる。そして、わたし自身の中へ舌を差し入れる。わたしは動かなかった。

「アリス」

次に二本の指。舌はさらに大胆になっていく。瞼《まぶた》の裏でマッチが燃え上がるのが見える。それでも、動かない。

「アリス。なんて美しいんだ」

より強く。より深く。彼の指が火花を放ち、体が燃え上がる。いいのよ。これを求めていたの。

「アリス」

彼はわたしの名前を呼び続ける。ただ、それは誰かほかの人の名前のように聞こえる。誰かほかの人。まだ十六歳で、四十間近の彼が初めて会った少女。母を亡《な》くしたあと、ひとりぼっちで悲しみの中に残された少女、今、目にしている以前の彼女。

「お願い、ジャクソン先生」わたしは彼の頭越しにつぶやいた。そこに置かれている二十ドル札十枚の報酬二百ドルを受け取るつもりはなかった。というのも、またひとりぼっちになり、これ以上悲しい思いをしたくないからだ。苦しみを忘れさせ、苦しみを消すのを手伝ってもらいたい。何度もわたしの名前を呼びながら、彼がゆっくりわたしの中に入ってきたとき、それは表面に現れ、皮膚全体へと広がっていった。外では空は闇《やみ》に包まれている。そして、わたしは雪のように舞った。

　彼はわたしのことを空のようだと言う。嵐《あらし》の雲が顔をよぎったかと思うと、空はすぐに晴れ、明るい日差しが降り注ぐ。わたしの絵や写真に、彼が表現しようとしているのはそれなのだ。けれども、今は、長いあいだ、手は別のことに使っている。いつも取るべき道があって、芸術の道の邪魔をする。わたしもかなり上手になってきている。手や口をどこに当てたらいいのかわかる。どうしたらいいのか、いわゆる腰の使い方を、彼が教えてくれる。ときには動画の撮影も承諾している。ずいぶん前に見せてもらったビデオに出てくる女性たちのように、わたしは燃えるような目をしたり、体をよじったり、あえぎ声を上げたりする。

「これまで何人いたんだ？」最初のとき、翌朝、彼が訊《き》いた。

「ええと、三人」

　わたしは彼の肩に顔を埋めた。ばつが悪かった。そのうちの二人は、ジャクソン先生が高校で教えた男子生徒なのだ。「初体験はいくつのとき？」

「十五歳」

十五歳。母が自殺したわずか数か月後で、相手の男子はごめんねと謝った。慎重でぎこちなく、一分で終わってしまった。「ごめんね」終わった直後にそう言われ、わたしは何を謝られているのかまったくわからなかった。わたし自身は何も感じなかったし、何もしなかった。悲惨なわけでも、ひどかったわけでもない。ただ何もないのだ。当時のわたしがまったく何も感じなかったのだから。

二人目と三人目のときは、わたしも何か感じようと努力した。なんでもいいから感じられれば、と。クラスのほかの女の子たちのようになりたかった。タミーは、それがどういうものかを話してくれた。「自分の体が花火みたいになるのよ」わたしもそうなってみたいと思った。自分が爆発して崩れそうになるのを感じたかったが、ぜんぜんそうはならなかった。二人目と三人目のときは、重しが載っているみたいだった。

「みんな……あんまり上手じゃなかった」

しかし、ジャクソン先生は聞いていなかった。相手がちゃんと聞いていないときは、第三者の目から見たように話ができるものだ。

「十五歳だって？　こんなこと言うと変質者だと思われるかもしれないが、興奮してくるなあ。ほら……」

彼はわたしの手を取って自分のモノの上に置き、そのまま上下に動かした。

「やったことある？」

わたしは首を横に振った。

「こういうのは？」

彼はわたしの頭を押し下げた。

「やったことある？」

わたしを見ながら自分のモノをわたしの口の中に入れたり出したりして、わたしがまた首を横に振ると微笑《ほほえ》んだ。いいえ。

「アリス」

それが彼の祈り。まるで何かを呼び出す呪文《じゅもん》のような。いいえ、ジャクソン先生、どれもやったことないわ。そんなやり方、知るはずがないでしょう。実際、自分が今どんな女になっているのかもよくわからなかった。

まるで、彼はわたしの人生をばらばらにして、まったく別の方法で組み立てているみたいだ。

初めて快感を知ったとき、花火のようだとは思わなかった。急に走り出したような感じだった。その瞬間、筋肉が収縮し、ふいに誰かに背中を押されて走り出したように感じた。一瞬にして体が軽くなり、ほとんど足が地につかないまま、全速力で走っている。周囲のなにもかもが勢いよく後方に飛んでいき、自分だけがそのまん中で飛んでいる。

　わたしはそんなふうに感じた。

　そのあと、手足が重くなって地面に落ち、息が上がる。なにもかもがいつもの耐えられないペースに戻り、体の軽さが消えたあとの衝撃はひどく体に応《こた》える。自由に疾走していたのに。今はまた地面の上だ。

　この喪失感によってどれほど悲しくなるか、ジャクソン先生には絶対に知られてはならない。涙が出そうになっているのを見られてはいけない。たった一度であっても。

　いつも悪いのではなく、しょっちゅう悪い。二人がダンスをしているのを見てみるといい。合わさったてのひらで世界を支えている。そうすれば小さな傷はみんな消えてしまう。踊っているときは、互いがぴったり合っている。人はそれが愛だと思うかもしれない。ルビーは彼の肩に頭をもたせかけ、アッシュは彼女の腰のくびれに手をすべらせる。

ほかのカップル同様、二人にも好きな歌がある。二人はその歌詞を口ずさみ、そのメロディーに包まれて互いの体をしっかり抱き寄せる。

いつも悪いのではなく、しょっちゅう悪い。だからこそ、ルビーは彼のもとを去らなければならなかった。

「それじゃ、グロリアのところに戻るつもりはないのね？」

「ないわ。彼女はまだ、あなたといっしょに湖へ行ってると思ってるの」タミーがおおげさに煙草を吸い込み、息を吹きかけるのが聞こえているあいだ、わたしは電話を少し耳から離した。タミーが父親の家のポーチで、少しでも寒さをしのごうと、ろくに役にも立たない分厚い毛布にくるまっている様子が目に浮かぶ。どういうわけか、彼女の父親は室内での喫煙や飲酒を禁じている。

「ついでに禁煙したらいいじゃない」タミーから新しい家のルールを聞かされたとき、わたしがそう言うと、彼女はしゃがれた笑い声を上げて、頭がおかしいんじゃないの、と言った。

「酒と煙草を取り上げられたら、このあたりじゃ、男と寝るぐらいしかやることがなくなるわ」

たしかに、そのとおりだ。

タミーは、この数週間、わたしがジャクソン先生の家で暮らしていることを知っている。そもそも、そうもくろんで、わたしを彼女の家から追い出したのだという。しかし、彼女に限ってそんなことはないかもしれないが、わたしが突然、規則破りをしたことに戸惑っているように思える。通常、規則破りは彼女の十八番《おはこ》だったから。タミーはグロリアにたいしていい感情を抱いてはいない。グロリアが母のいとこで、彼女が引き取ってくれたおかげで、わたしは厄介なことにならずに済んだのだが。

「グロリアを選んだのは、ママなりの考えがあってのことなのよ」わたしは幾度となくタミーに説明しなくてはならなかった。たいていはグロリアがわたしの寝室のドアをどんどん叩き、静かにするようタミーとわたしを叱《しか》りつけたあとや、わたしが真夜中にタミーの家に押しかけたときだ。わたしがタミーの家に泊まりに行くのは、グロリアのところにまた別の男がやって来て、ベッドに出入りするのをわたしに見られるのを嫌がるからだ。

「グロリアがわたしを放任してくれることが、ママにはわかってたのよ。親みたいに振る舞う人とはうまくやっていけるはずがないから」

「でもね、アリス、もうちょっと優しくしてくれてもいいんじゃないの」タミーはいつもそう言った。「あんたのママはちょっとやそっとの亡くなり方じゃないんだからさ」

　タミーは、わたしの味方であり、グロリアの家に引っ越してから初めてできた友人、唯一《ゆいいつ》の親友だ。

「すてきなジャケットだわ。それから、お母さんのこと、お気の毒だったわね」高校のカフェテリアで初めて会ったとき、タミーはそう言って、わたしの横にすわった。その短い二つの文だけで、おおげさなお悔やみを言うつもりがないことを示した。それ以来、わたしは彼女の省エネモードの友情をありがたいと思っている。今ではタミーのことをもっとよく理解できる。わたしが彼女を出しに使ってグロリアに嘘をついたことも、まったく気にしていない。ただ、わたしがうまく姿を消したことに興味を持っているだけだ。

（簡単よ、と今のわたしは教えてあげたい。誰も気がつかないように消えればいいだけのこと）

「あの女のことはもういいわ」タミーはわたしの心の中を読み取ったようだ。「もっとおいしい話を聞かせてよ。ミスターJはどう？　あたしたちが想像してたみたいに、すごく上手？」

この日の夕方、わたしはビールを飲みながら、タミーと電話で話していた。口をすすぐときのようにビールをぐちゅぐちゅさせて、その質問について考えた。急に、ジャクソン先生のバーボンのことが頭に浮かんだ。ゆうべ、わたしの乳首にバーボンを垂らし、先生がゆっくりと舐《な》め上げたことを。こんなおいしいバーボンは初めてだと言い、さらに下のほうに垂らし、熱いざらついた舌の感触にわたしはくらくらになった。

「ええ、そうね……上手よ」わたしは顔をほてらせて、やっとの思いでそう答えた。

「だと思ってた！」

受信状態がよくなかったが、タミーが手を叩くのが聞こえた。

「もっと教えなさいよ」と、タミーが言ったとき、敷地内に車が入ってくるのが見えた。今日は、ジャクソン先生の帰宅が早い。

「ごめんね、タミー。もう切らなくちゃ」頬がまだ熱いまま、慌《あわ》ててそう言った。

「近いうちにゆっくりきわどい話をしてあげるから、約束するわ」

電話からタミーのため息が聞こえた。これが何週間かぶりでの彼女との会話だ。

「お好きなように、ロリータちゃん。気をつけなさいよ、わかって――」

タミーは最後まで言い終えることができなかった。ジャクソン先生がすでに家に入って、わたしのほうへ向かっていた。わたしはさよならも言わずに電話を切った。言葉を交わすのはこれが最後だとも知らずに。

人は誰かの人生からあっさりと消え、そもそも、初めから実在していたのかどうかすら疑わしく思えることがある。

タミーはわたしのことをロリータちゃんと呼んだ。ジャクソン先生は、その夜、わたしの中に入ったり出たりしている自分を撮影しながら、わたしたちは互角の大人だと言った。ようやく、似合いの相手に出会った、と。終わったあと、彼はまぶたを震わせ、わたしの温かい体の上にもたれかかった。わたしは初めて、彼が間違っているのかもしれないと思った。なぜなら、全身の肌に彼の粘液を感じていたとき、強いのは自分のほうかもしれない、と思ったのだ。彼の欲望は満たされているかもしれない。彼は満足しているかもしれない。けれども、わたしの体内にはもっと大きく口を開けた渇望《かつぼう》が存在し続けている。わたしは彼を幸せにできるかもしれないが、わたしの骨は悲しみでうつろになっている。

そのとき、母の声が聞こえ、わたしが八歳か九歳で母の隣に寝ていたときのことを思い出した。母はそれまでずっと泣いていた。玄関の扉がばたんとしまり、もう入ってもだいじょうぶなことがわかるまでしばらく待ったあと、わたしは母の部屋に入った。這うようにして母の横に寝て、子供の細い腕を母の体に回した。母は少し泣き続けたあと、鼻をすすり、シーツで涙を拭《ぬぐ》い、わたしに顔を向けた。早朝の光を受けて、母の顔は美しかった。悲しみの表情が和らぎ、わたしの鼻にキスをしてくれた。

「あたしのことは心配しないでね、アリス。いっときのことだから。あんなやつ、地獄に落ちようが知ったこっちゃないわ。ばかなやつなの、今度もまた。自分が偉いと思い込んで、見下してるの。あたしがおとなしく言うとおりになると思ってるのよ、だって」母は部屋のあちこちを手で示した。このベッドやこの家、この町自体が自分に属しているとあの男は思っている。わたしには、また引っ越すことになるのがわかっていた。

　母はひとしきり男を罵《ののし》った。わたしは男の名前もどういう状況だったかも憶《おぼ》えていないが、日が昇るころには母の傷も癒えて、男との関係をきっぱり解消した。母の立ち直りの早さはすばらしく、すぐにいつもの母に戻った。

「だって、あたしたちは鋼《はがね》でできてるんだもの」わたしが尋ねたとき、母はそう答えた。「こういう男たちはね、女はか弱い花だと思ってるの。あたしたちがどれほど強いか、わかってないのよ。あたしたちがどれだけ耐えられるかを知らないの。自分たちが女なしじゃいられないものだから、女もそうだと思い込んでいるの」

「まあ、ちょうどいいんだけどね」また別の日に、母は言った。「男にそう思わせておくのが」


「アリス、お母さんのことを話してくれないか」

ジャクソン先生の頭がわたしのおなかを押している。彼はわたしの体の上を横切るように横になっていた。問いかけているように聞こえたが、彼の表情は見えない。わたしの返事を待っているようだ。

母について聞きたがる人はいない。今ではもう、そんな人はいない。事件当初、わたしは母について話さなくてはならなかった。無理やり、母のことやキッチンの床に倒れている遺体を見つけたときの話をさせられた。わたしがだいじょうぶかどうかを確認するためだった。あんなことがあったあと、人はだいじょうぶなのかどうかを確かめているようだった。それから、わたしはグロリアに引き取られ、いろいろな手続きがおこなわれた。やがて、わたしの体験よりもっと凄惨《せいさん》な事件が起こる。そうなると、わたしや母の話への関心はたちまち薄れていった。何より、みんなが一番聞きたい部分を、わたしが話そうとしなかったから。一番大事な疑問に誰も答えられないことがわかったとき、わたしは母の話をするのをやめた。

母はどうしてあんなことをしたんだろう。何度も精神的に立ち直ったのに、どういうわけであの日、自分で命を絶ったりしたのだろうか。

わたしはジャクソン先生の後頭部にも口をつぐんでいた。彼の髪をいじるのをやめ、手は二人のあいだをさまよっている。

彼もわたしのほうに顔を向けようとはしない。「お母さんの話を聞かせてくれないか。どんな人だったんだね、アリス。ぜひ知りたいな」

「いいえ、無理だわ」

わたしは彼の体を押しやり、両膝《りょうひざ》を立てて裸の胸に引き寄せた。このとき初めて、わたしのほうから距離を置いた。できれば彼とのあいだに壁を造りたかった。

「アリス」

彼に名前を呼ばれるのにはもう慣れたが、このときはいつもと違った。大人が子供に言っているような感じ。わたしとは違うタイプの生徒たちを相手にしているときの、大人を感じさせる言い方だ。生徒たちにとって、彼は目ざとく、厳格な教師だ。名前を呼ぶことで何かを命じることのできる、そんなタイプの教師。わたしはそう感じ、彼のベッドで二人とも裸でいるのでなかったなら、その安全なヴァージョンのジャクソン先生に打ち明けたいと思ったかもしれない。わたしの中にあるスケッチブックを開いて、破れてだめになったページを彼に見せてもいいと思ったかもしれない。けれども、じかに彼の皮膚や、体から発せられる熱を感じていると、この腕はその中に飛び込んでいける腕ではないとわかる。慰めてくれる男たちの腕とは違う。彼は今のわたしの人生で、役割を変えるつもりはないのだ。

「ママのことは話したくないの。あのことは……。同情されるのはもうたくさん」

「同情しているわけじゃないよ、アリス」

「しているわ。だから、ここに置いてくれているんでしょ？」

思ったより強い口調になっていたが、この言葉に嘘はない。

彼は腕をほどいて上体を起こしたが、わたしのほうを見ようとはしなかった。長いあいだ、じっと正面を見つめている。返事をする前に、わたしの言葉を吟味しているようだ。ようやく彼が口を開いたとき、その声は原稿を読んでいるような、不自然な一本調子だった。

「十一歳のとき、母が癌《がん》で亡くなるのを見た。いや、正確に言えば、亡くなっていくのを見ていた。ゆっくりと、三年かけて。これまで、わたしにそのことを尋ねる者は一人もいなかったよ。きみに聞かせてほしいと言ったのは、わたしも誰かにそう言ってもらえたらよかったと思っているからだ。もし、誰かが話を聞いてくれたなら、救われたんじゃないかと。きみならわかってくれると思ったんだが」

わたしはジャクソン先生の肩を見つめた。小さな筋肉がぴくぴく動き、どうやらわたしの反応が思いがけないもので、心の準備ができていなかったらしい。彼と話を合わせたい、すべてを知り、すべてを話したい。その思いが今にも口から出そうになるのを感じたが、体のほかの部分が拒んでいる。この話を切り上げようとしている。鼓動が早鐘を打っている。手の先にまで脈拍が伝わり、記憶にある金臭《かなくさ》い味が口に広がる。母の血の味だ。誰も知らないだろうが、母の遺体が運び出されたあと、わたしは自分の指を自分の口に入れていた。

「ごめんなさい。あのことは話したくないの。ママのことは」

わたしは、引きつっている肩に向かってそう言うのが精いっぱいだった。舌に血の味を感じながら。

ジャクソン先生はまだ前を見つめている。口を開いたとき、まるで知らない者どうしのような口の利き方をした。

「それなら、それでけっこう。好きなようにしなさい」

「わかりました」

わかりました。

彼が承服していないのは明らかだ。そこで、わたしは彼の顔をこちらに向かせ、激しくキスをした。十一歳の少年のことや、その子が見たことについて尋ねる代わりに、キスをした。わたしが母の話をしないのは、彼の口を手で塞《ふさ》ぐようなものだとわかっている。それでも、今夜、彼の要求に応えて話をすることはできない。自分のことを忘れる方法はいくつかあるし、体が知っていることをほんの少しだけ体に忘れさせる方法もある。そのためにジャクソン先生といっしょにいるのだ。わたしはできるだけ長く、今のヴァージョンの彼にしがみついていたい。

あとになって振り返ると、わたしにはけっしてその意味が理解できない、と彼は思っていたのだろう。最愛の人を失うことがどういう意味であるかを。

何かとても大きなことを口に出してしまうと、それはじっとあなたが話しかけてくるのを待つ。どれほど懸命に無視しようとしても、待っている。一つの雲は象百頭もの重さがある、と書いてあるのを読んだことがある。のしかかってくるこの重さは目に見えるものではないが、重苦しさが存在していることに変わりはない。ジャクソン先生とわたしもそんな感じだ。きのう、わたしは先生のためにポーズをとった。そのとき、初めて、彼がわたしを見ていないと感じた。本当の意味でわたしを見てはいない。これまでよりもぞんざいに、わたしの腕や足の位置を動かしていた。怒っているのかもしれないと思い、わたしはなんとか体で謝ろうとする。というのも、申し訳なく思っている気持ちを、どんな言葉で表現したらいいかわからないからだ。昨夜、わたしがバスルームから戻ったときには、彼はもう眠っていた。あるいは眠っているふりをしていたのかもしれない。わたしが彼の背中に触れ、腰骨の上に手を当てたときでさえも。その背中に向かって、わたしはこう言いたかった。「話してちょうだい。あなたのお母さんの話をして」けれども、わたしの母があまりにも表面近くに現れ、頬が燃えるように熱くなった。そこで、わたしは手を離し、初めて互いに背を向けて眠った。

　今朝、わたしはシャワーのところまで彼についていった。震えながら立っていると、彼がわたしを引き寄せ、きつく体を抱いていっしょに熱いシャワーの下に立った。しかし、彼は体を拭《ふ》き終わるとすぐに、「じゃあね」と言って、行き先も告げずに出かけた。それから何時間ものあいだ、わたしは小さな寝椅子《カウチ》にすわり、本棚を見つめていた。思い出が次々に押し寄せる。わたしにできるのは静かに動かないでいることだけだった。音も立てず、明かりも点《つ》けないまま。一生懸命気持ちを集中すれば、いろいろな考えを押しのけ、遠ざけることもできる。もう黄昏時《たそがれどき》だ。昼間の光の不快なまぶしさの中で、わたしのフラッシュバックは水面《みなも》を跳ねていく水切りの石のように、思考の表面を素早くよぎって飛んでいった。ドアに触れたわたしの手、黄色いキッチン、床の真っ赤な血、半分吹き飛んでしまった美しい顔。体を動かさないでじっとしていても、どのイメージも一つとして長く留まってはいない。寝椅子《カウチ》から動かず、壁を見つめているところへ、ようやくジャクソン先生が帰宅した。いきなり明かりがついて、わたしは飛び上がりそうになった。

「アリス。だいじょうぶか？」

うなずこうとしたが、代わりに涙が出てきた。あのとき以来、こんなふうにあふれたことのない大きな涙だ。

「どこへ行ってたの？」悲しげな叫び声になっていた。「行き先も言わずに、どこに行ってたの？　どうしてわたしを置いてったの？」

　このとき、わたしは泣きじゃくっていた。一日続いた麻痺《まひ》状態が、すべてを抑えていた極度の疲労へと変わる。彼はしばらく立ち尽くし、わたしが泣いているのを見ていたが、やがてこちらに来て、隣に腰を下ろした。わたしの体に彼の腕が回され、わたしは彼の胸に倒れ込んだ。

「ごめんなさい。ごめんなさい。ごめんなさい」

抱きつきながら、わたしは何度も謝った。肩に爪《つめ》を食い込ませ、彼の皮膚の下にもぐりこみ、もっとくっついていたかった。一日離れていたことで恐怖に怯《おび》えていた。

ジャクソン先生は、わたしが泣き止《や》むまできつく抱き締めてくれた。そのあと、疲れてぐったりしていると、優しく揺り動かして気持ちを和らげてくれた。まるで子供をなだめるように。

「ママに会いたい」

わたしは言ったそばから、その言葉を呑《の》みこんでしまいたいと思ったが、心の痛みを無理やり口の外に出した。ナイフで傷つけられるような肉体的な痛み。だが、言葉は出続ける。彼に怒られるのがいやだった。

「わたしたち、お互いに思いやって暮らしていたの。いつも二人だけで。ママがいないと、わたしは自分が何者かもわからない」

ジャクソン先生はそっとわたしの両腕をほどいた。

「何か飲むかい？」わたしはうなずいた。

「一瓶あけられそうだわ」

彼がキッチンからバーボンを持って戻ってくるのを待った。なぜだかわからないが、バーボンだろうと思っていた。ボトルを渡され、一口飲んだとたん、わたしは顔をしかめた。

「それじゃないほうがよさそうだな」彼は優しい笑い声を上げた。「グラスを取ってきてあげよう、初心者さんに」

例のあだ名で呼ばれて、気持ちが和らいだ。ジャクソン先生が氷の入ったタンブラーを手にキッチンから戻ってくるころには、わたしの呼吸は正常に戻っていた。

「ママと二人、楽しく暮らしていたわ。ママはいい仕事についていたし、二年間、同じ所に住んでいたの。あの二年間はすごく楽しかった。それにあいつは……あいつは刑務所に入っていたの。よく知らないけど、何かばかなことをして。軽犯罪でね。あいつが何をしたかなんて、気にしたこともないから。ママを巻き込まない限り」

「あいつというのは」ジャクソン先生は口を挟んだ。「きみのお父さん？」

「まさか。とんでもないわ！」わたしは強く首を振った。「父親は誰だか知らない。あいつはマイクよ。ママの最後のボーイフレンド」

ある日の記憶。マイクは車でわたしを学校に送ってくれたが、スピードを出しすぎていた。車にシートベルトはなく、つかまるところもないため、わたしは指先が白くなるほどシートに指を食い込ませていた。猛スピードでほかの車を追い越しながら、彼は怖がっているわたしを笑い飛ばした。停止信号で急ブレーキをかけて止まったとき、マイクは腕を伸ばし、大きな手をわたしの胸に当てた。「リラックスしろよ、アリス」その指が軽く胸に触れる。

また、別の日の記憶。マイクは母のＴシャツの下に手を入れて、キッチンでキスをしていた。母はくすくす笑いながらその手を押しのけるが、また入ってくる。わたしは入り口に立って、このダンスのような動きを不快な思いで見つめていた。こうやっているときは彼がうちに泊まることになるからだ。今夜だけでなく毎晩、また何かが起こるまでずっと。二人は振り返ってわたしを見た。マイクは、わたしを怖がらせて楽しんでいたときと同じ笑い声を上げた。その晩、わたしは自分の部屋に鍵《かぎ》をかけ、ドアの前に椅子《いす》を置いた。

「ママは男の趣味がひどいのよ」わたしは控えめにそう言った。「しかも、とにかくほんとに美人だから、まわりには男がおおぜいいたわ」

わたしはバーボンのお代わりを注いだ。幽霊たちが飛び回っている。

「きみも美人だよ」ジャクソン先生は言った。わたしは彼に置いて行かれたことに怒っていたので、どう思われようとかまわないと言ってやりたかった。でも、そういうものじゃないでしょ? 反抗したことでわたしたちが人から罰を受けたとき、わたしたちは何よりもまず間違いを正そうとする。

母なら彼のことをわたしに警告してくれたかもしれない。ひどい男たちは、みんな「きみも美人だ」と言うのよ、と。あるいは、わたしを先生の腕に押しつけていたかもしれない。この人ならよさそうだとお墨付きを与えて。母と同じように、わたしは美人だ。そして、母と同じように、わたしはこの男が手に入れたがり、所有したがっている物を持っている。

ジャクソン先生が涙で汚れたわたしの顔に両手を当てたとき、ちらりと頭をかすめたこと、わたしがすっかり自分に依存していることがわかって、彼が満足しているのかもしれないということだった。

少したってから、先生は自分の母親の写真を見せてくれた。病気になる前の写真だ。わたしと同じように、彼も母親に似ている。わたしの場合は母ほどの魅力はなく、本物の影ヴァージョンだ。彼は母親も芸術家だったと言ったあと、クローゼットの靴箱から何かを慎重に取り出した。赤いシルクのスカーフに包まれた、レンガより少し小さい物。それは一九三〇年代製造のライカのカメラだった。ひじょうに保存状態がいい。彼の母親が十代だったころ、古道具屋で購入し、病気になったときに、大切に保管しておくように、と息子に託したのだという。

「金銭的にはそれほど価値はないだろうね」彼は説明する。「まあ、千ドルぐらいかな。何度も引っ越してるから、母の物はこれしかないんだ。今でもいい写真が撮れる。あの当時の物は長持ちするように作られているからね」

見慣れないダイヤルやレバーやディスクに戸惑い、わたしはカメラの使い方を教えてもらいたいと頼んだ。彼は新しい白黒フィルムを装塡《そうてん》し、簡単に使い方を実践してくれた。わたしには一度も手を触れさせてはくれず、自分でカメラのあちこちを動かした。わたしたちはベッドに並んですわっていた。彼はファインダー越しにわたしを見ながら、この型が初めてレンジファインダーが装備されたカメラだと言い、レンジファインダーのおかげで、どのように被写体がガラスを通って見えるようになるのかを説明してくれた。

「最初は二つの像が見えるね？　このフォーカスレバーを動かすと、二つの像の距離が縮まって重なる……ほら」

顔にカメラを近づけられて、わたしが笑いながら頭を引いて顔を遠ざけようとしたとき、シャッターが切られる音がした。

「ばかだな」彼は母親のカメラを置き、両腕を回してわたしの体を引き寄せた。「きみに物を教えようとするといつもこれだから」

二人はずっとこうしていられる、とわたしは思っていたのだろうか。人には着地できる場所があると思っていたのだろうか。まわりのすべてが崩れ去ったとしても。ほかのことやほかの人のことは考えなくてもいい、と思っていたのだろうか。今まさに自分がいたいところにいるという理由で。

そういう場所、そういうときがあり、わたしのためにいつも変わらないでいてくれると思っていたのだろうか。そのときそこにいれば、わたしは安全だから。

すべての終わりが訪れたときのわたしの驚きを、ほかにどう説明できるだろうか。やっとバランスが取れるようになってきたのに、足元の地面がふたたび揺らぎ、振り落とされたときの大混乱を、ほかにどう理解できるだろうか。こんな変化があることは、彼と出会う前の人生でずっと教わってきたはずなのに。

彼の家に招き入れられてから一か月後の日曜の朝、わたしは追い出された。わたしの十八歳の誕生日の前日、つまり、わたしがついた嘘《うそ》にようやく実年齢が追いつこうという日に、二人は仰天することになる。

「あしたはわたしの誕生日」彼の腕の下にぴったり収まりながら、わたしはつぶやいた。彼のわきの下のふわふわした毛を舐めた。「なんとか憶えていたわ」

わたしたちは時間の外で暮らしていて、わたしは今日が何日であるかも気にしなくなっていた。誕生日のことを考えるのは変だと思った。誕生日とは人生が普通に続いていることの証拠だ。ところが、わたしたちは日常からはるか遠いところに引きこもっている。

「何か特別なことをしよう」彼は言った。「十九歳になるお祝いに」

「んん」わたしはうとうとしていて、うっかり最初に嘘をついたことを忘れていた。「やあね、十八歳よ。一年余分に年を取らせないで」

最初、自分では気がつかなかった。彼の体に緊張が走り、わたしから身を引いたのだ。

「アリス」

「んん？」

「アリス！」

彼はわたしの両肩を強くつかんだ。その手の関節が赤くなっている。皮膚の下で何かに電気がたまっているようだ。

「何？ 痛いわ。痛いからやめて、ジャク——ジェイミー！ どうしてそんな顔でわたしを見るの？」

「アリス」ゆっくりと、わたしの名前を呼んだ。「アリス、きみは何歳だ？」

「えっ？」

「年はいくつなんだ！」

問いかけではなく、命令だった。わたしはこの男を操る力がある、となぜ思っていたのだろう。

「じ……十八になるわ、あしたで」

彼は、つかのま、わたしを見つめたあと、ベッドから飛び降りて部屋の向こう端へ行った。わたしは何が起こったのか理解できなかった。

「ちくしょう、ちくしょう、まったくもう。なんてことをしてくれたんだ。アリス、おまえは十七歳なんだな？」

「そうよ。何か……」

「おまえの写真を撮った！　動画も撮影した！」

彼は部屋の向こう端から叫んだ。その顔は今にも吐きそうな表情だ。どういうことなのか、わたしの誕生日にたいしてなぜこんな激しい反応を示すのか、わたしはまだ完全には理解していなかった。それから、少しずつ脳にかかっている霧が晴れ、このあいだ電話で話したときのタミーの声が蘇《よみがえ》ってくる――ロリータちゃん。自分でも信じられないが、一度もそのことを真剣に考えたことがなかった。十八歳になったとたん、自由が手に入るということは、それまでは自由にできないことがあるのを、けっして忘れてはいけなかったのだ。

「ジェイミー、ごめんなさい。知ってると思ってたわ。それに気にしなくていいのよ。だって、わたしがいいと言ったんだもの。選んだのはわたし。だから、あなたは……」

彼は今、奇妙な、とても彼とは思えないこわばった表情でわたしを睨《にら》みつけている。まるで見たことのない人間だとでもいうように。

「まったく、なんてことをしてくれたんだ！　おかげで刑務所行きになるかもしれない」

「まさか！　そんなことさせないわ。そんなこと、絶対に……」

「出て行ってくれ！」

彼は怒鳴り声を上げて、部屋を歩き回っている。

「いやだわ、ジェイミー。そんな、ばかなこと言わないで。あしたになればもうだいじょうぶなのよ。あとたった一日なんだから……」

「うるさい、黙れ。出て行け、この愚かなノータリンの腐れ小娘！」

そんなひどい言葉をこれまで浴びせられたことはなかった。想像をはるかに超えたもので、慰めに来てもくれないことから、彼が本気であることがわかった。ごめんなさい、とわたしは何度も何度も繰り返したが、彼はすでに部屋を出ていき、廊下から車のキーを出す音が聞こえる。

「わたしが戻るまでに出て行くんだぞ。いいな、アリス」

玄関からジャクソン先生の声がしたあと、ドアを開け、力任せに閉める音が聞こえた。車が回転速度を上げ、横滑りしながら走って行く音が続く。わたしはふたたびひとりぼっちになった。

胸が潰《つぶ》れる。

わたしにはどこにも行く所がないことを、彼は知っている。わたしをこの家に招き入れたくせに、本当はいつまでも滞在させるつもりはなかったのだ。彼が何を提供し、何を拒んだのかを考えるたびに、喉元《のどもと》まで怒りがこみ上げてくる。この怒りはほんの一瞬のことで、すぐにまた悲しくてたまらなくなった。

グロリアのところには戻れない。先日、今週はこの町にいないことを知らせるメッセージが来た。「帰宅したあとで、あなたの今後について話し合いましょう」という文で終わっていた。それがどういうことか、わたしにはわかっている。誕生日が過ぎたら彼女の家から出て行ってもらいたいという意味だ。わたしは「春のあいだはタミーといっしょにこっちにいるつもり」と、送り返した。ジャクソン先生との時間を確保しようと思っていたので。「戻る日が決まったら連絡するわ」彼女のそっけない返事を見て、わたしのことをいちいちチェックする気がないのがわかった。タミーとは、ロリータちゃんと呼ばれたとき以来、話をしていない。メッセージを二、三回、やりとりしただけだ。そのメッセージも、お互い返信までの間隔が開いている。わたしはジャクソン先生のことで頭がいっぱいだったし、タミーもアル中の父親の監視と、ボーイフレンドのライが道を踏み外さないよう目を光らせることに忙しいに違いない。缶入りウオッカを呑み、湖畔でライと寄り添いながら、故郷では手に入らないもっと強いものを吸っている姿が目に浮かぶ。彼女が期待どおりに幸せなら、わたしもよかったと思っている。

　わたしはそれ以上のことを望んでいる。

　これを最後にこの町を出て行きたい。それを実現するにはお金が必要だ。前から望んでいたことなのに、ジャクソン先生に気を取られていたのが自分でも信じられない。

　人生を変えよう、と決意を新たにする。今すぐに。必要に迫られて、きっぱり決心がついた。ジャクソン先生が絵を売ったお金を隠してあるところへ行き、古いフィルム入れにしまってある紙幣を一枚残らず取り出した。次に、グロリアの家から持ってきたダッフルバッグに、きれいな衣類だけ投げこんだ。下着やTシャツはバスルームに置きっぱなしになっているのがわかっているが、かえって好都合だ。わたしがここにいた証《あかし》として残しておこう。わたしの存在を示す物を処分するとき、彼の胸中をかすめるものがあるかもしれない。わたしの衣類を集めてごみ箱に捨てながら、自分が何をしたのかを思い返すといい。そのときの彼の心境を想像すると、少しは胸がすっとする。

これっきりだと思って玄関の扉を閉めようとして、もう一度振り返った。わたしには持って行きたいものがある。それがなくなれば彼の世界に隙間《すきま》ができる。箱から取り出すと、ライカのカメラは思っていたより軽かった。それまで手にしたことがなかったので、とても貴重な物に感じた。

彼の母親のカメラだ。これを失ったら、ジャクソン先生にはかなりの打撃だろう。そう思うと、小さな満足感が膨らみ、わたしの胸の中で爆発した。人を傷つけた当然の報いだわ。彼のことも彼の作品のことも、もうなんとも思っていないことをわからせたい。彼はわたしに本性を見せつけたのだから、今度はこちらが本当のわたしを見せてやる番だ。

わたしはお金をきつく握り、ライカを胸に抱き締めた。尻軽女《しりがるおんな》。泥棒。嘘つき。この先、わたしに好きな役を当てるといいわ。わたしは自分が何者かをわかっているから。わたしは生存者。あしたで十八歳になり、念願どおりにこの町を出て行く。もう何にも、誰にも、それを止めることはできない。

ルビー・ジョーンズもこれとまったく同じことを自分に言っている。メルボルンの空港のカウンターでスーツケースの重さを量り、パスポートを提示して、ニューヨーク行きの飛行機に乗ろうとしたときに。

「準備はできたわ」と、ルビーは思った。「この先、何が来ようとも」

この楽天主義、前にもいろいろあったのに、こんなふうに楽観していることでやっぱり彼女はわかっている、とわたしは思った。たとえ嘘でも何度も繰り返し自分に言い聞かせれば、やがてそれを信じるようになることを。

8

地面に倒れている少年を見かけた夜以来、物事の感じ方が変わった。

空が落ちてくると感じるようになったわけではない。もし、そうなったとしても、わたしには何をすればいいかわかっている。この時点で、わたしはまだ自分に自信を持っていたことをわかっていただきたい。安全だと感じ始めた、つまり、忘れ始めたのだ。それが安全だということではないだろうか。知っていることを忘れる。悪いことを思い出さないようにする。そこまであと一歩だ。

おまえはまもなく死ぬ。トンネルの壁に血のように滴《したた》る赤ペンキで書かれた文字。

その地下鉄の落書きは警告のように思えた。忘れないようにというリマインダーだ。ニューヨークに来る前、ノアと知り合う前には、自分が安全だなどと心から思うことは一度もなかった。

わたしたちはどれだけ気をつけなくてはいけないのか、ご存じだろうか。わたしのような若い娘は。前をゆっくり歩いている男が、どこかの扉の向こうに姿を消す。背後を歩いている男が早足で近づき、あまりに接近されて自分の領域を侵されていると感じて鳥肌が立つ。黒っぽい窓の車、狭い路地がいくつもある通り。夕暮れどきの公園。空き地はいつも気持ちのいいものではない。今にもこちらに伸びてきそうな友人の父親の手。ビールを飲んでいる若者たちの息。閉まっている扉やぐるぐる回っている部屋。

わたしたちはどれだけ気をつけなくてはいけないのか、ご存じだろうか。

地面に倒れていた少年は安全だと感じたことはあったのだろうか。彼はささやかな人生を送っていたのに、何かが急にひっくり返り、ねじれて、他人によけて通られるようなことになってしまったのだろうか。彼をハグしたり、愛したり、いなくなって寂しいと感じている人はいたのだろうか。今、わたしの日々は闇《やみ》に覆《おお》われている。一種の雲。ただ雨が降っているというだけではなく、ジャクソン先生から連絡がないことや、わたしがいなくなったことを誰もなんとも思っていないという事実。わたしの新しい人生のレコードが立てるスクラッチ・ノイズ。ベイビー・ジョーンは、路面に水があふれている通りを跳び越えるように渡り、王冠を頂いたビルの写真を撮り、サイレンや教会や星についての事実を集める。彼女は他人の飼い犬を散歩させている。

二日前、そのうちの一匹が立ち止まっておしっこをしているとき、彼女はそこが写真学校の正面であることを知った。ノアのアパートメントから三ブロックほどのところで、入り口に、春の後期コースがまもなく始まるという知らせが出ていた。彼女はその学校のちらしを持ち帰って、ベッドサイドのテーブルに置いた。それから、彼女にはノアがいる。そして、スクラッチ・ノイズ、音飛び。母のように、ふたたびわたしの人生は一人の人物を取り囲んで築かれる。その人物はいつでもわたしに飽きたら、出て行くよう命じることができる。そのとき、わたしはまたひとりぼっちになるだろう。家も、お金も、親もなく、路上生活をすることになる。コインを投げ入れてもらうコーヒーカップ、見知らぬ人たちに食べ物を恵んでもらうための看板。すぐにまた何かを失ったら、わたしは生きながらえることができるだろうか。

三日間、そんなことを考え続けて恐怖が燃え上がり、ノアはわたしが発熱していると確信した。

「いつものアリスじゃない」夕食のとき、彼はそう言った。数週間ではなく、数か月前からの知り合いであるかのように。「いっしょに医者へ行こうか？」

テーブルの向こうからのいっしょにという言葉を、つい当てにする。額にひんやりした手を感じた。ノアはほかの人たちとは違うのかもしれない。それを確かめたい。

「ノア」わたしは向かいにすわっているノアを見つめた。偶然出会った恩人だ。その背後にはモザイクのように貼《は》った借用書代わりの付箋《ふせん》が見える。「どうして他人に部屋を貸してあげてるの？」

　フランクリンが足元でそっと動いて、わたしの足首を舐めた。

「貸してないんだよ、普通は」少し間を置いてから、ノアは答えた。かすかに苦笑している。「たいていの場合、希望者が現れても、玄関先で帰ってもらっている。わざわざ来てもらったことで、一ドルか二ドル手渡すこともある」

「まあ」

　わたしは最初の晩、バッグとカメラを手に、希望に胸を膨らませてやってきたときのことを思い返した。あのとき、目の前でドアが閉められていたら……。青い瞳《ひとみ》、張り出し窓、ピアノ、フランクリン、そのどれにも親しむことはなかった。その場に頽《くずお》れる自分の姿が目に浮かぶ。現金六百ドルを持って、どこに向かっただろうか。

「わたしは経済的に困っているわけじゃない、わかっているだろうが」ノアはわたしのほうに両腕を広げてみせた。「部屋を必要としている人もいるかもしれないと思ったんだ。ところが」広げた腕を閉じて、今度は両手を握った。「わたしが思い描いていたような人たちは一度として現れなくてね」

「でも、わたしのときは簡単に受け入れてくれたわ。身元保証人もいらなかったし、ほかのところと違って、クレジットカードでの預かり金も要求されなかった。わたしみたいな人間が来ると思っていたのね」

「実を言うと」ノアはため息をついて、謎《なぞ》めいた表情を浮かべた。「そうなんだよ、ベイビー・ジョーン。きみこそ、わたしが思い描いていた人物だった」

そのあとの言葉はかなり静かな声だったので、わたしは正しく聞き取れたかどうか自信がない。

「正確に言うと、きみを見ていると、かつて知っていたある少女を思い出すんだ」

あとになって、わたしは理解することになるのだが、ノアは玄関を開けたとき、あけっぴろげで真剣な顔が、おかしなことに自分の顔とよく似ていると思った。それは何年も前の、不朽の名声を得ようとするありそうもない試みと関係がある。幼いころ、地球の反対側へ行ってしまい、住所もわからなくなって久しい少女。それより前の一時期、その子は母親といっしょによくやって来た。二人は前触れもなく一日二日滞在し、その子がピアノを叩《たた》き、ノアはその母親に衣服や学校や旅行のためのお金を渡していた。当時は、家族として暮らす余裕もそうしたいという願望もなかったが、ノアは少女のためにお金を取っておいた。二人が突然、遠くへ行ってしまったとき、少女はこだまを、あり得たかもしれないことが消えたあとの空虚さを残した。誰の人生にも秘密や閉じられた扉がある。わたしがノアの家の玄関に現れたとき、若くて、汚い身なりをしていたけれど、希望にあふれた姿が、ふたたび、その扉を少しずつ開かせた。

もちろん、その夜、彼がこの話を語ったわけではない。彼はちょっとわたしのほうに野球帽を傾け、テーブル越しに微笑《ほほえ》んだだけだ。

わたしは息をする。

「ベイビー・ジョーン、言うまでもないが、きみにはここ以外に行くところがなかったからね」

ルーシー・ルーテンズは、心配性のシュナウザー犬ドーナッツのための誕生パーティを希望していた。「大げさなものじゃなくていいの。ケーキと小さなバースデーハットぐらいで。パーティの写真を送ってちょうだい」彼女はこれまでドーナッツの誕生パーティを欠かしたことはないのだという。ところが、いとこがメイン州で結婚式を挙げることになった。ルーシーの母親はこれまで娘の誕生日をたいてい忘れてる。でも、ちゃんと育ったそうだ。

わたしはキッチンにいて、壁越しにこの女性の神経過敏なおしゃべりを聞いている。わたしは犬の飼い主たちと一度も顔を合わせたことはない。「余計な詮索《せんさく》をされたくないからね」わたしがこの仕事を手伝うことになったとき、ノアにそう言われた。面識はなくても、どの犬がどの飼い主のものなのかはわかる。犬は飼い主を映し出す鏡のように、主《あるじ》の癖や感情の揺れをそっくり身につけている。たとえば、フランクリンは用心深い。ノアに似て、遠くから注意深く様子をうかがい、そのあと愛情深い仕草で、わたしを驚かせる。わたしの足首に濡《ぬ》れた鼻を押しつけたり、頭でわたしの脚を軽く押したり。控えめに触れたあと、定位置に戻っていく。ルーシー・ルーテンズの犬はまったくちゃんとしてはいない。ドーナツはほかの犬にびくびくし、わたしには敵意を見せる。まるで、ルーシーが自分を置いて出かけるのは、わたしのせいだとでも思っているようだ。飼い主が出て行くと、ドーナツは戸口の前にすわり、体を震わせて哀れな小声で鳴く。飼い主がもう戻ってこないとわかると、左右の前肢《まえあし》のあいだに顔を埋め、一日中わたしを見ようとはしない。

ノアが言うには、犬もわたしたちと同じような感情表現をするが、せいぜい人間の三、四歳児程度らしい。「自分の感情が不安定だったそのころのことを想像してごらん」そう説明してくれたことがある。「自分の感情に振り回されていただろう。それが犬の現実、犬の日常なんだよ」

そう言われて、自分が四歳のとき、どんなだったかを考えてみた。当時の自分になりきって外の世界を見ることはできないが、ときどきその年齢の自分を客観的に見ることはある。だいたい、人はそんなふうに記憶の追体験をするものだと思う。外から中に向かって、ちょうど自分の過去の生活を、かつて自分が主役を演じていた映画のように。しかし、ときには、何か悪いことが起こり、映画版を見るのではなく、自分がその悪い出来事の中で生き続け、永久にそこから外部を見ているような感じになることもある。そうなると、何が現実で、何がそうではないかを判断するのがむずかしい。ノアは、そういう記憶は払い落としたり、振り落としたりするのも一つの手だ、と言った。「でも、そうすると、わたしの体は穴だらけになっちゃうわね」わたしがそう言うと、彼は大笑いした。けっして失礼な笑い方ではなく、翌日、枕元《まくらもと》には感情焦点化療法というものについての本が一冊置かれていた。あいにく、その本のカバーに星雲の写真が使われていたので、わたしはクローゼットの中に伏せて置き、二度と見なかった。

ともかく、四歳児のわたしにはそんなに悪いことは何も起こらなかった。わたしの知る限り、起こってはいないし、起こっていれば憶えているはずだ。何かよいことについて考えてみたい。たとえば、わたしが犬と飼い主の組み合わせを当てられるように、子供と母親の組み合わせも当てられるものだろうか。そんな幼い少女が、当時の母親をまねるものだろうか。わたしはいつも、わたしを愛し、注意を払い、見守ってくれる相手を探していたのではないか。この幼児アリスのことをよくわからないのは不思議だ。はっきり記憶しているのは、あと一年で小学校に入るころから、しょっちゅう引っ越しをしていたことと、いつもそばに入れ替わり立ち替わり男の人がいたこと。そういう経験をしたことや、彼らについて記憶しているのは、もっと大きくなってからのアリス。幼いアリスも鍵の掛かった扉の前で待っていただろうか。ドーナツが、いずれ戻ってくる飼い主を待っているように。

たまに、ノアが話してくれたいろいろなことを聞きたくなかったと思うことがある。

　ごくたまにだけれど。

「誕生パーティなんて、わたしは一度も開いてもらったことないわ」ルーシーがようやく立ち去り、ドーナツが扉の前で悲しみの姿勢を取ったとき、わたしは本音をもらした。「母は誕生日なんて来ない振りをしていたのよ」

　このことにノアが驚いたとしても、彼はそれを顔には出さなかった。わたしなら、もし誰かが一度も誕生パーティを開いたことがないと言ったら、意外に思うだろう。

ちょっと悲しい気持ちになるかもしれない。だが、ノアはただ肩をすくめただけだった。

「開いてほしいかい？」

「誕生パーーーティを？」

「そうだよ、アリス。誕生パーーーティをね。開いてほしい？　何かを経験していないのは、したくないと思っているのと同じとは限らないからね」

　わたしが考えもしなかったことを、ノアは当たり前のように言う。わたしはそれをありがたいと感じるようになっていた。だから、こんなふうに話をしていても気分を害することはない。

　彼の質問を一分ぐらい考えた。真剣に考えてみた。

「そうね」ようやく返事をした。新しいビジョンとして、さまざまな可能性が浮かんでくる。「クライスラー・ビルの最上階で誕生パーティを開きたいわ。わたしは銀色のドレスを着て、すてきなグラスに入ったマンハッタンをお客様に配るの。それから、きらきらが入ったコンフェティ・バルーンも必要ね。わたしが通り過ぎるときに、みんなが割ってくれて、それを浴びたわたしは一晩中輝いているわ」

「すてきだね」ノアはかすかに笑みを浮かべ、やがて現実に戻って犬たちのほうを向いた。誕生日の空想は弱々しい光に変わり、薄らいでいく。実際に起こった出来事のように、わたしがきちんと心に刻みつけておく前に。

実際、クライスラー・ビルの尖塔《せんとう》の内側には、大量のコンクリートと電線しかなく、正面から見たときの美しい装飾ファサードとは似ても似つかない醜い空間が連続している。ノアはわたしへの思いやりから、そのことを言いたい気持ちを抑えていた。また、わたしにはこのニューヨークに友人が一人もいないことについても触れなかった。誕生パーティに招待する客は一人もいない。だから、尖塔の内側にあるむきだしのセメントの迷宮に結びつけられたコンフェティ・バルーンは、わたしがその下を歩くときもそのままで、割られることはない。きらきらは風船の中で浮遊しつづけ、わたしは外からそれを見上げたり、のぞきこんだりするだけ。

すてきだけれど、荒唐無《こうとうむ》稽《けい》な考えだ。わたしなんかがそんなすてきな誕生パーティを開けるはずはない。わたしが十八歳の誕生日を迎えたのは、州間高速道路を走るバスの中だった。時計の数字が変わる。何年も前のこの日に、わたしは生まれた。初めてわたしと母が引き離された瞬間、母が何を思ったか、わたしにはわからない。

それを言うなら、永遠の別れが訪れたときに母が何を思ったかも、わたしにはわからない。

母との記憶。母はバスタブに入り、タオルをターバンのように頭に巻いてひねって留めている。笑いながら石けんだらけの湯をわたしのほうに弾《はじ》き飛ばし、いっしょに入るよう両手を開いてわたしを招く。わたしはそっと熱い湯に入り、母がわたしの髪を洗って、長い指で頭皮をマッサージしてくれているあいだ、母にもたれかかっていた。目の前で光の玉が、小さな惑星が、ダンスをしている。わたしの小さな頭を洗いながら母の手が動く。わたしは背中に母のふっくらとした体を感じていた。「あたしのベイビー」と母がささやく。それがわたしの憶《おぼ》えていること。実際、そんなふうだったのかどうかはわからない。これは映画で見たことなのかもしれない。まったく別の人が演じている映画の一シーンだったのかもしれない。

もちろん、彼は実行してくれる。クライスラー・ビル最上階で、わたしの誕生パーティを開いてくれる。

太陽がハドソン川の上に落ち着いたころ、わたしはリヴァーサイド・パークでフランクリンを遊ばせたあと家に戻った。この街へ来て、三週間目の週末だった。リビングルームには銀色と白の風船があふれんばかりに浮かんでいた。窓には、人の背丈ほどある厚紙のパネルが立てかけてある。雨の降る金色がかった夜のミッドタウンを上空から見たものだ。きらきらしたグラスに入った赤茶色のドリンクを渡される。中には濃い色のチェリーが浮かんでいた。それは、わたしがまだ理解していない思想のような味がする。大人になることを約束するような味が口の中に広がった。

「きみの初めてのマンハッタンに」ノアはそう言って、グラスを合わせ、わたしはきらきらを浴びることはなかったが、それでも顔が輝いている。

「誕生日おめでとう、アリス」

この言葉をもう二度と聞くことはないと思うと、不思議な気がする。

わたしたちは酔っていた。もしかしたら、わたしだけなのかもしれない。ピアノの上に置いてあるガラスのデカンターから、立て続けにマンハッタンを三杯飲んだ。チェリーは全部とっておき、今、その一つをかじると、濃い赤い果汁が口の横から滴り落ちた。甘くて苦い味がして、これが今まで味わったどんなドリンクとも違うことを実感した。全身がけだるかった。それが適切な表現だと思う。重い感じ。だが、動きがとれないわけではない。左手には小切手が握られている。近くのこぢんまりした写真学校宛《あ》てに切られたものだ。

「入学金だよ」封筒を開け、薄い紙がわたしの膝《ひざ》の上に落ちたとき、ノアが説明した。

「いつまでも家のまわりでぶらぶらさせておくわけにはいかないからね、ベイビー・ジョーン」

小切手は真新しい扉を開ける鍵のように思えた。夏が来て学校の正面入り口へと階段を上がっていく自分の姿が目に浮かぶ。毎日、校舎に入り、授業を受ける。日がたつにつれ、この生活にどんどんなじんでいき、目を細めると、未来の姿が見える。友だちと昼食をとり、課題を完成させるために暗室を使い、わたしよりあとから入った学生たちにB教室への行き方を教える。

「ノア……」この何年後かのわたしのことを彼に話したい。将来を考えるのがどれほど不思議ですばらしいことか、伝えたい。それを可能にし、未来を可能にしてくれたことにお礼を言いたい。これまで、支援してくれる人にはみんな下心があったことを、彼に知ってもらいたいと思う。いつも条件がついていた。だから、わたしはそれがいつまでなのか、いつ取り上げられてしまうのか、つねに終わりを見据えてカウントダウンしていた。それから、ノアがこんなにいろいろなことをしてくれる理由がいまだに理解できないことも伝えたい。会って数週間しかたたない若い娘に。

「ノア、これまでのあなたはどんな人だったの？」

過去の話から、すべての答が見つかるだろうか。

「きみが来る前という意味かな？」マンハッタンのグラスを置き、ノアは質問の意味をはっきりさせようとした。

「ええ、わたしが来る前。でも、その時期に限定しているわけじゃないわ。あなたが若かったころ、どんな生活をしていたのか……。わたしと同じ十八歳のときに」

ノアはハドソン川の向こう側で生まれたことを話し始めた。ホーボーケン（ニュージャージー州の都市）。わたしにはその地名がキャンディ・バーか何か、柔らかで中に硬いザクザクしたものが入っている物のように思えた。

「ベイビー・ジョーン、わたしの青春時代のことを言っているんだね」ノアは過去を思い返して微笑みながら言った。記憶を遡《さかのぼ》っているうちに、口の端にためらいを見せ、わたしには彼が楽しいのか悲しいのか、わからなくなった。

「逃げ出したかったんだ。きみと同じようにね。わたしの場合は、そんなに遠くまで来たわけじゃないが。若いころはずっと川の向こう岸を見ながら過ごしていた。マンハッタンはわたしにとって北極星だった。ここに来るまでは、いつもどこか別の場所に行きたいと思って暮らしていたんだよ」

「そのころのニューヨークの話を聞かせて」ノアに話を続けてもらいたかったので、

わたしはそう言った。これまでも実際にあったことを話しているときに、よく彼の人生の断片を織り交ぜて語ってくれた。マンハッタンでの青春時代のどこかに現在の彼がいて、わたしを援助してくれる理由のヒントが見つかるのではないか。

「当時、ニューヨークはまだ観念だった。この国がそれまでに持っていた最高の観念だ。今は三流のリアリティ番組のようだね。通りはきれいになり、観光客が続々とやって来る。ミッドタウンあたりのアパートメントの半分は空き家で、建物全体の所有者は一度もそこに住むつもりがなく、たまに来ることがあったときのために、滞在場所を確保しているだけだ。七〇年代は、ニューヨークは観光で訪ねる場所ではなかった。暮らす場所だったんだ。両親が敷いたレールの上を歩く生活から逃れ、自分が住みたいと思う場所に根を下ろし、自分で生活をする」

わたしはノアのこういう話を一年間でも聞いていられる。

「わたしはヴィレッジに住んだ。汚いベッド、汚いバー、それに対して、故郷では両親が汚れた物をとりあえず洗おうとしていた。そこは危険でスリルに満ち、それ自体が一つの世界だった。つねに変わり続ける都会であって、いつも自分自身の限界を超えようとしていた。超高層ビルが建つのも眺めていたよ。実際、巨大な怪物だが、わたしは気にもかけなかった。あれを見ると、がんばれってみんなを激励しているような気がしたね。当時のわたし自身もそんなふうだった。自分に自信があり、他人には鈍感で。友だちもたくさんいたが、やがて少なくなっていった。八〇年代に入ると、周囲の人間が亡《な》くなり始めた。恋人や友人、それから隣の部屋に住んでいた才能に恵まれた青年も。彼らが亡くなっても街は生きつづけ、変化しつづけた。生き残ることがすべてを変えるからだ」

（それはわたしも知っている）

「街は動き続けた。わたしも動き続けた。ニューヨークは新規蒔《ま》き直しができる街なんだよ、アリス。わたしは結局、誰かの知り合いの知り合いに会い、その人たちのおかげでお金を稼ぐことができた。かなりの金額をね。それを川の向こうにいる両親に送ったんだ。この家はある男から安く買った。その男はわたしの昔の人生を知っていた。わたし自身はそのころの自分に会ってもわからないだろうな」

「わたしが似ているという女の子は？」そのあと流れた沈黙から、肝心の話に近づいているのを感じて、わたしは尋ねた。その夜が、何杯ものマンハッタンが、何かのたがを緩めていた。

「ああ、あれか。品行方正なわたしの人生の一部だよ。いうなれば、遺物かな。娘は……」指を折って一つの人生を勘定する。「今は三十代半ばだろうね。想像もつかんな。もうわたしの人生の半分も生きたわけだ。わたしは彼女の母親を傷つけてしまった。人を本当に傷つけるようなやり方で……。こんなふうに愛すると言ったのに、そんなふうには愛さなかった。そこで、彼女は出て行った。娘を連れて外国へ行ってしまった。わたしの物の考え方が面倒な事態を引き起こしたお詫《わ》びに、二人を行かせたよ。なんの条件もつけず、束縛もせず、質問もしないで」

ノアが扉を開けたとき、バッグを持ったわたしが立っていた。幼い少女がついに父親に会いに戻ってきた。家を出て、ピアノやシャンデリアのあるこの家に彼女が戻ってくることはない、おとぎ話を聞かせるようにいつも彼女に話しかけていた父に、会いに来ることは二度とない、そう思っていた。さよならを言うことで、自分がその人とどれほど引き離されてしまうのか、なかなかわからないものだ。

「悔やんでいるんでしょう？」わたしは尋ねた。「ずいぶん後悔したでしょうね」

ノアは計り知れないほどだと答える。そんなことあるもんかと言う人間は、まだ若造か、老いぼれて物事の真実がわからなくなっているかのどっちかだ。彼は娘と縁がなかったこと、娘の成長を見守ることができなかったことを悔やんでいる。わたしと出会って、その後悔はますます大きくなっている。

「わたしは父親を知らないの」自分が開けた小さな穴を繕いたいと思って、わたしは言った。「ニューヨークのどこかにいるんじゃないかしら。少なくとも、わたしはそう思ってる。父のことは何も知らないの、写真家だという以外は」

「それでこの街に来たんだね？　お父さんを見つけるために？」ノアは言った。もう一人の娘の帰郷を思い描いているらしい。

「いいえ」ノアのためにいい嘘がつけたらよかったのだが、わたしは正直に答えた。

「父のことは頭になかったわ。そういうふうにはね。正直言って、父はわたしの存在すら知らないと思う。母はそういう人なの。わたしは父のいない人生と折り合いをつけてるから、ぜんぜん気にしてないわ。手に入らない物を望んだところでしかたないでしょう」

　のちに、この言葉の不合理が明らかになる。手に入らない物を望むことは、死者をも駆り立てるほど強い欲求であることを、わたしは理解するようになる。

「わたしたちはいいコンビね」わたしはぽつりと言った。この夜、わたしには知らなければいけないことがたくさんあった。マンハッタンの刺激はもう口の中に残っていなかった。「娘を失った父親と父のいない娘。もし、これが映画なら、あなたに肝臓移植が必要になって、その際にあなたがわたしの実の父親だと判明する——そういう結末になるわ。すごいわね、ノア。わたしがあなたの家の玄関に現れたのは、単なる偶然じゃなかったのよ。ずっとわたしは、あなたを捜していたの」

またチェリーを嚙《か》んでしまい、わたしは口を真っ赤にして彼に笑いかけた。

「おお、神よ」ノアはおおげさに怯《おび》えるふりをした。「きみみたいな野良娘《のらむすめ》の面倒を見なくちゃいけないのか」

隣室の冷蔵庫のドアには、借用書がひらひらしている。わたしの借金を記録した何枚もの付箋。スニーカー代、パーカ代、地下鉄代。ノアが気がつかないうちに、わたしが貼ったものもある。実は、たくさんあって、ほかの借用書もたまっているし、ノアに書いたメモもある。彼が見たかどうかはわからないが、わたしがこっそり貼ったのは、友情、忠誠、安全。そういった言葉だ。

いつか彼にお返しできるもの。

なぜなら、わたしには先があると思っているから。生涯で初めての誕生パーティの夜に、こんな未来を思い描いていた。夏が来て、学校が始まり、友だちと昼食をとり、笑ったり話をしたり計画を立てたりしながら、わたしはそこにいる。新しい友情はわたしのまわりで手入れされていない庭のように生い茂る。タミーに電話でその話をするが、連絡をとらないまま何週間も過ぎたことなど気にしない。タミーは、わたしがどこで何をやっているかを聞いて喜び、知らせるのが遅れたことも許してくれるだろう。「やったわね、アリス」彼女はそう言うと思う。「自分で人生を築いたのね！」しかし、その人生を築いてくれたのが本当は誰なのか、すべては誰のおかげなのか、わたしは知ることになる。今夜、誕生パーティを開いてもらったときも、ノアに借りを返す時間がじゅうぶんあることに、わたしはなんの疑いも抱いていなかった。

　というのも、たとえ三十代半ば、ノアの別れた娘さんと同じくらいの年齢になっても、わたしにはまだ長い年月が残っている。わたしに約束された七十九・一年までにはまだほど遠い。そのころには、有名な写真家になって、街のギャラリーにわたしの撮った写真が飾られ、雑誌の表紙にも使われていることだろう。ノアの面倒も見るつもりだ。彼が面倒を見てくれたように、今度はわたしが守ってあげる。わたしとノアの未来にはいろいろなことが待っているはずだ。

　そうでない未来を想像したら、わたしの心は砕けてしまっただろう。

　わたしは警戒を緩めていたのかもしれない。最後の最後に。実際、空が落ちてきた。空が割れ、光が走り、雨のように冷たいものが落ちてきた。ずっしり重い空気がわたしの胸を押しつぶす。泥と金属。押し倒され、地面の中へ。わたしは不意を突かれた。ほかの人間にとって自分がなんの意味も持たないことを知って、ショックだった。世界全体がこんなふうに一瞬で捨て去られてしまうとは。けっして安全ではないと思っていたのは正しかった。だから、用心する必要がある、と。

それでも、不意を突かれた。最後の最後に。

9

あした、わたしは死ぬ。

死ぬ前日の話を、どこから始めましょう。最初から見ていくのはどうかしら。朝起きると、目がしょぼしょぼしていた。コーヒーを淹《い》れているとき、沸騰《ふっとう》した湯がシューッと音を立ててこぼれ、わたしのほうに跳ねた。シャワーの温度調節もうまくできない。わたしを混乱させようと、温水と冷水の蛇口が日ごとに入れ替わっているのではないかと思うことがある。バナナを食べ、筋が口の中に引っかかる。犬用おもちゃのまわりを歩き、蹴《け》ってリビングルームの隅に集め、窓を開けて朝の空気を入れる。通りには、いつものように膨れ上がったごみ袋の山と建物に巡らされた足場が見える。袋の山が今にも崩れそうになっていなければ、放り投げて出してもいいくらいだ。今は青空だが、そのうちまた雨が降り出す。足の親指のそばに犬の毛が落ちている。この日は明るいごく普通の一日だ。

　朝起きる。目がしょぼしょぼする。湯が沸騰し、コーヒーを淹れる。シャワーの温度調節に失敗。バナナが舌の上をするっと滑る。ゴム製の骨のおもちゃがキュッと鳴る。ごみ袋、足場、青空。雨予報。足の指をくすぐる犬の毛。明るい特別な一日。

　午前が過ぎていく。ゆっくりでもなく速くもなく。ただ過ぎていく。こういう朝を過ごすようになってほぼひと月、今ではすっかり慣れた。チーズサンドを作り、お皿とナイフをシンクのコーヒー・マグの隣に置く。この家の掃除や片づけをもっと手伝ったほうがいいと思っている。どれだけ感謝しているか、その気持ちを行動で示すのを忘れてはならない。付箋に書いて貼り付けておこうと、お手伝いと書いたとき、外で大きな音がしてぎくっとした。ペンを取り落とし、黄色い付箋の「い」の字がおかしな感じに伸びてしまった。こう書くつもりだった――お手伝い、あちこちの。ところがペンがテーブルの下に転がってしまったので、わざわざもぐり込んで捜す気になれなかった。お手伝いだけでわかる、とにっこり笑って、その最後の一枚を冷蔵庫のドアに貼った。

　これがわたしの人生最後の明るい朝。


わたしの人生最後の明るい朝、ルビー・ジョーンズは窓の外を眺めている。通りに並び、次から次へと積み上げられていく黒いごみ袋を見て、鼻に皺《しわ》を寄せる。腐った野菜や汚れたおむつの臭《にお》いを想像しているのだろう。彼女の部屋には、デザイナー・キャンドルのかすかなムスクの残り香が漂っているだけなのだが。彼女のいる建物と向かいのアパートメントとのあいだに細長い空が見える。青空だ。雨は降っていないが、午後には降り出すと天気予報で言っている。この気まぐれな春が過ぎれば、暑い夏が来る、とこの先の予報も出ていた。

（実際、そのとおりになる）

彼女もまた、何も考えずに朝の日課をこなしている。下でコーヒーを飲んだあと、シャワーを浴びに部屋に戻る。ジョギングをするために、シューズを履き、少しストレッチをしてからリヴァーサイド・パークへと走り出す。通りから、張り出し屋根のある小道を抜けて桟橋へ向かうと景色の変化が楽しめる。ヘッドフォンで大音量の音楽を聴きながら、思考のリズムより速く足を動かそうとする。

アッシュはニューヨークに来る話をしなくなった。

出張でニューヨークに来るかもしれないという連絡があったきり、その話題には触れない。ルビーは何時間かたってから「ぜひ会いたい！」という返信を送ったが、まもなく話題は別のことに移った。ルビーは出張の予定がどうなったのかを訊《き》くことができなかったし、訊こうともしないまま、一週間、さらにもう一週間がたった。ニューヨークに来て最初の一か月がまもなく終わろうとしている。まる一か月がたとうという今も、アッシュは喉のつかえ、体の痛みとして残っている。そんなはずではなかったのに。

ルビーは自分で見つけ出した治療法をいくつか試してみた。その一つとして、マッチング・アプリをダウンロードし、彼女のプロフィールを見て連絡してきた数人の男たちとやり取りをした。その中の一人、チェルシー在住の財務担当者は、なかなかいい人のように思えた。ところが、ある日の午後、「これ、どうかな？」と自分のモノの写真を送りつけてきた。まるで野球観戦のチケット入手方法でも話し合っているみたいに。ルビーは即座に彼をブロックし、自分のプロフィールを完全に削除した。戸惑いと驚きに頬が熱くなっていた。危うく、会っていっしょにお酒でも飲まないか、とこの男を誘うところだった。不快な写真を送りつけるなんて強引だし、悪意すら感じる。この財務担当者は直接会ったとしてもこんなふうだったのだろうか。オンライン・デートに慣れていないルビーは、近ごろこういうやり方が普通なのかどうかわからなかった。もしかしたら、笑い飛ばして、相手の見当違いの自信を褒めればよかったのかもしれない。しかし、笑い飛ばせる気分ではなかった。このエピソードそのものに吐き気を催し、悲しく思えた。ルビーはアッシュから一時的に逃れるための相手を探していたのだ。アッシュとの関係に近いものを現実の誰かに穴埋めしてもらえないか、と。

ところが、自分がこれまで以上に、アッシュを、彼との密接な関係を求めていることを再認識した。

そんなはずではなかったのに。

ルビーはデートの相手探しを治療法のリストからはずし、ジョギングを続けた。日記もつけてみた。転がり出る言葉に警戒し、毎朝、心の痛みがありのままの言葉でページの半分を埋めていることに戸惑い、五日で書くのをやめた。九十二丁目にあるカルチャーセンターへ、自己実現についての講演を聴きに行ったり、ＡＢＣカーペット＆ホームでのガイド付き瞑想《めいそう》を受けたり、午後にはハイライン（廃止されたウエストサイド線の高架跡地に造られた空中庭園）の湿っぽい木製ベンチにすわって、読書や人間観察をして過ごしたりした。もう観光客ではない。わたしの生前最後の数日間、ルビーはニューヨークの別のところで、彼女なりにニューヨーク生活を試していた。当然のことだが、どれもうまく行かなかった。何を試してみても、間違った道を走っているような感覚に陥った。孤独はそんなふうに人の方向感覚を失わせる。彼女の唯一《ゆいいつ》の道しるべだったアッシュがいなくなり、ルビーはすっかり道を見失っていた。

（彼女は今も自分がどこに向かえばいいのか、どこで物語が待っていてくれるのか、わからない。だが、今はすぐそばにいる。わたしたち二人はすぐ近くにいる）

　この朝、この最後の朝、ルビーはやってみてうまくいかなかったことやアッシュのことを考えまいとしていた。〈ハドソン川南〉の標識にしたがって、ボートが揺れている川岸のそばを足音を立てて通り過ぎ、やがて向きを変えて階段を上がってリヴァーサイド・パークを出た。コンクリートの階段を一段飛ばしで上がるとき、ふくらはぎが熱くなるのが心地よい。ルビーはこの公園が気に入っている。銅像があり、川沿いにはボートが浮かんでいる。広々としていて、ストレッチをする場所もあるし、前を走る人とのスピード調整をする必要もない。これからはここでトレーニングしようと決めている。

（ルビーが走っているころ、ノアが上の遊歩道で犬たちを散歩させていた。彼もこの公園が大好きだ）

　ルビーは部屋に戻ると、ジョギングのあとのほてった体のまま、スマートフォンをつかみ、衝動的にＳＯＳのメッセージを送った。入力したのは何日も頭の中をぐるぐるしていた文章だ。

アッシュ、わたしたち、もうおしまいなの？

すぐに返信がある。

とんでもない。このところ、連絡しにくくなってただけさ。ひどく忙しくてね。

もうすぐ会えるよ！

五分後にもう一度。

たぶん。

ルビーはいらいらしている。ランナーズ・ハイになって、痛みの感覚が鈍っているのかもしれない。ふだんならさりげなく断られて傷つくかもしれないが、今は歯をむき出してうなるような声をもらした。気を散らそうと努力したにもかかわらず、アッシュが夏にニューヨークに来ることばかり夢見ている。暗いバーやジャズクラブに彼を連れて行ったり、地下鉄に乗って日帰りでロックアウェイの海岸へ行ったり、と想像が膨らんでいく。二人がいっしょに体験するもっとも簡単なこと。ルビーは思いを巡らした。腕を組んだり、首にキスをしたり、そしてもちろん、ベッドで夜を過ごすこと。こんな壁の薄い部屋では、口に手を当てて、あえぎ声が聞こえないようにしなくてはならない。ベッドのヘッドボードを握りしめ、彼の唇の愛撫《あいぶ》で迎えるあの瞬間。おそらく、バーへもクラブへも海岸へもまず行くことはないだろう。

たぶん。

彼女はどこまで愚かなのだろう。たった一つのメッセージからこんなふうに話を膨らませていくなんて。ルビーは今、これまで届いた彼からのメッセージを読み返している。フラストレーションが募り、この小さな部屋の中を雌ライオンのように歩き回る。連絡しにくくなってただけさ。嘘《うそ》だ！　彼女はどこまで哀れなのだろうか。〈たぶん〉だの〈とんでもない〉などという言葉を真に受けて、心を動かされるなんて。メッセージを送れないほど忙しいはずはない。今日だって、ほかの人のために時間を空けているにちがいない。彼を頼ってくる人のためにあれやこれやと手を貸していることだろう。彼女にはこれまで絶対にしてくれなかったことを。ふいに、アッシュへの怒りがこみ上げてきて、ルビーは何かを蹴飛ばしたくなった。この瞬間、彼を憎いと思い、そのとき大きな雨粒が窓に強く当たる。ガラスを打ち、現実に平手打ちを食らわす。青空はあっというまに消えた。

もしかしたら、アッシュもまた、ほんの少しルビーを憎んでいるかもしれない。帰り方の見つからない小道へと彼を導いたことで、いまいましく思っているかもしれない。一からやり直すこともできない。もちろん、彼女の腕の中にいるときには、なにもかもすっかり忘れている。あるいは、会議が終わり、例によって、広い清潔なホテルのベッドに一人でいるとき、しかも、ワインを飲み過ぎているときには。そういうときに頭に浮かぶのはルビーのことだけ。彼の愛人、これまで幾度となくその体の上を思うままに動き回り、溺《おぼ》れ、酔いしれた女。彼女への欲望は、喉《のど》の渇きや飢えと変わらないこともある。彼女の肌や匂《にお》いを求める、生物の基本的欲求。そうでないとき、たとえば今のように、彼女が欲求をあらわにしたり、海の向こうから熱い思いを送ってくると、ほうっておいてくれと思ったり、彼女と知り合う前の生活や別れたあとのことを考えたりする。もし言葉に出して言えるなら、こう言っているだろう。なぜわかってくれないんだ？　どうしてあいつはさらに多くを求めようとするんだ？　あいつがおれを失うわけじゃない。そもそも、初めからおれはあいつのものじゃないんだから。関係を望んだのはあいつのほうだ。合意に基づいての関係だ。おれのせいじゃない。どうすればよかったというんだ？　知り合った中で最高の女性との婚約を破棄して、輝かしい未来をあきらめろと言うのか？　正直言って、そんなこと絶対にありえない。

正直言って。

彼の考えを探ることになんの意味があるのだろう、とルビーは腹立たしくなった。遠くで雷鳴が聞こえる。アッシュはこれまでの人生で一日だって正直だったことはない、とルビーは思った。

わたしはやり残していることがいくつかある。誕生パーティのあと、わたしはのんびり暮らし始めた。ノアへの信頼。さらに多くの写真を撮り続ける。フランクリンお気に入りのリヴァーサイド・パークのドッグランで過ごす。写真学校へメッセージを残す。ドッグシッターの仕事をし、ノアへの借用書は増えていく。まもなく、わたしがウィスコンシンを出て、まる一か月になる。誕生日を二回祝い、将来への計画も立てた。タミーに電話をかける——もっと早くしておかなければいけなかったと思う——が、応答はない。緊張しながら、別の電話をかける。写真学校からわたしのメッセージに返事があり、必要な提出書類を教えてくれた。作品集を提出する必要があり、そこには自分がどのようなアーティストになりたいかを表現した自画像写真を含めなくてはならない。この街のあちこちで撮った写真があるし、フィルムもまだ四枚分残っている。わたしには計画していることがある。

そして、ある早朝、終わりを迎える。誰かがいた。それはわたしだった。わたしは中心にいて、外を見ていた。そのとき、誰かが入ってきた。わたしが自分のために造った空間が乗っ取られてしまう。

何かに引きずり出されそうになったとき、しっかりつかまっていればなんとかなる、と人は思うだろう。ところが、誰かがその場所を奪い、視界を塞《ふさ》ぐ。すると突然、あなたは自分の中から引きずり出される。

今度は彼らの番だ。

さっきまではわたし、今度は誰かがそこにいる。

煙草《たばこ》の先。鮮やかな赤が消される。灰が落ちる。焦《こ》げた雪のかけらが舞い落ちる。そのひとひらがわたしの肩に落ちる。わたしはそれを払いのけようとする。彼の手が近づいてきて、わたしの手をつかみ、わたしは――。

今はそれ以上のことを話す気にはなれない。

10

むしゃくしゃしたまま眠りについたルビー・ジョーンズは、わたしが死ぬ何時間か前に目を覚ました。気持ちはまだ収まらなかった。外は激しい雨だったが、天気のことなどほとんど気に留めなかった。午前五時五十五分。いつもより早い時刻だが、ルビーは起き出して、デスクとベッドのあいだの短い通路を行ったり来たりしている。この部屋、狭すぎるわ！　室内は必要のないものであふれていた。ルビーはテレビのリモコンをまっすぐに置き、上掛けの隅をベッドの下に押し込み、ヘアブラシをベッドわきのドレッサーに置いた。くるりと一回転しながら室内を見回し、ヘアブラシを片づけ、リモコンをもっとわきに置き直した。

こんなところにいたら、頭がおかしくなってしまう、とルビーは思った。ここから出なくてはいけない。

ランニングシューズを履いていると、また雷鳴が聞こえた。あるいは、車のドアを強く閉める音だったのかもしれない。音が聞こえた瞬間、体に力が入ったが、すぐに肩をすくめた。どうってことない。彼女は嵐《あらし》を怖がってはいない。多少の雨が降ったところで、怪我《けが》をするわけじゃあるまいし。

外の通りに人はいなかった。ルビーは、リヴァーサイド・パークのある西へと向かった。雨が突き刺すように顔に当たる。最初の交差点のところで、すでにびしょ濡れになっていた。戻ろうかとも思ったが、きのうからずっと息の詰まる思いをしていたことを思い出す。

「もううんざり！」ルビーは強い口調で言って、向こう側へ渡るために信号が変わるのを待った。このあたりの道路に車は一台もいないのだが。

ルビーの声にぎくっとする者もいない。リードを絡《から》ませながら犬を散歩させている人もいないし、よちよち歩きの子供の手を引くベビーシッターもいない。リヴァーサイド・ドライヴまで来ると、ようやく車を目にするようになった。停止している車の列が勢いよく走り出し、どの車も水しぶきを上げて通り過ぎて行った。少なくとも、ほかにも人がいるという証《あかし》はそれだけだ。雨の中、ジョギングをしているのはルビー一人だった。

リヴァーサイド・ドライヴを走り続けるつもりだったが、舗道は狭く、車が来るたびに泥水をかけられるので、ルビーは方向を変えて公園に入った。思っていたより暗く、空は周囲の木立の中に押し込められているように見える。それでも走り続けた。川沿いの自然歩道まで行けば、ほかのランナーや自転車に乗っている人がいるだろう。ルビーは上の遊歩道を横切り、下へおりる階段を探した。だが、どちら側の木立にも見覚えはなかった。どうやら今日は別の入り口から入ったらしい。リヴァーサイド・パークはまだなじみが薄く、天候のせいで道を間違えてしまったのかもしれない。この公園は何ブロックも続き、高いところに道路があり、下は川に面していることを、前に地図で見て知っている。迷うことはないだろう。南に向かって進み続ければいい、と自分に言い聞かせる。そのうち見慣れた建物や標識でも見つかるだろう。そう思ってはいても、少し不安で落ち着かない気分だった。

　頭上で雷鳴がとどろき、驚いた瞬間、足首がぐきっと外側に倒れそうになった。痛みのあまり上げた声は木立に消え、空にはぎざぎざの稲光が走り、ルビーはあきらめて家に戻ることを考え始めた。立ち止まらざるを得なくなり、涙を拭《ぬぐ》って、足首を曲げてみる。そのとき、北へ向かっている二人のランナーがそばを通り過ぎた。二人はうなずき、彼女に親指を立ててた。ルビーはすぐに気弱になったことがばかばかしくなった。ここはニューヨークだ。どこにいても仲間がいる！

気持ちにゆとりができ、ルビーは頭を少し下げて雨に向かうように走る。足が地面を踏むたびに泥が跳ね上がった。ついに、階段のところに出た。傾斜のある土手に造られた石段で、使い古され、しかも濡《ぬ》れているため、滑らないよう慎重に下りなければならない。石段を下りきったところに短い地下道があった。濡れたコンクリートの壁には落書きや尿の古い染《し》みがある。地下道を抜けて川沿いの小道に出ると、ルビーは大きく息を吐いた。やったわ！　意外なことに、右を見ても左を見ても、小道にまったく人の姿はない。頭上で稲光が走ると、ルビーの心の中で警報が点滅し、安堵《あんど》感が消えていく。このあたりには人がいるはずだった。ここにはいつも人がいる。部屋を出るとき、どうしてこの嵐をもっと真剣に考えなかったのだろうか。

川縁《かわべり》で足を止め、手すりに寄りかかって気持ちを落ち着かせようとする。少しぐらいの荒天に怯えていては、ニューヨークでは暮らせない。単に雨が降っているだけではないか。それに、雷鳴と稲光が少々。みんなが家でおとなしくしているときに、愚かなオーストラリア人が一人ジョギングをしている。ほかの人たちはスマートフォンの防災警報で起こされたのかもしれない。「河川の氾濫《はんらん》が予想されます。水辺に近寄らないように」そんなメッセージを見て、寝返りを打ってまた眠ってしまったのだろう。だいじょうぶ、今日、ハドソン川のどんよりした水に呑《の》み込まれることはないだろう。「ジョギング中のオーストラリア人、溺死《できし》す」そうなるつもりはない。

だが、氷のような雨粒が首を伝い、上着はすっかり濡れている。溺死より凍死の危険が高いかもしれない。ルビーは手すりを押して離れ、前方に見える桟橋に向かった。ボートがたくさん係留されている場所を過ぎたあたりに、階段があったはずだ。傾斜は急だがのぼれば上の道路に直接出られる。さっき走り抜けたうっそうとした木立を通らなくてすむ。ルビーは気持ちが少し落ち着き、濡れた路面をとらえる自分の足を見ながら、一歩、また一歩とリズムを刻んで走り続けた。右側では、川が岩に当たって同じようなピシャピシャという音を立てている。ボートは風や水の流れを受けて上下に動き、黒っぽい厚い雲を通して、向こう岸のニュージャージーの明かりがぼんやり見える。体じゅう、ぐっしょりと濡れた状態でなければ、美しい光景に思えただろう。めったに見られない光景だ。

マリーナに近づいたころ、足の下で黒くてまるい物が割れた。何かよくわからないが、全体重をかけて踏んでしまったらしい。プラスティックが砕けて、路上にちらばった。誰かの落とし物だろう。それがルビーの足の下で最期《さいご》を迎えた。捨てられたか、うっかり落としたか、今では砕け散っている。何かはわからないが、大切なものでなければいいと思いながら、心の中で落とし物の神様に謝った。ルビーは、ジョギング中に思い浮かぶことを、ジョギング中のひらめきと呼んでいる。ばかばかしいことが頭に浮かんでは消えていく。もう、怒りもかなり鎮《しず》まっていた。いつもの自分に近づいている。あるいは、ありがたいことに、いつもの自分とはちょっと違うかもしれない。

また幾艘《そう》ものボートと水に浸った進水台――雨のせいで、川の水かさが増している――を過ぎたあと、左側に、川と平行に高いチェーンリンク・フェンスが巡らされていて、上の遊歩道への道が今は完全に塞がれていることに気がついた。どうやら今朝は、気がつかないうちにかなり南まで来てしまったらしい。公園のこのあたりは工事中だ。ルビーが使うつもりだった出口は、フェンスの向こう側のどこかにあるのだろう。結局、来た道を戻るしかないようだ。

なんてことなの。

また雷鳴と稲光。今度はだいぶ近い。稲光は川面《かわも》を振動させて川を渡り、向こう岸の建物の黄色い窓が真っ暗になった。蝋燭《ろうそく》が吹き消されたように。雨は今、一枚のシートとなって落ちてくる。あまりの寒さに息を吐くたびに口から幽霊が現れる。その幽霊越しの視界は悪く、ルビーは自分の位置を確認するために、立ち止まって顔の雨を拭った。川岸に近い水の中に、がっしりした木の杭《くい》がふぞろいに並んでいる。その向こう側に、焼け焦げた黒い建造物が水に浮かんでいるのが見えた。このあたりのジョギングコースは、川の上に張り出している。すぐ目の前で、コースは川との境界線から離れ、まもなくふたたび外側に押し出されて、小さなU字型の岸ができている。そこには苔《こけ》でぬるぬるした岩があり、ごみが捨てられていた。反対側の上のほうには濡れた高速道路があり、車が走っているが、ここには誰一人いない。

ルビーは目の前の手すりに手をかけ、体を曲げて二、三回深呼吸をした。上体を起こして走り出す準備をしたとき、それが目に入った。濡れた石や雑草の先、今いるところから六、七メートル離れた岩場に、何か紫色の物があり、川の水が岩にぴしゃぴしゃと当たっている。目を凝らすと、雨の幕越しに、紫色の奥で黄色い葦《あし》のような物が広がって、水面の動きとともに上下しているのが見えた。

鮮やかなオレンジ色の物も輝いている。雨の中、目を細めて岩場の向こうに焦点を合わせようとしているうちに、自分が見ているのが人の指であり、手であり、黄色い髪であること、そして、それが若い女性であることがわかった。たちまち、心臓の鼓動が激しくなり、脚が震えて倒れそうになる。

「ねえ」

ささやいているのか叫んでいるのか、自分でもわからなかった。

「ねえ」

今度は泣き叫んでいるような声だ。しゃがれた、必死の声。水際《みずぎわ》の女性はうつ伏せになったまま、少しも動かない。

距離があるので、女性が息をしているかどうかはわからない。ルビーは耳元に聞こえるほど動悸《どうき》が激しくなっていたが、手すりを越えようと柵《さく》をよじ登り始めた。だが、濡れているために足が滑り、硬い金属の棒で向こう脛《ずね》を打った。瞼《まぶた》の裏に青と緑の閃《せん》光《こう》が走って、体が後ろに倒れかけ、危うく地面に落ちるところだった。女性はまだ動かない。脚の鈍痛を無視しているうちに、ルビーはパニック状態に陥った。ベストのポケットからスマートフォンを取り出す。手の震えが激しくて、間違ったパスコードが入力され、三回目にようやくロック画面が解除できた。

９１１、この番号でいいのよね？　ルビーは何をしたらいいのか、誰かに教えてもらいたかった。

「もしもし。はい、そうです。救援をお願いします。川縁《かわべり》に人が見えるんです……若い女性ですが、まったく動きません。ええと……そうとう具合が悪そうです。どうしたらいいのか……。もしもし？　はい、怪我をしていると思います。そばへ行ったほうがいいのか、わからなくて……。そばまで行ったほうがいいですか？　お願い、どうしたらいいか教えてください。

　動く気配はないし、反応もないです。向きを変えることもありません。お願いします！　ここからは距離があって、息をしているかどうか確認できないんです。何をしたらいいのか、教えてください」

　お願い。

　距離が離れすぎている。わたしが息をしていないことをわかってもらうには遠すぎる。

　彼女はわたしの体のずっと向こうに立っている。わたしの口の中は汚れた水でいっぱい。肺の中も。ウエストから下の衣服は剝《は》ぎ取られ、髪に血がこびりついている。岩場に置き去りにされ、魚のようにぴくぴく動き、やがてその動きも止まる。ありがたいことに、彼が入ってきたときには遠くに行っていた。そして今、見知らぬ人がわたしの死体を見つめている。彼女もわたしも、自分が目にしている物がなんであるかを懸命に理解しようとしている。わたしの身に何が起こったのか、を。

　人は大声を出したり悲鳴を上げたり、傷ついた動物のように叫ぶことができるのを、わたしは知っている。それでも、相手はやめない。やり続ける。最後には何も残らずに、あなたは壊れ、抹殺される。

まるであなたが存在しなかったかのように。

ルビー・ジョーンズは、わたしのただ一人の目撃者だ。突然、そのことをはっきりと理解する。このたった一つの紛れもない事実を得て、わたしは手探りで進み、この水際で彼女の隣に立つ。彼女がわたしにコンタクトをとることはできないかもしれないが、なんとかして、わたしのほうから彼女に近づく。畏怖《いふ》の念を抱いてルビーのほうへ手を伸ばすが、わたしの指先は雨粒に変わり、彼女の頬を伝って落ちた。そして、もう一つの真実が雷のような音を立てて明らかになる。

彼女に見えるのは、岩場に残されたわたしの抜け殻だけだ。

人は、死んだ女性をどのように見たらいいかを学ばなければいけないようだ。そうしないと認識できないのだ。今のところ、わたしはびくびくしながら待つことしかできない。震えている見知らぬ女性の隣で。彼女がわたしの存在を感じたり、今のわたしを見つけたりできないのはわかっている。ほかの人たちに見えないものを見る準備ができるまでは。

ルビーは銀色の物で体を包まれる。親切な警官二人がかわるがわる丁寧な口調で質問をして、混乱している彼女から優しく話を聞き出そうとしている。彼女は協力しようと努めている。雨に濡れて冷えきった脳を働かせようとしているが、その視線は、警官たちのベルトや石のようにずっしりした武器に向けられている。ずいぶん簡単そうに見える。誰かが手を伸ばして、拳銃《けんじゅう》か警棒を抜き取り、そして……。

彼女は目を閉じる。すると、金属製の物が彼女の頭蓋骨《ずがいこつ》に振り下ろされ、皮膚や骨を叩《たた》き潰《つぶ》し、無数のかけらに砕く。血しぶきが見える。破裂する。だが、それは赤色灯が点滅しているだけだ。黄色いのはあの女性の髪、そして、規則的な足取りで川に向かって降りていく制服警官の一団。鑑識班が到着すると、ルビーは水辺から移動させられたが、死体発見現場でのきびきびとした捜査の様子を観察することができた。

彼女は吐き気がこみ上げてくるのを感じる。

警官たちにじっと見つめられて、ルビーの手が口元を覆《おお》った。舌に金属を感じる。拳銃の味のようだ。冷たく硬い拳銃が顔に押し当てられた感触。まるで拳《こぶし》だ。

ルビーは上体を折って砂利の上に嘔吐《おうと》した。

「だいじょうぶですか?　水をお持ちしましょうか?」

質問がやんだと思ったら、誰かがルビーの背中を優しく叩いている。たぶん、女性警官だと思うが、雨と涙でなにもかもがぼやけていて、断言はできなかった。

「死体を見つける前に、何か気がついたことはありませんか？　このあたりで見慣れない人を見かけませんでしたか？　何か場違いに感じることはありませんでしたか？」

最初に警察が到着したときから何度も訊かれている質問だ。彼女はこういった質問に「いいえ」「はい」「さあ」といった返事をいろいろな言い方で繰り返している。彼女と警察官とのむだなやりとりが続いた。というのも、ルビーは何も見ていないから。何もなかった。身動きできないような雨が降り、川の水が激しくうねっていただけで、ルビーは部屋に戻ろうとして一息つくためにその場に立ち止まったのだ。

「あの人はどうなるの？」

ルビーはただそれだけを警官たちに訊いた。返事はなかった。銀色のシートにくるまって震えていると、また一台、別の車がサイレンを鳴らしながらやって来る。

数時間後、ルビーは肩や皮膚にシャワーの湯を当てたまま、シャワールームのタイルの上にすわっていた。膝《ひざ》のまわりにたまっている湯を見つめている。今朝の出来事以外のことを考えようとしていた。目を閉じたとたん、あそこに引き戻される。体に当たる水が赤く染まり、固まった血に体が厚く覆われる。警官たちはルビーの目には触れていないと思っている。水際からじゅうぶん離れたところに移動させたと思っている。でも、わたしの死体が仰向けにされたとき、右のこめかみ——というか、こめかみがあったはずの場所——は鮮やかな赤に染まっていた。ルビーはわたしの顔を見てはいけないことになっていた。だが、仕事熱心な警官たちは、仲間が手袋をした手でバリケードテープを持ち上げて、その下や周辺を行き来しているときも、彼女にずっと質問を続けていた。

わたしの顔が陥没しているのを見てはいけなかったことを、ルビー自身は承知している。

(彼女が知らないこと。それは、あのとき、わたしがちょうど母のような顔になっていたことだ。キッチンに倒れているのをわたしが見つけたとき、めちゃめちゃになっていたあの美しかった顔。ごめんなさいね、とわたしはルビーに言いたい。彼女には、これから折り合いをつけていかなくてはならないことがたくさんあるだろうが、これがその最初の一つ。その恐ろしさが家までずっとついていくのがどんなものか、わたしは知っている)

ルビーは警察車両で部屋まで送ってもらった。後部座席に乗り込み、雨水でシートを濡らしているのを詫びた。女性警官のスミスに、今日はよくやったと褒められて、彼女は懸命に涙をこらえた。

「ほんとうに、なにもかも適切でしたよ、ルビー」ジェニングズ刑事も肩越しに言った。サイレンの音とともに赤色灯の光が近づいてくるのが見えたとき、ルビーはどれほど安堵したことか。警察が到着するまで、どのくらいの時間、一人で川岸にいたのか憶《おぼ》えていない。五分間か、もう少し長かっただろうか。スマートフォンを耳に当てたまま、すわったり、立ったり、しゃがんだりしていた。電話の向こうの知らない人の声が、救援が向かっていることを伝え、落ち着くように言い続けていた。そのあいだも、ルビーはなるべく水辺のほうに目を向けずに、小さな円を描いてうろうろしていた。周囲の何かに触れたり、動かしたりしないように気をつけながら。

「できるだけ動かないでください」通話の相手は言った。ルビーはそれが何を意味するかわかっている。

あなたが来る前に、誰かがそこにいたんですよ、ルビー。そこに残されている物に触らないようにしてください。

紫のTシャツを着た女性が残されている。岩場にうつ伏せで。誰かが彼女に危害を加えたのははっきりしている。誰かが彼女にこんなひどいことをしたのだ。もしかしたら、それはルビーの身に起こっていたかもしれない。その人物はまだ公園に潜んでいて、ルビーが警察の到着を待っているのを眺めていたかもしれない。自分がどこにいるか、死体がどこにあるのかをつっかえつっかえ説明しようとしているのを聞いていたかもしれない。彼女が通りの名前や方角を言えずに、周囲を見回して目についた物を描写し、警察に見つけてもらう手がかりを伝えているときに。

「陸橋がありました。ボートがつながれているところを通りました。それから、川の中から何本も杭が出ていて……。上のほうに道路があります。標識は見えないけれど。ここからの出口を探していたんです！」

　そのあいだじゅう、その誰かはルビーを観察していたのかもしれない。あるいは、もっと前に立ち去り、あの女性が亡《な》くなってから何時間もたっていたとも考えられる。詳しいことは聞いていない。それにしても、彼女はどうやって川縁まで行ったのだろうか。柵を越えようとして、ルビーも怪我をしたし、警察の人たちも苦労していたようだ。濡れた岩は滑りやすく、足場を探りながら死体に近づいていった。殺されたとき、あの女性は川縁にいたのだろうか。それとも、誰かが引きずっていって、手すりの向こう側に放り込んだのだろうか。そんなことをするには、どれほどの力がいるだろう。

　どうしてそんなことをするのか？

（わたしたち二人は繰り返しこの疑問と向き合うことになる）

長時間シャワーを出し続けていたため、温度が下がってしまった。ルビーはアッシュのことを思い浮かべる。日常を感じさせ、気を紛らせてくれる対象に心を向けたかった。最後に会ったときのことを思い出し、生きて、呼吸をし、実在している何かに意識を集中しようとする。アッシュに気持ちを集中させる。さもないと、また嗚咽《おえつ》がこみ上げてきて、体の震えが止まらなくなり、泣き続けることになるから。最初に、泥だらけのジョギングウェアのまま、シャワーの下に立ったときがそうだった。シャワーが熱くて、全身を突き刺されるように感じた。手がひどく震え、ブラジャーのホックをはずすことも、ぐっしょり濡れたトップスを引き上げることもできなかった。脱ぐのに手間取っているあいだに、熱いシャワーがようやく現れた素肌を刺し、すすり泣きがうめき声へと変わった。動物的で怒りのこもった何か、手に負えないほどの激しい怒りに満ちた何かが、すっかり外に出てしまうまで、ルビーは裸でタイルにすわり、口をぱくぱくさせていた。まるで呼吸の仕方が思い出せないとでもいうようだ。死体がいつまでも目に浮かぶ。黄色い髪が水に浮かんで上下している。頭上で雷が鳴っているなか、一人で待っていたときの恐怖を感じ続けた。さっき、号泣したのと同じくらい突然に、無感覚のスイッチが入り、これまで存在すら知らなかった目の奥のなにもない空間、冷たい水を浴びながら瞬《まばた》きもせずに見つめることのできる場所を見つけた。そこで、別の意味で体を震わせていた。

アッシュのことや、自分の窮状を考えているほうがましだ。それなら自分でコントロールできる。理解の及ぶドラマの中なら生きていられる。自分はそういう女にだってなれる。愛人。自尊心のない女。だが、どうやってこの別のタイプの人間になればいいのかわからない。死体の発見者という人物に、どのようにしてなればいいのだろうか。死体の近くに立ち、繰り返し十まで数えながら警察の到着を待ち、911のオペレーターの質問に答え、そのあいだもずっと岩場の女性を見つめ、彼女が頭を起こしてくれることを願い、「だいじょうぶ？」と声をかけ、むき出しの脚やねじれた体を見て、素人目《しろうとめ》にも手後れだと思う。岩場まで行っても意味がない。彼女はもう死んでいるのだから。

今日、若い女性の死体を見つけた。

ようやくシャワーから出て、ルビーはこんなメッセージをアッシュに送った。文字を入力し、スマートフォンをサイレント・モードにして、ふたたび目の奥のなにもない空間に落ち着き、体にタオルを巻いたままベッドに入った。雨音を聞きながらじっと天井を見つめる。雷鳴によって壁が振動しても、ぴくりともしなかった。午後三時ごろ、ルビーはベッドから起き出した。何も食べていなかった。食べられないのだ。飲みたい、特にウィスキーが飲みたいと思った。あの琥珀色《こはくいろ》の液体、飲んだあとのぬくもりを体が求めている。あれだけは確実な物だ。昔、誰かが薬だと言って飲ませてくれたことがある。タイツにブーツを履き、厚いセーターを着込む。全身黒だ。どういうわけか、黒い冬用の衣類にくるまれ、体を包み込んで体型を隠していると安心感がある。外ではまだ雨が降り続いているのもありがたかった。振り注ぐ日差しや青空は想像できなかった。世界はほんの二、三時間で変わってしまった。変わるときはいつもそんなものだ。年単位や数十年単位ではない。そうやって、わたしたちは変化を記録する。そうやってわたしたちは変化を乗り越え、回復する。物事を考えるときには一年を単位にする。「今年はどうだろう」とか、「新年の抱負は何か」とか、「今年が無事に終わってうれしい」というように。しかし、ほんの数時間でわたしたちは変わるのだ。

　ルビーも朝、目を覚まして、ほんの数時間で別の人間になっていた。目を覚ましたころ、あの娘はまだ生きていた、とルビーは思った。

（ルビーはわたしのことを娘と思っている。わたしはこのあといろいろな呼び方をされるが、その最初の呼び方がこれだ。「わたしはアリスよ」とささやくが、その声は雨音にしか聞こえない）

ルビーはフロントで傘を一本取って、また雨の中、外に出た。ほとんど人気《ひとけ》のない通りを足早に歩いて、この数週間に何度も前を通った小さなバーに向かう。床の汚い、豆電球の点《つ》いた店だ。そこでなら一人で飲めると思っているようだが、ルビーはもう一人ではない。今朝のように、一人になりたいと思うことは、この先いっさいないだろう。

ルビーが店に入ったとき、一人しかいないバーテンダーは、テレビに映るバスケットボールの試合に気を取られていた。ウィスキーを注文すると、縁までなみなみと注いだグラスをカウンターに置いて、ルビーが礼を言う前に試合に視線を戻した。ルビーはバーテンダーが世間話をしようとしないことにほっとして、カウンターを離れた。グラスを持ってゆっくり歩き出し、店の一番奥にある二つのソファー席に目を向ける。ぼろぼろで低いソファーだ。暗い隅の席を選び、脚を折りたたむようにしてすわる。最初の一口を喉に流し込み、小さな安堵感を味わった。つかのま目を閉じ、この店の隅の席で気持ちを落ち着かせる。ウィスキーに気持ちをなだめてもらいたかった。

傷ついたフルーツのように、むき出しになった素肌。岩の上に指を広げて置かれた手。

ルビーは目を開ける。

あとになって、年上のほうのまじめな感じの刑事がやって来た。殺人課のオバーン刑事だ。名刺を差し出し、あした正式な事情聴取を受けてもらうが、もし、何か思い出したら至急電話をもらいたい、と告げた。人は、死体を発見すると、当初はショック状態に陥るが、それから覚めると細部について重要なことを思い出すことがあるから、と。

「あなたは死体を発見する前に十分以上公園にいましたね？　かなりの時間だ。何か、あるいは誰かを見かけているかもしれない。もし、そうなら、それについてうかがいたいのです。すぐに電話をください、いいですね？　もし、何か思い出したなら」

若いほうのジェニングズ刑事は、ルビーが９１１に電話をして発見場所まで警察を誘導したことをねぎらった。恐れずによくやってくれた、と彼は言った。しかし、オバーン刑事はがっかりしているようだった。もっと話が聞き出せると思っていたらしい。

「刑事さん、わたしは何も見ていません」

「今は彼女の姿だけしか目に入りません」

ジャランという音とともに店の扉が開き、カップルが現れた。戸口で後ろ向きになって、二人で入ってきた一本の傘の滴《しずく》を払い落とす。二人とも若く、笑い声を上げている。青年が女性の唇にキスをしてから、中に入ってきた。女性はルビーの隣のソファーに腰を下ろすが、青年からいっときも目を離さない。ルビーは平静ではない今の状況にあっても、その若い女性が新しい恋にきらめいているのが、容易にわかった。彼女は恋に輝き、店内にぬくもりをもたらしている。

ルビーは思った。今日、この若い女性は、明らかにあの青年を愛している。同じように、今日は雨が降り、ルビーは死体を発見した。午後はこうしてウィスキーを飲んでいる。今日。四月十五日火曜、ニューヨークに来て四週間になる。あしたになれば、こういうことはすべてきのうの出来事になる。あしたには雨が上がって、青空が広がるかもしれない。あしたになれば、ルビーは「今日、女性の死体を見つけた」とは言えない。恋の炎に瞳《ひとみ》を輝かせているこの若い娘が、あの青年を愛していたのはきのうのことになっているかもしれない。彼女は体が発生させるありったけの熱で彼を愛していたかもしれない。ところが、何かの拍子に、彼が口走ったことや、些《さ》細《さい》な行動、あるいは重大な行動が、彼女のこの新しい恋を握りつぶし、彼女が作り上げた温かい覆いを破ってしまうこともありうる。不用意な言葉や軽率な告白がほんの一瞬ですべてを変えてしまう。だから、この若い女性も、あした、壁を見つめながらなにもかも一変してしまった、と思うかもしれない。きのうの今ごろ、相合い傘でたどり着いたバーの入り口で、自分を守り、優しくしてくれる男性とキスをしていたのに、と。彼女は優しさがあっというまに消えてしまったことを知って、驚くことだろう。

彼は今日、この日に、彼女の隣にすわっている。女のほうは男の腿《もも》が自分の物だと言わんばかりに、片脚をそこに載せている。二人はまだ始まったばかりなのに、ルビーはもうこの二人が終わるところを想像している。わたし、どうしたのかしら、と彼女は思う。なぜこの若いカップルの未来についてなにもかもわかった気になっているのだろうか。たしかに、心の安らぎを見つけ、それを離すまいとする人たちもいる。たしかに、伴侶《はんりょ》を見つけ、そのまま別れずに子供を作り、生涯をともにする人もいる。そういう人もいる、というより、たいていの人がそうする。

ただし、ルビーはそうではない。

顔を伏せ、この薄汚いバーで泣かないようにしていると、明るくなったスマートフォンの画面が見えた。アッシュからのメッセージが立て続けに三通来ている。最初の二通は、ルビーがこの店に来る途中、歩いているときに来たにちがいない。今、開いてみる。クエスチョンマークの連続が目に入り、次に、二分後のタイムスタンプと、スペリングに間違いのある、居場所を尋ねる文が届いていた。一番最後の、届いたばかりのメッセージはすべて大文字だった。

ルビー、いったい何があったんだ？

シャワーから出たときに彼女が送ったメッセージ。

今日、若い女性の死体を見つけた。

アッシュは目を覚まして、このメッセージに気がついた。
ルビーはバーの奥のソファーに丸くなってすわり、もう一杯お代わりを頼もうとしている。アッシュにどう返信したらいいかわからない。どう言えばいいのか。朝、アッシュに対しても、自分自身に対しても腹を立てて、ジョギングに出かけた。そのあと、すべてが変わったのだ。今、自分が何を感じているのか、まったくわからない。もし、直接話ができるなら……。だが、電話できないのは承知している。彼はこんな時間の電話には出ないだろう。そう思いながらも、ルビーの指は彼の名前の上をさまよっている。結局、ルビーはスマートフォンをしまった。今日の出来事については別のときに説明すればいい。すぐに駆けつけて、守ってくれることなどできないのだから。いろいろ考えてみれば、それはそんなにたいした問題ではない。

いろいろ考えてみれば。

いろいろ考えてみれば、人は失った物を取り戻すことはできない。死人を生き返らせることはできない。今日、若い女性が死んだ。ルビーは彼女の名前すら知らない。紫のTシャツを着て、オレンジのネイルをし、血だらけの顔をしていた、黄色い髪の女性。彼女については、警察発表か新聞記事を待つしかない。この女性だって、失ってしまったものすべてについて言いたいことがあったにちがいない――いろいろ考えてみれば――とルビーは思う。

ルビーのグラスがからになった。愛に溺れて、顔をくっつけ合っているカップルの前を通り、ルビーはカウンターに向かった。ふいに、立ち止まって、二人のことを気の毒に思っている、と伝えたくなる。これから二人にはいろいろな災難がきっと降りかかるだろうから。

11

「何があったのかを話してください」

あとになって、ルビーは正式な事情聴取で自分が何を話したのか、ほとんど思い出せなかった。初めにオバーン刑事が、これまでのキャリアや、ニューヨークに来た目的や、どのくらい頻繁にジョギングをしているのかといった質問をしたのは憶えている。ルビーの気持ちを楽にさせようと、なにげない会話のように訊《き》いてくれたのはわかるが、殺人捜査課の刑事に、オーストラリアでのグラフィック・デザインの話をしても意味がない。「いい仕事でした。でも、なんて言うか……わたしが打ち込める仕事ではなくて」それから、今住んでいる部屋の敷金をどうしたのかについては——「祖母が亡くなったとき、残してくれた二万五千ドルがありましたので」。さらに、毎日、ジョギングするようにしていることを説明する。生活のこんな細々《こまごま》したことを打ち明けていると頭がおかしくなってきて、言葉が混乱し、並べ替えられて、やがて、自分でも何を言っているかわからなくなり、気がつくと、何が重要で何を省けばいいかさえ判断できなくなっていた。

まもなく、オバーン刑事は川や岩場の話にたどり着くだろう。これまでの混乱した供述をかき分けて、彼はゆっくり彼女を導こうとしていた。けれども、彼女は、刑事に提供できるほどの重要な情報もすばらしい洞察力も持ってはいないし、彼の期待に応《こた》えられるような記憶が戻ったわけでもない。ルビーにはそれもわかっていた。死体発見から二十四時間になるが、わかっていることはあのときと少しも変わっていない。それを認めないわけにはいかなかった。

事情聴取が終わると、刑事は警察署まで出向いたことへの礼を言い、黒い目のまわりに皺《しわ》を寄せて微笑《ほほえ》んだ。握手をしたとき、彼の大きな手は柔らかかったが、ルビーはまた彼を落胆させてしまったと思い、視線を合わせることができなかった。歩いて帰宅する途中、自分が通りを歩いているのではないような、自分の体の中にさえいないような奇妙な感覚を覚えた。酔っ払っているときに似ているが、それだけではない。周囲の人たちもみんな酔っ払っているのに、楽しんでいる様子が見られない。そんな感覚だ。後ろで誰かが咳《せき》をするのが、平手打ちのように聞こえた。男が一人笑いかけ、すぐにいやらしい目つきになった。ホールフーズで果物を買っていると、別の男から、今日はいい一日だったかと訊かれ、ルビーは挑発されているように感じた。アパートメントのある通りへ曲がったあと、一瞬、方向感覚を失い、いやらしい写真を送りつけてきた財務担当者の男を見かけたように思った。フロント係の男性でさえ、いつもと違って見え、ロビーでエレベーターのドアが開くのを待っているあいだ、彼が目を細めてじっとこちらを見ているのを感じた。あの男は自分が何階に住んでいるかを知っている、たぶん部屋の合鍵《あいかぎ》だって持っているはずだ。そう思った瞬間、パニックに襲われた。これまでどうして考えたことがなかったのだろうか。

　自分の部屋に足を踏み入れたときも、心臓がばくばくしていた。玄関ドアと窓がしっかりロックされているのを二度確認したあと、ベッドに横になり、胸に手を当てて、自分を落ち着かせようとした。フロント係は人に危害を加えたりしない。ホールフーズにいた男だって挨拶《あいさつ》程度のつもりで声をかけただけだ。マッチング・アプリで知り合った変態が、相手の住んでいる場所まで知るはずがないではないか。名前だって本名を名乗りあったわけではない。頭ではわかっているのだが、体の内外の奇妙な感覚は、安全な自室にいても消えなかった。心臓の位置が正確にわかると同時に、手足がばらばらになっているような気がした。目を閉じても無駄だった。そのたびに、あの若い娘の真っ赤に染まっていたこめかみや、ねじれたむきだしの脚、水の動きに合わせて上下していた黄色の髪が目に浮かぶ。ルビーはオバーン刑事の質問に一生懸命答えた。「ここを左に曲がりました。立ち止まらずに、右のほうから階段を下って……」だが、きのうの朝のことで彼女が憶えているのは、オバーン刑事がすでに知っていることばかりだった。リヴァーサイド・パークに若い女性の死体があり、ルビーがそれを発見したこと。彼女が現場に着く前に、ひどく恐ろしいことが間違いなくおこなわれたこと。

ルビーはもう、わたしが絞殺《こうさつ》されたのを知っている。最新のニュースで報じられた。彼女は最初にこの恐ろしい事件の詳細を知ったとき、とっさに自分の首に手を当て、軟骨のあたりを押して、首を絞められる感覚を感じていた。こんなふうに人の命を奪うとは、なんて邪悪な人間なのだろう、と目に涙をいっぱいためていた。素手でおこない、その手が加えている痛みを間近で見つめ続けるなんて。想像しただけで、おぞましい。

男はあのあたりのどこかにいた、とルビーは考えている。こんなひどいことをした男。今、通りを歩いているかもしれないし、ホールフーズにいるかもしれない。あるいは、ルビーの部屋のある建物の中にいるかもしれない。このニューヨーク市で、ルビーが見かけた誰であっても不思議はない。そう考えると恐ろしくて、できるだけ受け入れたくなかった。手や足の指を動かしたり、空中で自転車をこぐまねをしたりして、自分の体や呼吸、自分だけのものと感じられる何かに、気持ちを集中させようとした。ルビーは直感で、川縁にいたときに何かが組み替えられたように思った。それ以前の自分と、それ以降の自分。今では自分の体の中にいてもくつろげなくなっている。まるで、別の人間が皮膚を通して入りこんでいるみたいだ。でも、わたしの身に何かが起こったわけではない、とルビーは自分に言い聞かせる。わたしはあの娘を見つけただけ。わたし自身はけっして危険な目には遭っていない。それでも……。あの娘も自分が安全だと思っていたのだとしたら、どうだろう。あんな惨劇が起こる直前まで、何が起ころうとしているのか、彼女は気がつかなかったのだろうか？

ルビーにはとてもそんなふうには思えない。

今、ようやく、じょじょにではあるが、ルビーの心の中にわたしが具体化しはじめていた。血や傷や怪我ではなく、一人の人間として形を取りはじめている。実在する一人の人間、そのときまで人生を生きてきた若い女性。そして彼女は、最後の瞬間、凄《すさ》まじい恐怖に包まれたにちがいない。そう思ったとき、ルビーは弾《はじ》かれたように背すじを伸ばした。これまで、こんなひどいことをしたのはどんな男だろう、と考えつづけてきた。だが、突然、その疑問はおかしいと思い当たる。こんなひどいことをされた女性は、いったいどんな人物だったのだろう。そう考えるべきではないか。

彼女は誰？

岩場でわたしを見つけてから二十数時間がたち、ルビー・ジョーンズは恐怖と困惑という新しい本拠地から、ふたたび、わたしを探し始める。

「ありがとう」わたしはささやく。ルビーはノートパソコンに手を伸ばし、オンライン上でこの事件について見つけられる限りのことを調べ始めた。ルビー自身はまだ完全に理解していないとしても、意を決し、わたしを忘れない道を選んでくれた。忘れたほうが間違いなく楽な道を歩いていけるはずなのだが。

彼女は学ばなければならないことがたくさんある。彼女自身について。亡くなった女性たちについて。おそらく簡単ではないだろう。でも、今、何より大切なのは、ルビーがわたしをつかんで離さないと決意してくれたこと。わたしが彼女にしがみついているのと同じくらいしっかりと。

売春をしていたのではなさそうだ。

野宿していたとは思えない。

身なりから判断して、下流階級から中流階級のようだ。

岩場では立入禁止テープが風にはためいている。警察犬が投入され、隅々まで捜索したあと、もう一度、それを繰り返している。強い雨のせいで捜査は難しくなっている。土が流されて別の日のごみが表面に現れ、その日の朝、犯人が残したかもしれない証拠や足跡は消されてしまった。現時点でももっとも念入りに調べているのは、わたしの体だ。わたしの体に残っている痕跡《こんせき》や、犯人がわたしの体に付けたものを調べている。

争った形跡がある。

わたしの事件のファイルには、このような書き込みがいっぱいあり、犯罪の骨格に肉が盛られている。物的証拠は事件現場で袋に入れられてラベルが貼《は》られ、検査に回される。研究室から戻されたサンプルは、データベースと照合される。初動の四十八時間が勝負だと言われているが、時間がたっても、手がかりとなるような発見はない。データベースと一致するものもなければ、名前も挙がってこない。オバーン刑事の主導で男女合わせて十数人が、わたしについて検討しているが、答はまったく出ていない。

「この被害者はなかなか秘密を教えてくれないな」刑事は互いにそう言い合う。死んだ女性にはもっと行儀よくふるまってほしいとでもいうようだ。

オバーン刑事は違う。彼はそう簡単にわたしのことを諦《あきら》めはしない。捜査の初期段階では、彼はこう考えている。彼にとって、わたしはよく思い出せない歌にすぎない。メロディーはかつて知っていたが、今は断片的に聞こえてくるだけ。音符が宙に浮かび、同じ部分が繰り返し聞こえてくる。歌の名前は喉《のど》まで出かかっているのだが、手には届かない。頭の中のどこか遠いところにあって、そこまで届かないのだ。そこでは、ほかの人たちが、ほかの男たちが大声で歌っている。わたしには、彼が一生懸命考えているのが見える。デスクに肘《ひじ》をついて太い指で左右のこめかみを押し、ぎゅっと目をつぶっているのを何度も見ている。

音符はわたしたちのあいだにぶら下がっている。自分がわかっていることを彼は知っている。

かつてこのような彼の写真を撮った者がいる。印刷され、『考える人』と名づけられ、今でも警察署内の雑然とした壁に貼ってある。人や場所、大昔に解決された殺人事件の証拠書類である無数のスナップ写真の中にある。本物の『考える人』のほうは手を口に当てているが、そんなことはたいして重要ではない。写真家はその真剣な様子に目を向けている。自分に没入し、何度も何度も思考を重ねて小さな真実をそこから抽出する。真実は表に出たがっている。オバーン刑事はこのことを何よりもわかっている。彼は近いうちにそこにたどり着けると確信している。犯人の男は見つかるだろう。殺害された女性たちの死体にはいつも署名や名刺が残されている。だから、彼は凶器となりうる物のリストに、繰り返し目を通す。可能性を探っていく。砕かれた破片。丸い形状の物。ものすごい力で右こめかみに振り下ろされた物。できたばかりの傷からの出血。これが最初の一撃で、彼女はまだ生きていた。男の両手が首にかかり、力を加え、彼女を絞殺するまでは。最初の一撃は偶発的なものなのか？　怒りの爆発によるものだろうか？　その二つが結びついたものなのか？　親指で言葉を押さえ、可能性を探る。それから、指をこめかみに戻す。一撃を加える真似《まね》をして軽く叩く。打ちつけたのは何か……。

凶器がわかれば、犯人がわかる。

オバーン刑事にとって、失敗という選択肢はない。個人的なことではない。仕事だからだ。雲をつかむようなこんな事件に出くわすと、彼はつい執着してしまう。最優先にしなくては気が済まない。そのために給料をもらっているし、それだけの能力があるのだから。

個人的なことではない。大きな手で頭を抱え、すでに確定した細かい情報を前にして頭を痛めてはいても、個人的な問題にするつもりはない。若い女性の体に刻まれたその厳粛な情報はけっして否定できないことを彼は知っている。

争った形跡がある。

みなさんに知っておいてもらいたいことがある。わたしは死にたくなかった。どんな違いがあるのかわからないけれど、その時が来たとき、わたしは必死で体の中に留まっていようとした。懸命にやったけれど、持ちこたえることができなかった。死にたくなかった。そして、今はもう——。

　それはともかく。答を探そうとしているのは、ルビーとオバーン刑事だけではない。二人はこの世から出て行く方法を教えてくれないし、この世に留まる方法も教えてくれない。

12

だいじょうぶ？

ルビーはスマートフォンの画面をもう二十分間も見つめている。これが三日ぶりにアッシュから受け取ったメッセージだ。三日間。ルビーがジェインの死体を発見して三日が過ぎた。ジェイン。今、マスコミはその若い女性——つまり、わたし——をそう呼んでいる。ジェイン・ドウ。リヴァーサイド・パークで死体となって見つかった身元不明の白人女性。髪はブロンド。推定年齢は十五歳から二十四歳のあいだ。身長五フィート五インチ（約一六八センチメートル）。体重百二十五ポンド（約五十七キログラム）。鼻のまわりにそばかすあり。身元を示す特徴なし、タトゥーなし、目立った歯科所見なし。どこにでもいる女性のように見えるが身元は不明。マスコミは彼女をジェインと呼ぶようになった。

若い女性からジェインになる。

警察は電話で寄せられた情報の一つ一つを調べていると語った。記者会見場には石のような表情の顔が並ぶ。カメラの前に立ち、世の女性たちに警戒を呼びかけ、危険を避けるよう注意を促している。新聞記事の前文には「悪意ある犯行」、「残虐《ざんぎゃく》な殺人」という言葉が並び、これは無差別殺人事件であると見なされ、この事件は街のみんなの話題となり、街全体が恐怖に陥っている。被害者は誰？　人々は尋ねる。事件はどんなふうに起こったの？　最近、ニューヨーク市で若いきれいな女性が殺害される事件はなかった。いえ、訂正。最近、ニューヨーク市で若いきれいな女性がレイプされて殺害される事件はなかった。この事件で何がおこなわれたかについての〈関係者の言葉〉を、タブロイド紙が大々的に記事にしているのを見て、ルビーは吐き気を覚えた。

（それを喜ぶ者もいる。露骨な記事が好きなのだ）

　それで、ルビーはだいじょうぶ？　いいえ。前に言ったように、彼女は楽な道を選ばなかった。すっかり手を引いて、わたしのことは専門の人たちに任せてしまうこともできたはずだ。ところが、そうする代わりに、まるで熱病にでもかかったように、わたしが誰なのかを知りたいという思いに取り憑《つ》かれている。オバーン刑事の事情聴取を受けたあと、彼女は部屋にこもり、ベッドとバスルームを往復した。三回も四回もシャワーを浴びれば、その熱がさめるとでも思ったのだろうか。だが、けっして熱がさめることはなかった。半分濡《ぬ》れた体でベッドにもぐりこんで天井を見つめ、やがて、またノートパソコンの電源を入れて、新しいニュースの見出しや事件捜査の新情報を検索する。クラクションや街の騒音が窓のブラインド越しに聞こえ、何百万もの人々が、よいことと悪いこと、あるいはその両方を、日夜ふだんどおりおこなっている。だが、ルビーはそんな日常をすべて締め出したいと考えている。今や彼女は死者のほうに親近感を感じているのだ。

キャシーはオーストラリアに戻ることを勧める。もともと海外渡航やルビーの身の安全に懸《け》念《ねん》を抱いていたのが現実になった、と語る。

ルビーはパソコンから離れ、思いつく唯一《ゆいいつ》の安全な場所へと向かった。

このあたりは、細い樹木が植えられたごく普通の住宅街だ。通りに並ぶテラスハウスの一階の窓に入っている金属製の柵は、ちょっと刑務所の房にも似ているが、概して不快感を与えることのない、家庭的な雰囲気の敷地で、ルビーは近所に警察署があるとは思ってもいなかった。正式な事情聴取に出向いたとき、彼女はスマートフォン上の青い点をたどって歩き、目的地に着いて戸惑った。ここは一般人が食事を作ったり、子供を遊ばせたりする通りであって、窃盗や暴力事件、またその裏に隠されたさまざまなことを捜査するのにふさわしい場所ではないのではないか、と。しかし、閉ざされた扉の向こうではいろいろなことが起こっている。もしかしたら、警察署が住宅街——キッチンや居間や日常生活を隠すカーテンがある場所——にあるのは意味があるのかもしれない、と納得した。

　警察が身近にあるのは一番いいかもしれない。

　わたしが殺されて七十二時間がたったどんよりした朝に、ルビーはふたたび警察署を訪れた。事情聴取の日以来、その前を十回以上通り過ぎているが、入り口まで上がったことは一度もない。通りを渡るのが精いっぱいで、それ以上のことはできなかった。入り口に目をやり、オバーン刑事やあの親切なジェニングズ刑事のような人たちが中で働いていると考えるだけでじゅうぶんだった。犯罪捜査をおこない、住民を助け、みんなの安全を守ってくれている。ほんの数日前ならこう思っただろう。こんなふうにして、人は頭がおかしくなるのだ、と。今は、そのときの自分が何も知らなかったことを理解している。自分が求めている答を誰も教えてくれないのはつらいものだ。

　彼女の死体はジョギング中の女性によって発見された。この有名な一文。この一文によって、見ず知らずの二人の女性に関係性が生まれた。あの朝、二人は互いにどれほど近い存在となっていたことか。あまりに近くて、演じる役が入れ替わっていたとしてもおかしくはないのではないか。

　被害者は三十代半ばと推定される。身長五フィート七インチ（約一七四センチメートル）。体重百五十五ポンド（約七十キログラム）。髪と目は褐色。右手首にハート型のタトゥーあり。

　ルビーの命は、ランニングシューズを履くのに手間取ったせいで救われたのだろうか。ほんの数分早く公園に着いていたら、ルビーが危険な目に遭っていたのだろうか。

（わたしたち――あの男とわたしとルビー――があそこに着いた時刻に、どのくらい差があったのか）

　警察署のある通りの向こう側に立ち、ルビーはオバーン刑事のことを考える。これまで、ニュースで何度も顔を見ているし、彼についての記事には、見つけられる限り一つ残らず目を通した。彼が有名な刑事で、注目事件を解決したことで尊敬され、勲章まで授けられていると知っても、少しも意外には思わなかった。ルビーは、女性や子供の殺害といった凄惨《せいさん》な事件を最初は飛ばし読みしていたが、明かりを消したあと、ときおり思い返し、眠れないときなどに生々しい暴力をおそるおそる想像した。今回の事件について、オバーン刑事は公表されている以上のことをどこまで知っているのだろうか。若い女性が襲われて絞殺された。無差別殺人と見られている。犯人のDNAは被害者の爪《つめ》のあいだから（ルビーが考えたくないほかの部分からも）採取された。今のところ公表されているのはここまでだ。だが、被害者の死体は、法医学者やカメラマンや事件現場の捜査官に、何か新事実を語ってはいないだろうか。三日が過ぎたが、どうやらまだ身元は判明していない。中央に詳しい似顔絵が描かれたポスターが、リヴァーサイド周辺に貼られている――この女性を知りませんか？

（似顔絵捜査官は、わたしの顔に似た絵を描いた。口元にかすかな笑みを描き、だいたいのわたしに近づけている。実物に近いが……でも、表情が柔らかく、目が大きくなっている。世の中のことを何も知らない娘のように見える。これを見て、わたしだとわかるだろうか）

　彼が知っている以上のことがあるにちがいない、と今日、ルビーはオバーン刑事のことを考えた。彼はいろいろな情報の断片を右の手から左の手へと移してより分け、残った事実を指先でこすって火花が散るのを待っている。そんなところが目に浮かんでくるようだ。おかしな想像だが、視線を落とすと、ルビーは自分自身が親指と人差し指を強くこすり合わせているのがわかった。神経性の痙攣《けいれん》だろうか。こんなのは初めてだ。

「彼はあなたが誰なのか知っているの、ジェイン？」

ルビーはこの疑問を声に出して言うつもりはなかったが、言葉が口から漏れたとき、ちょうどジェニングズ刑事が静かに近づいてきて、彼女のわきで立ち止まった。ルビーは思わず跳び上がりそうになり、二人は互いに相手に気がついて驚きの表情を浮かべた。ジェニングズ刑事はルビーに目を向け、明るい日差しのもとでは、好感の持てる顔をしていてセクシーな感じにも見える、と思ったが、すぐに、不適切なことを考えた自分を戒めた。彼は、リヴァーサイド事件のオーストラリア人女性が建物の前にずっと立っている、とスミス刑事に言われて、様子を見にきたのだ。

「ええと……ルビーさんでしたね？」

ルビーはうなずいたあと、ばつが悪そうにちょっと頭を下げた。刑事の心配そうな顔を見て、川縁《かわべり》にいたときも、彼は情にもろいところがあったのを思い出した。ルビーが死体を指差したとき、彼はゆっくり息を吐いた。スミス刑事が毛布をかけて肩を抱いてくれたが、泣きそうな顔をしていたのはジェニングズ刑事のほうだった。

「こんにちは、刑事さん」頬の紅潮が収まってくれるといいと思いながら、ルビーはようやく声を出した。「あの……ちょっと通りかかったもので……。何か進展はないのかな、と思っていたんです。手がかりか何か。あの事件の」

ルビーがしゃべっているあいだ、ジェニングズ刑事は警察署の入り口にちらちら視線を向けていた。居心地が悪いようだ。この役目をスミスに任せればよかった、と彼は思った。精神的なショックを受けている人への対応は、同僚の女性刑事のほうがはるかに上手だ。どのような言葉をかけたらいいか知っているし、また、職業上のよそよそしさと人間としての慰めとのバランスの取り方も心得ている。ジェニングズ刑事は咳払いをし、スミス刑事が対応しているときにもっと注意して見ておけばよかった、と思った。

この気まずさを批判されていると勘違いして、ルビーはますます頬を赤く染めた。

「ごめんなさい、お邪魔をするつもりじゃなかったんです。来てはいけませんでしたね。お尋ねする権利がないのはわかっているんですが。ただ……彼女のことが頭から離れなくて……。ちょっと頭がおかしくなってるみたいなんです」

この思いがけない告白に、ジェニングズ刑事は自信のなさから目をぱちぱちさせ、訓練で学んだことを思い出して、一歩歩み寄った。

「いいんですよ。中に入って話しませんか？　何か思い出されたのかもしれませんね。オバーン刑事は今日はアップタウンのほうに行ってますが、わたしでよければ……」

ルビーは首を振り、目にたまっていた涙があふれて頬を伝った。ジェニングズ刑事の声は小さくなって消えた。

その涙を見て、刑事は手を伸ばし、ぎこちなくルビーの腕を軽く叩《たた》いてなだめ、また咳払いをした。彼の頬も赤くなっている。泣いている相手への対応に慣れていないのだろうか。

（考えて、ジェニングズ刑事、考えて）

「ええと、こういう状況の対応を専門におこなっている人たちがいます。助けになると思いますので、電話番号をお知らせしましょう。あなたのような体験をしたあと、気持ちが不安定になるのは当たり前のことです。犯罪を目撃すれば、大きな精神的ショックを受けるでしょう。人に話をすることで気持ちが和らぐと言われています。ですから、一人で抱えこまないでください」

ルビーはまた泣いてしまったことを恥ずかしく思い、なるべく早くこの気まずい会話から逃れて立ち去りたかった。ジェニングズ刑事のアドバイスにうなずいて、手の甲で涙を拭《ぬぐ》った。若い刑事のほうは、心のスイッチが入り、今度こそうまくやろうと走って通りを渡り、気持ちが落ち着く警察署に入った。二、三分で戻ってきて、光沢紙を用いた小冊子を三、四冊ルビーに手渡すと、彼女がかすかな笑みをのぞかせたことでほっとした。

どの小冊子の表紙にも、いろいろな人物が電話で話したり、いっしょに歩いたり、手を握ったりしている写真が使われている。みんなにこやかに笑っているが、紙面から飛び出してくる言葉はそれとは正反対のものだった。トラウマ、犠牲者、暴力、悲嘆。これが、今のルビーのいる世界や周囲の人々だと思われているのだろうか。

ルビーは微笑む気持ちにはなれない。

それでも、若い刑事は自己満足を感じているようで、ルビーはとりあえず礼を言った。「必ず目を通します。いやですからね」ルビーは手を動かした。「ふさぎこんで何もできなくなったりしたら。お気遣い、ありがとうございます、ジェニングズ刑事。ほんとうに、感謝しています」

「礼には及びませんよ。あなたはたいへんな思いをなさった。こちらも喜んで対応します。話がしたくなったら、またいらしてください。いいですね。いつでも歓迎しますよ」

（おかしな終わり方だ。ほかの何よりルビーの笑顔が大切だというのか。二人ともこれには気がついていて、ジェニングズ刑事はそそくさと建物のほうに戻りかけている）

「ジェ、ニ、ン、グ、ズ、刑事！」

彼が通りを渡りきる直前、ルビーは大きな声で呼び止めた。刑事だけでなく、声をかけた本人も驚いている。

ジェニングズ刑事は立ち止まった。

ルビーは大きく息を吸う。

「彼女はどこにいるんですか？　居場所を教えてください、ジェインの」

「ジェインの居場所？」ジェニングズ刑事は困惑したように繰り返した。

「ええ、あの若い女性、ジェイン・ドウ。どこに運ばれるのですか？」ルビーは息を吸い込んだ。「発見された死体は」

「ああ、そのこと。わかりました」ジェニングズ刑事はどうして急に汗が出てきたのだろう、と考えた。「一番街に運ばれると思いますよ」

「一番街？」

「ええ。死体安置所があるので。そこに置かれるはずです。身元がわかるといいんですけどね。もし、誰も引き取りに来なければ……しばらく、そこに置かれることになるでしょう」

「そのあとは？」

ルビーは引き取り手がなかった場合どうなるのかを知りたかった。

ジェニングズ刑事は首の後ろをこすり、指先に汗が滴《したた》るのを感じた。彼はその先を考えたくなかった。いつまでたっても慣れないのだ。こういう死体が順番を待ち、臓器が取り出され、唇を縫い合わされることに。先日、川縁で発見された美しい女性には、そんなぞっとする最期《さいご》はふさわしくない。急にルビーを守ってあげたいという気持ちがこみ上げてきた。彼女のためにできることはこれくらいしかない。

「いいですか、彼女の身元はまもなく判明する可能性が高いんです。たいていの場合そうですから、心配することはないですよ」

ジェニングズ刑事は相手が安心してくれることを願いながら笑みを浮かべ、建物に入っていった。彼の背中が警察署のドアの向こうに消え、ルビーは通りに残された。手にしているパンフレットから笑顔が彼女を見上げている。一番上の冊子を広げてみたが、文字がぼやけて読めない。大きな涙が紙面に落ちた。

だいじょうぶ？

アッシュはちゃんとした文を入力するのも面倒らしい。こんなので、どうやって返事をしろというのだろう。なにもかもがだいじょうぶじゃないのに、それをどう言えばいいのだろう。

多くの新聞記事で見かけた文について、ルビーはもう一度考えた——彼女の死体は、ジョギング中の女性によって発見された。

どうして誰もそのあとジョギング中の女性がどうなったかに触れないのだろうか。

その夜、リヴァーサイド・パークで、蠟燭《ろうそく》を灯《とも》しての追悼会が催された。そのニュースが広まり、殺害から四日たった土曜の晩、三百人もの人々が桟橋近くのぬかるんだ草むらへと歩いて行った。訪れたのは近所の住人がほとんどだが、なかには、自分たちが閉じこもっていた暗い場所から呼び出され、街のはずれからやって来た女性たちもいる。家に帰ることのなかった、帰ることのできなかった、自分たちの仲間の一人を悼《いた》んで。集まった人のなかにはそんな生存者たちが交じっていて、それぞれが生々しい痛切な痛みを抱えている。そして、さまざまな宗派の信者たちが長々と語りつづけ、人は別の者が夜の中に差し出した慰めにすがりつく。蠟燭の炎が小刻みに、また大きく揺れ、話が終わると、沈黙する会衆のなかに誰かが歩み出て、頭《こうべ》を垂れて静かに『ハレルヤ』を歌う。

遠くから見ると、三百もの蠟燭が高く掲げられているのは美しい眺めだ。人々の手の中に下りてきた星の輝き。温かく穏やかな表情で体をかがめ、一つの蠟燭の火を別の蠟燭の芯《しん》に移し、新しい炎がつながって、その揺らめきが一面に広がる。まるでみんなが光を呼吸しているようだ。悲しみと祈りを吸い込んだり吐き出したりしているのが目に見える。

　名前こそ語られないが、一人一人の女性がわたしの存在を認識している。彼女たちは高く掲げた手をしっかりつなぎ、わたしの存在を重く心に抱え込んでいる。わたしは彼女たちの恐怖であり、運が悪かったときの自分であり、怒りであり、悪い見本だ。わたしは彼女たちへの警告であり、過去であり、夜の闇《やみ》の中で肩越しに振り返ったり、あわてて鍵を取り出したりしていた自分たちの影。一人の男が集まった人たちに語りかけ、男たちよ、恥を知れ、と訴える。拍手と歓声が上がったが、蠟燭を束ねて空へ飛ばし、道に迷った仲間たちを残らず捜すための炎を燃え上がらせたのは、女性たちの沈黙だ。だから、その男が情熱を使い果たしたとき、残ったのは女性たちの静かな怒りだ。その怒りがぎらぎらくすぶっているのが、上からでも見えた。小さな蠟燭の炎が消され、人々がいなくなったあとも。

　ルビーは夜の追悼会には参加しなかった。公園から数ブロックしか離れていない自室に一人こもっていた。部屋で自分の蠟燭に火を灯すと、たった一つの炎が暗がりの中で揺れて脈打っていた。ベッドの上であぐらをかき、冷やしていないウオッカを飲み、何も感じないまま炎を見つめる。悲しみは、場合によっては、ささやきと同じくらい静かにもなる。そのことがルビーにもわかってきている。たとえ悲しみが彼女の体内をかき乱していても、痛みが水かさの増した川の土手からあふれても、あるいは静かな水にぽっかり浮かんで感情が麻痺《まひ》していても、最後にはみんなそうなるのだ。まったくの無力感。自分ではどうすることもできないと自覚する。無知という安全なところへもがきながら戻ることもできない。この数日間、ときおり、ルビーはこの喪失感に怒りを募らせた。今夜あるのは悲しみだけだ。自分はこの寂しい都会に一人ぼっちで、名前のない死んだ女性のことを深く悲しんでいる。同時に、いまいましくも、こんなことを考えている――ニューヨークで、この身に何か起こったら、わたし自身もまたこの街の死体安置所で身元不明の死体になるかもしれない。なぜなら、自分がいなくなったことに誰も気がつかないだろうから。

　夜の追悼会の翌朝、ルビーはウオッカの酔いが残ったまま目を覚ました。蠟燭を吹き消した憶《おぼ》えがある。部屋がぐるぐる回り始めたあと、ベッドから出てバスルームの冷たいタイルに横たわったことも憶えている。タイルの上で震えながら目を覚ましたら、ごわごわしたタオルを肩にかけていたこともぼんやり憶えている。酔っ払いなりの自己管理だと思いながら、ため息を漏らした。タオルは今、ベッドカバーの下でよじれている。夢を見るほどぐっすり眠ってはいなかったが、時間はたっていて、今は朝の六時半だ。少なくとも夜をやり過ごすことはできた。とりあえずは。

バスルームに向かうが、頭が痛いし、急に胃が飛び出しそうになる。昨夜の記憶が蘇《よみがえ》ってきた。蠟燭を消したあと、タイルに横たわる前のことだ。自分は間違っていない、そう思って憤《いきどお》りがこみ上げてきた。スマートフォンを手に、アッシュ宛《あ》てのメッセージを入力している自分の姿が頭に浮かぶ。おびただしい数の罪状が積み重なっていく。

あなたは何も……一度だって……大嫌いよ……

今、スマートフォンを手に取り、無理やり画面を見つめた。

何もない。

彼の名前をチェックする。

何もない。

それでも、記憶は頭から離れない。言うべきではなかったことを言ってしまったときの心境。彼と離れていることがどれほど苦痛か、もうけっしてアッシュに悟らせてはならない。何があっても自分が苦しんでいる姿をアッシュに見せてはいけない。自分をコントロールすることでプライドを持ち続けなくてはいけない。ゆうべはついそれを忘れてしまったのではないか。

　ウオッカと亡《な》くなった女性たちのせいで抑えがきかなくなるのよ、とわたしはルビーに言ってあげたい。

　アッシュ。ゆうべのわたし、どうかしてたわ。何を言ったのか憶えてないけど。

　ルビーは十数回も入力と削除を繰り返したあと、このメッセージを送った。一瞬のうちに送信済みの表示が現れた。そのあと一時間、返信のない状態が続いた。瞬《まばた》きをするあいだにも届いた返信を見逃すのではないかという強迫観念にとらわれて、ルビーはスマートフォンをチェックしつづけた。メルボルンでは夜遅い時刻だ。といっても、ルビーのメッセージが読まれていないほど遅くはない。この時刻には、まだ仕事関係のメッセージが来るので、アッシュは手の届くところにスマートフォンを置いているはずだ。時間がたつにつれて、ルビーは平静を失っていく。ゆうべ、どんなメッセージを送ったのだろう。どんなひどいことを書いたのか。あまりにもひどいことを書いたので、送信済のメッセージを自分で削除してしまったのだろうか。ルビーがニユーヨークに来てから、アッシュとやりとりした写真やメッセージが全部、彼女のスマートフォンから削除されているのだ。のちに、それを後悔することになるが、今は気分が悪い。自分が次の日に見たくないと思うようなことを書き送ったのだろうか。ルビーは枕《まくら》をきつく抱いて、気持ちを落ち着けようとした。そして、初めて、真実を告げるのがこんなにつらいことなのか、と思った。

そうにちがいない。それ以外に、この吐き気や手足の脱力感や胸の重苦しさは説明がつかないではないか。これは解放の感じではない。

ルビーはもう一通、メッセージを送った。

最悪の気分よ……すべてにたいして。

瞬《またた》く間に送信された。返信はない。ルビーは枕を引き寄せ、なめらかな生地に顔を押しつけて叫び声を上げた。奇妙なくぐもった声、悲鳴というより、悲鳴の記憶とでも言えばいいだろうか。まだ朝早いことはわかっている。ベッドわきにある、半分空いたウオッカのボトルに手を伸ばすには遅すぎるかもしれない。けれども、彼女の指がなめらかで透明なグラスのほうへ伸びていっていることは否定できない。

本当に彼女はこんなふうになってしまったのだろうか。そうだ、と言うのはたやすい。ボトルを手に取り、日の光も無理やり消す。ジェニングズ刑事に渡された小冊子に写っている人たちなら、こんなルビーを批判するはずがない。カメラに向かって笑みを浮かべているにもかかわらず、この人たちはみんな、どんな状況の中でも人間は一人では生きていけないことを理解しているはずだ。ときには、起き上がるのに何か助けが必要になることを。

だが、助けを必要としているのは彼女ではないのではないか?

今、ルビーはそう認識している。自分が警察署へ行ったのは、ジェインのこと以外、頭にない人たちのそばにいたかったからだ。あの死体のことを考え続け、彼女のそばにいる人たち。ほんの数日前のルビーもそうだった。最初はあそこへ行って、そのあと何もなかったかのように日常生活を続けるのはよくないような気がした。オバーン刑事といっしょに証拠調べをしたり、事件解決の手がかりを探したり、欠けているピースを見つけたりしたい。

これこそ、今、大切なことだ。

わたしなら手伝ってあげられる、とルビーは思ったが、やがて、ばかみたいな気分になってやめた。少し頭がおかしくなっているのかもしれない。テーブルに自分の席が用意されていると思ったり、捜査に協力することができると思ったり。ルビーは今、ジェニングズ刑事の声が聞こえた気がした。川縁での体験を誰かに話すのはいいことかもしれない、と。アッシュにメッセージを送ったところで物事がよくならないのは、ルビーも承知している。姉のキャシーは、穏やかな口調でたしなめて、オーストラリアに戻るよう涙ながらに訴えるだろう。これも状況をよくする役には立たない。それでは、ほかに誰がいるのか？　別の部屋から聞こえるささやき声のように、自分抜きで大事な会話が交わされ、そこに求めている答があるように感じる。ルビーは自分がそこに招かれているように感じる。そのささやきがどこから聞こえてくるのかがわかりさえすれば。

　この新しい考え方、手の届かないところに浮かんでいる解決策をどう扱ったらいいかわからず、ルビーはスマートフォンの電源を切って、引き出しに入れ、もう一度、ベッドに横になった。やっとのことで、とぎれがちな早朝の眠りにつき、若い女性の夢を見た。その女性は背丈ほどあるトランプのスペードをつけ、歌いながら土を掘っている。その夢から覚めたとき、正午近くになっていた。窓の外から工事作業をしている人たちが話したり笑ったりしているのが聞こえる。彼らはロープをつけたまま厚板から宙づりになって揺れていた。自分たちの仕事をしているのだ。街は動き続けている。

　あなたも動き続けなくてはだめ。

　これはささやきではなく、どなり声となって聞こえ、ルビーはベッドから跳ね起きた。シャワーを浴び、無頓着《むとんちゃく》に衣服を身につけ、濡れている髪を一つに束ね、急いで外に出た。外の空気は冷たいが、雲一つない青空で四月の太陽が明るい日差しを降り注いでいる。すでに半日をむだにしたことで、ルビーは自身を叱《しか》りつけた。眠っているあいだに、何かが変わった。カチッという音とともに鍵が開いた。ルビーはバスルームの床で目を覚ましたり、日曜日の太陽が出ているときにベッドに入っていたりしたくない。通りで泣くのもいやだし、酔っ払って返信も来ないメッセージを海の向こうへ送りたくもない。

　ルビーは何か役に立ちたかった。オバーン刑事の役に立てるかもしれないと考えるのはばかげているだろうが、全面的になんの役にも立たないわけではないはずだ。たとえそれが、身元不明女性《ジェイン・ドウ》の一人一人——ルビーのジェイン・ドウも——が実在していた人物で、取り戻すに値する本当の名前があることを思い出す意味にしかならないとしても。

　では、次に何をしたらいいだろう。どういう人が、亡くなった女性たちのことをともに語り、いっしょに暗闇へと降りていってくれるだろうか。

それなら、答は明らかだ。ルビーのほかにも、死体を見つけた人間がいるにちがいない。そういう人をどうやって見つけたらいいか、それを検討すればいい。そうしないと消えてしまうとでもいうように、ルビーはその考えを大切に温めながら一番近いカフェに行き、窓際《まどぎわ》の高いスツールに腰かけて、ノートパソコンをフリー・ワイファイに接続した。まもなく、特大のラテが彼女の前に置かれた。コーヒーで気持ちを落ち着かせながら、ルビーは堅く目を閉じて、妙案をひねり出そうとする。手始めに「死体を発見する」で検索してみるといいかもしれない。

検索バーにきちんと入力し、息を殺して結果が現れるのを待った。これは何かの始まりで、別の部屋からのささやきがどんどん大きくなっていくように感じられる。だが、最初のほうに現れた検索結果は、どれも特殊清掃と呼ばれる、ルビーが聞いたこともない有害物質を除去する業者のサイトだった。犯罪現場の清掃という気味の悪い広告のあとには、『わたしはこうして死体を見つけた！』という物語や、陰惨で恐ろしい、悪夢のような言葉に飾られたブログが並んでいる。ルビーはさっと目を通しただけだった。好奇心を刺激する物を探しているのではないのだ。

ページの四分の三ぐらいのところで、ようやくある見出しが目に飛び込んできた。

ＰＴＳＤ——身体的に恐怖や無力感にとらわれた場合。

一人で抱えこまないように。警察署の前で、ジェニングズ刑事が使ったのもこの言葉ではなかったか？　これはルビーが考えていたことにぴったり合うわけではないが、ともかくそのリンクをクリックし、静かに息を吐いて記事が表示されるのを待った。

読み終わったころにはコーヒーは冷めていた。その記事では、ボストンの有名な医師が、心的外傷が人の心身にどのような影響を与えるかを、ひじょうにわかりやすく説明していた。フラッシュバック、雨や川のイメージがつねに瞼《まぶた》に浮かび、強迫観念がついて回る。ルビーは亡くなった女性の夢を見続けている。突然、被害妄想に取り憑かれるのはもちろんのこと、どんな男性にたいしても殺人犯かもしれないと考えてしまう。こういうことが全部、そこに説明されている内容と符合している。医師はこれを過覚醒と呼び、心的外傷後ストレス障害《ＰＴＳＤ》の症状の一つだと語っている。さらに、危険の察知がＰＴＳＤを発症するきっかけになる、と述べていた。ＰＴＳＤを引き起こすもののリストの中に、実際、死体との遭遇が載っている。スピーカーから流れてくる、ニューヨークのすばらしさを歌う慣れ親しんだ曲を聴きながら、ルビーはこの新しい情報について考えた。ふいにヒントが転がり込んできたような気持ちをどうしたらいいだろうか。

そのとき、ルビーは当初の目的を思い出した。自分以外の死体発見者を探し出すこと。おそらく、そういう人たちはこんなところに隠れているのではないか。今度は素早くキーを打つと、次々に現れる情報量に驚かされた。何ページにも渡って続いている。ニューヨークは心的外傷を受けた人たちをサポートするグループであふれているようだ。ルビーは誰かに案内されているようなおかしな感覚に突き動かされながら、ＰＴＳＤに悩む人たち――従来とは異なった理由で悩んでいる人も含む――に向けてサポートと親睦《しんぼく》を提供している、マンハッタンのあるグループのサイトをクリックした。

　殺人事件の被害者発見。これは従来とは異なった理由に当たるのではないか？　ルビーは先を読み続ける。

　この会では、個別相談（オプション）もしくはグループ・ディスカッションがおこなわれると説明されている。「偏見を持たずに、当会では会員の気持ちに寄り添います。入会に際して、ＰＴＳＤであることを示す正式な診断書は必要ありません。ミーティングは二週間に一度、ミッドタウン・イーストでおこなわれます。住所は招待状の出欠欄に記載いたします」

　登録は簡単だった。ルビーは必要事項を入力して、じっくり考えることもなく、送信ボタンをクリックした。その直後、ラリーと名乗る人物から、ごく普通の歓迎メールが届いた。

入会おめでとうございます! 治療への第一歩を踏み出すには勇気が必要なことでしょう。ご自分を誇らしく思って……

歓迎メールには、グループの春期ミーティングの日時と場所が書かれたリストが添付されていた。次回のミーティングは四日後の木曜日だ。ルビーはふだん姉にさえアドバイスを求めることはないし、セラピストの治療を受けることは考えたこともない。本気でこんなことをするつもりなのだろうか。

店内のスピーカーからは、ニューヨークについて歌う男の声がまだ流れている。新しいスタートについて歌い始め、その歌詞が店内を漂って、ルビーの隣に腰を下ろす。彼女の腕が総毛立った。疑う余地はない。ルビーはこのミーティングに出席し、自分を理解してくれる人を探すだろう。最悪の場合、どうなるのか? もし、道を間違えたとしても、最終的に自分が何を求めているのかがわかる。ニューヨークではどんなものでも見つかるはずだから。

死体でさえも、とルビーは思い、今度だけはその厳粛な真実に笑いそうになった。

ところで、わたしがルビーの夢に現れるようになったのは、偶然からだ。近ごろ、わたしにとって、起きているか眠っているかの厳密な違いはない。目を閉じたときに変わるのは彼女のほうだ。彼女の心はいっそう解放される。リヴァーサイド・パークで彼女の横にわたしが立っていることを思い出したり、わたしが彼女の家までついて行ったことを理解したり——彼女は昼のあいだ、こういうことを忘れている。それを気づかせる方法があることを、わたしも知らなかった。ところが、あることが起こった。

ルビーが思い出しているとき、わたしは彼女を強くつかむようなことはしないようにしている。彼女にいろいろ背負い込ませてしまったのを、本当に申し訳なく思っている。だから、サポートしてくれる人たちを探すよう、あのカフェで仕向けたのだ。彼女の指の上にわたしの指を重ねてキーボードを打つことによって。

そうね。

実際のところ、わたしはどんな物にも触れることはできない。でも、想像することで気持ちが楽になる。誰かが望んでいるから、わたしが突然消えていなくなったのではないことを。わたしはまだここにいることを。たとえ、誰にも姿は見えないとしても。たとえ、誰もわたしの名前を知らないとしても。

それでも。

小さなことがいくつか起こり始めた。重要なことが。最初は、偶然の些細《ささい》な出来事に思えた。でも、今は、わたしが強く気持ちを集中させると、ルビーの頭の中に一つの考えが浮かび始め、彼女の心にさざ波を立てることができるようだ。PTSDの記事のときにもそれは起こった。わたしがほんのちょっと軽く突いたら、ルビーはそれを感じて、わたしの言いたいことを理解した。トラウマについては、ノアがあれこれ教えてくれた。ボストンの医師と同じくらい上手に説明してくれた。記憶を振り払うことについて話していたとき、わたしは体が穴だらけになるのを想像した。ノアは、トラウマが遺伝する可能性があるとも言っていた。いやな記憶が一つの世代から次の世代へと伝えられていく、と。そのとき、わたしは、母のことを思った。わたしが知らない、母のいろいろなことを。でも、今は、なんとかしてわたしの記憶をルビーに伝えられないだろうか、ふとしたことから彼女の骨の髄まで染《し》みこませることはできないだろうか、と思っている。ノアが言っていたように——。

いいえ、ノアの話はもうけっこう。わたしのカラス、わたしの死の鳥。ノアのことは考えたくない。考える必要もない。今、わたしにはルビーがいるのだから。ノアが話してくれたことにもっと注意を払うべきだった。でも、今ではそんなことはなんの役にも立たない。それに、ノアのことをはっきり思い出すと、ひどく心が痛む。生前わたしが経験したどんなことよりも身を切られるようなひどい痛みを覚える。
もし、向こう側から死者を痛めつけることができるのなら、死ぬことになんの意味があるのだろう。

まるでわたしは忘れられたようだ。みんなに。
彼にも。

困ったことに、自分がどうやってこんなふうに動き回ることができるのか、まだよくわかっていないし、なぜこんなことをしているのかは、なおわからない。たいていの場合、わたしは銀色にきらめく魚のようだ。波をかいくぐって動く姿は、目にも留まらぬ影だ。けれども、近くで誰かを見るとき――わたしの寝室の扉を閉めるノアとか、スマートフォンをチェックしているタミーとか、写真の入った箱、以前はライカを入れてあった箱をクローゼットに隠しているジャクソン先生とか――そんなときには波が荒くなって、わたしを翻弄《ほんろう》し、何か硬くてがっしりした物にわたしを叩きつける。そして、水が押し寄せてくる。

そうなったとき、ひっくり返っているのは、彼らなのだろうか、わたしなのだろうか。

ただ一つ、はっきりわかっているのは、わたしにとってルビーだけは穏やかな海だということ。ほかの人たちには、死にそうになっている気分をもう一度味わわされる。そればかりではない。まるで、わたしがいっさい存在しなかったかのように扱われている気がする。

「捜査は解決に近づいています」と、記事にはあった。

添えられた白黒写真のオバーン刑事は、自信のあるいかめしい表情でこちらを見ている。人に話を聴いてもらうことに慣れているタイプの人物に見える。

「警戒を怠らないことですね」引用は続く。「いずれ見つかりますよ。あなたの日常について、こちらはいろいろ把握しています。もう時間の問題です」

「オバーン刑事はブラフをかけているのよ」わたしはルビーにそう言ってあげたかった。ルビーはどきどきしながら、この公式発表を何度も読み返している。「警察は隠れている犯人をおびき出そうとしているの。言葉巧みに操って、姿を現すように仕向けているのよ。本当のところ、警察は犯人のことをなんにも知らないんでしょうけど」

わたしもまた彼に近づこうと考えた。わたしを殺した男が、あの朝、自分が何をやったかを考えてくれさえすればいいのに。その前に例の荒波がまたやって来て、荒れ狂う海の下にわたしを沈める。わたしが近づくたびに波が警告するようだ。彼はまだ自由に歩き回って、いつもの生活を続けているが、わたしを破滅させる力を持っているのだ。わたしに残されたほんの少しの物まで奪いとることができる。

人を殺したあとでも、そういうものなのだろうか。犯人は変わりなく日常生活を続け、仕事に行くために起きて朝食を取り、天気をチェックし、「お願い」「ありがとう」「どういたしまして」という言葉を口にし、通りを歩きながらショーウィンドーや鏡に写る自分の姿を見て、微笑《ほほえ》む。わざわざ隠れようとしなくても、ありふれた風景の中に姿を紛れ込ませてしまう。

それを止める力は誰にもない、と犯人たちは思っている。あのときの女性にも、今の誰にもない、と。

「もう時間の問題です」

警察が犯人を見つけるまで？　それとも、男がもう一度同じ過《あやま》ちを犯すまで？

13

「参加者はたいてい六、七人なんですよ」

歓迎メールを送ってくれたラリーが、肩越しにルビーに言った。彼はコミュニティセンターの床に色とりどりのクッションを十枚並べて、大きな円を作っている。メンバーの中に、隣と一人分を空けてすわるのが好きな人がいることを、彼は承知している。と同時に、今夜はいつもより出席者が多いかもしれない、とかすかな期待も抱いていた。困惑し、一人で外をうろつくのではなく、この集まりに参加して避難場所を見つけよう。ラリーは、このサポート・セッションの進行役を務めてもう二年になる。今、ルビーに何度も言ったように、それが天職だと思っている。数限りないトラウマの症状にオープンな気持ちで接し、ＰＴＳＤがもたらしうる損傷の治し方を見つけること。彼にとっては、つねに新しい仕事だ。人が自分自身、あるいは、互いを傷つけ合ったりするさまざまなやり方と直面することになるからだ。ましてや、なんでもありの世界にはたくさんの驚きが隠されている。自分の人生は見たところ安全そうなので、ほかの人たちがどんな我慢を強いられているかにいつも驚かされている。

入会おめでとうございます！　治療への第一歩を踏み出すには勇気が必要なことでしょう。ご自分を誇らしく思ってください。わたしたちの集まりに、ぜひおいでいただきたいです。そこで、あなたが充実した人生を送るのを阻《はば》んでいる物について話してください。わたしは二十年におよぶ活動をおこなってまいりましたが、みなさまの心の傷を癒《い》やし、最高のご自身になるお手伝いをすることが、わたしの天職だと思っております。

最高の自分。天職。ルビーはこの初めてのメールがとても……アメリカ的だと思った。そして、ラリーが一九五〇年代の雑誌広告のようなルックスだとわかり、メールから受けるイメージと一致していると感じた。きれいに並んだ真っ白な歯、きらきらした緑の目、その端に触れそうになっているブロンドの髪。経歴に一点の曇りもなく、さわやかで率直な人物のように見える。ちょうど汚れは洗い流してしまったか、見えないところに掃き集めてある感じだ。結局、それがアメリカ合衆国の裏側だ。外から見れば輝かしい歴史を持った国、表面はぴかぴかしているが、やがてそれは一方向から見て語られているにすぎないことに気がつく。

（ルビーとわたしが学んだアメリカ合衆国の歴史は同じではない。でも、わたしもこの点に関しては、彼女の言うとおりだと思う）

この数日間、ルビーはその集まりに出かけて自身の話をするのは控えたほうがいい、と何度も自分に言い聞かせてきた。だが、ＰＴＳＤについて調べるようになってから、夜ごと悪夢がひどくなっている。まるで、潜在意識下で、悪夢を見る許可を自分に与えているようだ。夢に出てくるのは、濁流やどうしても開かない門、喉《のど》に巻き付いた黄色い葦《あし》。ときには――いえ、たいていは――血だらけの顔やぱっと開いた目が夢に出てきて、自分が川縁に戻っていることがわかり、汗びっしょりで目を覚ます。

（これはわたしのせいではない。彼女がこんな悪夢を見ているとき、わたしは何もできないのだから）

それだけではない。日曜の午後、カフェを出て帰宅しようとしたとき、アッシュからのメッセージが届いていることに気がついた。

今、ロンドン。ひどい時差ぼけだ。おまえが言ってるのがどのメッセージのこと

かわからないけど、こっちはすべてOK。そっちはどうだか知らないが。このあいだ、何が起こったのか、話してくれる気はある？

　アッシュからロンドン出張の話なんて聞いてない。危機が迫る。危機が回避される。ルビーはすぐにその場で彼に電話をし、死体を見つけたことを伝えた。アッシュへの怒りも忘れて。そして、また堂々巡りが始まる。

（そこにも、わたしが入り込む隙《すき》はない）

　でも、今、彼女は――わたしたちは――ここにいて、米国代表のラリーのあとをついて、部屋のあちこちへ移動する。会場のセッティングを終わらせながら、彼は肩越しに振り返って、おしゃべりを続けている。天気の話、ルビーのアパートメントの近所にあるインド料理店の話。「一度行ってみるといいですよ。とてもいい店でね。それまであの手のヴェジタリアン料理はどうも苦手だったんです。なんだか物足りなくて。でも、あの店のおかげでわたしは宗旨替えしたかもしれませんよ」彼は声を上げて笑い、顔を上げ、手早く十字を切ると、やがてウインクをして、古いコーヒーメイカーに挽《ひ》き立ての豆を入れた。今夜は新入りがやって来たことで、彼はわくわくし、何かのレースに参加する直前の選手のような気分で、このオーストラリア女性がどんな話をするのだろうかと考えている。彼はわざわざ自分の時間を使ってまで、彼女のような人たちの手助けをする必要はないのだ。マーリー・ヒルでの診療、彼がそこで担当している患者の面倒を見るだけでじゅうぶんだ。でも、彼は地域社会に貢献したいと思っている。一時間三五〇ドルの診療以外の貢献だ。というより、そんな高い診療をしている罪滅ぼしといったところだろうか。自分の財力と健全な精神を月二回、他人と分かち合うことは、人の不幸で生計を立てていることにたいする贖罪《しょくざい》行為なのだ。彼にはせいぜいそのくらいしかできない。

そのうえ、その夜、どんなことになるかわからない。トラウマとはそんなふうに始末に負えないものだ。現実のごたごたは最高のテレビ番組よりおもしろい。彼は俳優として参加したことは一度もなかったが。でもね、人生がレモンという試練をあなたに与えるときには、それでレモネードを作ってくれる誰かがいつも見つかることになっている。

今夜はほかに誰も現れず、出席者は自分一人なのではないか、とルビーが不安に思っていると、一人の若い女性が戸口に姿を見せた。入り口でつまずきそうになって、髪が乱れ、バッグと片方の靴が飛んでいった。ラリーは親しい友人を迎えるように微笑んでいる。彼に手を振ったあと、彼女はあらぬ方向に落ちた靴を拾い、すり足で円く並んだクッションのほうへ歩いてきた。

「あら、失礼」ルビーのほうを見て、恥ずかしそうに笑みを浮かべた。

ラリーに勧められて、ルビーはすでにあぐらをかいて床にすわっていた。それを見て、黒っぽい髪の女性はルビーの真向かいの席に腰を下ろした。ルビーは言葉が見つからず、自分がすわっているクッションのほつれた糸を引っぱり、人差し指に強く巻き付けたので、さらにほつれがひどくなった。ルビーと違って、さっきの女性はすっかりリラックスしている。ぶざまな入り方をしたにもかかわらず、今はオレンジ色のクッションに背すじを伸ばしてすわり、次々に入ってくる人たちに微笑みかけている。一、二度ルビーにもちらりと視線を向けたようだが、ルビーは目を伏せたままだった。

まもなく、クッションの円は人で埋まった。ラリーが手を叩き、そのあとルビーの隣にある予備のクッションにすわる。ルビーは、今夜ここにいるのが自分一人ではなく、出席者のなかで初参加なのが自分一人であることに気がついて、突然パニックに襲われた。ここでのやり方を知らないのは自分だけ。タイミングを見計らったかのように、ラリーは再度参加してくれた人たちに礼を言ったあとで、新入りの会員として自己紹介をするよう、ルビーを促した。「遠くオーストラリアからいらしたんですよ！」それを聞いたみんなの眉《まゆ》がぴくりと上がるのを目にしたとたん、ルビーは立ち上がって逃げ出したくなった。

会が進んでも、居心地の悪さは消えなかった。全員の視線が自分に注がれているし、みんなで意見を出し合える新しい話題ができたことに、ラリーは喜びを隠そうとしなかった。ほかのメンバーも、ルビーがさっさと自己紹介を切り上げてくれないか――必要最小限のことしか話していないのに――とじりじりしている。そうすれば、自分の番が回ってきて、前の人よりも悲惨なストーリーを積み上げることができるとでも思っているようだ。その不幸話の積み木タワーができあがって、崩れるのを待っている。

タワーの一番下の段は、ルビーの右側にいる中年女性だ。彼女は押し込み強盗に入られてから、自宅のドアというドア――クローゼットも含めて――に三つずつ鍵《かぎ》をつけている。次は三年前の夏、ホテルのプールで三歳の甥《おい》が溺死《できし》しているのを見つけた男性。その上に積み上げられたのは、高齢の紳士で、ベンツを運転していてうっかり食料品店のガラスを突き破り、店主を病院送りにしてしまった。心の痛手となる話が次々に積み上げられ、今夜、目の前に提示された苦悩に、ルビーは胸を締め付けられるほどの同情を覚えた。だが、タンカーという二十代後半のエンジニアの番になったころには、ここに来たのが間違いだった、と認めないわけにはいかなかった。コンビニエンス・ストアに強盗が押し入ったとき、彼は頭に銃を押しつけられ、結局、店主が命を奪われたのだという。状況が違いすぎる、とルビーは恥ずかしい気持ちになった。タンカーを始めとしたほかのメンバーは、今もまだその惨事の中にいて、そこから抜け出そうともがいている。一方、ルビーの場合は、ここへ来る原因となった体験の外側にいて、遠くから眺めている感じだ。ほかのメンバーが使い慣れているらしいセラピー用語を使わないで説明するには、それが精いっぱいだった。ほかの人たちには、ルビーが自分の感情を抑え、逃れようとしているように思えたかもしれないが、実際のところ、今夜さまざまな話を聞いたあとで彼女が言いたかったのは、こういうことだ。

　わたしはみなさんのように自分自身の痛みを抱えているわけではありません。ほかの人から痛みを借りているような感覚なんです。

　話す順番が回ってきたとき、ルビーが「いいえ」と首を横に振ったのも無理ないことだった。

　来たときに入り口でつまずきそうになった例の若い女性が、真正面の席からルビーを見つめている。その顔にはずっと笑みが浮かんでいる。ルビーと同じように、彼女も自分の番が来たとき、「今夜はパスさせてもらうわ」と、断った。彼女の話が聞けなかったことに、ルビーは少しがっかりした。彼女はほかの人たちとかなり違っている。見かけは不器用そうだが、落ち着き払っているように見える。入り口で転びそうになったことから、妙に落ち着いた笑顔まで、彼女の何かが気になって、ルビーは今夜一人でここを出て行くことがためらわれた。

もし、正面の席から微笑みかけている彼女について何か知っていたなら、ルビーにも理解できたかもしれない。レニー・ラウがルビーの孤立感を見抜き、孤独が人にまとわせることのできる痛々しい美しさにたちまち惹《ひ》きつけられたことを。さらに、レニーがその孤独を取り除くために、ある計画を進めようとしていることもわかったかもしれない。ちょうど今夜、ルビーがクッションのほつれた糸を引っぱっていたように、それよりもう少し強く、時間をかけて慎重に、彼女の心の痛みをほぐすための計画を。

レニーはすでに飲み物をこぼし、フォークを二回も床に落としている。代わりを持ってきてもらおうともせず、ダメージジーンズでこすっただけでフォークをテーブルに戻した。大きなジェスチャーを交えて早口でしゃべり、肘《ひじ》の届く範囲にある物を肘で飛ばしてしまう。店のスタッフは愛想よく笑いかけ、余分にナプキンを持ってきてくれたり、通りすがりに彼女の肩を軽く叩《たた》いたりしている。この女性はどこへ行ってもかわいがられている、ルビーはそんな印象を受けた。

二人は今、会が開かれた場所から一本先の三番街にある小さなイタリア料理店にいる。今夜の集まりが終わったあと、レニーはルビーの肘をつかみ、デザートを食べに行かないかと誘った。誰かほかの人を誘っているのかと思って、ルビーは周囲に視線を向けたが、意外なことに、またうれしいことに、その誘いはルビーに向けられたものだった。このレニーという女性はルビーの心を読んでいたようだ。いい仲間を求める気持ちは、好きな食べ物の思い出と同じで、舌の先で味わうことのできる感情だ。楽しい相手といっしょに、自分の頭の中だけでなく実際の会話をする——ルビーは誘いに応じて力強く頷《うなず》いたとき、目にあふれそうになっているものをレニーに見られなければいいのだが、と思った。

レストランへ向かう途中も、いっしょに映画館から出てきたかのように、レニーは気軽な会話を続けた。だが、いったん小さなテーブルに着くと、黒い真剣な目でルビーを見つめ、質問を始めた。

「こっちにきてどのくらいになるの？」

「どこに住んでいるの？」

「どうしてニューヨークを選んだの？」

数週間、あまり使っていなかったため舌の動きが鈍くなっていて、ルビーはこの最後の質問にうまく言葉が出なかった。代わりに使おうと思ったのが、「さあね！」という感じで軽く肩をすくめることだった。けれども、顔が真っ赤になり、ちょうどウェイトレスがやって来て赤ワインのグラスを置き、ルビーがまごついているのを遮ってくれたのでほっとした。「ボトル一本飲ませてもらったら、説明できるわ」ルビーはそう言いたかった。実際には、会話が途切れたのを利用して、レニーのほうに話を向けた。

「ニューヨーク生まれ？」

「どこに住んでいるの？」

「学生さん？　それとも、お仕事をなさってるのかしら？」

この最後の質問にたいする返事を聞き、ルビーは驚いてあんぐり口を開けた。

レニーは生まれも育ちもニューヨーク。ブルックリンの葬儀場でエンバーマーをしている。専門は修復。つまり、運ばれてくる損傷を負った遺体に処置を施す仕事をしている。それがわたしの仕事なの、とレニーは言った。遺体を修復し、そうなる前の姿に戻すのが彼女の仕事なのだ。

　どのような悲劇に見舞われて、そうなってしまい、心臓が止まったのか。

　ルビーは息が止まりそうになった。

「メイクアップ・アーティストとマジシャンを足したような仕事ね」レニーは話を続け、フォークについたホイップクリームを舐《な》めたあと、魔法の杖《つえ》のように振ってみせた。「上手にできると、誰も細工に気がつかないのよ」

　レニーがわたしのような女性たちにどんなケアを施すか、わたしにはよくわかる。彼女の仕事の大半は残虐《ざんぎゃく》な要素を持っている。彼女が日常的に繰り返している作業に、たいていの人は尻込《しりご》みするだろう。臓器に穴を開け、消化器官内の残存物を取り除く。喉に綿を詰め、口を縫合する。目にアイキャップを装着し、血液を排出し、ワイヤーで顎《あご》を固定する。これらはいわゆる細工の数例に過ぎない。遺体に衣服を着せ、髪を結い、メイクを施す――ハードな作業のあとに、こういうことをおこなう穏やかな時間が訪れる。このころには、レニーはほかの誰よりも故人と親密な関係になっている。時間をかけ、敬意を表しながら、せめてもの慰めとして芸術的な技巧を施す。その優しさのせいで、作業をおこなっているときには指先から琥珀色《こはくいろ》の輝きが放たれ、触れる物すべてが金色に輝くのを、わたしは知っている。

レニーは数年前、医大受験に失敗したあと、偶然この仕事に巡り会った。

「おかしいでしょ？　生きている人には近づかせてもらえなかったから、せめて死んだ人の治療をしているの」

夏のあいだ、いとこが経営する美容院の手伝いをしていたとき、手荒れがひどく、赤くなった皮膚が剝《は》がれるのをなんとかしたいという客と話をした。

「仕事で使っている薬品のせいで肌が荒れて、どれだけ保護しようとしても、薬品が染みこんでしまうと訴えていたの。そのうち、納棺師だとわかったのだけれど。それまで、納棺師に会ったことはなかったわ。不気味なおじいさんが家業でやっている仕事だと思っていたのよ。ところが、その女性は——レイラって言うんだけど——若くてきれいな人で、個人でやっているの。わたしはヘアとメイクの技術を身につけているでしょ？　その技術をほかの分野に生かすこともできる、と言われたわ。要するに、最初は単なる好奇心からだったのよ。レイラに型破りな仕事の話を聞かされて、そのとき、わたし自身、型破りなことをやってみたい気分だったから。でも、そのあと、大切なものになったわ。亡くなった人たちには必要なことなんだもの」

ルビーはうなずいたあと、小刻みに頭を振った。

「そうよね。わかる気がするわ」ルビーはそうつぶやいたが、むしろ同意を求めたい気持ちだった。

「ねえ、マジシャンがちゃんと体のつながっている人間を、どうやって切断されているように見せるか、知ってる？　わたしがやっている細工はその逆だと思って。切断された体を元の形に戻しているのよ」

レニーは、また魔法の杖代わりのフォークを、テーブルの端から端までさっと動かした。「タラララー」ルビーは椅子《いす》から跳び上がりそうになる。

レニーはすぐにフォークを置いた。

「ごめんなさい、ルビー。ふざけてるつもりはないんだけど。長いことやっていると、自分にはごく普通なことがみんなにはそうじゃないのをうっかり忘れちゃって」

ごく普通。

その言葉にルビーは笑い声を上げたが、甲高い音は二人のあいだの空気に触れると砕け散った。近ごろ、ごく普通が遠い異国のことのように感じることを、ルビーはレニーに打ち明けたかった。死者がもう一度元の姿を取り戻すために、なぜマジシャンが必要なのか知っている、と言いたかった。

本当のことを打ち明けるのよ、とわたしが念じていると、この暖かい部屋に冷たい風が入ってきて、ルビーの肌が総毛立った。

ルビーが震えるのを見て、レニーは心配そうに身を乗り出した。

「わけもなくぞくっとしただけ……」ルビーはそう言いかけて口ごもり、何かを払いのけるように首を振った。

本当のことを打ち明けるのよ。

「レニー、実を言うと、わたしにとってもそれほど異常なことじゃないの。わたし、若い女性を見つけたのよ。リヴァーサイド・パークで殺された女性を」

今度は、レニーの口が大きく開いた。

「まあ、驚いた。先週の？　あちこちで取り上げられてるあの事件ね？」

ルビーはうなずき、レニーに励まされながら語り始めた。この九日間、自分の中に抑えこんできたあらゆることを明らかにした。ジョギングに出かけたこと、あの日の激しい雨、恐怖、絡《から》み合った黄色の葦、そして目の前にあるのが若い女性の死体だとわかった瞬間のこと。初めはつっかえつっかえだったが、すぐに転げるように言葉が出てきた。泥や濡《ぬ》れた葉がついた小石がいっぱい入っていた口。よどんだ茶色い水。ありがたいことに、レニーはそんなおぞましい光景を聞かされても、たじろがなかった。わたしだって何年もかかったのよ、同じ人間にひどいことをする人がいるんだから、とレニーはルビーを励ました。

「そんな役割を押しつけられていたなんて。わたしには想像もできないわ」

レニーの穏やかで共感あふれる応対に助けられながら、ルビーは話を続けた。警察署の外でジェニングズ刑事と出会って気まずい思いをしたところへ行くまでに、何かが引っこ抜かれたような気分になっていた。たとえば、歯が抜けて、それまであったところにできた穴の上で舌を丸め、残っている物はないかと探す。すると、意外にもそれが悲しみであることを知る。そんな感じだ。ルビーは岩場で亡くなっていた女性の死をひどく悲しんでいる。まるで知り合いか友だちであるように嘆いている。

「おかしいでしょう、レニー。彼女のことが頭から離れないのよ。うまく整理できないだけなのだろうと思っていたわ。それで、今夜の集まりに出かけたの。自分がＰＴＳＤになっているのかもしれないと思って。でも、そうじゃない、というか少なくともそれだけではないみたい。なんて言ったらいいか……彼女と自分につながりがあるように感じるの。もっと深いところ、体の奥で。変でしょう？」

「そうは思わないわ」レニーは即座に答えて、黒い瞳《ひとみ》を輝かせた。「人と人をつなげるのは、つきあった長さじゃなくて深さだと思うようになったの。その人を見つけてあげたってことは、何より深くつながってるということじゃないかしら。何も感じないほうがかえって変よ」

二人は長いあいだ話しこみ、気がつくと、レストランの照明が暗くなり、まわりの席の椅子が逆さまにテーブルに載せられていた。ルビーはすぐに店を出なくてはいけないのがわかっていた。そうしたら、この新しい貴重なつながりも絶たれてしまう。その前に、ルビーには知りたいことがある。それがわかれば安心して一人で帰宅できるだろう。

「レニー、あなたもこういう体験をしたことがあるのね？　だから、ＰＴＳＤの集まりに行ってるんでしょう？　仕事でこれまで見てきたいろいろなことが原因で」

レニーはその質問について考え、まるで両手に載せているようにその意味の重さを量っている。

「ねえ、知ってる？　わたしのところに運ばれてくるのは女性ばかりなのよ」ようやく、レニーは口を開いた。「のこぎりで二つに切られた死体。一時はいやになったわ。おおぜいの死んだ女性が次から次へと入ってくるんだから」

「でもね、ルビー」レニーはテーブルの向こう側から手を伸ばしてルビーの手を取り、ぎゅっと握った。「たった一人だったとしても心を引き裂かれるほどつらいと思うわ」

招待状が届いたのは午前二時過ぎだった。ルビーはまだ起きていて、その夜のことを思い返していた。ネックレスのもつれを解《ほど》くように、一連の出来事を丁寧に考えていたとき、スマートフォンの着信音が鳴った。

ルビーさま

今週の日曜日、午前十一時からの〈デス・クラブ〉の会合に、あなたをご招待します。開催場所はニース・マタン（地図参照――お近くです！）。ミモザを飲みながら、深く掘り下げた話し合いをしましょう。クラブの設立メンバーがあなたにお目に掛かるのを楽しみにしています。

メッセージの最後に引用が添えられていた。

「生と死との境界は影に包まれた曖昧《あいまい》なものである。どこまでが生で、どこから死が始まるか誰にもわからない」エドガー・アラン・ポー

見覚えのない電話番号からだが、レニー・ラウから送られてきたことに、疑いの余地はなかった。女性たちを元の姿に復元しているブルックリンの黒髪のマジシャン。

レストランでレニーがどんなふうに手を握ったか憶《おぼ》えている。それに、こう言ったのではなかったか——おおぜいの死んだ女性が次から次へと入ってくる、と。この特殊な現象、家にいても死んだ女性がつきまとっているような感覚を理解してくれる人に出会えた。ルビーはその幸運が信じられなかった。

そして今、ルビーの心は、日曜日へ、この謎《なぞ》めいた〈デス・クラブ〉とそれが何を意味するのか、に向いていた。これは自分の探しているものを見つけるチャンスかもしれない。ＰＴＳＤの集まりが期待はずれだった直後なので、あまり希望を膨らませないほうがいいのはわかっている。それでも、そこから転げ出てきたものがある。新しい友だち、招待状。この招待状が自分をどこに導いてくれるか試してみて悪いはずがない。

それに、ほかに行くところもないのだから。

わたしもよ、とわたしはささやく。わたしの声でルビーの皮膚に鳥肌が立つ。それが必ずしも真実でないことはわたしにもわかっている。死んだ女性は生きている人に取り憑《つ》いてはいけないのだ。わたしのいるべき場所はほかにある。そのことをわたしはときどき感じている。ルビーが聴き取ろうとしている、ほかの部屋からのささやきのようなものだ。遠くにあるのに近い場所——そこに行けばわたしも消えることができるかもしれないと思っている。そこではもう、荒波にもまれることはないし、翻弄されることもない。ただ安らぎだけがあるところ。

けれども、わたしはまだ消えたくない。おおぜいの人がわたしのことを忘れているようなときに。誰もわたしの名前すら知らないときに。

〈デス・クラブ〉はわたしにとってもチャンスかもしれないわ、ルビー。

わたしのことをみんなの記憶にとどめてもらうチャンス。わたしがここに存在したことをみんなに知ってもらうチャンス。

　このニューヨークという街に。

　ルビーもわたしもこれをやる価値があると思っていたなんて。わたしたちは何もわかっていなかった。

14

〈デス・クラブ〉は、レニーがほんの短期間、一人の男性と恋に落ちたあとで設立された。ジョシュは長身で、黒髪のハンサムなジャーナリストだ。人気のある雑誌に記事を書いており、レニーがおこなっている遺体の修復にことのほか関心を寄せていた。一週間の大半、レニーの仕事を密着取材したことがあり、彼のストレートな質問の仕方にレニーの心はときめいた。気がつくと、大きく広がる瞳孔《どうこう》や爪《つめ》の三日月状の白い部分やきれいに揃《そろ》った前歯に見入っていて、そんな細かいところに注意を向けている自分に、彼女は当惑した。ジョシュはけっしてレニーの好みのタイプではない。彼女が最後につき合っていたのは、イースト・ヴィレッジのバーレスク・ショーで知り合った小柄なフラフープ・ダンサーだ。それでも、ジョシュとのあいだには、たしかに響き合う何かがあった。あるいは、自分が何に惹かれているのかに気がつくまで、レニーがそう思っていたのかもしれない。彼女が惹かれたのは、ジョシュの知的好奇心と、自分の仕事だけでなくレニーの仕事にも敬意を払ってくれる点だった。二人は互いの仕事の話をした。ジョシュは物語を語ることで生活していると話し、レニーの仕事は完結した物語を語りなおすことではないかと言った。死んだ人の時間を巻き戻して、生きていたときへと遡《さかのぼ》る。もしかしたら二人の仕事は方向が違うだけで同じことをしているのではないか。これまで耳にしたなかでもっとも心のこもった表現で、レニーはこの男性を、彼の言葉の使い方を、生涯、心にとどめておきたいと思った。

「その人のことでみんなが一番憶えていてくれるのが、どんなふうに亡《な》くなったかだなんて思いたくないわ」ジョシュの取材がすべて終わったあと、いっしょに食事をしたときに、レニーは言った。すると、この新しい友人も自分の秘密を打ち明けてくれた。数年前、彼は瀕死《ひんし》の重傷を負った。セントラルパークで自転車に乗っていて転倒し、首の骨折とひどい脳震盪《のうしんとう》を起こした。何週間も入院し、一時はふたたび歩けるようになるかどうかも危ぶまれた。肉体的には回復したが――「完全に」と言って、その夜、彼はレニーに脚を叩いてみせた――その体験によって、彼自身がすっかり変わってしまった。

「ときどき」ジョシュは認める。「命を救ってもらったことに苦しんでいる。コタール症候群って、聞いたことあるかな？」いいえ、とレニーは首を横に振った。「おもしろい話だよ。世の中には、自分は死んでいると思ってる人がいるんだ。生きて、呼吸している人間が、自分は騒々しいこの世を去ったと感じ、生きていることを認めようとしない。さまざまな証拠が生きていることを裏づけているというのに。この妄想を抱いている人たちは、自分たちを歩く死体、生者の中にいる死者と考え、いくら論理的に説明しても考えを変えようとしない。笑えるが、恐ろしいことでもある。あの事故以来、ぼく自身、歩く死体じゃないかと思うことがある。中身は死んでいるのではないか、とね」

このぎょっとするような告白をジョシュが事務的な調子で言うのを聞いて、レニーの隣人である、鳥のようにデリケートな骨格をした物静かな女性が、レニーの心に羽ばたきながら飛び込んできた。その女性スーとレニーは何年も前からの知り合いだ。窓を開け放していたある午後、年上のスーが飼っているペルシャ猫が入ってきて、レニーの寝椅子《カウチ》を我が物顔で占領したときからの付き合いになる。かなり親しくなり、暖かい夜にはいっしょにワインを一、二杯飲んだりする。だが、スーは、それ以上の付き合いに踏み出すことを、これまで頑《かたく》なに拒んできた。ギャラリーのオープニングイベント、地元のオイスター・バーがおこなっている火曜割引デーの食事、水上でのフード・フェスティバル——レニーが誘ったそのどれも、スーは断った。ある夜、スーはこう打ち明けた。

「ごめんなさいね。レニー、わたしはあなたたちと同じ世界に暮らしてはいないの。本当の意味では。娘が亡くなったとき」二十年近く前、車の事故で亡くなったのだが、くわしいことはレニーも聞いていない。「わたしの大部分も死んだわ。死んだ人間といっしょに過ごしたいと思う人なんかいないでしょう。そういうことなの。なんでも一人でやることを身につけて、今ではそのほうが気が楽なのよ」

人はときどき、何をしたらいいかぴんと来ることがある。

「あなたにぜひ会ってもらいたい人がいるわ」その晩、レニーは食事をしながらジョシュにそう言い、翌日、スーにも同じことを言った。二人を引き合わせることを思いついたのは真夜中で、そのとき、彼女は娘を亡くしたばかりの父親が死体安置所にやって来たときのことを思い返していた。棺《ひつぎ》を開けてもだいじょうぶなように、レニーが魔法を使って娘さんの遺体から銃創や指の痕《あと》を丁寧に消してあった。

「どういうことなのか、わたしにはこの状況が理解できない。娘はどこへ行ってしまったのか、どうしてわたしはそこへ行かれないのか」父親はレニーの肩に顔をうずめて泣きじゃくりながら言った。「神はわたしに答えてはくれない。友人たちはみんな、目をそらして、話しかけてもくれないだろう。こんなとき、誰に話をしたらいいんだろうか」

この父親の嘆きようを見て、〈デス・クラブ〉の種が蒔《ま》かれた。

わたしたちはみんな目の前に死を突きつけられている、とレニーは発足概要に書いた。死は大いなる謎であるが、同時に、わたしたちがいかに生きるべきかをはっきりと指し示している。少しでもそれについての知識を得て、理解するよう試みたなら、生と死を隔てているガラスを突き破る方法が見つかるかもしれない。

向こう側で何が見つかるかは誰にもわからない。

向こう側。物事を理解する場所。そこでは、娘が亡くなることもあり、亡くなった人が死の淵《ふち》から戻ってくることもあれば、ストレッチャーで運ばれてくることもある。人は目を覚ましたり、食事をしたり、眠ったり、夢を見たり、人を愛したり、争ったり、泣いたり、陰謀を企てたりし続ける。まるで、自分の番が絶対に来ないと思っているようだ。

レニーは、ポーの引用で心からの招待状を締めくくった。何か月もたってからルビーにも同じ引用を送ることになる。そして、こう訴える。ぜひいらして、わたしといっしょに境界線の探求をいたしましょう。わたし一人では寂しいですから。

他人との接触がない人は、あまりこだわりがなくなる。火曜と木曜の晩に定期的に予定を入れておく人だったら鼻で笑うかもしれないようなことも、やってみようと思う。

「ぼくは人間嫌いでね」ジョシュは言った。

「今さら誰かと知り合いになりたいとは思わないわ」スーも異を唱えた。

それでも、二人はレニーが作った〈デス・クラブ〉の初回の集まりには参加してくれた。ベッドフォードのバーでテキーラを飲みながら提起された最初の疑問は、南京《ナンキン》錠《じょう》が開いた音のようだった。死は終わりなのか、それとも始まりなのか？

それが九か月前のこと。生暖かい春の日、ルビーがこの三人組といっしょにセントラルパーク近くの屋外テーブルに着いたときには、この創立メンバーたちは週に一度の〈デス・クラブ〉の集まりがなかったころの生活を思い出せなくなっていた。この三人は哲学者でも論客でもない、それぞれ異なったタイプの人間で、疑問点や考察を用意して会に臨む。三人がともに立っている場所は、たいていの人たちが日常の会話ではあえて語ろうとしない場所だった。〈デス・クラブ〉の集まりは、会員たちを最初の場所から遠いところへ連れて行く。そして、毎回、料理とお酒も楽しむ。言い換えれば、会員はふつう素面《しらふ》でやって来て、酔っ払って帰宅する。

（どうしても三人の合意が得られなかったのは、たぶんただ一つ、この会の名称だけだろう。――「〈デス・クラブ〉だって？　レニー、本気かい？」だが、会の発起人は頑として変えようとはしなかった。そのことを、わたしは偉いと思っている）

「ほかの人たちに理解してもらおうなんて思わないでね」レニーは笑顔でルビーに言って、〈デス・クラブ〉の起源についての話をこんなふうに締めくくった。「これはおおぜいの人に気に入ってもらえる集まりじゃないわ。当たり前よね、わたしたちの暮らしている文化は、ほんのちょっとでも不快だと、どれほど明白なことであっても、それが実在しないかのようにふるまうんだから。人はたいてい死について話すのを避けるわ。そんなことは嫌だと思ってるし、怖いことだとも思ってる。そして、もし、恐怖と折り合いをつける方法を見つけたら、たとえば宗教なんかに入ってね、そのときは疑問に目を向けないようにして、自分が見つけた安全な場所を守ろうとするでしょう。だから、〈デス・クラブ〉のただ一つの決まりは、答の出にくい疑問は安易な答よりずっと重要だということ。メンバーの誰かが向こう側に渡って戻ってくるまで――引き合いに出して悪いけど、ジョシュよりもっと長い間――わたしたちにできるのは質問し続けることだけだわ。たとえ、どんな結果になっても」

　ルビーは真剣に話についていったが、不安は隠せない。到着したときから、見たところ、スーもジョシュもルビーの参加を大歓迎しているようには見えなかった。レニーがしゃべり続けているのに対して、スーは堅く口を閉ざし、レニーがいっとき熱を上げた相手は、スマートフォンからろくに顔を上げようともしない。レニーの隣にいると、二人は太陽のほうへ流れていく雲のように見える。そして、ジョシュの目の前にブラディメアリーが置かれ、まるで祈るかのように彼が両手でトールグラスを握りしめたとき、ルビーは初めて、ジョシュがひどい二日酔いであることに気がついた。一方、スーは今日、ただ疲れていた。長年の不眠症のため、午前三時までオンラインで仕事をしている。スーにとってこの時刻に集まるのは、真夜中に起き出して夕食をとるようなものだという。

「ごめんなさいね」小さなあくびが立て続けに出たとき、スーはルビーに謝った。「こんな時刻の外出には慣れてなくて。こっちの人は」顎でジョシュを示した。「まだベッドにも入ってないんじゃないかしら」

「そうね、少なくとも彼自身のベッドには」レニーがウィンクをすると、ジョシュは彼女のほうに舌を突き出した。「だったらいいねえ」そんなふうにして、テーブルは明るい雰囲気になり、初めて心のぬくもりをみんなが共有した。

あとで部屋に帰ってからルビーは、こう思うだろう。ほかの人たちが不快になったり、軽蔑《けいべつ》を態度に表したりするのは自分のせいだと思っていたが、それはずいぶん単純な考え方だ。わたしたちはみんなゆうべの出来事を引きずっていたり、夜ふかしをしたり、早く目が覚めたりするものだ。ルビーは新しい友だち作りが面倒なものであることを忘れていた。外国語を勉強したり、ピアノを習ったりするのと同じように、子供のときならもっと簡単にできたはずだ。人は三十六歳にもなると――ルビーはこのとき初めて自分の年齢を意識した――たいてい友だち作りをやめている。子供や伴《はん》侶《りょ》や親戚《しんせき》や仕事、キッチンのリノベーションや一年おきにフィジーで休暇を過ごすためのローンなど、抱えるものがたくさんある。もっともらしい話や役柄が用意してあって、彼らが経験するかもしれない実存的危機はたいてい微震程度のものだ。それに対して、ルビーの経験はすべてを一変させる大地震のようだ。

同年代の人たちはルビーのようなことはしない。

(わたしもだわ、とささやく。でも、彼女は〈デス・クラブ〉について考えるのに忙しく、わたしのため息が彼女の部屋のブラインドをぱたぱたさせたことには気がつかない)

「どうしてニューヨークへ来たのか、自分でもよくわからないんです」食事のときに訊《き》かれて、ルビーはそう答えた。だが、それが可能だったからと答えてもよかった。彼女は世間的なしがらみがなく、たまたま慣例にとらわれない生活をしていた。その場に留まり、自分の手に入らないあれやこれやを思い続けるより、三十六歳で一年間の休みを取るほうが楽だった。このテーブルに着いている人の中に、どうしてそれまでの生活をそんな簡単に全部放り出せたのか、と不思議に思っている人がいるのではないか、訊くのは失礼だと思って口に出さないだけではないのか、とルビーは思った。そもそも、〈デス・クラブ〉のメンバーもまた、いわゆる世間的な人づきあいをしているようには見えない。この人たちならきっとこれ以上説明しなくても理解してもらえそうだ、と彼女は判断した。

「離婚歴あり」婚姻関係の有無が話題になったとき、スーはそう答えた。

「離婚歴あり」ルビーが目を向けると、ジョシュもそう言ってうなずいた。〈このとき初めて、彼の青灰色の瞳ときらきらした水面《みなも》のようなまなざしに気がつく〉

「不安型回避」レニーがみんなの笑いを誘った。そのため、ルビーが答える前に一瞬、間があいたのも気がつかれなかった。「末期的独身者」彼女の手はスマートフォンに触れていた。この二十四時間、着信音は鳴っていない。

わたしもみんなと知り合いになるわ、ルビーはその夜ベッドの中で、ギターをつま弾くように奇妙な午後の弦をぽつりぽつりと掻《か》き鳴らしながら、〈デス・クラブ〉の次回の集まりに思いを馳《は》せて胸をときめかせていた。レニーがブランチをとりながら言ったように、次がルビーにとって正式参加の第一回目となる。レニーは候補に考えているすてきな店の名前を次々に挙げていった。ホテル〈ザ・カーライル〉にあるベーメルマンズ・バー、グランド・セントラル駅にあるオイスター・バー。最近、営業を再開したタヴァーン・オン・ザ・グリーン、禁酒法時代に密造酒の製造に使ったバスタブがある隠れ酒場――この店の名前は誰も憶えていなかった。ルビーがトップ・テン・ガイドで読んだレストランやバーばかりで、そのときは一人で行っても意味がないと思っていた店だ。

「パス」ジョシュはほとんどの店をやんわりと却下して、あきれたように天を仰いだ。「レニー、いいかげん、自分の生活を『セックス・アンド・ザ・シティ』といっしょにするのはやめたらどうだ？」

「そんなことしてないわよ」レニーはにやりと笑った。「それに、『ロー&オーダー』よりはましでしょう。子供のころ、あのドラマはすごく怖かったわ。ところで、ルビーは先日、死体を発見したのよ。だから、元気づけてあげなくちゃ」

「――と、〈デス・クラブ〉創設者はおっしゃってます」ジョシュは鼻の先で笑った。

わたしはこのとき、ここのみんなのことをちょっと好きになったかもしれない。メンバーどうしの軽妙なやり取りもいいし、ルビーがわたしの死体を見つけた話をしたとき、みんなが真剣に耳を傾けてくれたのもありがたい。ほんの数日前、話を聞いて知っているレニーでさえも聴き入っていた。彼らは一度もルビーの真剣さから目をそらそうとはしなかった。わたしのことをもっと知るためにどんなことでもしたい、とルビーが言ったとき、その思いを軽く一蹴《いっしゅう》する者など一人もいなかった。わたしはそのことにとても好感を持った。彼女を批判したり、乗り越えるよう励ましたりしないのもよかった。ほかの二人より思慮深いスーでさえ、そんなことは言わなかった。わたしは自分が想像していた友だち、会っていたかもしれない人たちのことを思い浮かべた。だから、少なくとも、ルビーにはいいことだと思った。話ができるし、計画も立てられる。

　ほかにもある。ルビーの新しい友人たちは物事を知っている。たぶんノアほどではないだろうが、ニューヨークや死や亡くなった女性たちについていろいろ知っている。特に、ジョシュはそうだ。どうしてわたしの身元確認に誰も来ないのか理解に苦しむ、いなくなって寂しがっている人が必ずいるはずなのに、とルビーが言ったとき、レニーは、このソーシャルメディアの時代に、身元不詳のままだなんて信じられない、と言った。ジョシュは、毎年、全国で五十万人以上が行方不明になっているが、多くの場合、もともと警察に届けは出されていない、と語った。

「家族と疎遠《そえん》になっている場合」ジョシュは続けた。「ほかに親しい人があまりいなかったり、どこかで好き勝手に暮らしていると思われたりしていると、いなくなったことに気がついて誰かが届け出るまでに、しばらく時間がかかるかもしれないね。たしかに、この時代、まったく身元がわからないケースは珍しいかもしれないが。ないわけではないな」

「彼女が白人なのは運がよかったよ」レストランを出ようと帰り支度をしているときに、ジョシュはさらに付け加えた。「『行方不明の白人女性』の場合、それ以外より、はるかにメディアに注目してもらえるからね。近いうちにどこからか連絡が入るんじゃないかな」

彼の表情を見ても、ジョシュが慰めのつもりでそれを言ったのかどうか、ルビーにはよくわからなかった。今、彼の言葉を思い返し（たぶん、わたしがそう仕向けたから）、ルビーはパソコンを開いて、彼が口にしたことをクォーテーション・マークを前後につけて検索してみた。検索結果の一番上に現れたのは「白人女性行方不明症候群」と呼ばれるもので、そのあとにこの用語の参照例がたくさん続いていた。ルビーは大きく息を吸い込み、夢中で読み始めた。

わかったのはこういうことだ。中流階級から上流階級の若い白人女性が被害者の暴力事件は、マスコミに大きく取り上げられる。若い女性が事件の被害者になったとき、その事件がどのように記事で扱われるかは被害者の人種やいわゆる階級に左右される。研究論文や政治系ブログ、抗議記事などを調べるうちに、暗い現実がルビーの目の前に提示された。このジェインに国内の報道機関を含め、メディアの注目が集まっているのは、彼女が若くて美しい白人女性だからだと考えられる。まるで、その組み合わせが傷つきやすさと汚《けが》れのなさの代名詞であるかのようだ。肌の色によって、わたしたちが犠牲者を悼《いた》む度合や被害者が正義を受ける権利に差を生じさせているのかもしれない。

この潜在的な偏見の重大さを理解したとき、ルビーは胸がむかむかした。人間の死にさえヒエラルキーや偏見があることを見過ごしてはいけなかった。

夜が更《ふ》けるまで読んでいるうちに、ルビー自身もまたこのことに加担しているように思えてきた。これまで新聞の第一面に載った注目事件、アメリカ合衆国だけでなく、オーストラリアの事件についても思い返してみる。名前や顔や経緯などを憶えている事件は、どれも被害者が若い白人女性だ。

一部の人たちについての記事だけが読む価値があると見なされていることに、どうしてこれまで気がつかなかったのだろうか。地中に埋もれたままになっているストーリーがたくさんあるにちがいない。いまだ語られたことのないおおぜいの名前があるはずだ。勝手に決められた方針によって、犠牲者にふさわしいかふさわしくないかの線引きをされた人たち。「ふさわしくない」とされた被害者は姿が見えないままになっている。

この夜から、ルビーはあることを始める。彼女は亡くなった人たちを探し始めた。名前や顔を調べ、死亡記事や犯罪記録や文献を読み、銅像や公園のベンチに彫られた名前に目を留める。最近の死、昔の死、できるだけ差をつけないように努め、死者の名前が目に触れると立ち止まり、時間をかけて一人一人の名前を声に出して呼びかける。

死者はどこにでもいることがすぐにわかった。癌《がん》で亡くなった人、学校での銃乱射事件。警官による暴行。家庭内暴力、溺死。誘拐や戦争。穴だらけの心臓。ルビーはリストを見つける。死因のリストに目を通し、名前の載っているリストがあれば声に出して読み上げる。これから一生、注意していくつもりだ。亡くなった人たちに彼らが重要であることを知ってもらいたい。そうしなければその生涯が見過ごされてしまう人たちもいる。できるときにはいつでもルビーは名前を呼ぶ。彼らの生きた証《あかし》である音のつながりを口にする。

わたしのために口にする名前を、彼女はまだ知らない。

わたしはアリスよ、何度も彼女の耳元でささやく。アリス・リー。けれども、車の警笛やサイレン、ドアの閉まる音に紛れて、彼女には聞こえない。彼女の電話の着信音で、シャワーの音で、下の階のコーヒーポットのシューッという音で、地面を歩く足音で、わたしはかき消されている。わたしの声がさらに静かになるのは、彼女が笑っているとき、泣いているとき、アッシュの唇を思い出してあえいでいるとき、会ったばかりの男性の濃い青灰色の目がきらめき、なぜかアッシュの顔と入れ替わってしまったときだ。

つまり、こういうこと。わたしたち死者が声をかけるときには、生きることに伴うさまざまな音に紛れて、相手には届かないことが多い。

二週間が過ぎたが、わたしを引き取りに来る人はいない。警察はポスターを作り、記者会見を開き、心当たりのある人は連絡してくれるよう呼びかけている。警察はわたしの骨に肉付けをしようとしている。でも、そのあいだにも肉はどんどん落ちて遠のいていく。そして、今もまだ、誰もわたしの名前を呼んではくれない。わたしはいまだにジェインと呼ばれている。はっきり言って、わたしは自分がジェインだなんてまったく思っていない。ジェインはもっと年齢が上の洗練された女性、きちんとした職に就き、自分の名前でアパートメントに暮らしている女性のように思える。ちょうどノアが住んでいるようなアパートメントに。ただし、犬は飼っていないと思う。室内には花瓶に入った大きな白い花があちこちに飾られている。もしかしたら、リビングルームの中央に置いてあったピアノもないかもしれない。ジェインがピアノを弾くとは思えない。彼女はニューヨーク・タイムズのクロスワードパズルを解き、マインドフルネスのための瞑想《めいそう》をおこない、三十五歳の誕生日の直前、レーザーで鼻のそばかすを取り、本人はけっして認めようとはしないけれど、この二年間、六週間ごとに、ボトックス注射を打っている。ジェインとはそんな女性だ。成功していて、礼儀正しく、ジェインという名前にふさわしい女性。そして、それはわたしの名前ではない。

それはわたしの名前ではない。

わたしは名前を取り戻したい。初めからわたしのものだった名前を返してもらいたい。みんながわたしの話をするとき、その名前を使ってもらいたい。記事や番組でも、アリス・リーという若い女性がニューヨーク市内で暮らし、その名前にふさわしい女性になろうと人生を歩き始めたばかりだった、と言ってもらいたい。アリス・リーは十八歳で、長いブロンドの髪をしている。かつては恋人がその髪を指に巻き付けて、わたしの頭をのけぞらせて喉元《のどもと》に歯を押しつけたものだ。アリス・リーはそうされるのが大好きだった。盗んだカメラで写真を撮ることにも夢中だったし、親切なノアに愛情を感じるようになっていたし、銀色に輝くクライスラー・ビルもとても気に入っていた。あの尖塔《せんとう》を何度見上げたことかわからない。

　アリス・リーは親友のタミーに会えなくて寂しいと思っていた。六歳のとき、家の前に青い車が止まり、運転席の男が手招きをし、特別な秘密を教えてあげると言って彼女を車に乗せようとしたことがある。幼いアリス・リーは一分ぐらい凍りついたように身動きできなかったが、そのあと家に駆け込み、そのときのことや青い車の男の話は一切しなかった。

　アリス・リーはこんな人間だった。骨折したことは一度もないし、きれいに揃った丈夫な歯をし、母は亡くなり、アリスも死んだ。死に方は同じではないが、それほど違うわけでもない。フィッシュタコスとフェアリーライトが好きで、リコリスの味が嫌いだった。本はあまり読んでいない。世界に心を奪われているうちに、無理やりこの世から連れ去られてしまった。

　にっこりして。直前に男はそう言ったのではなかったか。それともその最中だっただろうか。彼の言う言葉が聞こえないこともあった。あるいは聞こうとしなかったのかもしれない。だが、彼女は男を怒らせたのではなかったか。訊かれたことに返事をしなかったことで。彼女は体じゅうが固まって動けなかった。ちょうど青い車に乗った見知らぬ男が秘密を教えようとしたときと同じだ。男のほうに近づいてはいけないのはわかっていた。危険の匂《にお》いを感じた。だが、まるまる一分間、彼女は体の動かし方を忘れていた。今回は思い出したときには手後れだった。

わたしはハート島へ行くことになるだろう。身元が確認できる情報を誰も提供してくれなければ、わたしはロングアイランド湾の小さな島で、無数の遺体といっしょに埋葬される。ただの土の塊にしてはかわいい名前だ。そこは永久に掘り返されて、遺骨の上に遺骨が埋められている。三人分の深さだと人は言う。骨が人間のものだと思い出したときには。

島へ運ばれる前に、わたしの体はまず大学へ貸し出されるかもしれない。そのことはあまり気にしていない。わたしの体の一部がほかの人の役に立つなら、まだ温かい活動的な肉体の治療の役に立つならいいことだと思う。わたしにはもう、このカルシウムと髄の塊や髪や爪や青い瞳は、なんの役にも立たない。筋肉を動かすことはないし、口に入る前に食べ物の味を感じることもなければ、あまりの快感に空を飛んでいるような気分になることもない。今はもう、この体をどうされようとかまわないと思っている。

ハート島にはかつて精神病院があった。この一番街の死体安置所の隣にも精神病院があった。死者と心を病んだ人間とが人目につかないところで並んでいる。王女や政治家のような有名人が亡くなると、人がおおぜい見に来る。そういう人たちの葬儀は祝賀会のようだ。無数の花や蠟燭《ろうそく》、写真や歌が生前の故人を物語っている。残された人々は起立して思い出を語り、故人の人生を取り上げて額縁に入れる。亡くなった人を忘れないように。わたしの場合は、花も蠟燭も歌もないだろう。ハート島に埋葬されるとしても、わたしの好きだった歌さえ、誰も知らない。ちなみに、それは『トライ・ア・リトル・テンダネス』。オーティス・レディングの歌だ。最初に母がそのレコードをかけてくれたとき、わたしは涙が出た。魂のこもった彼の声が大好きだ。彼がわたしに、わたしのことを歌ってくれているように思えた。その曲をしょっちゅう聴いていたため、今も頭の中でオーティスの歌が聞こえている。もう母の古いステレオはいらない。「お嬢ちゃんたちは、誰でもみんな、つらい気持ちになるもんさ……」葬儀で流されるような曲ではなさそうだ。それでも、少なくともわたしはそこにいるだろう。わたし自身の弔いに臨席して。ハート島へ運ばれたら、すべてが無になってしまう。大好きな歌も、好きな言葉（サルサパリラ）も、初恋の相手（四年生のとき、オコナー先生のクラスにいたマイケル）も。人が亡くなると、失われてしまったその人の将来をみんなが悼む。でも、過去についてはどうだろう。その人と深く結びついていることすべて、そのすべてが死とともに消えてしまうことについてはどうだろうか。

　さらに、もし、自分の名前まで失ってしまうとしたら？　それについてはどう思うだろう。飾り気のない松材の棺に寝かされ、ライカーズ島の受刑者によって墓穴が掘られ、そこに棺が下ろされる。名前のわからない身元不詳の遺骨が重なって、道に迷っている人、忘れられた人とともに埋葬される。死んだ人の収容所だ。

わたしはそうではなく、みんなに憶えていてもらいたい。ジョシュはわたしたちは運がいいと言っている。わたしのような若い女性には世間が注目してくれるからだそうだ。でも、わたしが何者であるか、永久にわからない場合はどうなのだろう。さらに悪いことに、名前がわかった時点で、関心が失われてしまうとしたらどうなのか。わたしが犠牲者としてふさわしくないと見なされた場合はどうだろう。

そっちへ行ってはだめよ。そんなことしないで。

スカートが短すぎるわ、通りが暗すぎるのよ。

どうしてそんなことを――いったい誰と――なんでまたそんなことを――？

それは自業自得よ。そうなるとは思わなかったの！

あんなこともこんなことも言われてきた。死体が積み上げられているあいだにも、

そんな言葉が耳に響いている。また一人、若い女が死体の山に積み上げられる。そこは希望や夢の山でもある。もう二度とできないいろいろなことが積み上げられた山だ。

彼女がやるべきことをやらなかったことがそんな結果を招いたのだ。

あるいは、やったことが。

そこには誰もはっきり線を引いてくれない。そこを曖昧にしたままりっぱな死体かそうでないかを決める。

それも、無視されなければの話だ。

15

〈デス・クラブ〉の正式メンバーとなって初めての会合の前日午後、ルビーは一番街の死体安置所にいた。黙って小さなロビーをうろうろしながら、制服を着た職員たちがロビーの向こうにある二重扉を通って奥の部屋へ入っていくのを眺めていた。たぶん実際の作業がおこなわれる場所へ行くのだろう、と彼女は思った。冷却装置やビニールに包まれた死体、並べられている部位を想像すると、足元がひんやりする。切開された肋骨《ろっこつ》、取り出された臓器、最後にとった食事の内容物や心臓の重さの記録。身元不詳の場合、氏名欄は空白になっている。もちろん、ルビーはわたしのことを考えつづけている。

所在なげにロビーにたたずんでいるルビーは、ちょうど二週間前の火曜の朝と同じくらい、わたしと接近している。ほんの数メートルの距離だ。もう一度、わたしに会いたいという気持ちでわざわざここまで来たものの、こんなことをするなんて頭がどうかしている、と自分でも思っている。ときおり、もしできるなら、あの日の午前中の川縁《かわべり》に戻りたいと思うことがある。わたしたちがいっしょにいたあの時間、警察が到着するまでの時間が、今はルビーにとって神聖なものに感じられる。もっとも、彼女はあの時間をそうは呼ばないだろう。「神聖な」というのはわたしの言葉であって、ルビーのほうはわたしのことが強迫観念になっているのではないか、と心配している。それをなんとかしなければいけない、と。

　わたしは、そうは思わない。

　この死体安置所の中で、ルビーは、事件の謎が解明に向かっているのだろうか、と思いを巡らせた。オバーン刑事は、ひらめきを得ようと、大量の事件ファイルを読み、たくさんの写真を眺め、膨大なデータベースを検索しているのではないか。身元の解明へと着実に前進しているのだろうか。やがて、それが、こんなことをした男のもとへオバーン刑事を導くのだろうか。近ごろではルビーもいやになるくらいそのことを考えている。特に考えているのはその男のことだ。わたしを殺した男はどこかその辺に潜んでいる。自分が何をしたかちゃんとわかっている。罰を受けることもなく、のうのうと日常生活を送っている。ルビーにはそれがとてもひどいこと、どうしようもなく不公平なことに思える。

ほとんど装飾のない小さなロビーで、ルビーは自分が人目を引いているのではないかと気になりながら、受付の後ろの壁に書かれているラテン語のモットーに注意を向けた。口を動かして、その古い言葉のリズムに浸る。読み上げたつもりはなかったのに、デスクの向こうにいる表情のない男から何かご用ですか、と尋ねられて、ルビーは初めて声に出していたことに気がついた。

ルビーは頬を赤らめた。

　素早く動く二重扉に視線をやりながら、あなたに用があるわけではない、と言いたかった。扉の向こうに寝かされている女性を知っているのでない限り。

　この建物の中には、恋人のようにわたしの体の隅々まで知っている人たちがいる。左足の土踏まずに小さなほくろがあること。子供のころ、左肘《ひだりひじ》にできたかさぶたが膿《う》んでしまい、傷となってうっすら残っていること。死の二、三週間前、デリケートゾーンの毛をワックス処理したことも知っている。わきの下と脚のむだ毛処理は、たぶん死ぬ前日。ヴァージンでないことや瞳が青であることも、彼らは知っている。男の法医学者の一人か二人は、作業の手を止めて、顔の半分が叩《たた》き潰《つぶ》されていなければ美人だったにちがいないと思った。法医学者たちは、個人的な意見として、似顔絵捜査官が描いたスケッチは、唇の膨らみや蜂蜜色《はちみついろ》の髪の特徴がうまく捉《とら》えられていないと考えている。

生きている人間に対するのと同じように、死者に関心を持つ男たちもいる。

それは職務としてわたしを調べる男たちだけではない。日々オンライン検索に長い時間をかけているうちに、ルビーはある素人《しろうと》探偵たちのネットワークにまで行き着いた。その探偵たちは、自分が情熱を傾けている殺人事件の解明に特化したウェブサイトや掲示板をよくのぞいている。わたしも参加者どうしも名前を知らない匿名《とくめい》の事件マニアたちで、起きている時間の大半をキーボードを打つことに費やし、何十年も前の殺人事件から、わたしの事件のような真新しい事件まで、自分の推理を述べている。彼らのひらめきや「もし〜なら」は、世界中のパソコン画面に映し出される。

わたしの事件に特化したスレッドを初めて見つけたとき、ルビーは信じられない思いだった。けれども、身元が判明していないために事件がさまざまな興味をかき立てていることにも、今では慣れた。初めのころは、わたしについての品性のない憶測に、彼女は腹を立てていた。わたしのことを、かつて顔見知りだった麻薬中毒の女だと言い張る者もいるし、いつかどこかで会った売春婦にちがいないと言う者もいる。しかし、ありがたいことに、彼女が出会った掲示板参加者の大半は、わたしの人生のあれこれを議論するときにかなり気を遣ってくれている。

　マニアの人たちにとって、わたしの事件はけっして珍しいものではない。ただ、わたしはぴかぴかの新参者で、彼らが目を皿のようにして眺めている身元不明者リストの一番上に載っている。リストの名前は誰もがジェインかジョンだが、謎だらけの悲惨な最期《さいご》を迎えたがゆえに名前が残っている人もいる。

　生きている人間に対するのと同じように、死者に関心を持つ男たちもいる。

　公平を期するために言えば、多くの人は一種の公共奉仕としてわたしたちに関心を示している。死者のための敗者復活戦、さらに重要なのは、結果を出すための戦いなのだ。未解決事件解明に熱を上げている人たちは、それぞれの事件を担当している正式な捜査官の名前を突き止める。そして、刑事にも、また仲間にも、遠慮なく意見を述べる。この独学の犯罪学者たちは、警察の予算が足りないから手がかりが見逃されてきたのではないか、と誰もが思っている。この人たちは死者の国を進んでいる小さな軍隊だ。最近見つかったジェインかジョンを、名前がわかっている失踪者《しっそうしゃ》と組み合わせることができたら、ポイントが入る。オンラインでカードゲームの〈スナップ〉をやっている。ただし、カードはめったに合わないようだ。

　わたしは今、ゲームの一部となり、めくられて調べられている。リヴァーサイド・ジェイン。わたしたちの中で有名になってきた人、自分の掲示板ができた人は、こんなニックネームがつけられる。メインストリート・ジェイン。ドライブイン・ジョン。クリアウォーター・ジェイン、スーツケース・ジェイン、路地裏ジェイン、バスステーション・ジェイン、樽詰《たるづ》めジェイン、ガソリンスタンド・ジェイン。ローリング・ストーン・ジェイン（発見されたときに着ていたTシャツから、こう名付けられたが、見つかったのは胴体だけだった）。「ウォルマート・ジェインが〈全米行方不明者・身元不明者システム〉のデータベース、ケースナンバーXXXと一致すると思う人はいませんか？」これをきっかけに、ものすごい勢いでオンラインでの会話が始まる。会話をリードするのは、カード合わせに熱心な匿名の参加者たちだ。

　ルビーがこの世界を見つけたのはごく最近かもしれないが、すぐにその仕組みを理解した。たとえば、わたしの統計データは、公式の〈全米行方不明者・身元不明者システム〉のサイトにはまだ載っていないことも、彼女は知っている。自称探偵たちは情報の多くをここから得ている。ルビーが見つけた非公式サイトには、わたしについての情報がこのように載っている。「リヴァーサイド・ジェイン　二〇一四年四月十五日に発見された身元不明女性。白人。死因は絞殺《こうさつ》」これからもっと情報が増えていくはずだ。もし、事件が未解決のままなら、いずれ公式の〈全米行方不明者・身元不明者システム〉のサイトにプロフィールが載ることになる。そこには、遺体の詳細

（すべて回収済み）と各部位の状態のあらましが、当たり障《さわ》りのない表現で紹介される（このジェインには腐敗や変質は見られない）。ほかに、わたしの身長、体重、推定年齢が記載され、発見時に着ていた衣類に基づいて、項目別リストが作成される。また、検索しやすいように事件番号がつけられる。わたしは一連のチェックボックスとなり、データ入力欄になる。わたしの事件についての周知の事実は分別され分類されるからだ。

これは死者の十進分類法だ、初めて身元不明者サイトを開いたとき、ルビーはそう思った。ベッドにあぐらをかいてすわり、ウオッカを飲みながら、果てしない数の死者と行方不明者が載っているカタログを次々にクリックした。気がつくと、物を飲み込めなくなっていた。舌にアルコールの膜ができ、口蓋《こうがい》が焼けていた。ジョシュに聞かされてはいたのだが、そのサイトに載っている身元不明者の膨大な数に、ルビーは打ちのめされた。あまりにも多い行方不明者、しかもその多くは氏名欄に番号が載っている。

スナップ！（〈スナップ〉ゲームでカードが合ったときに叫ぶ言葉）

まだ誰もリヴァーサイド・ジェインに合致しそうな人を見つけてはいない。

ルビーはこの事件マニアの掲示板をよくのぞいては、彼女自身もときどきわたしのことをリヴァーサイド・ジェインと呼ぶ。その呼び名をわたしがどれだけ嫌っているか知らないのだ。あんなことが起こった場所と結びつけられたくない。あんなこと。みんなが詳しく知りたがっていること。

　このゲームで一番重要なのは、どんな事件かではなく、犯人は誰かだ。わたしもわかってきたのだが、多くの人にとって、わたしが誰であるかを突き止めることの意味は、彼を特定するヒントになるからだ。彼。どのミステリー、どのジェイン・ドウの悲しい物語の陰にもいるごくありふれた男。それがわかれば、彼女のことはもうどうでもいい。男の名前がわかったら、その男が話題の中心になる。みんなが知りたがるのはその男のことで、その男が物語を引き継ぐ。

　そういう男たちの映画が作られる。さまざまなアングルから彼らを検証する。男は物語の中心人物となり、おこなったことが悲惨であればあるほど好都合だ。

　もし、男がつかまったなら、世間の人たちは男がもう少しで逃げきるところだったことに驚嘆し、このいわゆる普通の男がやってのけたことに称賛にも似た気持ちを抱くだろう。隣に住む人当たりのいい男が、どうやってあんなにおおぜいの人をだましたのか。そんなこと、夢にも思わなかったわ！　いつも近所の人たちはそんなふうに言うのではないだろうか。ほんの少し畏怖《いふ》の念をこめて。

こういった掲示板のどこにも、オバーン刑事は見当たらない。だが、彼が確信していることがある。犯人はきっとまた同じことをする。わたしを殺した人当たりのいい男。危ないと思ってなかなか近づけなかった崖《がけ》があって、何年もかけてその崖のそばまで歩いて行き、思い切って跳ぶ。そして、地面に降りたとたん、これまで感じていた恐怖は薄らいで消えてしまう。そんな体験をしたことはないだろうか。地面に降り立ったときには、何がそんなに怖かったのか、まったく思い出せなくなっている。あの男のような者たちは、オバーン刑事にそんなふうに説明する。もう逃げられないとわかったときに。

あの女を殺すのはあっけないほど簡単だった。彼らはみんなそう言う。わかっていたら、もっと早く実行していたとでも言うのだろうか。だから、犯行を繰り返す者が多い。想像の中で最初の犯行を追体験できる時間は短いから、他人の命を奪うのがどんな感覚だったかを忘れないうちに次をやろうとする。

わたしを殺した犯人はまだそれを忘れていない。今日も、まさにこの建物の前にやって来て、ロビーの外で足を止めた。ルビーが受付の男に用件を訊かれて頬を赤らめていたときのことだ。

「何かご用ですか？」

ルビーは気まずそうに首を左右に振り、「いえ、どうも」とつぶやくと、それ以上質問されないように足早にロビーを離れた。彼女が立ち去るとき、その足音がわたしの死体のところまで響きわたり、わたしはなんとか彼女についてアップタウンのほうへ向かった。

男の跡もつけようと思った。彼が立ち寄ったときに。だが、彼の近くまで行ったところで引き返した。

今度チャンスがあったら、もっと本気でやってみるつもりだ。

ルビーにはラテン語のモットーがわからなかった。文の意味が理解できなかったので、あれが一つの提案であることもわからなかった。でも、わたしはその意味を知っている。わたしの死体の上の壁にも書かれているのだ。

話すのをやめて、笑い声をあげよう。ここは死者が喜んで生者の手助けをする場所なのだから。

わたしもぜひ生きている人たちの手助けをしたい。でも、まだあの男の行き先も突き止めてはいない。

わたしたちに会いに、人々はこの世界のあらゆるところからやって来る。

　一人の女性から次の女性までのあいだにじゅうぶんな時間があくと、事件が起こったとき、街がショックで目覚めることもある。人々はプラカードを持ち、怒りに満ちて通りに繰り出す。群衆は抗議や悲しみの声を上げ、街じゅうにメッセージを広める。ここを危険な街にするな。警察は女性たちに警戒を怠らないよう、また一定の場所を避けるよう勧め、男たちには愛する人たちがどんな場所からも安全に帰宅できるよう確認せよ、と呼びかけている。なぜなら、若い女性が殺されたら何日か何週間かは安全に思える場所がどこにもないからだ。女性たちはそれに激しく反発するだろう。
「男たちに呼びかけよう、女性をレイプしたり殺害したりしないように、と！　暴力犯罪にはより厳罰を！　わたしたち女性がここで行動を変えるべきではない！」

　状況がよくなりそうに見えるかもしれない。
だが、しばらくすると、街はいつものリズムに戻り、ふたたび、女性が夜一人で歩いたり、通りで見知らぬ人間に話しかけたり、特定の場所だけを避けたりするようになる。デモ行進のきっかけとなった女性が忘れ去られることはないが、やがて彼女の殺害は生々しい傷ではなくなっていく。小さな醜い傷痕《きずあと》のように街にこびりつくことになる。

　そのあと、また同様の事件が起こり、街はうんざりする。今度はデモ行進もおこなわれないし、通りで声を上げる者もいない。怒りは冷め、声を発しない。花束が供えられ、蠟燭も灯《とも》されるが、その新たな明るく若い女性の死は、もはやただのリマインダー、目覚まし時計のベルのようなものでしかない。

彼女の遺体が発見されるとき、街はすでに疲れ切っている。

人々は幾度となく花や蠟燭を持ってやって来るだろう。

メキシコ・シティもマドリッドもメルボルンもマニラも、疲れ果ててしまうだろう。

目の前で花はしおれ、蠟燭は燃え尽きてしまう。

ここに新たなコミュニティの、新たな女性の、苦しみが眠っている。そのことを花や蠟燭は告げている。

しばらくは誰も声を上げない。

そしてまた、目覚まし時計のベルが鳴る。

16

彼がそこに投げ出されて死にかけていたとき、死はそれまで思っていたものとは違うように感じられた。というより、実際には何も感じなかったのだ。彼の一連の行動につけられたタイムスタンプによると、その夜、セントラルパークの西側にあるレストランを出て、公園の反対側の食料品店に血だらけでよろよろと入っていくまでに、二時間半の時間を要している。店では仰天した店員が、ジョシュのスマートフォンで救急車を呼んだ。彼は激痛のために、公園の中で意識を取り戻したのを憶《おぼ》えている。目の高さにある木の根や石や泥、妙な形にねじ曲がった自転車のホイールがうまく認識できなかった。どんなふうに激痛に見舞われたのかも憶えている。タイヤのスポークを見つめたときに水門が開いたように痛みが噴出した。まもなく、腕が焼けるように熱くなり、脚が真っ赤な炎に包まれた。血の味がし、血が見え、腕を上げることはできなかったが、頭に怪我《けが》をしているのはわかった。何かがむき出しになり、壊れている。だが、その前のことは——何もわからない。二時間ものあいだ、記憶がないまま、泥の小道に横たわっていた。ひっくり返った自転車のタイヤは回転を止め、公園の両側のアパートメントの明かりが消えた。あちこちで電話の着信音がサイレントに切り替えられ、ノートパソコンは閉じられた。近隣の住人や東九十七丁目の自宅にいる妻は、寝返りを打って寝室の壁のほうを向く。そのあいだ、彼は意識をなくしていた。

　ジョシュはルビーのために、自転車事故について詳しく話した。声は落ち着いていたものの、顎《あご》の筋肉がときおり引き攣《つ》る。ルビーは真剣に聞き入り、泥や木の根やひっくり返って空回りする車輪が目に浮かぶようだった。わたしには、ルビーには見えないものも見える。それは事故の前、数分か数秒前のジョシュの姿だ。そのときは、今、事故の模様を語っている姿より、どれほど軽かったことか。肉体的にももちろんだが、そのほかの点でもそうだった。ジョシュの体重が増えたのは、事故のあと、自分の体に失望したこと、自分を支えてくれない体にがっかりしたことが原因だ。第三頸椎《けいつい》の骨折により——ジョシュはルビーの手を取り、首の後ろのその位置を触らせる——六週間、装具をつけられ、当番看護師に赤ん坊のように食事や、排泄《はいせつ》の世話をしてもらい、自力での歩き方を習わなくてはならなかった。怪我が体の中の位置感覚に影響をもたらしたことで、その期間、彼は昼夜問わず仰向けに寝て、にきびの痕のような病室の天井を見つめていた。日常の最低限のことまで他人に依存しなければならないとわかったとき、人は変わる。

彼は事故に遭うまで、どういうわけか自分を不屈だと思っていた。

（そう思っている人が多いことに驚かされる）

メンバーが四人になって最初の〈デス・クラブ〉の会合は、グラマシー・タヴァーンで開かれた。「農場からテーブルへ、いかにもニューヨークらしいでしょ」と、このレストランを選んだとき、レニーは言った。メニューには、ルビーがどういうものなのか訊かないとわからない、多くの食材が使われていた。

「メルボルンにはいいレストランはないの？」ルビーがキバナスズシロとは何かと尋ねたとき、スーはそう言った。一見とっつきにくいこの女性は、一人旅が好きで、メルボルンは彼女の好きな料理を提供する都市の一つだと考えている。だから、ルビーをからかっただけだということが、すぐにわかった。その皮肉（ルビーは他人の言葉に棘《とげ》があるのではないかと気にすることがよくある）に対してどう切り返せばいいのか、ルビーにはわからない。レニーが突然、フォークでグラスを叩き、静粛を命じたのでほっとした。

〈デス・クラブ〉では驚くほど議論を進めやすいことがわかった。ぎこちない挨拶《あいさつ》をすませ、すわる場所が決まり、サラダのドレッシングを注文してしまえば、あとは簡単だ。レニーが主宰者で、新入りのメンバーにはその夜の最初の質問権が与えられていた。

「死に関して、あなたが訊きたいことをなんでもいいから質問してね、ルビー」

まだ緊張していたが、ルビーは自分が話し合いたいことはすぐに思い浮かんだ。人は亡くなるとき、自分でわかっているのだろうか。死が訪れたとき、それに気がついているのだろうか。

(ルビーが本当に訊きたかったこと——暴力を受けて亡《な》くなる者は、自分が死んでいくことを知らずにすむのだろうか。このことがずっとルビーの頭から離れないのだ)

ルビーが疑問を投げかけたとたん、ほかのメンバーの中で何かが変わり、たちまち彼女を見直した。まず初めに、ジョシュが答えた。自分の体験からこの疑問について考えたことがある。あの夜、公園で自転車が木の根にぶつかり、地面に投げ出されて首の骨を折ったとき、自分は死んだのだろうか。それとも、死にそうになったのか。その二つはけっして同じではない。あとから思い出しても、骨折し、血だらけになって地面に倒れていたとき、何もなかった。思い出せるのはそれだけだ。歩いて行く先に明かりが見えることもなかったし、祖父が現れて、「まだおまえの番ではない」と告げることもなかった。トンネルもなければ、安らいだ気持ちにもならなかった。ただ音のない、暗黒の広がりに拘束されていた。うっかりしていると、たびたび戻ってしまう真っ暗な場所。

「それは脳に血液が供給されなくなりかけているということなんだ」ジョシュは説明する。「原因はぼくのような外傷性ショックにしろ、首を絞められたにしろ」ルビーをじっと見つめながら言う。「なにもかもが急にぷつんと切れる。人間の特徴的な部分が初めにやられてしまうらしい。自己感覚や時間の感覚。記憶中枢《ちゅうすう》、言語。本来、機能が停止していくにつれて、人はどんどん退行していく。そういうふうにして、自分が死に近づいていることがわかるのかもしれない。でも、死に至るころには、自分がそれまで生きていたことさえわからなくなる」

「もっとも、これまでの研究によると」スーがそのあとを受けて話を続けた。「死の瞬間に脳に活力がみなぎるのを感じたという人もいるわ。意識のない状態とはまったく逆ね。娘のリサも車の中で意識を取り戻し、目を開けてわたしをじっと見つめたのよ。生き返って、もうすっかり元気になったように。そして、その直後に息を引き取った」

「その話をしてくれたのは初めてね」レニーが優しい声で言って、手を伸ばし、スーの手をぎゅっと握った。

「わたしが車から助け出される前の出来事ね。ええ、話してないと思うわ。わかるでしょうけど、具体的なことを思い返したくないのよ。ともかく」スーはナプキンで目を押さえた。「現実離れした話になるのもいやだし……。亡くなる直前、瞬間的に脳が活発に動くのはよくあることらしいわ。人間としてこの世に最後の炎を上げると言ってもいいかもしれない」

ルビーは〈デス・クラブ〉が始まるとすぐに、さまざまな感情が水のように溢《あふ》れるのがわかった。ときには言葉や考えがよどみなく流れ、またときには戸惑いがその流れを止めることもある。そんなときでも、ほんの少し力を加えると、割れ目ができて、正直な本当の気持ちがそこから流れ出てくる。今、スーはレニーに優しい笑みを返し、レニーが、ジョシュの事故の話はいつもよりほんの少しだけ芝居がかっているように思える、と指摘すると、彼は決まりが悪そうに笑った。どうやら、誰もが同じ疑問や不安に突き動かされ、同じようにそれぞれの限界を超えようとしているらしい。ルビーはこれほど本音をさらけ出した会話をしたことがなかった。故郷の友人たちはすばらしい人たちで、親切でユーモアがあり、聡明《そうめい》だが、話す内容は仕事か週末の話ばかりだ。パーティやタイへの休暇旅行の計画を立てたり、誰かの家の居間や、街なかのバーの薄暗い片隅に集まって、日常的なありふれた話をする。ときには互いの政治観について議論したり、何かに賛成したり反対したりのデモに参加することもある。けれども、ほとんどの場合、オーストラリアの友人は波風を立てないという暗黙の了解のもとに行動する。アッシュの場合は特にそうだ。

「おれたちはなんでもかんでも話す必要なんかない」いつか、アッシュにそう言われた。

ルビーがほんのちょっと口にしたことを、しゃべりすぎだと咎《とが》められているように聞こえた。

　追悼の会の翌朝、わけもなくパニックを起こしたあの朝以来、ルビーはアッシュにたいして気をつけるようにしていた。今でもほぼ毎日メッセージを送っているものの、お互いその大半はごく一般的な内容で、何を書くかより、何を書かないでおくかを始終考えているような当たり障りのない書き方になっていた。アッシュや故郷のみんなに黙っている一方、ここでこんな充実した有意義な会話を交わしていることに、ルビーは爽快《そうかい》な気分だった。よく知らない人たちとこんな話ができるなんて、今までありえないと思っていた。今夜は、テーブルを囲んだメンバーについてもっとよく知ることができ、明るいところでブランチを食べながらでは得られないことがいろいろとわかった。たとえば、白髪のショートカットに頬骨の張ったスーは、ワインを選ぶにしろ、意見を述べるにしろ、穏やかだが、うらやましいほどの自信をもってはっきり発言する。ルビーはそのことをすぐに理解した。彼女は一人で海外のあちこちへ旅していて、ルビーが今感じている孤独感をおかしいとは思っていない。ただ、この知り合ったばかりのルビーが、目的意識を見失う傾向があるように見える点を案じている。
「一人でいるのが好きだということと、何もしないことを混同しちゃだめよ」ルビーがニューヨークに来て、働いてもいなければ勉強をしているわけでもないことを認めたとき、スーはそう言った。「あなたはデザイナーなんでしょう？　今の世の中、その気になればリモートワークだってできるはずよ」
　ルビーは、会ったばかりの人からそんなお節介なアドバイスをされるとは思ってもみなかった。だが、スーが優しく叱《しか》ってくれたことをありがたく思い、自分の抱えている問題をすべて明らかにして、この年上の女性の意見を聞いてみてもいいのではないかと思った。（ここは〈デス・クラブ〉で、人生相談の場所ではない。スーと話しているとき、ルビーは何度もそう自分に言い聞かせなくてはならない）
　これに対して、ジョシュは手榴弾《しゅりゅうだん》のように言葉を投げつける。言い過ぎたことがわかると、自分で瓦礫《がれき》を片づける。「悪いね」夜が更《ふ》けるにつれて何度もそう口にするようになったが、少しも悪いと思っているようには聞こえなかった。「そんなつもりじゃなかったんだが」

「文を書くときはしゃべるように書けるんだが、書くようにはしゃべれなくてね」あとになって、そう説明するのだろう。「おかげでときどき困ったことになる」

　ジョシュはだいたいどんなことにもしっかりした意見を持っている。それに加えて、ルビーもはっきり認めるようになったが、とてもハンサムだ。彼はミネソタ州生まれ。その体つきを表すのに、レニーなら中西部らしいという表現を使うだろうが、手足はがっしり、胸は広く、農場や農機具を連想させる体つきで、夏の長い期間、屋外で過ごしているように思える。ルビーは誰であれ男性をアッシュとの比較で見る。冷たい小川のようなアッシュにたいして、ジョシュはがっしりした頑丈な岩。彼女の評価を聞いたら、本人は太りすぎだと言うだろう。ルビーは知らないのだが、事故に遭う前、ジョシュは今より三十ポンド（約十四キロ）も体重が軽く、すてきなスーツを楽に着こなし、美しい女性たちと夜を過ごし、そのうちの一人と結婚した。彼はこの重くなった体にはいまだになじむことができない。残念なことに今は見る影もないが、以前は彼が部屋に入っただけで周囲に好印象を与え、妻も顔を輝かせたものだ。ルビーもそのころのジョシュに会っていたら、熱を上げていたことだろう。そのころのジョシュは、よく女たちが自分の品定めをしていることに気がついた。自分に対する考えが変わってしまった以上、評価されてもちっともうれしくない。妻が家を出たあと、彼はわずかに残っていた欲求をトランクに詰め、暗がりに隠した。そこに置いておけばそれで満足だと思っている。

（もちろん、彼が声に出してこんなことを言うわけはないが）

はっきりしているのは、レニーがこのグループの中でのぬくもり、家庭の暖炉のような存在だということ。友人たちが話をしているとき、筋肉をリラックスさせ、緊張を取り除こうと、その肩に置かれた彼女の指先からオレンジ色や金色の光を発しているのが、わたしには見える。彼女はいつもこの才能を生かし、周囲の人々を輝きで包みこむ。ＰＴＳＤの集まりのあと、初めていっしょに食事をしたとき、ルビーが目に留めたウエイターたちもそうだったし、今のスーやジョシュも、テーブルに着いたときに背負っていた緊張感が、夜が更けるにつれて消えていった。ルビーにはその輝きは見えないが、彼女もまた感じてはいる。〈デス・クラブ〉での会話は刺激の強いものだったにもかかわらず、これほどリラックスしたのはほんとうに久しぶりだ、とすぐに感じた。

一方、わたしはリラックスできない。その逆で、期待がどんどん膨らんでいくのを感じる。今夜、あの人たちに話し合ってもらいたいと思っている疑問が誰かの口から出るのを心待ちにして、彼らが過去を振り返るたびにわたしはその表情をうかがっている。

人は死んだらどうなるのか？

わたしなら教えてあげられる。ワイングラスや、まだ食べている途中のきれいな色の料理が乱雑に置かれたテーブルのずっと上から、死が訪れるときは自分でわかるのよ、と。事故の際、ジョシュが憶えていた暗黒はその始まりであることを説明できる。死の始まりだ。死は一瞬にして訪れるのではない。わたしたちの命は、スイッチが切られて電源が落ちるようなものではない。初めのうちはまだここに留まっている。痛みが増し、紐《ひも》のようなものがどんどん食い込み、あんまり強く食い込むので皮膚の下が燃える。まもなく——その瞬間を自分で選べるのかどうかはわからないが——人は肉体から離れはじめる。苦痛や炎から遠ざかり、気がついたときには暗黒の中にいる。そこを通過しなくてはならないことは直感でわかる。暗黒は待合室のようなもの、夜になったあなたの存在の小休止で、そのあとつまずきながら歩き出し、壁を探し、ドアを見つけて外に出る。そのころには、何をされても痛みは感じなくなっている。神経や腱《けん》や骨の感覚もない。

それでも、自分が死んだことははっきりわかっている。今でもよくわからないのは、そのあとに起こることだ。

ジョシュはこの世に戻った。わたしもなんとか戻ってきている。そうではない人たちがいるのも知っている。この世には戻らないで、すぐに次の場所、空間と時間でできた新しい区域のどこかに移った人たちもいる。ドアの閉まる音が聞こえるように、次から次へとおおぜいの人たちが旅立っていくのを感じる。でも、もうここにはいない亡くなった人たちがどこへ行くのかは知らない。

彼らのあとについていかなかったらどうなるのか。死んだことが自分でわかっている場合、死んだあと、何が起こるのか？　ジョシュは暗黒の中にしばらくいたあと、歩き方をもう一度、習わなければならなかった。そうすると、わたしはしゃべったり、触れたり、人に聞いてもらったりする方法を習わなくてはいけないのだろうか。人間としての最後の炎を発して、わたしがまだここにいることをルビーに知らせるべきだろうか。

見たところ、〈デス・クラブ〉はさまざまな答をわかっている。真実はまもなく明らかになるだろう。疑問を持った四つの心とそれぞれの経験、将来への希望や現在の複雑な状態を抱え、額を寄せ合って死について考え、目に見えない壁を突破しようと努力を続ければ、きっと明らかになる。

そのまん中にルビーはいる。

そして、わたし。反対側で待っている五人目のメンバー。

これまでで一番の〈デス・クラブ〉だったわ！ ジョシュが事故について、あんなにしゃべったのは初めて。それから、スーも。あなたのことをすごく気に入ってくれたわ！ 次回はスーが幹事の番だから、なるべく早く、詳細を送らせるわね。参加してくれてありがとう。ブチュー。X《キス》○《ハグ》X《キス》○《ハグ》X《キス》。

レニーからのメッセージは翌朝早くに届いた。寝ぼけ眼《まなこ》で読みながら、ルビーの口元に笑みが浮かぶ。

死者も話をできるのかどうか訊いてね、とわたしはルビーの耳元でささやく。ルビーはすぐまた眠ってしまったので、わたしの言葉は開いた窓にブラインドの金属が当たる静かな音のように聞こえた。

スーは、次回の〈デス・クラブ〉開催場所を、西五十六丁目にあるイタリア料理店パッツィーズに決めた。はるか昔、フランク・シナトラがよくお気に入りの席で食事をしていた店だ。

「シナトラとジーン・ケリーが出演していた『踊る大《だい》紐育《ニューヨーク》』はリサのお気に入りの映画だったの」メンバーが最初に席に着いたとき、スーは説明した。「それで、ニューヨークへ来るたびに、この店で食事をしたがっていたわ。レニーの言う〈観光客向けのぼったくり店〉ではないと思うわ。ニューヨークの歴史と――個人的な思い出もちょっぴり――ある店なの」

グラマシー・タヴァーンで集まってから一週間がたつ。そのあいだ、わたしが手を添えたこともあって、四人はお互いのことを考え続け、ほかの人たちの話の断片とともに眠りにつき、いっしょにいたいと思う、これまでになかった感情が芽生えていた。どうしてそうなったのか、はっきりしたことは誰にもわからなかったが、三人の創立メンバーはほかの人よりもルビーのことが繰り返し心に浮かんだ。そのため、週末が近づいたころには、スーは、娘のリサが生きていたらルビーと同年代であることが頭から離れなくなっていた。その思いを繰り返し指で丸めて、最後には指でつまめる一粒の輝くパールにした。ニューヨークにいる自分の娘。おしゃれなレストランで食事をし、おいしいワインを飲んでいる自分の娘。自分の娘――だが、その想像は毎回、中断される。なぜなら、スーはまだルビーのことをよく知らないし、自分の娘が生きていたらどんな女性になっていたかもよくわからないからだ。わからないことが多すぎて、スーは気がつくと、ヒントを、手がかりを探して考えこんでいた。近ごろの三十代半ばの女性は人生をどう思っているのだろうか。ルビーは最初からできあがっている一人の人間としてレニーの頭から飛び出してきたように見えるが、これまであった人生もあとに残してきたにちがいない。恋人や家族、友人たちも。オーストラリアでのキャリアも。彼女はどんな映画が好きで、どんな本を愛読しているのだろうか。どんな男性観を持っているのだろう。

（もし、生きていたらリサはどんな人間になっていただろうか）

ジョシュの注意を引く、つまり、どのように注意を向けさせたらいいかを探るのに、少し時間がかかった。彼はルビーがニューヨークに来た理由には興味がない。暮らし向きや日々の過ごし方やオーストラリアに何を残してきたかについて、考えようともしない。ブランチのあいだ、ルビーのことは眼中になかった。頬骨の傾斜や口元の形にも目を留めないし、小さすぎる手を見てもなんとも思わない。どんなグラスでも指で包み込むようにして持っていることや、考え込んだときに耳たぶを引っぱる癖があることも、気には留めなかった。そのどれにもジョシュは興味がない。会が終わって帰るとき、どれ一つとして彼の心に残っているものはなかった。もっとも、彼は最近、異性に対してほとんど関心を示さないので、けっして珍しいことではない。レニーとスーにたいしては別で、〈デス・クラブ〉のために時間を作ってやって来る。二人の頭の使い方や、気後れすることなくこの会で取り上げるテーマも気に入っている。それに、いつかそれについての著書を出版してもいいとエージェントから合意を得ている。それがジョシュの目的だと最後には気がついた。釣り針を垂らして獲物を狙《ねら》っているのだ。

わたしを。

リヴァーサイド・ジェインを。

もちろん、ジョシュはわたしの事件を知っていた。だが、ルビーと知り合ったあとは、事件の詳細にまで注意を向けるようになった。あらゆるブログや記事で、ジョギングをしていた人物に触れている部分に注目した。「死体はジョギング中の人に発見された」「午前六時を過ぎたころ、ジョギング中の人物が運悪く死体を発見した」「ジョギング愛好者、リヴァーサイド・パークで死体と遭遇」ジョギング愛好者は多くの悲惨な事件の脇役《わきやく》として登場する。このどこにでもいるジョギング愛好者についての描写を、ジョシュはどれだけたくさん目にしてきただろうか。死体を見つけるとはどういうことなのか、特にその発見が新聞の見出しとなり、この事件のような大がかりな捜査につながる場合はどうなのか、彼は書き手として深く考えたことがなかった。また、奇遇なことに、レニーの新しいプロジェクトである、このオーストラリア女性も、そういうジョギング中の人物だという。まさに今話題になっている事件の登場人物なのだ。ジョシュのルビーへの思いは、その興味の火花から小さな炎になり、そこにわたしが入りこんで炎をたきつけ、彼の夢をなめるほど大きくした。

だんだんやりやすくなっている。どんなふうにそれをおこなうか。というのも、前回の〈デス・クラブ〉の集まりのあと、わたしは以前ノアに聞いたことを――そのときにはまったく理解できなかったが――思い出したからだ。

「人は心の中に豊かな世界を持っているんだよ。そこには、きみが好きな人たちや好きな場所が詰まっている」

ノアが言ったのはこういうことだ。わたしたちは誰もが自分自身の小さな世界、つまりプライベートな世界にいる。誰かのことを考えるために、直接会う必要はない。その人がわたしたちの頭の中にいるだけでいい。ともかく、そこが一番わたしたちが見ているところだから。わたしが気がついているかどうかはどうでもいい。大事なのは〈デス・クラブ〉の創立メンバーが今、目を閉じたときにもルビーが見えるかどうかだ。わたしはすでにそこにあるものを、彼らに見せるだけでいい。

もちろん、限界はある。たとえば、ジョシュが歯を磨いたり、電話をしたりしている最中に、ルビーのことを考えるように仕向けることはできない。けれども、最近、彼の職場の近くにどんどん増えているオーストラリア風カフェの前を通り過ぎたときに、彼女のことを思い浮かべるようにしたり、夜遅く、スポーツチャンネルを次々に替えているとき、オーストラリアのサッカールールを考えるように仕向けたりすることはできる。ラジオから歌が流れてくると、もっと簡単だ。ＡＣ／ＤＣやインエクセス。彼はオーストラリア出身のお気に入りのバンドの曲をハミングし、気持ちは自然にルビーに向いていく。つまり、わたしの仕事はもう終わっている。

それに比べて、レニーはまったく手がかからない。それは、彼女が会ったとたん、相手に夢中になるから、と言ってもいい。厳密には恋愛感情とは違うが、それと似た感情で、相手のよくわからない部分を明らかにし、本当の姿を知りたいという好意的な好奇心を抱く。ＰＴＳＤのグループ・ディスカッションで、正面の席から眺めていた夜、レニーはルビーの深い孤独を感じた。それは正しかった。ほかの苦しみと同じように、その孤独が彼女を覆《おお》い、人の心を引きつける癖やおもしろいエピソードや善意を覆い隠している。こういう人はいつも、その覆いを取り去ったら桁違《けたちが》いに興味深い人間になる、とレニーは確信し、それを取り去るのを手伝おう、と心に決めた。わたしが何もしなくても、ちゃんと気がついていたのだ。死体を発見する前にルビーの身に何かが起こったことも、彼女の深い悲しみが名前も知らない女性の死によってではなく、それ以上のものによって引き起こされたことも、彼女は知っていた。

だいたいのところ、誰もが自分の立ち位置をうまく見つけていた。それぞれが個人的な事情を抱えていながら、ルビーを会の中心に置く方法を見つけ、〈デス・クラブ〉の結束を固める新しい接着剤とした。これこそ、わたしが望んでいたことだ。会合を続け、話し合い、質疑応答を続けることで、いずれはわたしに話が戻ってくる。リヴァーサイド・ジェインにも興味はあるかもしれないが、そうではない本当のわたしに。
七十九年以上生きるはずだった女性。その年月をある男に奪われた女性。
わたしたちの死は運命で決まっているのだろうか。逃れられない最期が前もって決められていたのだろうか、それとも、すべてが偶然によるものなのだろうか。

これが、今夜パッツィーズで開かれた〈デス・クラブ〉の議題だ。レニーはフォークでパスタを巻き取りながら、ぴんと張られた真っ白なテーブルクロスに赤いボロネーゼソースの染《し》みをつけてしまった。

わたしならこう尋ねる。彼はわたしに殺意を抱き続けていたのか。

スーが最初にきっぱりした口調で言った。

「運命というのは、何かが起こったあと、わたしたちを納得させるよう作られた概念に過ぎない、といつもわたしは思ってるの。運命があるからこそ、行き当たりばったりの人生に耐えられる」

「その役割として、両親には神様がいたわ」レニーは言った。『人はくじを引く。されど、定めは神から与えられる（箴言16：33）』だったわね？　どっちにしても決定を下すのは神様だと思われているようだわ」

「どうせ信じるなら、ぼくはギリシャ神話の運命の三女神のほうがいいな」白い歯をのぞかせて、ジョシュが皮肉な笑いを浮かべた。「三人のばあさんがぼくたちの運命を割り当て、運命の糸を紡《つむ》ぎ、長さを決め、糸を切る。一本の糸にぶら下がっている命。子と一体だとか一体じゃないとか言われているじいさんが運命の糸を操るのより、ずっとおもしろいじゃないか」

レニーはジョシュに応えて、同じく嘲笑《ちょうしょう》を返した。

「幼いときからカトリック教育を受けてきたわたしには、そのおじいさんを完全に無視するのは難しいわ。それでも、特別な死がわたしを待っているという考え方については、よくわからない。あまり気持ちがよくはないけれど」

「そうかもしれない」ルビーが言った。「もし、いつ死ぬのか、どんなふうに死ぬのかわかっていたら――」ここで、言葉に詰まった。無残な死体の記憶がよみがえってきたのだろう。「なんでもないわ。何を話すつもりだったのか、自分でもわからない。もし、あの朝、ジェインがわかっていたなら……」

「あのとき、その男は……」レニーは自分の質問に確信が持てないのか、唇を嚙《か》んだ。

「ジェインを殺した男。あの朝、彼は彼女を殺しに出かけたんだと思う？」

（川の水が激しくぶつかる。耳元で水がドラムのような音を立てている。本当にその気になれば、この質問には答えることができる、とわたしは思っている。わたしもまた、彼の世界の中にいる）

「記事によると、むしろ衝動的な犯行のようだよ」ルビーの顔が青ざめたので、ジョシュが言葉を挟んだ。「気の毒に、被害者はたまたまタイミングの悪いときに悪い場所にいたんだね。とんでもない野郎が思うがままにふるまうチャンスだと思って、実行したんだ。運命というより、男の誇大妄想だな。だから、レニー、やつがへまをしでかして、いずれ警察に捕まることを願いたい。そうなるよう祈るよ。もっとも、殺人事件のうち、約四十パーセントは未解決だから……」

「小さいころ、わたしはよくお祈りしたわ」レニーが遮り、ルビーの驚いた顔を見て、話題を変えた。「世界中で起こっている恐ろしいことを元に戻して、起こらないようにできると本気で信じていたのよ。もしかしたら、運命を信じていることになるのかもしれないわ。あるいは、きちんとお願いすれば、運命をコントロールできると思っているのかもしれない」

　このとき、スーがうなずき、耳に着けた小さなダイヤモンドがきらりと光った。

「わたしも事故のあと、しばらく祈っていたわ。あの夜、映画館に向かっていたときに戻してもらいたいと祈った。わたしが代わりに運転席にすわって、事故の衝撃を和らげる役目を果たせるように。ベッドに入ると、時空を曲げて、事故そのものをなかったことにしようとした。神様に祈り、話を聞いてもらってお願いした。ようやく眠ったあと、祈りが通じて展開が変わる。夜によっていろんなふうに変わるわ。大雪が降って道路が閉鎖されたり、午後八時開演のチケットが売り切れていたり。あるいはリサに運転を替わってくれと頼まれて、わたしが運転席に移っているかもしれない。そして、あの男が下を向いてＣＤを入れ替えているうちに、わたしの車に衝突し、リサではなくわたしの命が奪われる」

　スーはちょっと言葉を切り、ふたたび続けた。

「祈ったところで現実は何も変わらなかったわ、当たり前ね」

「もし、大雪が降ったり、映画のチケットが売り切れたりしていたら、あなたの今の生活はどうなっていたと思う？」レニーは優しく尋ねた。今夜、わたしの話はもう終わったことがわかる。

「もし、リサが生きていたら？　そうねえ」スーは天井を仰ぎ、大きく息を吸った。

「今もまだ、コネティカットの住み心地のいい大きな家で暮らしていると思うわ。リサはこのニューヨークに住んでいるかもしれない。わたしはあの子の父親との不幸な結婚生活をまだ続けていて、経済的に恵まれてはいても、取り立ててどうということのない人生を送っているかもしれないわね。夏には、オークランドやパリやマラケシュではなく、マーサズ・ヴィニヤード島で休暇を過ごし、〈デス・クラブ〉ではなく〈女性向けのブッククラブ〉にでも参加しているかもしれない。それが、わたしみたいな女にありがちな人生でしょう」

「でも、リサの人生がどうなっていたかはわからない」スーはルビーに視線を向けた。

「だって、十七歳よ。わたしが本当のあの子を理解する前に、いなくなってしまったんだもの。あの子が一人の女性として成長していくあいだ、わたしが母親としてどうだったかもわからない」

このとき、わたしは初めて、最後まで経験するはずの人生を奪われるのは、死者だけではないことを理解した。残された人たちの人生にも、手をつけることなく残される部分が生じ、それぞれがたどるはずだった道が閉ざされてしまう。まだましな場合もあるし、当然だが、もっとひどい場合もある。スーと似たような人で、娘が死ななかった人もいる。でも、自分がその立場には絶対になれないことを、スーはよくわかっている。雪は降らなかったし、映画館のチケットは売り切れていなかったし、男は下を向いてＣＤを入れ替えた。そのためにすべての世界が失われ、違う世界が始まった。男は顔を上げなかったし、自分の車がどこに向かっているのかにも気がつかなかった。

人は一つの人生だけを生きるのではない。何度も世界を始めては終わらせる。わたしたちがここにいる一つの期間がどのくらい長いのか、あるいは短いのかは関係ない。自分が手に入れられるものより多くを望んでいることを、わたしはわかり始めている。〈デス・クラブ〉のメンバーは夜が更けるまで話しこんでいるので、わたしは彼らから離れて、最初に立ち戻る。あのときには深く考えようともしなかった一つの疑問に。

もし、わたしの死が本当に運命で決まっていたのだとしたら、それはわたしの運命だったのだろうか、それともあの男の運命なのだろうか。

もし、わたしが生きていたなら。
ジャクソン先生といっしょに過ごした最後の朝、彼に手を伸ばし、キスをして彼の言葉を封じ込めていたなら……。もし、あしたが十八歳の誕生日だという事実を告げずに、彼の温かな肌に触れていたなら……。互いの体や、雪景色や、シーツのようにわたしを包む彼の重さに溺《おぼ》れていたなら……。十七歳最後の日に彼と愛を交わし、翌日、誕生日など自分にしか意味のないことだと腹を決め、わたしの絵を描いてくれるよう彼に頼んでいたら、新しい大人の女性としての何かをつかむことができ、そして、まだ生きていただろうか。

そんなふうにいつのまにかジャクソン先生とともに人生を送り、二十歳、三十歳、四十歳と年齢を重ね、彼の隣で目を覚まし、また誕生日が来るとこう考える――七十九・一歳にまた一年近づいた。最初の冬を過ごしたあと、わたしたちは本当のカップルとなって実生活を始めていただろうか。結婚式を挙げたり、子供が生まれたり、彼が美術を教えられる別の街へ引っ越して、わたしは……。

スーが成長したリサを想像できないように、わたしも自分のまわりにどんな世界ができあがっていたか想像できない。わたしは大学へ行っているだろうか。二人のあいだに生まれたかわいい赤ちゃんといっしょに家にいるだろうか。ジャクソン先生の絵が売れるのを手伝い、彼のミューズであり続け、母の年齢を超え、どんどん年をとって、わたしの体に増えていく新しい皺《しわ》を彼は大げさな言葉で讃《たた》えるだろうか。線はだめ。線が出るのは好きじゃない。先生のアトリエに行く前に、そう言われた。わたしの体が使い古した地図のように線だらけになっても、彼は愛し続けてくれるだろうか。

もし、生きていたなら。

もし、わたしが誕生日のことを何も言わなかったなら……。ニューヨーク行きのバスに乗らなかったなら……。もし、ノアの家のドアをノックしなかったなら……。もし……。今さらこんなことを考えるのはばかげている。もう生きてはいないのだから。ある男が長いあいだ、本性を隠し、わたしの生涯最後の朝、彼は生まれて初めて自分に正直になってわたしに手をかけた。あれをしなかったなら、これをしなかったなら……。しかし、そんな仮定は、この男が自分を解き放ったときの力と比べたら、なんの意味も持たなかっただろう。

17

親密さは急激に増す。

ドアの鍵《かぎ》が開き、人は初めゆっくりと中に入り、周囲に視線を向ける。だが、まもなく窓が開け放たれ、家具の埃《ほこり》が払われ、スペースが作られて、それぞれが席に着く。急ぐことのない慎重な滑り出しで始まり、加速がついていく。わたしは以前、こんなふうに人と親密になっていった。ノアのときも、タミーやジャクソン先生ともそうだった。それまで自分の世界に存在しなかった人が、突然、世界のすべてになる。

「新しい友だちが何人もできたわ」ルビーはキャシーに言った。「たった七週間で」

（それに殺人事件が一件、と彼女は心の中で付け加えた）

ルビーの姉は安堵《あんど》した。最近、ルビーが死や殺人についてこだわりつづけているのが心配だったし、キャシーは妹の言う猟奇遺伝子を持ち合わせていない。妹がそんな体験をしたのは気の毒だと思ってはいるが、キャシーが考える解決策の中に、女性の身に降りかかるかもしれない惨事をあれこれ考えて過ごすことなど、けっして含まれてはいなかった。新しい友人ができたことはよい方向に一歩踏み出したように思え、今度、母にルビーがニューヨークでうまくやっているかどうかを訊《き》かれたときに、イエスと答えられる、とキャシーはうれしく思った。

ルビーは省略の達人なので、新しい友人について詳しいことは話さなかった。もし、話していれば、よかったわねと言う前に、一瞬、間を置いただろう。ルビーの姉が〈デス・クラブ〉に好感を持つとは思えないし、ルビーのほうは急に自分にとって大切な存在となったものを少しでもけなされたくはない。それに、とルビーは考える。会話の中にはわかり合える者どうしでなければ成立しないものがある。〈デス・クラブ〉の存在がその証拠だ。あの人たちは死との距離の近さによって人が根本的に変わることを知っている。

　死を遠ざけようとすることもまた、人を変える。昔の友人たちがどうなったかを考えると、わたしはそう付け加えてもいいと思う。

けれども、それについて、わたしはルビーにヒントを与えるようなことはしたくない。

〈デス・クラブ〉の次回会合までの一週間にあったこと。

地元の映画館でジーン・ケリー特集が行われていて、上映作品の中に『踊る大紐育』があるのが、ルビーの目に留まる。彼女はためらいがちに水曜の夜の回をいっしょに観《み》に行かないかとスーを誘い、承諾の返事をもらったときには大きな声を上げそうになった。ニューヨークへの陽気な明るいラヴレターのような映画を観たあと、二人は映画館の隣にあるバーでグラスを傾けながら、リサの話をした。スーは、娘が女優志望で、夏のシアター・キャンプに参加したり、二年生のときからすべてのミュージカル作品で主役を演じたりしていたことを語った。卒業を数か月後に控え、高校を出たらニューヨークのアップタウンにある舞台芸術学院の一つに入学するつもりでいたときに、不注意な運転手が停止信号を無視したことで人生を狂わされた。リサは性格同様、運転も慎重だったが、もう一台の車が猛スピードで突っ込んできた。

「今ごろ、あなたぐらいの年になっていたわね。もうちょっと上かしら」それを聞いて、ルビーは彼女の悲しみは化石化し、石のように硬くなっているのがわかった。娘に会いたいという彼女の気持ちはけっして和らぐことはないだろう。彼女が知っている少女時代の娘であろうと、会うことがかなわない大人になった娘であろうと。

「あなたとこうしていると、あの子とも仲のいい親子でいられたんじゃないかという気になるわ。共通点を見つけて、あなたと友だちになれたことで。たぶん、同じ年ごろの娘ともこうしていたでしょうね」

「絶対そうだったと思うわ」ルビーは心からそう思った。二人はグラスを合わせた。わたしには、二人のピンクがかった指にきらきらした蜘蛛《くも》の糸が巻き付き、グラスを持った手が離れると、その糸が長く伸びるのがわかった。

別の夜、ルビーはレニーといっしょにルーフトップ・バーへ行った。プールがあり、テラスの端にぴしゃぴしゃと水が当たっている。高級そうな服を着た人たちがあちこちで集まっている。ちょうどつやつやした果実が蔓《つる》に生《な》っているようだ。ときおり、一人二人いつのまにか消えて、化粧室へ行ったり、高価なドリンクのお代わりを注文しにカウンターへ行ったり、誰かを見ようとしているのか、人から見られたいと思っているのか、あちこちに顔を向けたりしている。

「この眺めを見てもらいたくてここに連れてきたのよ」二人が到着したとき、レニーは言った。黄昏《たそがれ》のマンハッタンの見事な景色だけでなく、ところどころに固まっている独身男性のことを匂《にお》わせているのが、ルビーにはわかった。彼らは隅でマティーニをちびちび飲みながら、雑談をしている。だが、ルビーはアッシュの名前を口にすることはできなかったし、紺のスーツにピンクのチェックのシャツを着た男たちが近くを通っても目に入らない理由を、言えなかった。レニーと親しくなったのはごく最近であり、彼女からどう判断されるかが怖くて、まだ打ち明けられなかった。それだけではない。アッシュとの関係を秘密にしておくのが当たり前になっていて、今では彼のことを他人に話すのは裏切り行為のように感じていた。この夜は、新しい友人たちのように、ルビーも自分のことをかなり正直に話したが、アッシュのことだけは胸にしまったままだった。

（うまくいくなら、それでもかまわない。でも、みんなを失望させてしまったらどうするの？）

二人は八時ごろ、店を出た。お代わりの注文の列がそうとう長くなっていたので、ルーフトップとはまったく違う、半分しか客の入っていない軽食レストランに場所を移した。マカロニ＆チーズを食べながら、話題はまた男性との交際に戻る。ルビーが最近試したオンライン・デートでの失敗談を話すと、レニーは大笑いした。「へえ、自分のアレの写真を送りつけるなんて、最低！」そう言って、突然、ルビーのほうにフォークを振った。

「ねえ、ジョシュはどう？」

「えっ、どうって何が？」ルビーは頬が熱くなるのを感じた。

「近ごろ、男の人はあまり目に入らないって、さっき言ってたでしょ。でも、ジョシュはなかなか無視できない存在だと思わない？」

「そうね、たしかにハンサムだわ」ルビーも認めた。そうすることで、知らず知らずのうちにその発言はたしかな事実となった。次回、顔を合わせるときには、その影響力に気もそぞろになって変な期待をするかもしれない。ときには別の人のことを考えるのもいいかもしれない、とマカロニを食べながらルビーは思った。こうして、彼女が鍵をかけているドアがほんの少し開きかけた。ゆっくりとではあるが、たしかによいほうに向かっている。何かを口に出して言うと、それが新しい事実となることが実際にあるのだ。

（どういうこと？　欲求はそれよりも複雑だと思っていたの？）

ルビーが知らないこと。レニーはまさにその日の午後、ジョシュと会ってコーヒーを飲んでいた。ジョシュは、リヴァーサイド・ジェインの事件について時間をかけて調べていることを、レニーに話した。ここの警察関係者に、ジャーナリストとして情報提供を依頼する電話をしてみたが、今のところ収穫はない。

「この女性は、まるで存在してなかったみたいになんの手がかりもない。あるいは、そう思わせることが誰かにとって好都合なのかもしれない」

（生前のわたしをよく知っているはずの人たちが、いつまでも沈黙を続けていることを考えると、このジョシュの意見が一番真実に近いのではないだろうか）

ジョシュとわたしの話をしていて、レニーは彼が何度も以前ルビーと交わした会話に触れていることに気がついた。

「彼女もちょっと不思議なところがあるわね」彼の口からルビーの名前が出たとき、レニーはそう言わずにはいられなかった。ジョシュは肩をすくめたが、あまりにもさりげなく、あまりにも配慮が行き届いていたので、同意のしぐさ以外の何物でもなかった。

「外国人らしいところもあるわ」レニーはいたずらっぽい口調で続けた。「しゃべりかたのアクセントが違うし、大きな褐色の瞳《ひとみ》、それに、たった一人で知らない世界に飛び込んできたところも」

「瞳がどう関係あるのか、ぼくにはわからないが」ジョシュは反論したが、表情は笑っていた。彼のそんな特別な表情をこれまで見たことがない、とレニーは思った。はにかんでいるようにも見える。矢を放つ準備はできた。弓に矢をつがえて、強く引く。キューピッド役にとって、ターゲットの二人をくっつけるのは、何よりわくわくする。この場合、創造力が必要だ。どちらも恋愛に慎重であると公言している。けれども、この二人に可能性があることを、レニーは疑っていない。このとき、ルビーとジョシュをくっつけるためにできるだけのことをしよう、と彼女は心に決めた。まるでずっと前からの計画だったとでもいうようだ。

本来、こういう心に傷を負った人のためにキューピッド役を演じるのが、レニーのライフワークだったのかもしれない。ところが、たまたま彼女は死者と深い関わりを持ってしまった。

ささやかながら重要な展開があったこの週、旗竿《はたざお》ではためくわたしの似顔絵がぼろぼろになり、それでもみんなが口を閉ざしたまま、わたしの本当の名前が語られることはなかったこの週。ノアはそれぞれ異なる時間帯に四回、西八十二丁目の警察署の近くを通り過ぎた。事件現場で採取されたＤＮＡの検査結果があらためて出る。不一致。各地のデータベースやアメリカ全土のデータベースにも、被害者や加害者と一致するものはなかった。どちらの氏名欄もクエスチョンマークがつけられたままだ。

もっと正確に言えば、わたしが殺されてから日がたつにつれて、一枚ずつ皮をめくるように新たな顔を見せる者もいる。だが、しっかりと秘密を守り続けている者もいる。

ルビーとジョシュは次の〈デス・クラブ〉の会合にやって来た。ルビーにとってはメンバーになって三週間で三回目の集まりとなり、開始は同時刻だ。グランド・セントラル駅にあるオイスター・バーに足を踏み入れたとき、柔らかな明かりに照らされた頭上のアーチ型のテラコッタ・タイルに、ルビーは目を見張った。ジョシュはこの天井が古きよき時代の象徴であることを思い出し、誇らしさに近い感情を抱いた。

「ここは上を見ているといいことがある街だね」ジョシュは、今ルビーが振り返って彼を見ている様子を好ましく思った。接客係の女性が席に案内し、二人に微笑《ほほえ》みかける。恋人どうしを見るような秘密めいた満足げな笑みだ。三人とも一瞬、この状況を錯覚しそうになる。やがて、〈デス・クラブ〉の他のメンバーたちが到着し、これがデートでないことがはっきりすると、接客係の女性は妙にがっかりする。愛は彼女の仕事に喜びをもたらし、毎晩押し寄せるビジネス客や旅行者が抱えている疲労や怒りから気分転換させてくれる。こんな春の夜に恋が芽生えていたのならどんなによかったことか。

（そう思っているのは彼女だけではない）

レニーとスーはまだこちらに向かっている途中だった。ルビーとジョシュは赤いチェック模様のテーブルに向かい合ってすわり、思っていたよりも楽に会話ができると感じた。まもなく、ジョシュは、グランド・セントラル駅の天井に描かれた有名な天空図についての話を始めた。わたしはノアに教えてもらっていたので、そのおもしろい話をすでに知っていた。一九一三年、この駅が開業した日に、あるアマチュアの天文学者がこの新しい建物に入って足を止めた。天井にはブルーと金を使って十二宮図が描かれている。ところが、その図が逆になっていることに気がついた。東が西に、西が東になっている。つまり星座は本来のあるべき場所とはまったく逆の位置にある。これは、ジョシュが好きなニューヨークの重大ミスの一つだ。大々的な開業の日に、一人の名もない男が頭上を見上げて豪勢な夢をぶち壊したと思うと、小気味よい。

「知らなかったわ！」ルビーは声を上げて笑い、自分はオリオン座とペガサス座の区別もできないことを認めた。「そうすると、あそこの空は裏表になっているということなの？」

「あるいは、もっと上から見下ろした天空図を描いているとも考えられる」ジョシュは答えた。「わざと逆の天空図を描いたのか、それとも列車の運行を司《つかさど》る建物にたいする皮肉なミスなのか、今もまだ結論は出ていないんだよ」

　二人は今、一九一三年の開業日に式典を担当した人たちの驚愕《きょうがく》ぶりをまねして、げらげら笑っている。わたしはむしろ汽車から降りた一人の天文学者について考えたい。

親指と人差し指を顎《あご》に当て、天空図を見上げる。このとき、ノアの顔が目に浮かんだ。フランクリンといっしょに玄関口に立ち、ちょうどわたしを待っているように見える。涙でかすんで、その光景はぼんやりにじんでいる。今回は、荒波が押し寄せては来ない。それがどういう意味なのか理解しようとしていたとき、レニーとスーがやって来て、そのほかの顔はちらちら揺らめいて消えた。

　わたしたちはそれぞれ席に着く。

　今夜はふだんの〈デス・クラブ〉の会合とは違いそうだということが、すぐに明らかになる。ジョシュとルビーはまだ大笑いしているし、レニーが何を笑っているのか自分たちにも教えるように促し、ジョシュはもう一度天空図の話を繰り返すことになる。こうして最初から、ケープメイ産のオイスターやマティーニやクレームカラメルに手を伸ばしながら、軽快で陽気な会話が交わされていた。わたしはそれでいっこうにかまわない。ノアやフランクリンを思い出したことで、悲しみより深い感情に沈み込んでいたので、この友人たちが自分たちだけの夜を過ごしていても恨みに思ったりはしない。それどころか当然のことのように思える。生牡蠣《なまがき》を見て、レニーは顔をしかめ、ジョシュはまた別のニューヨークの奇妙なミスの話をし、その一方で、スーは初めてメイン・ロブスター・ロール（ロールパンにロブスターを挟んだメイン州の名物料理）を食べているルビーに、ロブスターとクレイフィッシュの違いを説明している。今夜は生と死について話し合うつもりがないことを、誰も口にはしないが、そういう息抜きの日を持つことにみんなが合意している。無言のうちにその合意がなされているのがわかり、わたしはテーブルから離れることにした。彼らの会話はだんだん聞こえなくなっていった。

遠くから見ていると、腕が当たり、手が触れる。満面の笑み、思わせぶりな視線。グラスがかちりと当たり、音を立ててフォークが床に落ちる。溶けたバターがテーブルクロスに垂れ、ナプキンが口元に当てられる。赤ワインとウィスキーが注文され、胸いっぱいの小さなため息。この一週間、彼らがどんなに長い旅をしてきたか、わたしにはわかっている。ちょうどこのレストランの上にあるターミナル駅を行き交う人々と同じだ。親しさは幾何学級数的に増加するものであり、つねにそのチャンスをうかがっている。そして、こんな夜に姿を現し、みんなを結びつける。

わたしはその変わりように興味をかき立てられるが、例の悲しみよりも深い感情はそのあとも続いている。というのも、わたしはこのテーブルを囲んでいるメンバーの一員ではないことをわかっているからだ。わたしは生きている人たちの仲間に加わることはできない。話し合うこともできないし、今日という日のどの部分も、いえ、過去も現在も、彼らのように他人と共有することはできないのだ。彼らは互いを理解し、ともに前に進んでいく。一方、わたしは死んだ女性ジェインのまま。リヴァーサイドのドウ。殺害されて一か月がたち、世間の興味を引くような進展が見られず、わたしのニュースはすでに古くなってきている。

なぜなのか。わたしのことを知っている人たちが沈黙を続けているからだ。友だち、そして恋人も。リヴァーサイドの殺人事件が話題になるたびに、警察に電話したほうがいいのではないかと指がぴくぴくしたことだろう。それでも、誰一人、これまで連絡をした者はいない。今夜、〈デス・クラブ〉のメンバーがわたしを蚊帳《かや》の外に置いているように、わたしのことを知り、愛してくれた人たちは、もう何週間もそんな態度をとり続けている。それぞれが、もしかしたらあのアリスではないか、と思いながらも、すぐにその思いを押しのけた。

すべてを外側から眺めてみれば、ほとんどのものがあるべきところにないことがわかる。人の愛もまた秩序を失う。逆さまになる。東が西で、西が東。ときには上下左右が変わったことにも気がつかない。そして、空を見上げると、かつては星があったところに広大な何もない空間があったりする。

ルビー・ジョーンズにとって人生は好転し始めた。姉に語ったように、友人ができた。彼らといっしょにいるとニューヨークはきらきら輝いている。これはルビーが期待していた以上だった。先日のような夜、彼女は幸せだと言える気がした。

ようやく。

だが、死んだ女性のことはまだ解決していない。名前もわからない死んだ女性が夢に現れ、身元を明らかにしてもらいたいと懇願する。まだ血だらけの顔で、目を閉じてルビーに訴えかける。これを無視することはできなかった。

ルビーは悲しみ方を知っている。悲しみをどうすればいいかも知っている。ただ、幸せにたいしてはどうだろう。絶望に忍び寄る喜び、笑いや光で絶望を紛らわせる喜びがあることをどう思っているのだろう。この矛盾はどうすればいいのか。言い換えると、自分の痛みを抱えながら、同時に、それをやり過ごすにはどうしたらいいのか。

ついに電話をかけたのはタミーだった。

タミーは、わたしが働きかけてもほかの誰よりも感じてくれなかった。それでも、かなり時間はかかったが、ようやく様子がおかしいことに気がついた。ジャクソン先生と違って、タミーは全国紙を購読してはいない。わたしの友だちはほとんど世の中のニュースを気にしてはいない。それで、しばらくのあいだ、彼女はニューヨークで起こった殺人事件をまったく知らなかった。実際、父親が禁酒を続けているかどうか、ボーイフレンドのライがトラブルに巻き込まれはしないだろうか、と二人の行動に目を光らせるのに忙しかった。二人ともタミーの力と気性をますます頼るようになっていた。昼間は手いっぱい、夜は昼の分の埋め合わせ。そうやって、わたしの消息をチェックしない期間が数週間になり、さらにまた数週間延びていた。そのころ、タミーはわたしがまだジャクソン先生といっしょにいると思っていた。最後に電話で話したとき、先生が帰宅したため、わたしが話の途中で一方的に電話を切ったのを憶《おぼ》えていて、正直なところ、それでちょっと気分を害していた。わたしが彼のことでのぼせ上がっているように思えたことを。腹を立てているというほどではなかったが、そのせいで誕生日のメッセージをくれなかったし（単に忘れただけだ、と本人は言うだろうが）、ほかのことに関心を向けるようになっていた。

あたしに用があるなら、アリスのほうから連絡してくるでしょ――要するに、そういうこと。

そんなふうに、人はほかの人の人生から簡単にするりと抜けてしまうものだ。ときには、待ち続けるのが長すぎて、忘れてしまうこともある。

時間がたち、ある日、オンラインでファッション雑誌をスクロールしていたとき、最近、国内で相次いでいる未解決殺人事件についての記事——**連続殺人鬼が野放しになっているのか?**——が偶然タミーの目に入り、そこにわたしの顔があった。というか、わたしに似ている顔だった。そこで、タミーは目を閉じて、その記事の中のスケッチと自分の記憶を照らし合わせてみた。目や鼻や口が一致する。もっとも、アリスはこんなとりすました顔はしない、とタミーは思ったが。それでも、いろいろ理由をつけて不安を取り除こうとした。これはニューヨークのどっかの女の子よ。アリスはジャクソン先生と町で暮らし、今もよろしくやっているにちがいない。そうは言っても、何か引っかかるところがあるのか、タミーはわたしのスマートフォンに電話をした。一か月前、わたしからの不在着信があって以来、連絡を取ってはいない。スケッチを見たあと、わたしの番号にかけると、すぐに留守番電話になった。

ハーイ、アリス・リーよ。もちろん、わかってるわよね。メッセージを残してね。なるべく早く連絡するから。

タミーはその場ですぐに警察に行こうかと考えた。でも、どう言えばいいだろう。ねえ、死んだ女の子の写真がわたしの親友によく似てるの。どこに住んでるかですって?　ううん……最近はどこにいるんだかわからない。もしかしたらニューヨークか、なあ。あそこで暮らしたいっていつも言ってたから。それに、もし警官が来たらどうしたらいいだろう。家には、ボーイフレンドや彼の兄弟はもちろん、タミーの父親も、制服を着た人間から隠しておきたいはずの物がたくさんある。自然な成り行きで友だち関係が終わったと思い込むほうが、タミーとしては気が楽だった。

ところが、先週、気温が高くなり、灰色の空が湖に垂れ込めてきたとき、タミーは車で町へ出かけた。ライには母親から現金をもらってくると言って家を出た。町はずれのガソリンスタンドに車を入れたとき、一台の給油機の前に、ジャクソン先生が立ってスマートフォンを見ているのが目に入った。タミーは車の窓を開けた。

「ハーイ、ミスター・ジャー——ジェイミー。アリスは元気してる？」

あとになって、タミーが語ったところでは、わたしの名前を聞いて、ジャクソン先生は跳び上がらんばかりだったという。「あの後ろめたそうな顔、見せてあげたかったわ」タミーはそう言うだろう。『何を言ってるんだかわからないな！』そう言って、そそくさと逃げ出したのよ」だが、実際、タミーが彼の顔から感じたのは恐怖だった。彼女は大急ぎで実家に戻った。

昔の自分の部屋に入り、アリスといっしょに撮ったばかばかしい写真のコレクションを取り出した。大笑いしている無頓着《むとんちゃく》な顔を次々に眺めているうちに、タミーは思った。あのアリス・リーはいつも自分のところに戻ってきた。永遠にいなくなってしまうことなど絶対にない。

アリスの意志で選べるなら、絶対にそんなことはしない。

「ママ！」タミーはベッドに横になり、わたしの事件について母親に電話をした。

「ママ、アリスに何か悪いことが起こったようなの」

タミーはわかっていることすべてを母親に話した。

この瞬間、事態が動きはじめた。

わたしの身元が明らかになり始める。

あの男のことも。

18

殺された朝、わたしが着ていたのはこんな衣服だ。裏側がもこもこしたグレーのスウェットパンツ。裾《すそ》が擦りきれ、ウエストがゴムなので、楽に腰ではくことができる。下にはいているのは、ヴィクトリア・シークレットのコットン製ショーツ。色は淡いブルーで、正面に小さなハートと、ピンクのＶとＳを組み合わせたロゴが入っている。五枚組二十ドルで売っている普段着のランジェリー。紫色のＴシャツの下には黒のブラジャー。紫のパーカ。軽くて柔らかいキルトのような生地だ。紫のＴシャツ、紫のパーカ、ブルーのコットン製ショーツ、黒いシンプルなブラ、着古したスウェットパンツ——これがわたしが身につけていたもの。スニーカーはほとんど新品だったが、岩に登ったり、争ったりしたときに泥がこびりついた。発見されたときはブラとＴシャツ姿だった。データベースにはブラとＴシャツ着用と記載されている。髪やオレンジ色のネイルや犯人が残していったわずかな衣類をもとに、社会階級や職業やあの朝あそこにいた目的が推測された。

持ち去られた衣類はバックパックに入れられ、プライベート・ロッカーにしまわれている。ダウンタウンのビルの地下にあるジムのロッカーだ。毎日、おおぜいがこのロッカーの前を通り過ぎる。なかには、わたしの記事を読み、リヴァーサイド・ジェインの事件をフォローしている者もいる。一人か二人、夜の追悼会に来た人もいる。若い娘に、いったい誰がこんなひどいことをしたのだろう、と疑問に思いながら参加した。アップタウンに向かう地下鉄に乗るたびに、男性客に不審の目を向け、一日に二回、五回、十回とダウンタウンのロッカーの前を通り過ぎる。スウェットパンツ、ブルーのショーツ、スニーカー、パーカ、わたしの血の染みは、今ごろ錆《さび》のようになっているだろう。それから、カメラ――ヴィンテージもののライカ。フィルムとズマールのレンズはない。このカメラは数週間で二回も盗難に遭い、今はビニールに包まれて地下のロッカーに入っている。解錠番号は０４１５だ。

どんな難問にも答はある。解答にどれほど時間がかかるとしても、答は問題と同時に作られているのだから。わたしの本当の名前を初めて口にしたとき、オバーン刑事はそう考えて、わたしの人生の断片を集めはじめた。タミーの供述や、グロリアのＤＮＡ検査への協力が役に立った。（「あの子はタミーといっしょにいると思ってたんで

す」と、かつての後見人は泣きながら何度も繰り返した。それが自分の不注意の言い訳になると思っているようだ）

「アリス・リー」オバーン刑事はそう呼びかけて、わたしを見捨てた人たち全員を思い浮かべる。「きみにこんなことをしたのは誰なんだ？」

わたしは、自分の名前が明らかになればそれでじゅうぶんだと思っていた。警察が解明しようとしているのも、わたしの身元だと思っていた。だが、オバーン刑事にとって、それは始まりにすぎない。わたしの名前は一つの手がかりでしかなく、本当に解明したいのは川縁《かわべり》で起こった事件についてだ。

少なくとも、彼の次の疑問はわたしに投げかけられた。それについて、わたしに話せることがあると思っているようだ。

「アリス、そいつをどうやって見つけたらいいんだろう。わたしたちは何を見逃しているのかな？」

オバーン刑事と違って、ルビーは基本的にその男のことは考えまいとしている。大きな音にびくっとすることがなくなり、ブロードウェイの食料品店でスナック菓子やウオッカを買うとき、男の店員に挨拶《あいさつ》をされても、なるべく笑みを返そうと努めた。

ルビーは見知らぬ人に不信感を示していると思われたくなかった。知人と呼べる人が片手で数えられるほどしかいないこの街で、そんなふうに見られたくなかった。けれども、頭の隅につねにその男の存在がちらついている。影を投げかけ、彼女の意識の片隅にある角を曲がろうとしている。だから、いつも消えていく後ろ姿しか捉《とら》えられない。

ルビーはその男のことを考えすぎまいとしている。けれども、心の奥では、わたしから離れられないように、殺人犯からも離れられなくなっているのが、彼女自身わかっている。その男とまだ決着がついていないことがあるのもわかっている。ときどき、角を曲がってその男を追いかけたらどうなるだろうか、と考えることもある。自分が発見したあの恐ろしい事件を引き起こした男と面と向かうことになったなら……。

オバーン刑事に疑問を投げかけられてから、実はわたしもまたそのことを気にしている。

〈デス・クラブ〉のメンバーの中で最初にわたしの名前を口にしたのはジョシュだ。

アリス・リー。舌の先を前歯の裏に当てて名前を発音し、報道される前に自分がつかんだわずかな情報から、わたしの姿を浮かび上がらせようとした。この日、わたしの人生のいくつかが表に出て、公式に身元が発表された。中西部の小さな町からやって来た女性。両親はいない。ニューヨークでの職業、住所、ともに不明。あいかわらず、殺害動機のヒントとなるものはなく、あの朝、ひとり公園で何をしていたのかを示すものもない。しかし、名前は判明した。これが第一歩、大きな進展だ。リヴァーサイド・ジェインの本当の名前はアリス・リー。

アリス。

ジョシュは、まもなく公表されることになっている写真を見つめた。空のような青い目をした、鼻にそばかすのある美しい娘。わたしの身に起こったこととその顔を結びつけようとするが、うまくいかない。どうしても結びつかない。だが、事件とはいつも理解しがたいものではないか。幸せな顔で写真を撮られたときには、未来のことは何もわからないのだから。

ジョシュは〈デイリー・ニューズ〉の友人から内部情報を得ていた。9・11のあと、まだ街が打ち震えていたころ、一、二度ベッドを共にした女性だ。

「あなたが関心を持っている女の子の身元が判明したわよ」彼女は電話でジョシュに告げた。「ウィスコンシンの女の子ですって。送られてきた写真を添付するわ。お礼にいつか夕食でもごちそうしてね」

けれども、その晩、彼が夕食に誘ったのはルビーだった。どう説明したらいいか迷ったあげく、こんなところで妥協した。「ジェインのことで、きみに話したいことがある」ジョシュはこれがデートの誘いだと思われたくなかったのだが、彼女がリンカーンセンターの近くにある小さなイタリア料理店に入り、彼のすわっているバーのほうへ歩いてきたとき、まるで花束でも差し出すように自分のスマートフォンを差し出した。

画面いっぱいにわたしの笑顔が写っている。

「これがジェイン？」

勧められたスツールに手をかけ、ルビーはわたしを見た。初めて本当のわたしを。もう何週間も前から、彼女はこの瞬間を想像していた。身元が判明すればほっとするだろう、と。だが、想像とは違った。いきなり耐えがたい痛みに襲われた。

ジェイン。

アリス。

ルビー、わたしの名前はアリス・リーよ。

初めてわたしの名前を声に出したとたん、ルビーは泣き出した。わたしは彼女に手を伸ばし、ずっとここにいたことを伝えたかった。けれども、わたしには世界を自分のほうに動かすことはできない。たとえこの小さな片隅だけであっても。もし、できるなら、わたしの痛む腕で彼女の体を抱き締めていただろう。

　膝《ひざ》を斜めにして、二人の距離が近づいていく。

今、二人は人目につきにくい別の店にいる。壁で囲まれ、階段を上って入る秘密の隠れ家的なバーだが、秘密とは名ばかりで、けっしていつまでも秘密にしていられるわけではない。ベルベットのカーテンの後ろに置かれた小さなソファーにすわっているが、この時間はここしか空いていなかった。二人で腰を下ろしたとき、わたしの死体を見つけた日に、安っぽいバーで見た若いカップルのことが、ルビーの頭をよぎった。あのとき、女性が片脚を男の腿《もも》にもたせかけていたことや、二人の愛がまだ素朴な感じできらきらしていたこと。あのときのルビーは消耗し、恐怖を感じていた。今、自分のためにあのきらめきを求めることができるのだろうか。

　二人はその晩遅くまで、わたしの話をした。わたしの写真を何度も往復させながら、二人はわたしの人生を思い描き、わかっているわずかなことを想像で膨らませ、三杯目のマンハッタン――わたしの好きだったドリンク！――を飲むころには、十通り以上のわたしが作り上げられた。チェリーを口に入れたときの感触を思い出しながら、わたしは突飛なことをささやいて二人の想像を煽《あお》る。ギャングの情婦よ！　逃走中の相続人かもね！　氷の当たる音やバックから聞こえるジャズ演奏にかき消されて、二人にわたしの声は届かない。けれども、わたしも二人と同じように想像を膨らませた。そして、わたしと会って、本当のわたしがどんな人間かを知りたかった、とルビーがジョシュに言ったときには、わたしも同じことを強く思った。

　食事をしながら、ジョシュはリヴァーサイド殺人事件の調査をしていたことを白状し、協力を頼んだ友人や業界のネットワークについて説明した。街じゅうにいる関係者の地図がルビーの頭に浮かんだ。その地図の点と点が線でつながっていく。自分が興味を持っているのは個人的感情からではない、と彼はルビーに言った。謎《なぞ》自体がおもしろい、と彼は言うが、わたしには本当のことがわかる。ジョシュにとってこれは彼女に近づく手段なのだ。ルビー・ジョーンズに。彼の気持ちを軽くしてくれる数少ない人物の一人。

　今、ルビーを見つめているジョシュに何が起こるのか、わたしにはわかる。オイスター・バーでの夜のあと、彼の耳のすぐ下から鮮やかなブルーの光が出ているのが見えた。それは顎の下までカーブを描き、首を伝い下り、胸元へ入ってさまざまな方向に広がった。かつて欲望があった場所には、今、闇《やみ》があると彼は思っているが、それは彼が違う場所を見ているにすぎない。彼の欲望はもっと深いところに潜んでいる。彼の暗い思いのずっと下に、その鮮やかなブルーが存在している。そういうものなのよ、とわたしは彼に言いたい。それが無気力からあなたを引きずり出してくれる。わたしは彼の耳に人差し指を当て、そこから首、さらに胸へと線を引きたい。その先は両手を使い、全部の指を使って、動脈のような、まるで爆発しているような線を引く。そして、いろいろなところを触りながらこう教えたい。ここにも、ここにも、ここにも彼女がいると。彼女があなたの話に聞き入っているときの、首の傾《かし》げ方を見てごらんなさい。何かを感じて彼女の瞳はつねに輝いている。コットンのTシャツの下にある膨らみを気にするように生地を引っぱるとき、気がついてはいないけれど、あなたのことも引き寄せている。

もし、生きている人が光の線を、皮膚の下の市街図を見ることができたら、大いに胸を揺さぶられるだろう。今のルビーとジョシュを見ると、不安と期待は表面的には同じに見えるものの、その源はまるで違うことがわかるだろう。不安は勢いよく流れる河口の水だが、期待はもっとずっと繊細なものだ。言ってみれば小さな泡で、一つまた一つ、ぱちんとはじけていく。それが積み重なって、やがて肉体はシャンパンの入ったグラスになり、金色をした何百万もの空気の粒が立ちのぼってくる。

美しい。人の体にはたくさんの喜びを注ぎこめるものなのだ。

「故郷の友人たちは、もうわたしのことをまったく理解できないはずよ」ルビーはそう言いながら、小さな泡を作りかけている。二人は〈デス・クラブ〉に限定した話をしたり、共通の関心事である、もっと一般的な死や死ぬことについても話題にしている。

「近ごろ、自分が歓迎されているのかどうかさえよくわからないの。自分が、なんて言うか……扱いにくい人間らしくて」

「ぼくもだ。あの事故のあとは気楽に付き合える人間じゃなくなったからね」ジョシュも認めた。「特に、事故前のぼくを知っている人間にとっては」

「別れた奥さんのこと？」ルビーは眉《まゆ》をぴくりと動かした。

テーブルの向かい側で、ジョシュは顔をしかめた。

「まあ、彼女は新しいぼくとうまくやっていくことはできなかった。それとも、ぼくのほうが昔のままの彼女と調子を合わせられなくなったのかな。どっちにしても、すぐに厄介な状況になったよ」

「離婚も一種の死だと言われてるわね」ルビーはそう言って、おずおずとテーブル越しに手を伸ばしてジョシュの手に触れた。「つらかったでしょう。あなたの世界が一変してしまって」

ジョシュは何か言おうとしたのか口を開けかけて、すぐに首を振った。

「うん」少したって返事をした。「いい気分じゃなかったね。でも、なにもかも過去の出来事だ。二人にとって」

ルビーにはそれ以上付け加えることは何もなかった。彼女は手を離し、もっと安全な話題に話を向けた。

「今もまだ理解できないんだけど、どうしてこんなに長いあいだ、誰もアリスだとわからなかったのかしら。彼女の行方がわからないことに、どうしてこんなに長く気がつかなかったのかしら」

「想像するところ、彼女をよく知っている人たちには、何か隠しておきたいことがあったんだろうな」ジョシュは答えた。「たいていの人がそうだ。彼女の知り合いはろくでなしばかりだったのかもしれない」

そんな具合に、二人はまたゲームに戻った。わたしの人生を想像するゲーム。それを楽しむ。今度ばかりはわたしも頭にきた。というのも、またもジョシュの想像が当たらずといえども遠からずだったから。

わたしのことを自分の世界から追い払おうとした人たちがいる。わたしを捜すのをやめた——というより、最初から捜そうともしなかった。わたしから距離を置きたいと思っていたからだ。あんなひどいことが起こったあとでさえ、そんなふうに思っていた。

　でも、これからはそれも難しくなるのではないかしら。わたしの名前はもう世間のみんなが知っている。

　夜はもう更《ふ》けている。以前、わたしがしてみたいと思っていたようなデートだ。マンハッタンとジャズ、それに皮膚の下を走る電気。わたしもちょっと自分のゲームをしてみることにしよう。失ってしまったすべての代わりに。

　膝を肘《ひじ》でちょっと押す。今度はさっきより力を入れて。わたしを見捨てた人たちへの怒りを、別のものに変える。

　ルビーは人差し指でカクテルグラスの縁をなぞり、耳たぶを引っぱるが、ジョシュは動かず、彼女の脚にくっついている自分の脚を離すこともできない。このとき、彼は第三者の存在を感じただろうか。目に見えない誰かが押していると思っただろうか。

　（一度死んでこの世に戻った人間なら、誰よりもそれを感じるだろう）

わたしは二人の前にすわりたい。二人がどこに触れようと、神経がぴくぴくするのを彼女に見せてあげたい。指をグラスの縁から彼の唇に移動させてこう言いたい。そこが本来の場所よ。わたしが今、ジョシュにそうささやいたら、実際、彼には聞こえるのではないか。一生懸命やってみたけれど、わたしの声は部屋中に鳴り響くサックスのソロになってしまった。

今夜はあなたたちの夜よ。さっきより大きな声で言うと、カーテンが衣擦《きぬず》れの音を立てた。思い切りがんばりなさい！　わたしが声を張り上げると二人のあいだの蠟燭《ろうそく》が揺れた。わたしの声は音楽や炎やベルベット。今はその聞き方もわかるようになった。わたしは軽く触れるだけ、その場に漂っているだけ。どんどん手足や髪や歯や骨ではなくなっている。むしろ、空気や感覚や火花のような存在。その火花によって人の体に青い川が駆け巡る。

この新しい感覚、まるで力を得たように感じる。ようやく世界を自分のほうに動かす能力を手に入れた。すばらしい感覚。すごいことだ。長いあいだ、もてあそばれたあとだけに、よけいそう思える。

その力をどこで使えばいいか、わたしにはわかっている。

わたしを殺した男は、自宅ですわっている。川からほんの一、二ブロックのところだ。蠟燭が揺れ、夜の風がヒューッと音を立てる。男は煙草《たばこ》を深く吸い込み、吐く息が渦巻き状の煙になるのを眺めている。あの瞬間、川縁で見せた自分の力のことを考えている。そのうぬぼれを逆手にとって、わたしは空に亀裂《きれつ》を作り、雷を生み出した。その雷鳴で椅子《いす》にすわっている彼はびくっとした。

わたしの輝かしい突然の怒りが部屋に満ちる。この男には手足や歯や髪や骨があることを思い知らせてやらなければならない。

なぜなら――風がうなり、蠟燭が揺れるなか――かつてのわたし、アリス・リーという名の女性から彼が奪った物すべてが、まもなく彼の家の玄関をノックすることになるからだ。

翌日。ルビーはジョシュのことが頭から離れなかった。死んだ女性の名前をプレゼントしてくれた男。二人は夜更けまで話し込み、小雨が降るなか、彼がタクシーを呼び止めたのは午前二時半だった。別れの挨拶をしながら、ジョシュは前かがみになって、濡《ぬ》れたルビーの頬にキスをした。顔を近づけたまま、彼女が唇を彼のほうに向けるのを待つ。そして、二人の初めてのキス。慎重で、ソフトな、つかのまのキスだったが、ルビーはタクシーでの帰り道、片手で口元を押さえ、こみあげてくる喜びにくすくす笑っていた。運転手もまた、お客さんが楽しい夜を過ごしたようでわたしもうれしい、と言って笑った。

たしかに、すばらしい夜だった。しかし、一夜明けたらどうなるだろうか。お酒や雨やいつもと違う状況に置かれてこうなっただけで、日が昇ったら、当然のようにまた距離をとるのではないだろうか。そうなったとしてもうろたえてはいけない、とルビーは思っている。三十六歳の女性なら、わきまえていなくてはいけない。ジョシュから、無事に帰り着いたかどうかを確認するメッセージが来た——これはいい兆候。今朝はなんの連絡もない。あまりいい兆候ではない。あのキスで蝶《ちょう》が戻ってきた——いい兆候どころか、どれほど長いあいだ、羽ばたくことがなかったかを考えれば、奇跡に近い。このときめきにジョシュが気がついていたかどうか、ルビーにはわからない。それは明らかによくない兆候だ。相手が自分のことをどう感じているかわからないまま対処する、そうしなくてはならないなんて。

かさぶたは、けっしてその下から再生する皮膚ほど柔らかくはない。前にも言ったように、人は別の街にやって来て、真新しい人間になるわけではない。習慣や堂々めぐりの考えや恐怖などあらゆるものをバッグに詰めたままやって来る。ジョシュといっしょにいた昨夜も、キスをする直前、ルビーは足下の舗道が傾いたように感じた。それは長くても一秒だったが、それでもついに世界が広がり、転換したと感じるにはじゅうぶんだった。ルビーは両腕を大きく広げ、天を仰いで顔に雨を受けながら、くるりと回った。数えきれないほどの映画のシーンで見てきた光景だ。ジョシュは笑って彼女が倒れないように腕をつかんだ。そのとき、ルビーは実際、くらくらする状態でいたかった。

（ゆうべは、わたしたち二人とも新しい世界を知った）

けれども、今日は目新しいことは何もない。アッシュから例によって当たり障《さわ》りのないメッセージ――「ハーイ、元気？」――が届いたが、ルビーは無視している。声に出して言わずにはいられないあの名前をアッシュには教えたくなかった。（ジョシュとのいきさつもアッシュには話せない。話してしまえばいいのに、とわたしは思うのだが）

二人が今いるそれぞれの場所から、ジョシュとルビーを見ることができれば、誰でもそう思うだろう。

どの部分に恋愛感情が宿るかは人によって違う。ジョシュの場合は、指先に心からの願いを宿している。そこで、その思いが強くなりすぎると、親指と人差し指をこすり合わせて胸の痛みを和らげる。あるいは、両手を広げ、握ったり開いたりして指の関節を鳴らす。女性に近づこうとしたり、言葉を探そうとしたりするとき、ジョシュの思いは手に表れる。ルビーのほうは両腕の芯《しん》の部分に思いを宿している。それは、骨のように硬い感情として表れ、彼女はそれを振り落とそうとする。絞って外に出したいほど不快なのだ。二人ともそうした激しい感情にはなじんでいないし、あってはならないと思っている。欲求を感じることは、それを追い求めるか、そこから逃げるかのどちらかであって、その中間はない。

ルビーは、一日中ジョシュの指が動いて彼女を求めていることを知らない。

彼からのメッセージが来たのは、ルビーが近くのコインランドリーで両腕をきつく交差させて前かがみになってすわり、衣類の乾燥が終わるのを待っていたときだった。スマートフォンの振動に跳び上がりそうになった。ずっと心待ちにしていたというのに。

　ルビー、ゆうべはありがとう。とても楽しかったよ。最後はちょっと思いがけなかったけどね。その前に、きちんと話して誤解を解いておかなくちゃいけなかったと思ってる。実は、ぼくはまだ既婚者だ。妻とは別居中。でも、正式にはまだ離婚していない。今夜、あいてたら、直接会ってそのことを話したいんだが、どうかな？

ルビーの手からスマートフォンが滑り、音を立てて敷石の上に落ちた。

わたしも、まさかそんなメッセージを目にするとは、思ってもいなかった。

19

身元が判明すると、こんなことが起こる。状況が一変する。なにもかもが変わる。彼らは被害者の人生を探りはじめる。世間の関心を釣るために、〈死んだ女性〉にはもっと大きな針が必要なのだ。死んだという事実だけではじゅうぶんではない。レポーターや記者たちは、過去を丹念につつき、骨をふるいに掛ける。美しい女性が殺されるというショッキングで悲劇的な出来事が起こったのだから、見返りはいくらあってもありすぎるということはない。

こういうライターたちにとって、わたしの場合、仕事は楽かもしれない。母親はいない（しかも自殺！）。父親もいない（そもそも、誰が父親なのかわからない）。小さな町でありながら、噂話《うわさばなし》もそれなりにあるので、つまみ食いするのにちょうどいい。かつての同級生の中には、目立ちたがり屋もおおぜいいる。わたしが死んだことについての憶測も聞けるかもしれない。だが、たいていの手がかりは期待外れに終わる。

どれだけ深く掘ったところで、行き止まりだ。わたしは善良な生徒。補導歴なし。みんなが知っている限り、深くつきあったボーイフレンドはいない。スキャンダル一つない、あのときまでは――。

ジャクソン先生はアトリエでドアにノックがあるのを待っている。木炭で汚れた指が震え、何枚もの写真は裏向きにして鍵《かぎ》付きの箱に入れられ、クローゼットに隠された。写真は捨てられない。埋めるか燃やすことを何度も考えたが、どうしても自分の手で処分できなかった。彼はわたしの写真を一枚も見ていない。わたしがあの家を出てからは見ていなかった。あの日、戻ったとき、彼はわたしの姿が消えているのを知った。頭を冷やし、気持ちを落ち着けて、部屋から部屋へとわたしを捜した。詫《わ》びるつもりだった。もう気にしなくていい、と言おうと思っていた。二人で新しい世界へ行ってもかまわない、と。現金と母親の形見のライカがなくなっていることに気がつく。あの日の午前中、わたしに浴びせたのと同じ罵詈《ばり》雑言《ぞうごん》が響き渡る。タミーのいる湖畔へ、わたしが行ったのだろうと想像する。そして、それまでの関係は二度と取り戻せないことを知る。

失ったものに気がつき、彼はベッドにすわって泣いた。二か月ほどたったある日、町じゅうのどのテレビにもパソコンの画面にもわたしの名前が映し出されたとき、彼はふたたびすすり泣いた。「この町出身のアリス・リー。ニューヨークで惨殺《ざんさつ》される」事実から目を背け、ただ連絡がないだけだと思い込むことはもうできない。とうとう彼は、見知らぬ男がわたしの体に触り、無理やり脚を開かせ、岩場に放置したところを想像する。そして、ほかの誰かがそれを見つける。

ジャクソン先生。わたしの人生の汚れた部分に足を踏み入れたただ一人の人物であり、彼だけがわたしのなめらかな肌や柔らかい肉の感触と、わたしが雪のように解けていくことを知っている。

もう二度とあの写真を見ることはない、と彼は確信している。なんの気なしに保存した誠実さと美しさ。だが、それが時限爆弾でもあり、彼自身の過《あやま》ちの記録であることも承知している。そしてまた、ドアがノックされるのが避けられないこともわかっている。

それでも、紺の制服を着た人たちが戸口に現れたとき、彼はまだ心の準備ができていなかった。彼らは制服の下に拳銃《けんじゅう》を忍ばせ、警察手帳を見せた。彼はあのカバーに覆《おお》われた寝椅子《カウチ》に震えながらすわっている。「二、三おうかがいしたいことがありまして。いえ、容疑者ではありません。捜査にご協力いただけないでしょうか。わたしたちはただ――」

　女性刑事だ。木箱の上の本や絵や丸めた彼の背中に視線を向けている。

「ところで、彼女はここにあなたといっしょにいて、何をしていたんですか？」

　嘘《うそ》はすらすらと口をついて出た。「あの子はいろいろ問題を抱えていましてね。ほかに行くところがなかったんです。寝る場所が必要で、二、三週間のシェルターみたいなもんですよ。とてもいい生徒でした。面倒を見てやったんです。もしかしたら、友だちのタミーには、話をおもしろくするために、尾鰭《おひれ》をつけて話していたかもしれませんが。十代の女の子にはよくあることでしょう？」タミー自身にも少々問題があることと、彼女がどう言っているかは知らないが、自分はアリスに指一本触れていないことを刑事たちに伝えておかなければならない、と彼は思った。アリスは気の毒な女の子で、自分は彼女を窮地から救ってやろうとしただけ。ただ、手助けをしてやりたいと思っただけなのだ、と。

　彼女の最期《さいご》が想像できなかったのは、自分の責任ではない。

　ルビーはふたたびジョギングを始めた。ジョシュのメッセージを受け取って、頭がくらくらした。ちょうど彼のほうに気持ちが引き寄せられていたのだ。もうずいぶん前になるが、アッシュから婚約したと聞かされたとき、彼にどう言えばよかったかを、今初めて考えてみた。あり得たかもしれない自分の姿を想像してみる。彼とあの最初の一杯を飲んだあと、一人で帰宅し、タイミングの悪さとチャンスを逃したことを嘆く。またあと少しのところで失敗したのだ。自分がそのもう一人の自分だったらどうだっただろうか。どれほど惹《ひ》かれていても立ち去ることができる強い女性だったなら?　ジョシュのメッセージに返事をせず、もう付き合わないようにするのは、必ずしも気分がいいわけではないが、そんな気まずさなど一時的なものだ。また同じような優柔不断な男と恋愛関係になったら、もっとつらいことになる。それに、彼は嘘をついたではないか。離婚も一種の死だとルビーが言ったときに。あのとき、本当のことを言うべきではなかったか。形の上ではまだ婚姻関係にあることを、言うべきだった。それを言わないのは嘘をついているのと同じだ。ルビーにはそのことがよくわかっている。

　ジョシュの不誠実さが腹立たしい。嘘をつかない人に会えたと思っていたのに。このことで、ルビーはレニーやスーにたいしても憤《いきどお》っていた。二人はジョシュが既婚者であることを知っていたはずだ。だったら、それを教えてくれてもよかったではないか。スーが自分の離婚についての話をしたり、レニーがしょっちゅう恋愛話をしているときに、いくらでもチャンスはあったのだから。ジョシュの妻のことが一度も話に出なかったのは変ではないか？ 心が穏やかなときには、自分が理不尽であり、別居中であることは通常の結婚生活が続いているのと同じではないことが理解できる。けれども、婚姻関係が終了したのとまったく同じというわけでもない。だから、裏切られたように心が痛み、今は誰ともつながりを持ちたくなかった。ルビーが返信しないままほうっておいたのは、ジョシュからのメッセージだけではなかった。そのうちに一週間が過ぎた。

ルビーが迷うと、わたしも迷う。ジョシュのことがわかったあとの数日間、わたしたちはどこへ行くわけでもなく、この街の通りをさまよい続けた。ルビーは故郷メルボルンに戻ることも考えている。わたしは、もうどこが故郷なのかわからない。わかったつもりになっても、またふりだしに戻る。以前は、名前さえ取り戻せたら、わたしのほうに打ち寄せる荒波が静まりさえすれば、何をすべきかがわかるだろうと思っていた。もしかしたら、ほかの女性たちの行き先もわかるかもしれない、と。

でも、わたしはここにいる。みんなに気がついてもらえないままだ。アリス・リーを殺したのは誰か？ わたしについて検討すべき問題は、それではないはずだ。それなのに、今、みんなが口にするのはこのことばかり。

　ともかく、羅針盤的存在の〈デス・クラブ〉と離れたことで、結局、わたしたちは出発点に逆戻りしたようだ。ニューヨークにいる、一人の孤独な女性と一人の死んだ娘。ルビー・ジョーンズとアリス・リー。生者と死者の綱引きは膠着《こうちゃく》状態に陥った。

　ルビーは二度とあの川へ行こうとはしない。わたしが殺された朝を最後に、リヴァーサイド・パークに入るのも避けていた。それどころか、リヴァーサイド・ドライヴを歩こうともしないだろう。ハドソン川沿いのあの道には、夏になれば、高級住宅で暮らす人たちがのんびりくつろぐ姿が見られる。このところ、通りや野原やジョギングコースにはいつも人がいる。少なくとも太陽が沈むまでは人の姿が絶えない。ルビーは頭の中で何百回となくあの岩場を訪ねている。事件現場の写真を何枚もじっくり眺め、頭の中には地図ができあがっている。それでも、リヴァーサイド・パークの方角へ歩きかけると、いつも自分の中の何かが抵抗し、押し戻される。そのことをレニーかスーに話せたらいいのに、と思っている。あるいは、いっそのことジョシュに。彼はいつか、自転車事故の現場に無理をしてでも行ってみるべきだと思いながらも、勇気が出るまでに数週間かかった、と言っていた。そして、ついに事故現場に戻ったとき、何も憶えていないことがすぐにわかった。まるで違う場所に腰を下ろしているような感覚に見舞われた。彼の血はどこか別の木の周りの土に染《し》みこみ、自然の壮大な仕組みの中では彼の事故など取るに足りないことであるのを、痛切に感じた。

「まるでその場所から人の記憶など消えてしまうようだ」ジョシュは首を横に振って、ルビーにそう語った。

もし、今でも互いに話のできる関係だったなら、ジョシュはきっとルビーといっしょに川縁へ行き、彼女の手を取って力づけてくれたにちがいない――と、ここでルビーは思考の流れを止める。ジョシュはルビーが思っていたような人間ではない。二人は空白の期間をおき、彼との関係はもう終わっている。これからは、何かを判断するときにもっと慎重にならなくてはいけない、とルビーは考える。簡単に気を許さないようにしなくてはいけない。

(どうして人は――特に善良な人たちは――誰かに裏切られたとき、自分のせいにするのだろう。そういうことが起こったとき、悪い連中は明らかな犯罪だけでなく、それ以上のものを持ち去っていくように、わたしには思える)

もしかしたら、仲間が見つかったと思った直後に失望し、ルビーが孤独感を強めていたせいかもしれない。頭の中からジョシュを追い出し、今日は別のことを考えようとしていたのかもしれない。あるいは、単に時間の問題、つまりこうなるのは必然だったとも考えられる。理由はどうであれ、五月下旬のこの火曜日、わたしが殺されてから六週間後、ルビーはふたたびリヴァーサイド・パークを訪れた。今、公園内は賑《にぎ》わっている。走ったり自転車に乗ったりスケートボードをしたりする人たちが、貼《は》り紙がある金属製の柱の前を通り過ぎていく。そこには黄昏時《たそがれどき》に上映される映画の広告や、開講間近のヨガクラスの宣伝ビラがはためいていた。

(夏のこの場所に、わたしもいたかった)

晴れたこの日、ルビーは公園の上の遊歩道を突っ切り、川縁に向かった。前回訪れた嵐《あらし》の早朝の記憶は、今では映画の一場面のように感じられる。じめじめした地下道や行き止まりだったところには、まだらに木が植えられ、犬を連れた何組もの家族が散歩している。川沿いのジョギングコースには、急いでいる人、のんびりしている人が幹線道路なみに行ったり来たりしている。あのとき、たった一人でここにいたことが信じられない。ルビーは右や左に顔を向け、思い出すヒントになりそうな物はないかと探した。太陽の下で見ると、見覚えのあるものは何一つない。一度も来たことがない場所のようだ。

まるでその場所から人の記憶が消えてしまったように。

ルビーがわたしを見つけてくれた朝、公園で彼女は息苦しさを感じ、閉じこめられたように思っていた。今はなにもかもがまぶしいほど輝いて見える。彼女の右側には、向こう岸にニュージャージー州が見える川があり、スポーツグラウンドがあり、左側の土手には階段がある。公園は川に沿って広がり、絵葉書にするには格好の場所だ。ルビーがまさにその場所にたどり着くまではそうだった。六週間前の朝、金属の手すりを両手でつかんで身を乗り出していた場所に着いたとき、ルビーの体は拒絶反応を起こした。アドレナリンがどっと放出され、心臓が締め付けられ、映画の一場面ではないことを思い知らされる。川を見下ろしたとたん、ここで実際に起こった現実に引き戻された。空に走る閃光《せんこう》、頭上から聞こえる車の走るシューッという音、雨で目のくぼみに水がたまり、全身がびしょ濡れになる。川縁に女の人がうつ伏せに倒れている。ルビーが大声で呼んでも、起き上がることも寝返りを打つこともない。その女性が運ばれるところも憶《おぼ》えている。担架に乗せられ、下の小道から運ばれてきた。むき出しの青白い脚や鮮やかな血も目に焼き付いている。赤色灯が点滅し、サイレンが鳴り響く。目をつぶっても鮮やかな色が飛び交い、ルビーは銀色のアルミブランケットにくるまって肩を震わせていた。手袋をした何人もの男たちが捜索している。心のイメージのどこかに、突然、ジョシュやアッシュが現れ、アリス・リーの遺体を見つけたときと同じように困惑し、頭が混乱した。

ルビーがごちゃごちゃになった記憶のなかでなんとか呼吸していると、男が一人、わきにやって来てにこやかに微笑《ほほえ》みかけた。

「すてきな場所だろう?」長身のがっしりした男で、ほんの一瞬、太陽の光が遮られた。

「あの……」ルビーは瞬《まばた》きしながらその大きな体を見た。男はこぎれいな短パンにポロシャツという格好で、高級な木材のような匂《にお》いをさせている。目は明るいブルーの輝きを放ち、ここが少しもすてきな場所でないとしても、またルビーがアリス・リーの遺体を見つけた場所だとしても、少なくともこの男は恐怖とはかけ離れた、清潔でさわやかな存在だ。しばらくのあいだ、忘れるのもいいかもしれない、とルビーは必死にそう考えた。この場所について知っていることに目をつぶるのもいいだろう。

ルビーは川に背を向けて、男のほうを見た。ジョシュにもアッシュにも、そしてわたしにも背を向けて。

(結局、彼女がそうすることを、わたしは知っておくべきだった)

「ええ、ほんとにすばらしいところだわ」ルビーは青い目の男に言った。

「へえ、おもしろいアクセントだね」そう言って、彼はルビーに近寄った。

ルビーは笑顔を作ろうとした。

「オーストラリア人なの。まだニューヨーク風にはしゃべれなくて」

そこから会話は始まった。男はこの街に来てどのくらいになるのかを尋ね、自分は近所に住んでいると言った。ニューヨークのこのあたりが気に入っているかどうかも訊《き》いた。話をしながら、ルビーはこの男が身なりに気を遣っていることに目を留めた。日焼けした肌、きらめく瞳《ひとみ》、シャツから靴に至るまで、目立たないながらもデザイナーのラベルのついたブランド品を身につけている。アメリカ人らしいきれいに並んだ歯。よれよれのジョギングウェア姿のルビーは、会話の合間に品定めをするような視線が自分に向けられているのを感じていた。

「迷惑じゃないよね？」一度、会話の最中に彼は尋ねた。

「いえ、ぜんぜん」ルビーはそう答え、実際にそう思っていた。「話し相手ができてうれしいわ」

「だったら、コーヒーでもつきあってもらえないかな？　前からオーストラリアへ行ってみたいと思っているので、ぜひ訊きたいことがあってね」

慎重にふるまわなくてはいけないという心の声をルビーが感じていたとしても、その声は、自分が今どこにいて、この場所がどういう場所であるかを忘れたい気持ちにかき消されていた。

「いいわね」ルビーはそう答えると、よく考えもしないうちに男のあとについて行った。小さなカフェの混雑したテラス席で、彼が引いてくれた椅子に腰を下ろした。男の名前はトム。金融関係の仕事をしているという。「そう、ウォール・ストリートのね」軽い調子で、性急なしゃべり方をするため、ルビーはうなずいたり、簡単に答えたりするだけで、何か新しいことやおもしろいことを口にすることはなかった。そんなふうにトムがぺちゃくちゃしゃべるのを聞きながら、ルビーはいつしか〈デス・クラブ〉のことを考えていた。新しい友人たちの話を聞いたり、自分の話を聞いてもらったり、その機会を失ったことが残念でならなかった。彼らに話したいことがたくさんある。とりわけ、今日、こうして公園を訪れたことを伝えたかった。ジョシュのあのメッセージを受け取ってから一週間になる。初めのうち、次の集まりについてのメッセージが届いた。だが、ルビーが返事を出さないでいると、一人一人からメッセージが来た。それにも返信しないでいると、連絡はとぎれた。彼らとのあいだにできた溝をどうやって乗り越えたらいいのか、ルビーにはよくわからない。大切な物を、ジョシュの告白が作った溝に落としてしまった。それを取り戻すことはできないように思う。

ルビーはラテを飲みながら、〈デス・クラブ〉のことはもう考えないようにしようと思った。そのとき、トムがコーヒーカップを置き、川のほうに視線を向けて、何か切り出そうとしているのがわかった。

「ルビー、知ってるかな。この公園で若い女性が殺されたんだよ。四月の半ばにね」

ルビーは頬が熱くなるのを感じた。

「ええ、知ってるわ」

トムは太陽の日差しに目を細くして、まだ遠くを見つめている。

「ひどいことが起こったよね。このあたりはふだんとても安全なのに。こんな話をしたのは、さっききみが一人でニューヨークへ来たと言ったからなんだが」

彼は顔を戻して、ルビーの目をのぞき込んだ。

「一人暮らしの女性はじゅうぶん用心しなくちゃいけないよ」

（こういう人たちは感謝されるのを期待している。こんなふうに相手を気遣っていることをアピールしているのだ。ルビーもそれがわかっていて、善意からのものだとしても、男の態度に苛立《いらだ》ちを感じている）

「ちゃんと用心しているわ、トム」そう言って、ルビーは笑いかけたところで微笑むのをやめた。「実際、女性はたいていそうよ。アリスだって用心しようとしていたと思うわ」

「まだ暗いなか、一人で公園にいるのを、用心してるなんて言えるもんか」トムはルビーの言葉に機嫌を損ねたとでもいうように、いたずらっぽい口調で言ったが、そのあとため息をついて首を左右に振った。「ごめん。そんなの、おれにわかるわけないな。女であることがどんなものかなんて。ただね、おれにも妹や姪《めい》がいるから。あいつらにそんなことが起こったらと想像しただけで気分が悪くなる。ともかく」考えを整理するように、トムはまた首を振った。「なんて話をしてるんだ、こんな気持ちのいい日に。どうしてこの街に来たのか、もっと聞かせてくれないか。さっきも言ったように、オーストラリアへ行きたいと前から思ってるんだ。まず最初にシドニーへ行って、それから……」

　トムはこうして明るい話題に話を戻した。

　だが、ルビーのほうはこれで魔法が解けた。彼は殺人事件について知っている。マスコミが大々的に取り上げているのだから、知らないはずはないのだ。ルビーは、ほんの一時間でもそのことから離れたいと思っていたのだが、いったい何を期待してこんなふうに川へやって来たのだろうか。ふたたびちくちくする不快感がよみがえってきたのを感じて、楽観的だった自分を叱《しか》った。さっきまで陽気で軽い調子だったトムが、今は炎症のようにルビーの体に貼り付いている。どうしてこの男は周りで起きていることに、こうも無頓着《むとんちゃく》、無神経でいられるのだろうか。ルビーの気持ちの変化にさえ気がついていない。

ルビーはそれが言いがかりに近いことはわかっている。この陽気な男が多少無神経であっても、腹を立てるのは筋違いだ。けれども、〈デス・クラブ〉の友人たちに会えない空《むな》しさに心がひりひりしているときに、この男はどうでもいい話を始めた。今度はダウンタウンのバーで、メル・ギブソンに会った話だ。

「すばらしいやつだ」トムは下手なオーストラリア訛《なまり》で言った。ルビーは作り笑いを浮かべたが、頭の中ではもう失礼しようと考えていた。普通の日常を求めてここまで来たが、うまくいかないようなので、できるだけ早く退散したかった。故郷のメルボルンは、よく一日のうちに四季があると言われる。気温が急激に下がり、日が照っていたかと思うと、なんの前触れもなく霰《あられ》や雹《ひょう》が降りだす。ルビーは今、自分がその天候になった気分だった。

やがて、テーブルに伏せられていたトムのスマートフォンが鳴り、ルビーは救われた。

「ちょっと失礼」

「どうぞ」ルビーはうなずいた。「わたしももう行かなくちゃいけないので」

トムは残念そうな顔をしたが、ルビーが椅子を引いて立ち上がったのを止めようとはしなかった。

「どうやら時間がたつのを忘れていたようだわ」

「それはうれしいな」トムはそう言って、ルビーがテーブルに置こうとした現金を手で押しやるような仕草をした。

「とんでもない。いつだって男が払うものだよ。あるいは、次に公園で会ったときに、本物のドリンクをおごらせてもらうということでどうかな」

冗談めかした、遠回しな誘いだった。また会いたいと言っている。ルビーは胸苦しさを感じた。どうでもいい男に誘われた重圧感だろうか、と彼女はあとになって考える。とりあえず、愛想笑いをして、テーブルの向こうから差し出されたトムの手を取った。

力強い温かな指がルビーの手をぎゅっと握る。

「また会うときまで」トムは最後にもう一度力を込めて握ってから手を離した。「それから、さっきも言ったように、気をつけるんだよ、ルビー。外は見かけほど安全じゃないからね」

別れたあと、彼はもう一度振り返って大げさに手を振ってから、階段を一段飛ばしに上がり、公園を抜けて姿を消した。ルビーは、彼の跡を追うわけでも家に向かうわけでもなく、気がつくと、曲がりくねった小道を進み、川縁《かわべり》にやって来た。川の水が岩を洗っている湾曲した場所だ。

ルビーは金属製の手すりに頭を押しつけ、懸命に涙をこらえた。

この公園で若い女性が殺されたんだよ。四月の半ばにね。

知ってるわ、わたしが彼女を見つけたんですもの。

ルビーはこう言うこともできたし、言うべきだった。この川沿いのすてきな場所について、トムに本当のことを告げるべきだった。

でも、あなたはそこからどこへ行くの？

　これまで、事件現場に近づくのを避けていたのは、ルビーだけではない。この数週間、押したり引いたりしてルビーを動かし、崖《がけ》っぷちまで行かせては引き戻していたのは、わたしだ。川が彼女を呼ぶたびに、わたしは両手を彼女の胸に当て、押しとどめていた。なぜなら、川は彼を呼ぶのもわかっているからだ。彼が血の跡をたどるのを見たし、彼の耳の中に響く川音も聞いた。もちろん、当人は用心している。彼はいつでも好きなときに岩場に戻って来てもおかしくない。ウエストサイドに暮らすどの男だってそうだ。なんといってもここは彼の裏庭のようなものだ。なじみの場所なのだから。

ほとんど毎日ここに来てると言ってもいいね。誰かに訊かれれば、彼はそう答えることだろう。

実際のところ、わたしはルビーが彼と会わないようにしていただけではない。彼がここでたたずみ、川を見渡しながら喜びに胸を膨らませ、指先がうずき出すのを、わたしは知っている。自分が与えた苦痛に食いつき、まるで骨から肉を引き剝《は》がすようにそのごちそうを食べ、わたしの人生のぞっとする最期の瞬間を繰り返し味わう。前はそれがいやだった。

でも、今はこの男をもっとよく見ることができる。わたしはもうこれ以上、彼が作り上げた世界から後ずさりするつもりはない。そばにいて、反撃のチャンスを待つ。わたしの名前が告げられた夜、わたしの怒りは一気に燃え上がった。つかのまの美しい炎。だが、わたしにはやり直すチャンスがある。それはわかっている。

わたしの死体の重さをあの男に感じさせてやろう。

ジョシュがルビーに事故現場に戻った話をしたとき、語らなかった部分がある。自転車が転倒する原因となった木の根を捜し、痛みの記憶を探ったが、何もかもが記憶とは違っていた。捜すのをあきらめ、特別な枝や石や泥があるわけではなく、みんな同じだとわかったときになってやっと、腐った木の葉の中でそれが光っているのを目にした。腕時計の文字盤だ。無数のひびが入り、針は折り重なったままねじ曲がって止まっている。彼が地面に叩《たた》きつけられたとき、その衝撃で時計が腕からはずれ、小さな文字盤は飛んでいったにちがいない。残骸《ざんがい》を拾い上げて損傷を確かめると、ジョシュは不思議な安堵《あんど》を感じた。彼は何か証拠を探していたのだ。彼の世界の配列がすっかり変わってしまったことの証《あかし》となる何か——それがこれだった。今、手のひらの中で、文字盤はへこんでいる。事故のあと、何週間も見逃されてきた。どれだけ大切な物かを理解できない人たちの目には入らなかったのだ。

真実は必ずしもいつも声高に自ら名乗り出るわけではない。ときには手のひらに収まるほど小さいこともある。

　自分が何を探しているのかをわかっているならば。

　ルビーが川にいるとき、わたしは死体安置所のレニーのところに行って、彼女が死体の修復をしているのを眺めることがある。彼女が担当している死人のほとんどは、ずいぶん前に自分の体から離れてしまっているが、ときおり、作業しているレニーの腕をやさしく叩いたり、額にキスをしたりしている者を見かけることがある。レニーの腕の柔らかい毛が逆立っているのが見え、そんなとき、彼女の頭皮がちくちくしているのを感じる。そのあと、その人は旅立つ。亡《な》くなった娘たちはほんの少し、別の場所にも姿を現し、レニーについてレストランに行ったり、お気に入りの古着屋で商品を見ている彼女のすぐそばに立っていたりする。わたしはちらっとしか見たことはないが、レニーはつまずいたり、グラスを倒したりして、自分はどうしようもなく不器用だと思っている。けれども、実は彼女たちがうっかりレニーに近づきすぎたからだということが、今のわたしにはわかる。

　死体安置所で、わたしは面会室に行き、家族や友人が愛する人の遺体のそばにすわっているのを眺めることもある。悲嘆に暮れる一人一人が愛情や思い出や苦しみをこの部屋に持ち込むのを眺めた。そして、その全部が混ざるのを見た。そのあと、それは七色の川となって流れ出す。この悲しみを間近で見るのは、光がプリズムを通り抜けるのを見ているようだ。まるで虹《にじ》だが、はるかに明るい。とても輝かしいものだ。思い出の虹の橋。まるで人の一生の最初と最後が同じ一つの光であるかのようだ。もちろん、生きている人はこれを見ることはできない。彼らは自分の悲しみを癒《い》やすことで忙しい。まもなく、別の感情が悲しみに取って代わる。怒り、絶望、不信、諦《あきら》め――どれも生きていくために必要なものだ。だが、最初の混ざった色や溶け合った悲しみが、今でもここを照らしている。死者を照らし、わたしたちがけっして忘れ去られることはないと教えてくれる。だからこそ、わたしたちは自分たちの光を置いて旅立たなくてはならない。

このプライベートな心痛む瞬間を見ていると、わたしは別のこともわかる。死んだ人を憶えているのが誰か、それが大切だ。わたしを知る人たちはお互いが離ればなれで、みんながそれぞれ自分のアリス・リーの思い出を抱いている。まるでたくさんの思い出であったり、なんの思い出もなかったりするようだ。それは誰に訊くかによって変わる。ルビーはこういう思い出を集めて、わたしに焦点を当てようとしてきたが、今のところ、あまりうまくいっていない。協力しない人もいるし、なにしろ死人が水先案内人だから。

わたしが今も生者と死者の綱引きをしているのはそのせいかもしれない。わたしはあの岩場でルビーが見つけたときと同じくらい、今も不完全だ。

世間にも、わたしのことが少しずつわかりかけてきている。それをできるだけうまくつなぎ合わせてアリス・リーという女性の物語をまとめようとしている。しかし、まだ欠けた部分が多すぎる。空白の部分をわたしが埋めてあげたら、どう思われるだろう。

彼女はポルノ写真のモデルをしたことがある。

彼女は高校教師と関係を持った。

彼女は高齢男性の家に暮らし、いろいろな物を買ってもらっていた。

あるいは、こういうのはどうだろう。ジャクソン先生に最後に電話をしたあと、眠れなくなって、午前五時に起き、見たこともないほど激しく、そして美しい雨のなか、つまずきながら歩き出した。紫色のパーカのジッパーを上まで締め、カメラを胸に押しつけるようにその下に入れていた。写真学校に提出する作品集のことを考え、人生はこの嵐によく似ていると思った。悪いことを押し流してくれ、その中によいことも交じっているかもしれないが、それでもいい。この先、よいことがたくさん起こるはずだから。そのあと、嵐の写真を撮ろうとしていたとき、一人の男が近づいてきた。男は思うように行かない日が続き、今日もつまらない朝を迎えた。彼女が顔を上げようとせず、話し相手にもならないとわかると、男は気分を害した。彼女が川と雨の写真を撮る準備をしているのを眺めているうちに、おもしろみのない毎日へのむしゃくしゃした気分が風船のように膨らんでいき、やがてその鬱憤《うっぷん》を解消した。両手の拳《こぶし》と指で彼女の体を強く圧迫することで。まるで風船をつぶさなくてはいけないというように、彼女の顔をぺちゃんこにする。彼女が笑顔を見せなかったことに腹を立てた。相手にしてもらえないことに腹を立てた。煙草の火が消えたとき、男はライターを持っていないかと尋ねた。彼女が首を横に振ると、男は礼儀知らずだと言った。そして、稲光が暗い空を切り裂いたとき、男は自分勝手な怒りを爆発させて襲いかかった。

　これまでずっと自分で自分の身を守ってきたのに、煙草の火が消えたことに腹を立てた男によって、地上との束縛を解かれた。

　男は煙草の火の代わりに彼女の命の火を奪った。

　強く揺さぶり、何発も殴り、揉《も》み合い、肘《ひじ》で体を押さえつける。ほんの一瞬、彼女が逃れるチャンスはあったが、すぐに倒れ、泥だらけの岩に体を打った。男は仁王立ちになって彼女を見下ろし、自分が大きく見えることに優越感を味わいながら、カメラのレンズを彼女の額に打ちつけた。何度も何度も繰り返した。めちゃくちゃになった彼女の顔に、たちまち嫌悪《けんお》を覚え、濡れた細い首に両手をかけた。この娘という都市を隅から隅まで破壊できたことが、男にはわかった。娘の過去も、これから生きるはずだった未来もすべて破壊した。砕け散った一つの命、彼という爆弾が破裂したのだ。ジーンズのジッパーを下ろしながら——見苦しいものを見なくてすむように、彼女の顔を横に向ける——まるで自分が世界最高の権力を握ったような気がした。これからはなんでも奪うことができる。

吸いかけの煙草のために火を借りることはもうできなかった。家に帰るまで待つしかなかった。がらくた入れを探って、そっと静かにマッチを探した。嵐はさらに強まり、彼女の血まみれの下着は彼のポケットに突っこまれている。そのほかの物も戦利品として持ち帰った。

あの女がもう少し愛想よくしとけばよかったんだ。煙草の火を借りようとしただけじゃないか。男は本心からそう思っていた。しばらくたって、雨の音や響き渡るサイレンに耳を傾け、指を震わせながらこう思った。あのとき、煙草が吸えていたら気持ちが落ち着いて、あんな性急なことはしなかったかもしれない。もし、あの女が微笑んだら、一生懸命微笑もうとしたら、おれの口説き文句に承諾の返事をさせてやってもよかったのに。

（これがあの男の作り上げた世界。今なら、もうちょっと詳しく話すこともできる。いっしょにもっと近くからよく見てみよう。ただし、あの男がわたしについて言うことは一言も信じてはいけない）

20

ノアは、制服姿の人々がアパートメントのあちこちに散らばるのを眺め、動きが正確なことや目的意識がはっきりしていることに注目した。一人一人の捜査官が手際《てぎわ》よく物を手に取り、粉をかけ、膝《ひざ》をついている。それぞれがいっしょになって、ただ一つの質問を頭にたたき込み、ただ一つの答を追及していく。アームチェアに腰かけて眺めていると、ノアにはそれがいくつもの部分から構成された美しいバレエのように見える。フランクリンは主《あるじ》の足下に悲しげにすわり、忙しそうな見知らぬ人たちに不信の目を向けている。その人たちは彼に対しても主に対しても笑顔を向けることはない。その中の誰一人として、若い女がピアノの椅子《いす》にすわって眺めていることには気がついていない。

ノアはわたしの名前が公表されるとすぐに警察へ行った。警察が関心を持っていることについて詳しく知っているかもしれないので、と告げた。アパートメント内の捜索についても自ら申し出て――「令状はいりませんよ」――血液採取や綿棒による検体採取にも応じ、コーヒーやお悔やみの言葉は断った。ノアが警察に行った目的は一つ、ただ一つだけだった。アリス・リーに危害を加えた男を見つけるための協力をすることだ。

ノアは今もわたしが死んだことを認めたがらない。

わたしが帰宅しなかったその日に、リヴァーサイド・パークで若い女性の死体が発見されたことを知っても、ノアはわたしの身に何かが起こったと考えようとはしなかった。あの日、サイレンの音や事件の話には耳を塞《ふさ》ぎ、ドッグ・ウォーカーの仕事はすべてキャンセルして、フランクリンといっしょに居間でわたしの帰宅を待っていた。雨が窓に叩きつけるのを眺めながら、何時間も待ち続け、翌朝になってもノアと愛犬は玄関のドアに聞き耳を立ててすわっていた。

数日たっても、玄関のドアが開くことはなく、ノアの中で何かが閉ざされた。彼にとっては、わたしがこの生活に飽きて出て行った、と考えるほうが気が楽だった。ニュースで伝えられているような恐ろしいことがベイビー・ジョーンに起こったのではないかと、想像するのはつらすぎた。人生で初めて、彼は事実から顔を背けることを選択した。彼がそんなことをするなんて、わたしには想像できなかった。星屑《ほしくず》や星について教えてくれたノアとは思えない。物事の仕組みをいつでもきちんと理解している人のすることだとは思えない。そんなふうに彼が顔を背けたとき、わたしはその意味を誤解した。わたしのことなどどうでもいいと思って、関わりがなかったことにしたのだろう、と。そもそも、わたしから離れていったのはノアが初めてではない。

　今なら理解できる。ノアはあまりにわたしのことを案じていたため、事実を知ったら参ってしまいそうだったのだ。

　彼はもっと早く、警察に行くべきだった。心の底で感じていたことを事実として受け入れるべきだった。でも、この点だけはわかっていただきたい。ノアが警察に行かなかったのは、保身を図ってのことではない。わたしのノアはこれまでもずっとわたしのことだけを考えてくれていた。

　わたしはこのことをもっと早いうちに理解していなくてはいけなかったのかもしれない。ノアは、わたしがこれまで出会ったどの男の人とも違う。そして、わたしがまったく知らない他人の善意を信じたことは間違っていなかった。ノアへのわたしの信頼が欠けていたために、わたしの死後、離ればなれになってしまったが、今はまたいっしょにここにいる。見ていると、捜査員は、付箋《ふせん》に書いた借用書を調べている。冷蔵庫のドアから付箋を剥がし、わたしが書き残した約束を一つ一つ読んでいる。青い付箋が一枚、床に落ち、若い捜査員が体を曲げて拾った。女の子の日の物、と書かれ、ピリオドの代わりに下手なニコニコマークが描いてある。九ドル八十七セント。繰り返し必要。ノアがすわっているところから付箋は読めないが、捜査員が手を止めて天井を仰ぎ、その小さな紙を抱くように胸に当てたのは見えたはずだ。ノアはすでにこの借用書の一枚一枚に何が書かれているかを知っているし、わたしが残した誠意の一つ一つを記憶している。突然、彼は心臓のあるあたりに締め付けられるような痛みを感じた。繰り返し必要。この付箋を書いたとき、彼女はこの先、何か月も何年も人生が続くと思っていたのだ。彼女にはいろいろな計画があった。

「ベイビー・ジョーン」ノアはそっとつぶやいて、付箋に手を伸ばした。ひょうきんで、かわいらしくて、まだ洗練されていないアリス。人に恋するようにニューヨークに恋をし、自分が詩を書き残したことにはまるで気がついていなかった。

「ノア、これは真ん中のド？」

最後にいっしょに過ごした夜、わたしはノアにそう訊いた。わたしが鍵盤《けんばん》を叩くように弾いていると、ノアは今と同じアームチェアにすわってうなずき、わたしの弾き方が乱暴だというようなことを言った。わたしは鼻に皺《しわ》を寄せて笑い、指が届く限りたくさんの鍵盤をもっと強く叩いた。

「お願いだ、やめてくれ！」

そして、今、軋《きし》んでいるか喘《あえ》いでいるような耳障《みみざわ》りな音が壁を伝って家じゅうに広がった。手に取り、粉をかけ、膝をつくという動作が中断し、みんなが手を止めて、音のしたリビングルームのアームチェアのほうを見た。それは、泣くことに慣れていない男が、生まれて初めて体を震わせてむせび泣いている声だった。フランクリンが鼻を鳴らし、ノアの脚に鼻を押しつけた。主人の様子がおかしいのを感じて、どうしてわたしがピアノの椅子から離れないのか、ノアと自分を慰めに来てくれないのか、と不思議そうな顔をしている。フランクリンはノアに背を向けてわたしを正視し、チョコレート色の目で訴えた。わたしができるだけ強く、真ん中のドの鍵盤を叩くと、フランクリンは吠《ほ》えた。

いい子ね、フランクリン。いい子だわ。わたしはささやいたが、ノアのむせび泣く声にかき消されて聞こえなかっただろう。捜査員たちはノアの周りに集まり、このあまりにつらい嗚咽《おえつ》によって、練習を重ねたみごとなダンスは中断された。まだ支払い義務の残っている品物全部が、捜査員の後ろにあるキッチンテーブルの上に、ビニール袋に封入されて並んでいる。この街で、このアパートメントで過ごした短い期間を物語る物、そして、将来を約束するあの言葉。

繰り返し必要。

わたしが一番安全だったのがそのときだったことを、どうしたらみんなに知らせることができるだろうか。

ルビーはかつての同僚、落ち着いたら会いたいと言っていた二人に、メッセージを送った。数分もたたないうちに、二人から返信があった。「木曜日から二週間は暇」と、一人は言う。もう一人のほうは「日曜のスピン・クラス（フィットネス・バイクを使ったエクササイズ）を別の日に変えてもらえたら会えるかもね」、とあり、ルビーはあきれた気持ちでスマートフォンを置いた。

人はこうやって一人で死ぬのだ、とルビーは思う。

一人じゃないわよ、とわたしは言いたい。

でも、死人から言われても、今日はあまり気分が晴れるとは思えない。

ジャクソン先生と同棲《どうせい》していた一か月間、ひっそり暮らしていたせいで、わたしは誰の目にも触れないことに慣れてしまったように思う。もしかしたら、転々と引っ越していた母と暮らした年月もそうだったかもしれない。新しい町にそっと入り込み、またそっと出て行く。新しい学校に入るときも、友だちの仲間に入れてもらうときも、目立たないようにしていたので、初対面のときは何も訊かれず、いなくなっても誰も悲しまなかった。そう考えると、わたしはすでに人目につかないよう暮らす術《すべ》を身につけていたのかもしれない。だから、ジャクソン先生も、誰にも知られずにわたしを同居させるのは簡単だと思っていただろう。

　問題は、いったん人目に触れないことに慣れてしまうと、自分を見ている人など誰もいないと思ってしまうことだ。ちょうど、犬が、尻尾《しっぽ》がまる見えなのに気がつかず、ソファーの下に頭を突っ込んで隠れたつもりになっているのと同じだ。（ウィットコムさんの高齢テリア犬ギャンビットは、うっかり床に粗相をすると、いつでもそうやって隠れたつもりになる）。そんなふうに下を向いて暮らしていると、人から見えないつもりになっている女性を探している男たちがいることを、忘れてしまう。虎視《こし》眈々《たんたん》とそういう女性たちを狙《ねら》い、一マイル離れたところからでも見つけることができる男たちがいる。そして、彼らは見つけたときにどうすべきかも心得ている。

　人はそのことを忘れている。もしかしたらルビーは、そんな知識すらなかったのかもしれない。

　つねに油断なく目を光らせている男たちがいる。行方知れずになっても誰も捜そうとしない女性たちを、彼らが狙っている。

ルビーは今、また毎日、公園に出かけるようになった。指南役の〈デス・クラブ〉がなくなって、道に迷ったような気持ち、疎外《そがい》されたような気持ちを味わっていた。事件マニアたちの掲示板でも注目が別の事件に移り、もう役に立たなくなっていた。アリゾナ州でベスという少女が首を斬《き》られて発見され――全員集合の鐘が鳴る！――、国内メディアもこぞってその少女に注目している。彼女は市会議員の娘で、わたしよりもたくさん（少なくともそのいくつか）の秘密が明らかになっていた。

わたしのことを一から十まで知るためには、何をすればいいのだろう、とルビーは思っている。

近ごろは川までやって来て、わざわざ声に出してわたしの名前を呼んでいる。一、二度、トムが近づいてくるのを見かけたように思ったことがある。がっしりした男が満面に笑みを浮かべていた。それがトムではないとわかるたびに、ルビーは自分がほっとしているのかがっかりしているのか、よくわからなかった。あらためて孤独になった人はよくそんな状態になる。物の見方が狂ってくる。男の欲望について、わかっているつもりでも忘れてしまう。

川縁で物思いにふけっているとき、ルビーは次のことを忘れていた。

誰かを本気で自分のものにしようと思っている者は、必ずその方法を見つけるものだ。

21

「こんなふうに偶然に会うのはやめないといけないね」

ルビーは今週毎日、この川縁に来ている。いつのまにか五月が終わり、六月に入っていた。ときおり、人が横に立ち止まって同じように川を見渡すこともある。微笑《ほほえ》みかけたり、声をかけたりする人もいるが、たいてい、ルビーだけがその場に残される。わたしが殺された場所は、今では祈りの場所、ニューヨークにいる孤独な女性たちの避難場所になっている。このところ、ルビーは自分もその一人だと考え、自分を哀れんでいることに戸惑いながらも、心地よく感じてもいた。まるで、ようやく許しが得られ、ニューヨークに来るきっかけとなった心の傷を感じることができるとでもいうように。

昨夜、アッシュから写真を送るよう頼まれた。メッセージには、「眠気が吹き飛ぶようなやつを」とあり、ルビーはそれがどういう意味かよくわかっている。これは、最近届いていた「やあ、元気？」とか「今日、どうしてたと思う？」という文よりは親しみを感じるものだったが、スマートフォンをいろんな角度で構えてみるうちに、もう演技はできないと思った。自分の生活の中で役者のようなことをさせられるのがいやになった。「今夜は無理」今までそんなことをしたことはないのだが、そう言って、部屋の明かりを消した。太陽が昇るとすぐ、また川縁に出かけた。この世に存在するどんな場所よりアッシュから遠いところへと。

彼女が来られる、わたしに一番近い場所。

今日、公園にトムが現れた。金属製の手すりをつかんでいたルビーの手の横に、彼が両手を置いて耳元で声をかけてきたとき、あまりに距離が近くて彼女は跳び上がりそうになった。

気持ちを落ち着かせながら、彼女はトムに顔を向けた。

「まあ、トム」

思うに任せない状況の中で、結局、またトムに再会したことで、ルビーはうれしかったのかもしれない。

「ここで、会えるんじゃないかと思ってね」トムは自信に満ちた晴れやかな笑みを浮かべた。「ずっときみのことを考えていたんだよ」

「まあ」

彼のストレートな言い方に、ルビーは顔を赤らめた。トムは許しを得たとでもいうように、すぐさま二人のあいだの空間を詰め、体を接近させた。

「オーストラリア美人に毎日会えるわけじゃないからね、そうだろ」トムはウィンクをした。

今回、トムは明らかに言い寄ろうとしている。ルビーも調子を合わせたいと思うが、うまく言葉が出なかった。この厳粛な場所でそんな浮ついたやりとりをするのは軽薄に思えた。それに、アッシュのことも考えなくてはいけない。ジョシュのことも。彼とのキスや裏切られた痛みはまだ癒えていない。

もう、どこかへ行って！　ルビーはほかの男たちを頭の中から追い出したかった。ときどき頭に浮かぶくせに、こちらが必要としているときには姿を見せない男たち。彼らがいなくなってくれれば、この男に——あきらかに自分に好意を寄せて、じっとこちらを見つめているこの男に、何か——どんなことでもいい！——言葉をかけやすくなる。彼の誘いに応じようとしたとき、頭上でカモメが耳障りな声を上げ、荒い息づかいのランナーが舗道を走ってきて、危うくルビーにぶつかりそうになった。

「おい、危ないじゃないか！」トムはルビーの腕をつかんで引き寄せながら、遠ざかっていく男の背中にどなった。「広い公園であの馬鹿《ばか》はわざわざおれたちのほうに突っ込んできやがって。何してんだ、このクソが！」

ランナーに罵声《ばせい》を浴びせ、トムは力を込めてルビーの前腕を握ったので、その指は白くなった。ほんの短い時間だったが、その感覚はルビーの腕に残った。トムはその手で自分の髪をかき上げ、首を振った。そのときもまだ、ルビーは彼の指一本一本の圧力を腕に感じていた。ルビーが見ていると、ランナーは遠ざかり、その姿ははっきりしなくなった。トムの突然の怒りといっしょに去って行った。ささいな出来事、現実というより想像上の出来事のようだ。近ごろずっと危険と波長を合わせてきた彼女にはそんな感じがした。彼女の心臓がこんなふうに激しい鼓動を打つ理由がない。自分の被害妄想に一瞬一瞬を、出会いの一つ一つを台無しにさせてはいけない、と自分に言い聞かせようとする。トムはただ自分の身を案じてくれているだけなのだ。

そうでしょう？

ルビーは気を静めようとした。人は毎日、かっとする。もしかしたら、トムは好印象を与えようとしているのかもしれない。ヒーローを演じてみせたのかもしれない。先日も注意するように言ってくれたし……。自分に優しく接してくれる男もいることをつい忘れていただけなのだ。

トムのほうは、腕をつかまれたことでルビーの態度が変わったのに気がついていないようだ。体を引き、つかまれたところをさすっているのもわかっていない。それどころか、無礼なランナーが遠くへ行ってしまった今、トムはまた笑顔に戻って、太陽のほうに顔を向けている。

「今日もいい天気だね」彼は目を閉じて言った。「あんな雨と違って、ほっとする」

滝のように降っていた雨。弱々しい呼吸。川面《かわも》でうねっていた黄色い葦《あし》。ルビーはそういういやな記憶を振り払うように、体を震わせた。

「ほんとにずいぶん変わったわ」ルビーはそう言って、空を見上げた。二人は今、同じ姿勢で並んで立ち、日差しを浴びている。

しばらくすると、トムは彼女の背中に手を置いた。

「実はね、公園のこの場所にきみが戻ってきたのを意外に思っているんだ。ここで何があったか、聞かせたあとだというのに」

ルビーは冗談めかした答を返してもよかった。この場所に戻ってきたのは、ここがわたしたちが最初に会った場所だからよ、と。彼はそういうやりとりをしたがっているようだから。けれども、ルビーは真実を告げることに決めた。

「わたしが死体を見つけたのよ。アリス・リーを見つけたのは、わたし」

「なんだって？」トムは驚き、戸惑いの表情を浮かべた。「どういうこと？」

「ごめんなさいね。変な話でしょ。でも、わたしがジョギング中に彼女の遺体を見つけたの。発見者はわたしなの」

トムは一瞬、あんぐり口を開け、そのあと奇妙な表情が彼の顔をよぎった。ルビーを見つめる顔が少し険しくなったかと思うと、突然、熱を帯びた表情になった。

「どんなだった？」

「えっ？」

妙な問いかけに、ルビーは目をぱちくりさせた。トムは好奇心を隠そうともしない。

「アリス・リーだよ。どんなふうに見えた？　きみが見つけたとき」

ルビーは首を横に振ってトムから離れ、小道に入っていった。金属の手すりや川や彼の視線から離れたかった。ルビーが予想していたのはこんな反応ではなかった。ランナーがぶつかりそうになって二人のそばを通り過ぎたときの大げさな反応とよく似ている。すぐに浮かべる笑顔や気軽なおしゃべりとは違いすぎる。ふいに、ルビーは間違ったことをしたように感じた。ただし、彼は満面の笑みを浮かべている。

もし、こんなにショックを受けていなかったなら、トムについて前にもこんなふうに感じたことがあるのを思い出していたことだろう。ほかのことではなく、これをきっかけに話を切り上げるべきだったが、ルビーが返事をする前に、トムが手を伸ばして、また彼女の腕に触れた。

「ごめん、ごめん。変なこと訊いて。ただ、きみがだいじょうぶなのかな、と心配になってね。彼女はそうとうひどい状態だったそうだから。彼らが――いや、きみが見つけたとき」

相手に失礼のないようにしようとする気持ちが、わたしたちをどれだけその場所から動けなくさせてしまうものなのだろう。わたしたちはその瀬戸際に立ち、信頼すべきか、嫌悪を感じるべきか、選択を迫られているのに。子供のころからずっとしつけられてきたことを思い出して、動けなくなる。人に優しくしなさいという教え、人の気持ちを傷つけることへの恐怖。この瞬間、ルビーはトムの扇情的な好奇心から離れたい、この押しの強い男に、自分のことはほうっておいてくれ、と頼みたかった。だが、その方法がわからない。たいていの人がそうであるように、ルビーはこういうときの上手な言い方を教わっていないので、弱々しく笑みを浮かべて彼の許しを受け入れ、自分の腕に置かれた彼の手をそのままにしていた。

「行こう」トムは言った。「いっしょにワインでも飲もう」彼は時計を見て、時間を確かめた。「十一時を過ぎたところだ。きみが体験したことを考えたら、ワインぐらい飲んだっていいはずだ」

ルビーはうなずき、気乗りしないまま彼に従った。誰かに反対方向に頭を動かされているような気がする。おかしな感覚だが、彼女はふたたび混雑したカフェでトムと向かい合ってすわった。彼はピノ・グリージョを二人分注文した。「きっときみの口に合うと思うよ」妙な感覚は続いている。動くたびに反対のほうに動かされているように感じる。

ばかね、と心の中で自分を叱る。用心のしすぎ。警戒過剰だ、とボストンのＰＴＳＤの専門家なら言うかもしれない。これは他人をいっさい信じられない、自分自身も信じられないときに起こる。感じのいい男性とこうしてすわっているのに、頭の中ではなにもかも警戒している。一生ひとりぼっちでいたいとでも思っていない限り、そんなことじゃ生きていけない。

こんなことを考えながら、ルビーは抵抗する気持ちを振るい落とした。目で見てわかるほど体を震わせたが、トムはそれに気がつかなかった。ルビーは実体のある物に気持ちを集中した。手の下にある温かいメタル製のカフェテーブル、トムに渡されたつやつやしたプラスティックのカップ、最初ちょっと口をつけ、次にぐいと流し込んだ酸《す》っぱいワイン。固い決意のもと、彼女はじょじょにふだんのルビーに戻っていった。

「うまいだろ」そう言って、トムは彼女のほうに自分のグラスを傾けた。そうねと答えたとき、ルビーもほとんど本心からそう思っていた。ここからは、トムも手間が省けた。彼女に話をし、彼女のカップが空になりかけるたびにお代わりを注文する。彼女の英語のアクセントや彼女の目、それから一人でニューヨークへやって来た勇気を褒める。立て続けにワインを飲んだせいで、ルビーが何度か化粧室へ行くときには、自分も椅子から立ち上がる。ルビーが席に戻ってくると、二人のあいだのテーブルには、ワインのお代わりとチーズ・プラッターが置かれていた。

「長い時間、きみをここにとどめておくいい方法が見つかったな」ルビーが腰を下ろすと、トムは言った。

四杯目か五杯目を飲んだとき、ルビーは手足の感覚がぼうっとしてきた。首のあたりの緊張もすっかりほぐれている。これが、あの運命的な朝、ジョギングに出かけなければ、もっと早く知っていたはずのニューヨークなのかもしれない。ルビーはそう思った。けっして複雑ではないニューヨーク。そこでは、平日の昼間、まだよく知らないハンサムな男性に見つめられて、日差しを浴びながらワインを飲むことができる。

これがロマンティック・コメディやテレビのホームドラマに出てくるニューヨークだ。傷心の女が自信に満ちた男と出会い、彼女はガードを固めるが、男がその警戒心を解く。責任感から解放された二人の人生にカメラが向けられる一方、その背景では、人々が仕事に出かけたり、街が動き続けるための日常的なことがおこなわれている。エキストラの存在が映画に現実味を与えている。

ルビーはそのカメラのことを考えながら、プラスティックのカップの端を嚙《か》んだ。かなり酔いが回っているのが自分でもわかっている。

「今のきみの表情、なかなか興味深いな」トムは言った。「よかったら、何を考えているのか教えてもらえないかな」

「映画のこと」ルビーはひどく酔っぱらって、人目も気にならなくなっていた。「ニューヨークの生活って映画みたいだなって。それとも、実際に映画なのかしら。よくわからないけど」

「おもしろいね。それで、これはどんな映画なんだい？」トムはテーブル越しに手を伸ばして、彼女の手の上に自分の手を重ねた。「コメディ？　ミステリー？　ロマンス？」

ルビーは彼の手をじっと見つめる。人差し指にニコチンの染《し》みがついている。そして、初めて気がついたのだが、薬指の付け根にうっすらと指輪の跡が残っていた。彼女は手を引っ込めた。

トムは指を動かして、ルビーが目を留めたものに改めて視線を向けた。反対の手の親指と人差し指で結婚指輪の跡に触れ、皮膚をこすりながらため息をついた。

「離婚したんだ」彼は目をそらしたままで言った。「冬から指輪をはずしているんだが、こういうのはなかなか跡が消えないんだね」顔を上げたとき、青い目はうるんでいた。

「でも、そのドラマの筋書きで、きみをがっかりさせたりはしないよ」

ルビーはどう言葉を返したらいいかわからなかった。つかのま、青い瞳《ひとみ》に魅了されて、自分がこの男に抱かれているところを想像した。けれども、すぐにそのイメージは、絡《から》みついた手足や、おざなりな抱擁、そして気まずい別れへと変わっていった。相手を求める気持ちのないセックスのあとに残るのは、そんなものだ。それを選択肢の一つとして考えた自分を心の中で責めた。孤独にはそんな危険がつきまとう、そう思って、彼女は一時停止の道路標識に見えることを期待して、トムに笑いかけた。

「たいへんだったわね、トム。別れはけっして楽しいものじゃないもの」

「その口ぶりだと、きみも最近、ドラマの主人公になったようだな」トムは言った。

「殺された女性、アリス・リーを見つけたのもそうだ。怖かっただろうね」

「悪かった！」早口で言い添えた。「その話はやめたほうがいいな。死体発見者と向かい合わせにすわっているのは初めてなもので、つい……。しかも、場所がうちの近所だなんて」

「それに」少しも悪いと思っていない口ぶりで、さらに続けた。「誰があんなことをしたのか、このままわからないかもしれない。それだけでも、夜、眠れなくなるんじゃないか。いったいどうやってうまく逃げているんだろうね。記事で書かれているようなひどいことをしたあとで」

ルビーはジョシュのことを思い浮かべた。彼のデータに裏付けられた推測や、二人でこの殺人事件について語り合ったときのことを。彼はずっとアリスに敬意を払っていた。ルビーは急に目の前にいる男に苛立《いらだ》ちを覚えた。トムが望んでいるようなやり方で、アリス・リーを話題にしたくない。そのあと、もう一つのことに気がついて、ルビーはぎょっとした。ワインやチーズや褒め言葉は、すべてこの話題に戻るための添え物に過ぎないのだ。この男もまた亡くなった女性たちに、不純な動機で興味を持っている。それに気がついたとたん、酔いが覚めた。

「そろそろ帰らないと……」ルビーは早口で言った。彼女の居心地の悪さは今度ばかりは彼女をほうっておかなかった。「遅くなってしまったし、行かなくちゃいけないところがあるので」

「またおれから逃げようとするんだな」ルビーが席を立つと、トムは顔をしかめた。

「せめて電話番号を教えてくれないか。今度はちゃんとした食事に誘いたいから」

「あの……」ルビーはどう答えたらいいかわからなかった。突然、自分が窮地に立たされていることに気がついた。しかも、愚かなことに自分から苦しい立場に飛び込んだのだ。お互いに気まずくならないような返事を考えあぐねていると、トムも立ち上がって、テーブルのこちら側に来た。状況をよく飲み込めないうちに、彼は手を伸ばし、ルビーの体を引き寄せた。別れのハグをするつもりだとルビーが思ったとき、両手で顔を押さえられ、ワインの味のする唇に彼女の唇は強くふさがれた。

「ごめん、我慢できなくて」顔を離したとき、トムは言った。「会ったときからずっとこうしたいと思っていたんだ」

　ルビーの目から涙があふれそうだった。

「ほんとに、もう行かなくちゃ」声の震えを懸命にごまかそうとする。「おいしいワイン、ごちそうさま」

（わたしたちは譲歩し、相手の機嫌を取る。その場を離れるためにはなんでもしなく

てはならない）

自分の勝ちを感じたら、トムの笑みがためらいを見せることはない。

「次のデートについて、きみの気が変わるように少し時間をあげよう」このとき、彼の笑みにいくぶん険しさが加わった。「それまで、用心するんだよ。前にも言ったが、このあたりは女が一人でいられるような安全な場所じゃない。おれに対しては、好きなだけ首を横に振るがいい。だが、あの朝、きみは公園でいったい何をしていたんだ？　死んだ女を見つけたとき。彼女はここで写真を撮っていた。でも、きみにはここにいる理由がないじゃないか。走る場所なんかそこらじゅうにあるんだから」

「天候を見誤っていたの」少したって、ルビーは答えた。ほかに何も思い浮かばなかった。「それに、まさかニューヨーク市内でまったく独りぼっちになるなんて思ってもいなかったから」

「なるほど」トムは店内のほかの客にちらりと視線を向けたあと、また彼女を見つめた。「いいかい、約束するんだよ。これからはもっと用心するって」

「ありがとう、トム。お気遣い、感謝するわ」ルビーはなんとかそう答えて、ようやく別れることができた。

ルビーは川沿いの道を戻った。トムの視線が注がれているのがわかっているので、振り返ろうとはしなかった。警察で事情聴取を受けた日、アパートメントのフロントを通り過ぎるときに若い男の視線を感じたが、あのときと似ている。トムはルビーがどこに住んでいるかを知っているかもしれないし、その気になれば、ずっと部屋までついてくるかもしれない。そう思うと、ひどく不安になって駆け出した。公園から通りを何本も隔てたところ、トムからそうとう離れたところに来て、ようやく足を止めた。それまでこらえていた涙が目からあふれ出た。

今日、彼といっしょに席に着いたとき、そもそも何を考えていたのだろうか。

他人はもちろん、自分さえ信じられないとき、こういうことは起こるものだ。

胸が波打ち、脚が震える。また間違った方向に足を踏み出してしまったのではないだろうか。

これ以上、そちらへ進まないことを決意し、ルビーはアパートメントをめざして角を曲がった。

ルビーが思いがけずトムとデートをした日の夜、レニーからメッセージが届いた。

何があったのか、ジョシュがやっと話してくれたわ。彼は大ばか者だけど、あな

たが思っているのとはちょっと違うの。返信お願い。あなたに会えなくて寂しいわ。×〇×〇《キス・ハグ・キス・ハグ》

もう一通、スーからも。

何度も何度もメッセージを送ったのよ、ルビー。お願い、返事をちょうだい。

それから、まもなくジョシュからも。

怒っているのはわかってる。説明するチャンスをくれ。ところで、きみが関心を持ちそうな情報が見つかった……。

ノアの住所が添えられていた。ニューヨークの地図がどんどん小さくなって、ちかちか点滅する一つの点となる。

わたしは最初からずっとこれを待っていた。

玄関にルビーが現れたとき、ノアは少しも意外だとは思わなかった。こういうことをずっと思い描いていたのだ。わたしと関係のある人が、いずれ彼を捜し出すことを。それでも、わたしの死体を発見した人物と会うのは、ショックでもあった。彼はわたしの過去とつながっている人物が現れると思っていた。握手をして、ルビーを室内に招き入れたとき、ノアはあの朝のことを事細かに訊《き》くのはやめようと思った。この先もそれを知りたいとは思わない。

紅茶、コーヒー、ウィスキーのどれがいいかをノアに訊かれたとき、まだ朝の九時にもかかわらず、ルビーは最後の飲み物に惹《ひ》かれるのを感じた。ノアは彼女の目がきらりと光るのを見て、すぐにこのオーストラリア人女性に好感を持った。この時間にアルコールを飲むのをためらわない豪傑を、彼は歓迎する。フランクリンも彼女を受け入れる印として、相手が椅子に腰かけると、その手に鼻を押しつけ、撫《な》でてくれるよう求めた。年取った雑種犬は今でもわたしを捜していて、ときどきわたしを見つけてくれる。けれども、今朝は二人の出会いがうまくいくかどうか心配で、わたしはなるべく距離をおいていた。ルビーのほうはだいじょうぶ。でも、ノアも彼女と同じくらい寂しい思いをしている。わたしのニューヨークを両側から支えてくれている二人――わたしを家に置いてくれた男と、わたしといっしょにいてくれた女。

二人はお互いに少し自分のことを話したあと、ルビーは大きく息を吸って、あの日、川縁にいたときからずっと思っていた疑問を口にした。

「アリスはどんな人だったんですか？」

ノアは長いあいだルビーを見つめ、彼女にとって自分の返事がどれだけ大切であるかを悟った。ようやく口を開いたとき、彼らしくもなく声が震えていた。

「アリスは、まだ洗練されているとは言えなかった。高い教育を受けたわけではなかったが、あんなに聡明《そうめい》な女性には会ったことがない。いろいろなことをスポンジのように吸収し、学んだことを床一面にぶちまける。美人だったよ、たしかに。でも、頭が切れすぎて、かわいいという感じではなかった。どこを見てもかわいらしさとは縁がなかった。自然のままで、まだ未完成だった。小さいころから大人みたいにふるまわなくてはいけなかったが、ときには子供っぽいふるまいをすることもあった。彼女がそばにいると、愉快でもあり、腹も立ったが、思わぬことを教わったりもした。誰からも愛される女性だった」

（わたしが？　そんなことは一度も考えたことがなかった）

ノアはいろいろな話を、彼が目に留めていたさまざまなことを、ルビーに語った。母の話、わたしの誕生日のこと。写真撮影に夢中になっていて、古いライカのカメラを大切にしていたこと。ノアは今、わたしが〈悪い先生〉からあのカメラを盗んだらしいと思っている。先生についてはノアに話したけれど、ほんのちょっとだけ。（迂《う》闊《かつ》なことにわたしは気がつかなかったが、それだけでノアはジャクソン先生とわたしのあいだに何があったかを、ちゃんと見抜いていた）クライスラー・ビルについて熱く語っていたことや、ニューヨークの話をするときには、垢抜《あかぬ》けしないジョーン・ディディオンみたいだったこと、初対面のとき、わたしがまるで浮浪児のようだったこと。最後に見たわたしの姿について話したときには、涙ぐんでいた。それから、夜ベッドに入る前、ノアを困らせたこと。ピアノを叩《たた》いたりして、落ち着かない様子だったのに気がついていればよかった、と言った。遅くまでわたしを起こしておいて、無理やりわたしの秘密を聞き出しておけばよかった、と。

「もし、わかっていたら……」

ノアの声は小さくなって消えた。ルビーは、今日聞いたいろいろな話に胸がいっぱいになり、ノアの手に触れた。彼も手を引っ込めることはなく、ルビーは力を込めて彼の手を握った。

「誰にもわかるはずないわ」ルビーは優しく言って、また近いうちに訪ねてもいいか、と訊いた。ノアはもちろんだよ、と答えた。

その日の午後、あまり時間がたたないうちに、ルビーはベッドにすわって、ノアから聞いたいろいろなことを考えていた。そのとき、きのうトムの言ったことが頭に浮かんだ。

彼女はここで写真を撮っていた。

ルビーは背すじを伸ばし、指先を合わせた手を口元に当てた。ノアも、ライカのカメラのことを話していたのではなかったか？　ほかにも、びっくりするような話や感動的な話をいくつも聞いた。ルビーは気持ちを集中して思い出そうとした。アリスが古いカメラをとても大事にしていて、写真学校に入学するつもりだった、とノアは言っていた。それなら、彼女の大好きなニューヨークを写真に撮っていたかもしれない。このことはよく知られていること、すでに報道されていることなのだろうか。事件が起こってから調べたあらゆる記事や掲示板や、ニュースの中で、カメラについての記述を見た憶《おぼ》えはない。ルビーはテレビを消して、ノートパソコンを開き、これまで何百回となく打ち込んだわたしの名前を、グーグル検索する。どのニュース記事にも、カメラや写真について触れているものは見当たらない。次に、お気に入りの事件マニアのサイトに戻り、あの朝、アリス・リーがリヴァーサイド・パークにいた理由についてのディスカッションを一つ一つ調べていった。もしかしたら、トムもこういう掲示板で見かけたのかもしれない。近所で亡《な》くなった女性への興味を募らせ、こういうところで具体的な情報を拾い上げたのではないか。たくさんの書き込みを見ていくと、おなじみの仮説が並んでいる――売春、野宿、ネットで見つけた相手がやばいやつだった――けれども、ここでもアリス・リーが公園で写真を撮っていたという記述はない。

この公園で若い女性が殺されたんだよ。

ルビーの心臓が早鐘のように打ち始める。

ほかの言葉も思い出そうとする。トムから訊かれたことや、ジョギング中の人が接近したときに投げつけた罵声。そんなことをしてもむだだ。あるはずがない。キスをされたことで気持ちが動揺したのはたしかだが、長い時間、くだらない掲示板で書き込みを読み続けていたせいだ。根拠の薄い仮説、一致するかもしれない情報――もうおしまい！――とんだ空騒ぎだ。こんなことを考えたのも、またひとりぼっちになってしまったからだ。〈デス・クラブ〉がなくなった寂しさを自分なりに穴埋めしようとしているのだ。

それでも。ある考えが頭の中に忍び込んで、消えなかった。今週、またトムと出会ったのが、もし偶然ではなかったのだとしたら……。もし、ルビーが一週間前に、あるいはその前の週に、あの岩場を訪ねていたとしたら、あの男はあそこにいて、川を眺めていただろうか。ちょうど、わたしが殺された朝、ルビー自身がそうしていたように。ルビーがやって来るずっと前からトムがあそこにいたのだとしたら、ルビーは彼が残していったものを発見するだけですんだだろうか。

もし……。もし……。もし……。

もし、トムがいつもあそこの、あの川縁のすてきな場所にいて、次に起こることを待っていたのだとしたら……。

ルビーは、自分が丸くて黒い物を踏んで壊したのを思い出すことはないだろう。わたしが落としたレンズキャップだ。雨に濡《ぬ》れないようにカメラをパーカの下に押し込んで、川のほうへ歩いて行ったときに落としたらしい。急いでいたので、キャップがきちんと溝にはまっていなくて地面に落ちたことにも気がつかなかった。

あの朝以来、あんまりたくさんのことが起こったので、ルビーは「無くなった物の神様」にお祈りするのを忘れていた。ということは、わたしがたまたま最初からカメラの話をしていたのにも、気がつかないだろう。

それはともかく。

もっと大きな発見が彼女を待っている。彼女はそれに近づいている。

22

ルビーがスーのアパートメントのブザーを鳴らしたとき、レニーはすでにキッチンにすわって、包丁を危険なほど指すれすれのところに下ろしながら、野菜を細かく刻んでいた。

「もうわたしたちの前から消えたりしないでね」ドアを開けたとき、スーは優しく叱《しか》ったが、ルビーが中に入っていくと、レニーはもっと手厳しかった。

「ルビー、いったいどこに行ってたの？」

「ごめんなさい」目に涙が浮かぶのを感じながら、ルビーは言った。「自分で答を見つけなくちゃいけないことがあったもので」

二人は、ルビーのＳＯＳメールを受け取るとすぐに返事をした。気がついたときには、ルビーは初めて、安らぎと家庭的な料理が待ち受けている、ブルックリンのアパートメントへと向かっていた。

変なことが起こったの。二人に話を聞いてもらいたい。

これがルビーが送ったメッセージだ。ルビーは狭い部屋でトムの言葉を何度も検証して頭がおかしくなりそうになり、必死の思いで二人に救いを求めた。スーとレニーがまだ自分を受け入れてくれるとわかると、息苦しい部屋に新鮮な空気がどっと入ってきたような安堵《あんど》を覚えた。

今、ルビーはレニーの隣にすわって、二人を眺めている。スーは黙ってレニーの包丁を持つ手の位置を直してから、自分の野菜に戻り、細かく刻んだり、さいの目にしたりしている。母娘のようななにげない親しさを感じさせるこの仕草に、心が和む。本人たちはなんとも思っていないようだ。ルビーは、部屋に入ってきたときにスーがすでに用意してくれていたワインをじっと見つめながら、こう思う。きっと最高の友情とはこんなふうに静かで確かなものなのだ。そこにたどり着くまでに、どれほど時間がかかったことだろう。姿がちゃんと見えて理解してもらえるということは、いつまでも誰かの謎《なぞ》であるよりずっといい。

ときどき、おまえが理解できなくなる！　アッシュに何度そんな言葉を向けられたことか。回数を数えるには、手や足の指では足りないくらいだ。

ルビーは口を開きかけ、トムとの話をどこから始めたらいいか迷っていると、レニーがこちらに顔を向けた。

「それで、ジョシュとはもう話をしたの？」

たとえ一分でもトムの話を後回しにできると思い、ルビーはほっとして、きちんと答えなくてはいけないことに気持ちを集中した。

「なぜニューヨークに来たのか、みんなに話していないことがあって」ルビーがためらいがちに切り出すと、スーは野菜を切る手を止めた。レニーはかたずをのんで見守っている。

「ある男の人とのことで国を離れたの。名前はアッシュ。近々、結婚しようとしている人よ。わたしは長いあいだ、陰の女だった。自分を選んでもらうのを待ちつづけるのはつらかったわ。だから、ジョシュから既婚者だと知らされたとき、またなにもかも最初からやり直しだと思ったの」

そこからは一気に話ができた。メルボルンからニューヨークまでついてきた、心の痛みや困惑や孤独感。そして、感情が抑えられなくなって涙があふれると、レニーが椅子《いす》から飛び出して、強く抱き締めてくれた。

「これで納得できたわ」レニーはかすれた声で言った。「何かあったのはわかってたんだけど。もっと早く話してくれてたらねえ」

「同感よ」スーもそう言って、指で頭をマッサージしている。話をする前に考えを整理しているときの彼女の癖であることが、ルビーにはわかる。

「打ち明けてくれてほんとうによかった。あなたがどんなふうにどんな人を愛したらいいかなんて、そんなことを言うつもりはないわ。ただ、ジョシュは」スーは続けた。「状況が違うことをわかってあげて。彼はもうだいぶ前から別居しているわ。さっさと離婚届を出すように、わたしもしょっちゅう言ってるんだけど、私生活のことになると、ぐずぐず先延ばしにしてしまうのね。わたしたちは」スーがレニーに視線を向けると、彼女も力強くうなずいた。「あなたをきっかけに、彼が新たな方向へ踏み出してくれることを期待していたの。ふだん、ジョシュはあなたのことばかり話しているんだから」

それを聞いて、ルビーは目をぱちぱちさせ、理解しようとした。この二日のあいだにいろいろなことが発覚し、ルビーはついていくのがたいへんだった。わたしの名前を知ったのもほんの少し前だし、今は――。

アリス・リーの姿が鮮明に頭に浮かび、ルビーは今夜ここに来た理由を思い出した。

ワインをぐいと飲んで、しばらくのあいだ、ジョシュのことは考えないことにした。

「ありがとう。よく考えるわ。でも……実は、二人に聞いてもらいたいのは別のことなの。きのうのことなんだけど……」

ルビーは時間をかけながら、トムとの出会いについてレニーとスーに話し始めた。それから、最初はとても感じのよかった彼が、すぐに話題を殺人事件のことに戻そうとすること。ルビーがその話題を避けたいとはっきり言っているにもかかわらず。


彼との出会いを考えているうちに、ルビーはオバーン刑事のことが頭に浮かんだ。最後に会って、川縁《かわべり》で何が起こったかを説明しようとしたときのことだ。彼は細部についてもっとよく思い出すには時間がかかるかもしれない、特に重要なことについてはそうだ、と言っていた。ルビーは、トムについて憶えていることを正しい順序で語るようにし、なるべくわかりやすい説明を心がけた。それでも、トムが〈写真〉について触れたことを話すときにはちょっとためらった。なんとかその話と、そのあとに起こったことを説明した。望んでいなかったキスやジョシュからのメッセージ。ノアを訪ねたこと。アリスについてノアが語ってくれたこと。その話の一つ一つに重要な物が詰まっているのはわかっているが、もし、そのサインを自分が読み違えていたらどうなるだろうか。ほんとうに真実だと実感したのはいつだったか。

突然、ジョシュがスマートフォンを花束のように差し出した姿が、ルビーの目に浮かんだ。画面にはわたしの笑顔が写っている。

ルビーは深呼吸をして話を続け、ついにトムのせいで不愉快な気分になったことを認めた。強引な迫り方、それはわたしのときもそうだった。

「この人は知ってるはずのないことを知ってるようなの」ルビーは言った。今夜、目の前で友人たちにドアを閉められるのではないかという混乱と恐怖を抱きながら、スーのアパートメントへの階段を上がり、こうして今、ようやくスタート地点に立つことができた。遠回りしてここに着き、ルビーは疲労を感じている。レニーとスーの顔を見ると、二人がちゃんと話についてきていることがわかった。

「そうなの、ルビー。ほんとうにそう思って……」

このときばかりは、レニーも言葉を失い、救いを求めるようにスーを見た。年上の女性は黙って考えながら、全員のグラスに縁までワインを注ぎたした。その手が震えていることを指摘するほど、ルビーは愚かではなかったが。

「その男、誰だか知らないけど、あなたをそんな嫌な気分にさせるなんてひどいわね」スーは実際に震えていたが、恐怖からではなかった。怒りからだった。

「それにアリス、かわいそうなアリス。彼女は亡くなったころのリサと同年代よ。彼女の身に起こったことを考えると、頭がおかしくなりそうだわ。そのくず野郎に他人の命を奪う権利なんかあるもんですか。力でまさっているというだけの理由で」

「これまで一度も聞いたことがなかったわ、あなたが他人を罵倒して――」レニーは言いかけて途中でやめた。「そのとおりね。わたしも頭に血が上ったわ。それに怖くなった」

　レニーは自分のグラスからワインがこぼれ、テーブルに広がるのを見つめていたが、黒いつぶらな瞳をふたたびルビーに向けた。

「本気で思ってるの？　その男がやったかもしれないって。そのトムっていう男が」

　ルビーはいまだに確信が持てない。持てるはずがないではないか。事件マニアの掲示板を読み、想像上の拡大鏡を使ってインターネットのあちこちを探ってみただけで、こんな事態に対処できるわけはない。実際の事件捜査を間近で見たり、法医学捜査官に会ったり、ジェニングズ刑事と話をしたり、まごつきながらオバーン刑事の事情聴取を受けたりしたが、そんなことは、きのうトムが川にいた理由を突き止める役には立たない。きのうだけではなく、ほかの日もそこにいたのだろう。どのようにして殺人犯の心の中に潜り込めばいいのだろう。全力でぶつかってみれば、ほかの男たちの心と何か違いが見えるだろうか。

「ひょっとしたら」ルビーはゆっくりと言った。「トムはいい人なのかもしれないわ。ちょっと押しが強いだけで。アリスにはたしかに執着している。でも、それだけで殺人犯と決めつけることはできない」

「そうね」スーも同意する。「ところで、一つ訊いてもいい？　普通の人はあまり考えないことだけど。ルビー、あなたは自分の直感を信じる？」

その疑問はひじょうに大きく、三人は黙って考え込んだ。いろいろな状況を考えてみる。夜、ライトをつけたまま駐車している車があると、それを避けて道路の反対側に行ったり、歩いていて、後ろから人があまりに近づいてくるようなら、誰かと電話をしているふりをする。地下鉄やバスで座席を移動したり、差し出された飲み物を丁重に断ったりするときのことを思い出す。直感、言い換えれば自衛本能だ。直感が正しいなら、危険が迫っているのではないか。

こう理解したとたん、ルビーは上半身が押されるのを感じる。体が一度だけぶるっと震え、床から浮き上がりそうになる。

「残念だけど、正しいと思うわ」ルビーは両方の腕を伸ばして、総毛立っているのを確かめた。「だとすれば、どういうことかわかる？」

以前、ジョシュと人目につかないバーに行った夜、彼が言ったことが今、よみがえってきた。ようやくわたしの名前が公表されたときのことだ。

「やつらはいつも怪物の顔をしているわけじゃない。ふだんはごく普通の男でも、残《ざん》虐《ぎゃく》なことができたりする」

そういうささやかな真実を、彼女はつい見逃してしまう。わたしも見逃していた。でも、それは実際に存在している。岩や泥に半分隠されて。

それは見つけてくれる人が現れるのを待っている。

このあと起こることについて、わたしを責めないでいただきたい。みなさんの中にはそうなることを想像していた人もいると思う。もしかしたら、わたしのせいかもしれない。こんなふうになったのは。でも、わたしはけっしてわざとルビーを危険にさらしたのではない。そのことをわかってもらいたい。できることなら別の方法で彼女に示したかったのだ。この最後の大事な手がかりを。

ルビーは眠れない。レニーとスーは、ルビーが今すぐ警察に行くべきだと考えていた。

「そうね、朝になったら、そうしようかしら」別れる前に、ルビーは言った。夜中に考えれば、警察に電話をするときのうまい言葉が浮かんでくるかもしれない。オバーン刑事だって、直感がひらめいたとか、いやな気分になったとかではなく、もっと具体的な根拠が必要だろう。だが、そんな言葉は浮かんでこなかった。それどころか、頭の中は尻切《しりき》れとんぼの会話だらけになっている。何週間、何か月、何年分もの会話の切れ端、そして、一番大きいのはトムの声だった。でも、何かが——いや、すべてが——ちぐはぐな感じだ。それだけはわかる。なぜ彼が……？　これから彼は……？　彼はいったい何を……？　ルビーはフラストレーションのあまり、毛布を蹴飛《けと》ばした。

自分がここで見逃しているのはなんなのだろう。

トムはアリスについて何か知っている。

それが何度も頭に浮かんだ。あり得ないことだが、しかし……。

彼女はここで写真を撮っていた。

彼がそれを知っているのが腑《ふ》に落ちない。死体を発見したのはルビーだし、毎晩、この街に残されたパンくずをたどって、それをつなぎ合わせているのもルビーだ。そのルビーですら知らない情報を、トムはどうやって入手したのか？

もうやめた。

ちょうどあの朝と同じ気分だ。部屋がとても狭く、自分の考えがとても大きく思える。暗いうちに起き出し、ランニングシューズを履いたとき、ルビーはまだ夢の中にいる気分だった。アパートメントを出て、リヴァーサイド・パークへ向かう。ちょうどあの朝と同じように、通りは人気《ひとけ》がなかった。今日は雨は降っていない。その点が、あの朝とは違う。だが、動きの気配もない静けさと、音のない状態、ルビー自身のフラストレーションはあの日と変わらない。腕時計に目をやり、あと三十分で夜が明けるのを確認する。空はすでに色づきはじめている。そのことに勇気づけられ、ルビーは頭を起こして大きな歩幅で公園に入っていった。

　わたしは今、彼女の体内にアドレナリンが放出されているのを感じる。それに促されて、彼女は川に向かっている。「やめて！」と叫びたい。Uターンさせる方法を考える。できることなら、空を切り裂き、大雨を降らせよう。地面に亀裂《きれつ》を走らせ、木々を倒す。だが、彼女は走り続けている。彼女にはわたしの姿が見えないし、声も聞こえない。さらに、あの岩場で何が待ちかまえているか、知らないのだ。なんとかして彼女を遠ざけようと、わたしは公園の中の、今彼女が走っているジョギングコースと川とのあいだへと急いだ。こんな早朝でも、公園には、ほかのランナーや自転車に乗っている人たちがちらほらいる。わたしは彼らの位置をうまく操作して、ルビーが通る小道へ誘導しようとしたが、少しもうまくいかない。強い突風で枝がしなり、恐怖に駆られたわたしの行動は軽く触れた程度にしかならず、スピードを出して走っているルビーはそれを感じることもなかった。

そのあと、幸いにも、ルビーは足を止めた。空はまだ暗く、川はさらに濃い色に染まり、彼女はあの現場より少し高い位置に立っている。その先に川へ下りる階段があることをルビーは知っている。あのときアリスが感じていたのはこれだろうか、とルビーは思っている。あの朝、川へ下りていったとき。自分の危険には目をつぶり、ルビーはわけのわからない力によって川のほうへ引き寄せられた。それは彼女にはしたいこと、しなければならないことがあったからだ。

あの朝、きみは公園でいったい何をしていたんだ？

ルビーは階段を、慎重に、静かに降りていく。中ほどまで来たとき、ようやく彼女は、わたしが懸命に彼女を何から遠ざけようとしているのかを理解した。ずっと下の岩場にトム・マーティンが立ち、何か手に持った物をもう一方の震える手に持ち替えた。今週、彼は毎朝、日の出前にここに来ている。目を閉じ、わたしを見つけた場所に大きく足を開いて立っている。わたしもまた、毎朝ここに来ている。ルビーに対する彼の欲望、泥だらけの茶色の欲望を目《ま》の当たりにし、悲鳴を上げたくなる。あの最初の出会いのとき、わたしは彼の耳元でささやいた。意志の力を振り絞って、彼に言わせた。

この公園で若い女性が殺されたんだよ。

わたしはカモメを騒々しく鳴かせ、ワインを酸《す》っぱくした。彼がルビーにキスをしたとき、彼の唇をこの手で覆《おお》ったので、彼女は温かな唇ではなく、わたしの骨のとげとげを感じただろう。それでも、こうなるのを防ぐことができなかった。

ルビーをあの男から遠ざけておくことができなかった。

そして今、わたしはルビーが震えているのを感じる。無意識のうちに、ルビーは後ずさりして階段を何段か上に戻った。岩場にいるトムが、ふいにこちらを振り返り、彼女がここに立って様子をうかがっているのがばれたときに、走って逃げられるだけの距離を取ろうとしている。気づかれたとしても、彼は岩場を乗り越えたり、柵《さく》をよじ登ったりしなくてはならないので、逃げる時間はあるかもしれない。ルビーはとっさに計算する。けれども、身の安全が保証されているわけではないことも、彼女は知っている。

戦う、恐れる、凍りつく。その瞬間、どれを選べばいいだろう。ルビーはその場に立ちすくむと同時に、いつでも駆け出せるように身構える。それだけではない。わたしが何より恐れていること。彼女の中で激しい怒りが燃え上がり、体じゅうの血が炎と化す。階段を駆け下り、その炎でこの男を包み込むところをルビーは想像している。よくもあんなことを！ ルビーは男を罵倒《ばとう》したかった。よくもあんなことを！ 今となっては疑いの余地はない。彼女にはわかっている。二日前、自分にキスをした男が、アリス・リーをレイプし、殺害した犯人だ。

ルビーは別れ際《ぎわ》に彼になんと言っただろうか。

ありがとう、トム。お気遣い、感謝するわ。

ルビーもわたしも言わなかったこと、わたしたちは誰もこんなことは言わない。あなたは強引すぎる。わたしはどんなふうにノーを言えばいいかわからなかったし、あなたはわたしのイエスを待とうともしなかった。今はもう、わたしのことはほうっておいて。わたしたちはこの言葉をのみ込み、頭の中で鳴った警告のベルにも従わない。だから、疑いを受け入れ、わたしたちが事実だとわかっていることを受け入れない。ためらいがちに反対する、いやいやながら妥協する。けっして言い過ぎず、微笑《ほほえ》み過ぎず、触ることだけは許し、そのときが過ぎてくれるのを願う。

篠突《しのつ》く雨のなか、彼が岩場に下りて来て、わたしのすぐ隣までやって来たとき、彼は言った。「すてきな場所だろう？」わたしは怖くなかったし、警戒心も抱かなかった。彼がわたしに興味を持っているのがわかって、今度は自分がその興味をなんらかの形で返す番だとすぐに感じた。対応に注意しなくてはならないのはわかっていたし、わたしの対応しだいでは、彼がそばまで来ることもわかっていた――あるいは、そのまま引き返して、わたしを一人にしてくれるか。そうなることを、自分としては望んでいた。わたしが次のようなことを考えているうちに、彼は雨の中から姿を現した。わたしは、自由と安全とは、実は同じものだと考えていたのだ。時刻は早朝の五時半過ぎ。わたしのまわりでは空気がリズミカルに振動し、ヒューヒューと音を立てている。わたしはパーカを脱ぎ、それを傘代わりにしてライカのカメラが濡れないようにしていたので、両腕ともむきだしになっていた。雨粒とひんやりした空気が肌を刺激し、気持ちがよかった。すっきり目が覚め、わたしが見ている前でハドソン川対岸のビル群もまた目覚め、暗い空を背景に一つ、また一つと明かりが灯《とも》っていった。自由と安全について考えていたわたしは、自分がもはや束縛されていないことを感じた。わたしをジャクソン先生のところに引き戻そうとする糸もようやく緩んだ。ただし、まだ完全に切れているわけではない。

その日の朝、もっと早い時刻に、かつての恋人は電話に出た。明らかに半分眠っているような状態だった。最初、わたしは何も言わずに、彼が「もしもし」と繰り返すのを聞いていた。やがて、彼はため息とともにわたしの名前をつぶやいた。

「アリス？」くたびれたような声だった。「そうなんだね？」

「あなたのお母さまのカメラを持ち出してしまって、ごめんなさい」わたしがそう言うと、彼はまたため息をつき、今どこからかけているのかを尋ねた。

ノアのアパートメントの寝室を見回しながら、わたしはこの新しい生活について考えた。ドレッサーに載っている写真学校のパンフレット、わたしの手書きのメモが書き込まれるのを待つ付箋《ふせん》。犬の行動についての本。つま先を戸口に向けてベッドの下に置かれている紫色のスニーカー。外からは列車の音のような雷鳴が聞こえ、カーテン越しに、淡いオレンジがかった青、夜明け前の嵐《あらし》の空が見える。

「うちよ」わたしは答えた。いつものことで、別に嘘《うそ》をついたわけではない。

数秒間、数分間かもしれないが、ジャクソン先生が元気かどうか尋ねてくれるのを待った。わたしがいなかった一か月間のことをしつこく訊いたり探りを入れたりするのを待っていたが、彼は何も言わなかった。このとき、彼がわたしの居場所を知りたいとは思っていないことがはっきりわかった。

「もう切るわね」やがて、わたしは言った。「生きているのを伝えたかっただけだから」

それでもまだ沈黙が続いていた。彼の本当の気持ちが波のように押し寄せてきて、わたしの上で砕けようとした。

わたしは電話を切った。

その息苦しい沈黙のせいで、わたしは屋外に出た。外は早朝の嵐だった。わたしには広い場所が必要だ。広いところで手足を伸ばしたい。彼がわたしをちっぽけな存在にしておきたがっていたことが、ようやくわかった。ジャクソン先生といっしょにいたときのわたしは、支配される人間でしかなかった。あの狭い世界では、間違いを犯すこともなく、自分が何者であるかを見つけることもできなかった。彼に都合のいいふるまいをすること、彼が思っているとおりの人間でありつづけること、それをわたしに望んでいた。しばらくのあいだは、そんな愛情があればじゅうぶんだとわたしは思っていた。

今は違う。

その束縛から、これを最後に逃げ出してこそ、自由を手に入れることができる。そして、興奮が収まり、世界が広がった。わたしは何も恐れることなく、公園に入っていった。新しい自由を手に有頂天になって、川のほうへと背中を押されながら。今度晴れたら、子犬たちを連れてくるつもりの、ウッドチップを敷き詰めたドッグランや、夏には人でいっぱいだが今はぬかるんでいるスポーツフィールドを通り過ぎる。雨が降ってくるほうへ顔を向けたが、雨に頬を刺され、あわてて顔を背けた。空気に、ひんやりした予兆を感じたかと思うまもなく、ふたたび、稲光が空をジグザグに走り、そのあと雷鳴が川面《かわも》にこだました。自分が潜在的な可能性にあふれ、この嵐のように気持ちが高まっているのがわかる。これをうまくとらえて、写真学校に自画像写真として提出しよう。自分がどんなアーティストになりたいのかを表現して。

そのとき、見知らぬ男が岩の向こうから、わたしのほうにやって来た。むき出しになったわたしの両腕を見つめながら、消えた煙草《たばこ》を示して火を持っていないか、と訊いた。わたしは軽く首を横に振ったにちがいない。というのも、カメラに気持ちを集中させたかったから。最後にははっきり憶えているのは、小さなファインダー越しに見つめた稲妻が血管のように見えたことだ。空いっぱいに枝を広げている血管。

そのあと、稲妻ではなく、その男がわたしを二つに引き裂いた。

あとになったらこのときの記憶は当てにならないはずだが、今、ルビーは彼を見下ろしていて、あの朝トム・マーティンがわたしにおこなったことのすべてが目に浮かぶ。稲妻の鮮やかな赤が彼の体を染めるのが見える。どういうことでそうなるのか、わたしにはよくわからない。突然、ルビーはわたしの視点から世界が見えるようになったのだ。岩場に下りて、川に近づこうとするわたし。稲妻が川に映っているところ、空を映す鏡になっているところが気に入ったからだ。ファインダーをのぞいて、世界をフレームに入れ、これで世界を好きにできると思うわたし。そのとき、ぎょっとするわたし。背後に誰かがいる、暗闇《くらやみ》でぎらりと目が光ったのを察知する。ルビーには、わたしに近づいてきた彼の体が、稲妻の電気を受けてグロテスクに脈動するのが見える。しかも、それだけではない。この上なく恐ろしいことに、ルビーはあの朝わたしが感じたことを、いつのまにか自分でもすべて感じられるようになっている。

まるで、わたしに起こったことが、彼女にも起ころうとしているかのように。

「やあ」最初に声をかけられたとき、わたしはだいじょうぶだろうと思っていた。彼はきちんとしたシャツを着、まともな靴をはいた、ごく普通の男に見えた。わたしと同じように不眠症にかかっているか、嵐のときに外に出るのが好きな人か、ベッドに入っているより、雨のなか外にいるほうが居心地がよい人なのだろうと思った。恐れることはない、と自分に言い聞かせたが、それでも金属の手すりを乗り越えて、わざわざわたしの隣に来たときは恐怖感を抱いた。

「火を持ってない?」吸いかけの消えた煙草を見せながら、彼はそう言った。このとき、わたしはあることに気がついた。その口調があまりにも慎重で、綿密に計算されたもののように聞こえる。まるで自分を抑え切れなくなっているようだ。

「いいえ」そう言って、わたしは肩を怒らせた。そうすることで実際より強く見せたかった。絶対に怖がっていると思わせてはならない。どこかにそう書いてあるのを読んだことがあった。カメラを挟んで向き合いながら、わたしは精いっぱいその場をしのごうとした。以前もこれと似たようなことが何度もあった。危険を感じて、心臓がばくばくする思いをした。今ここで、相手が天気やカメラ、それからわたしが一人でこんなところで何をしているのか、といったことを話しているあいだ、今度もそんなところだろうと思っていた。返事は短く、失礼にならない程度に受け流し、夜が明けるまで時間を稼ごうとした。ところが、男はわたしのことを美人だと言ったあと、「セックスは好きか？」と訊いた。このとき、心の中で今度は違うと感じた。男が笑顔を見せるよう命じたときも、身勝手に近づいてきたときも、わたしはいやいや従った。最後にもう一度思った。ここでどう行動すればいいか、わたしにはわかっている。彼の言うことを聞きさえすれば、この場を切り抜けられる。

　前にも言ったとおりだ。予想外の成り行きになった。最後の最後に。わたしに助かるチャンスがなかったとは。あまりにも突然に、トム・マーティンはわたしの人生を終わらせた。

ルビーはわたしの身に起こったことをすべて理解し、感じ取って、身を翻《ひるがえ》して駆け出す。恐怖に変わって吐き気がこみ上げてくる。公園の上の遊歩道、安全な場所に着いたとき、彼女は体を折って嘔吐《おうと》し、自分が目撃したすべてを吐き出す。逃げる直前、ルビーはかろうじて水音を聞くだけの時間はあった。何かが川に投げ入れられた間違いようのない音。

のちに彼女はそのことをもっとはっきり思い出すことになる。

怪我をしていると思います。そばへ行ったほうがいいのか、わからなくて……。そばまで行ったほうがいいですか？　お願い、どうしたらいいか教えてください。

ルビーは何週間も、わたしを見捨てたことに苦しんでいた。一度も言わなかったが、少なくとも声に出しては言わなかったが、ルビーはあの朝、自分に何か――どんなことでもいいから――別のことができたのではないかと考えていた。もし、彼女が道に迷ったり、手すりで滑ったりしなければ、あるいは、雨に気を取られていたときや、その数分前に、もっと周囲に気を配っていたならば、何かできたのではないか。見逃している瞬間、事態を変える方法はなかっただろうか。

今までずっと、ルビーは罪の許しを求めていた。現場に着くのが遅かったこと、わたしのもとに、あるいは自分より先にそこにいた人間のところに、間に合うように着けなかったことを謝る方法を探していた。この事件やわたしのことが頭から離れなかったのは、謝罪の気持ちからだった。

「ほんとうに、なにもかも適切でしたよ、ルビー」

彼女がわたしを見つけたあと、ジェニングズ刑事はそう言った。今日、ルビーは震える手で電話を持ち、数週間前――何十年も前のことのように思える、あの恐ろしい体験をした朝――オバーン刑事から渡された名刺の番号に連絡をした。ようやく確信が持てた。

ノアの言ったとおり。ニューヨークはほんとうに新規蒔《ま》き直しのできる街なのだ。

23

捜査は動き出す。岩場に捨ててあった煙草の吸い殻から、彼のＤＮＡが検出される。あの朝、彼がわたしを遺棄した場所だ。そのＤＮＡは、わたしの全身に残された痕跡《こんせき》と一致した。そのお粗末な遺伝子の指紋を犯行現場に捨てる前に、トム・マーティンは、捜査員の監視下で、何度も現場に戻っていた。ルビーは電話をかけ、写真《ピクチャー》についてトムが言及していたことや、彼女が川縁で見たり聞いたりしたことをオバーン刑事に伝えた。そのとき、彼女は知らなかったが、刑事が持っている〈凶器の可能性がある鈍器〉リストの四番目に、カメラのレンズが挙げられていた。懐中電灯よりは下だが、レンチやハンマーよりも上にある。ライカのカメラが見つからなかったか、とノアから尋ねられたあと、そこには赤ペンで何重にも丸が付けてあった。紫のスニーカーとパーカといっしょに、それもわたしの部屋からなくなっている、とノアは証言した。カメラのレンズ。この犯行が計画的ではないことを示す凶器だ。これは、オバーン刑事が思い描く犯人像と一致する。怒りを爆発させた男が衝動的におこなった犯行。過剰な暴力を加え、服従させたことを示すうつ伏せの体勢。犯人は誰でもさまざまな手がかりを残す。オバーン刑事は、岩場に遺棄された若い女性を見たときから、アリス・リーを殺害した男の感情の動きがわかっていた。

ルビーからの電話に発破をかけられて、彼は背すじを伸ばし、立ち上がった。トムの身柄を確保するにはじゅうぶんではないが、オバーン刑事は忍耐強い。ただちに部下の覆面捜査官を毎日、川の周辺に配置した。彼らは目立たないようにジョギングをしたり、ストレッチをしたり、日光浴をしたりしながら、足繁《あししげ》く川に通う長身でブロンドの男に目を光らせた。彼は手すりから身を乗り出し、じっと川を眺めている。それと並行して、刑事たちは周辺のカメラ店や質店を一軒一軒回った。トム・マーティンの写真を見せ、「この男を見かけませんでしたか？　この男ですよ、見ませんでしたか？」と繰り返し尋ね、必要な物的証拠を捜した。単刀直入な質問にたどたどしく「いいえ」と答えた人たちは、たまたま「はい」と答えなければならない気の毒な店主やレジ係はどんなことになるのだろう、と思い巡らした。一人か二人、この捜査はニュースで見た美しい娘が殺された事件と関係がありそうだと推測する者もいたが、誰一人わたしの名前を口にはしなかったし、自分に関係のないことに巻き込まれるのは気が進まないようだった。今回はやめておこう、と考えていた。

同じ週に、オバーン刑事の要請で川の捜索が行われた。潮の干満や天候と、ルビーが岩場でトムを見かけて川に何かを投げ込む音を聞いてからの日数が計算された。とはいっても、川の流れには予測のつかないところがある。メッセージを入れた瓶が海に投げこまれてから百年もたって、外国の海岸に打ち上げられることもある。ハドソン川は大西洋につながり、潮の流れも同じで、同じ月の引力に影響される。こうして、ある晩、塩気のある泥の中から、それは見つかった。潮の流れが差し出し、手渡してくれた。ズマールの50ミリ口径のスクリュー・マウント・レンズ。ニッケルめっきされた金属製だ。絞りリングの溝に、わたしの血が錆《さび》のように付いている。過去は触れたものすべてに痕跡を残す。そう簡単に洗い流すことはできない。

オバーン刑事は静かに考えていた。必要な決定的物証にいよいよ手が届きそうになっている。彼はカメラ本体が見つかるとは思っていない。だが、この手の犯人は記念品を手元に残しておきたがる。それが写真《フォトグラフ》ではないか、とオバーン刑事は考える。トムは写真《ピクチャー》と呼んでいるが。彼がその言葉を口にしたのは、それなりの意図があってのことだ。こういう男たちは最後には口を滑らす。自分の秘密を漏らしてしまう。物事の中心にいたい気持ちが強いからだ。どんなに頭がよくても、自己愛は人を油断させる。もし、トムがカメラを手放さず、どこかに隠しているとしたら、現像されていないフィルムが気になって仕方がないはずだ。フィルムに何が写っているかわからない、しかも、死体の身元はいつまでたってもわからない。そのことで彼はじりじりしていただろう。何が写っていても、その写真《ピクチャー》は自分の業績を確かなものにする。せめて身元を知りたい。そうすれば、彼は彼女のあらゆる部分を自分のものにできたと感じるだろう。

オバーン刑事の考えでは、被害者の身元が公表され、ジェイン・ドウのスケッチが実在のアリス・リーの写真に置き換わったころには、フィルムを現像したいというトム・マーティンの思いは弱まっていたはずだ。衝動的な思いは長続きしないので、犯行からあまり時間をおかないで行動に移しているだろう。おそらくよその街で。こういう男たちは不注意かもしれないが、オバーン刑事の経験によると、けっしてばかではない。

それは警察が訪ねた十二番目の現像所だった。マンハッタンから車でちょうど二時間のところにある、アナログ写真を専門とする店だ。オンライン広告を出していて、グーグル検索ですぐに見つかる。捜査員たちがトムの写真を店主に見せたとき、彼女は唇を嚙《か》んで、言った。「ええ、この人なら憶えています。たしか、ここに来たのは一か月ぐらい前でしたね。州外から来たと言ってました。たいてい、フィルムは郵送されてきて、現像した写真のデータをCDに入れて送り返すんです。ところが、この人は紙の写真を希望されました。もっとも、結局、取りに来ませんでしたが。写真はどこかその辺にあるはずですよ。もちろんネガも。何枚か写りの悪いのもあって……」

わたしにとってのニューヨークが残されたままになっていた。ぴんと張ったワイヤーで吊《つ》った橋（ブルックリン橋）やクライスラー・ビルの写真を撮った。それから、地下鉄の駅から絶え間なく出てくる人々。スタテン島へ行くフェリーのデッキから写した自由の女神像、光を反射しながらそびえ建つワン・ワールド・トレード・センター。はではでしいタイムズスクエア、それから、セントラルパークにあるわたしと同じ名前の銅像。そこには幼い子供たちが飾りのようにぶら下がっていた。わたしはこういった場所の一つ一つを訪ね、その瞬間を捉《とら》え、今はその写真が、わたしがこの街にいたことを示す証《あかし》となっている。オバーン刑事は一枚一枚の白黒写真を親指でめくって見ていき、最後から二番目の写真に衝撃を受けた。激しい雨。いくつもの岩。水かさの増した川。向こう岸のニュージャージー州の明かりがぼんやり見える。それから、わたしが最後に撮った写真。流れる川に映る稲妻と、まだわたしの撮影技術が未熟であることを示す、左下に写り込んだ紫のスニーカー。今、オバーン刑事の両手の中にあるのが、わたしの最期《さいご》の瞬間だ。彼はわたしが目にしたものを見ている。男が雨の中を近づいてきて、怒りに任せて両手をわたしの首にかける直前に目にしたもの。カメラを奪い取り、わたしの頭に振り下ろした。怒りに任せて、息絶えたわたしの体内に侵入し、わたしの背中を岩にこすりつけ、体を起こしたかと思うとわたしの中に出した。わたしはもうそこにはいなかった。すでに肉体の外に出ていたのだけれど、彼はぶつぶつ言いながら、残されたわたしの体を転がした。熱い息と冷たい肌に触れるべたべたした感じ。局部をしまい、ジッパーを上げる不快な音。終わったよ、と言っているような音。おまえにはもう用はない。

　オバーン刑事は正しかった。トムは好奇心を抑えられなかった。自分がおこなったことの思い出を持ち帰っただけでは、満足感を得られない。そこで、注意深くフィルムを取り出し、川から遠い安全そうな現像所まで持って行った。現像された写真を取りに行くつもりでいたが、そのうちに警察がわたしの身元を突き止めた。名前とともにわたしの顔があちこちに発表された。今度は、わたしの本当の顔、殺害したとき、彼が目をそらした顔だ。自分の愚かさに、足が付いてしまうことに気がついて、トムは写真を取りに行かなかった。

　しかし、川に行くのはやめられなかった。初めのうちは、非常識な時間帯に行かないよう気をつけていた。朝の五時や真夜中に、行きたい欲求が一番高まるのだが、決まって人に紛れて目立ちにくい時間帯を選んで川に向かった。ついにルビーがやって来たとき、トムは例の場所で彼女を待っていた。彼女が金属の手すりに寄りかかって目をつぶるのを見た瞬間、彼女がここでの出来事を知っていると確信して、筋肉がぴくぴく震えた。胸の中で妙に誇らしい思いが膨らんでいく。この女性は、若い娘が殺された劇的な事件に魅了されている。夜の追悼会でもこういう女たちを見かけた。蠟《ろう》燭《そく》と激しい怒りの夜。すぐ尻馬に乗るおおぜいの女たちが、愚かにも、ほんとうは怖がっているのに、自分たちは怒っていると考えている。そうでなければ、恐怖と怒りの区別もつかないのだ。トムはあの晩、妻の隣でうなだれていた。妻は、夫が亡《な》くなった女性のことを思って泣いていると思った。だが、トムはこのすべてのすばらしさに、自分が作り上げたこの壮大な悲劇の見事さに涙を流していた。感動するのも当然だろう。長いあいだ、自分の姿が誰にも見えず、自分の声が誰にも届かないと思っていたのに、このように大きく取り上げられたのだ。

　ルビーに近づいてコーヒーに誘ったとき、トムは彼女が死体の発見者だとは夢にも思っていなかった。この信じられない話をついに彼女が打ち明けてくれたとき、全身に電流が走った。体が熱くなり、最初にわたしを殴ったときのことを思い出した。まるでこうなることが運命づけられていたようだった。こんなにもやすやすとこのオーストラリア人が自分の元に遣わされたとは。これで、事件を知る人物と話ができる。あの場所にいた人物と。あれから数週間、まるで夢の中にいるようだ。あのときの話をして、夢が実現したことを確かめたい。だが、彼女はそれを拒み、突っぱね続けている。トムは忍耐の限りを尽くして暴発しないように自分を抑えていた。二度目にテーブルを挟んですわっていたときもそうだ。ルビーは彼の金でワインを飲み、ルビーのためだけに彼が注文した料理を食べている。善人ぶった儀礼的な態度で。トムは殴りつけて彼女が倒れるのを見たい、と腹の底から思った。そして、その上にのしかかってやりたい、と。

あいにく、その日は彼の思いどおりに事は運ばなかった。

別れ際に、彼はうっかり口を滑らせた。あの朝、あそこでルビーと二人きりで会い、川沿いの工事現場――今度は岩と水ではなく、金属と泥のある場所――へ彼女を引っぱっていくことばかり考えていたので、言葉に注意を払うのがおろそかになっていたのだ。それでも、あのオーストラリア人はなんの反応も示さなかったし、表情にも彼のミスに気がついた様子は見られなかった。だから、自分の口から出た事実をたどられることになるとは思ってもいなかった。この街のあちこちで撮られた写真というパンくずをたどられることも。

彼が犯した二つ目のミスは、煙草の吸い殻を捨てたこと。おかげで、警察はまだ本人にＤＮＡの提出を求めることができないうちに、吸い殻から彼のＤＮＡを採取した。それはオバーン刑事がわたしの撮った写真を入手したのと同じ日だった。不用意に捨てた物と、見つかった物。二つのことがぴったり同じ時刻に起こったと思いたい。

彼は自宅のドアがノックされるとは考えもしなかった。ジャクソン先生宅の場合と同様のノック。ただし、トム・マーティンがドアを開けると、その向こうには直立不動の男たちが立っていた。彼の妻が廊下に出てきたとき、ちょうど夫の手に手錠が掛けられた。

「トミー？」最初は困惑。「トミー！」それから、恐怖。彼女は夫に駆け寄ろうとしたが、警官たちが彼女を押しとどめた。

「奥さん」警官たちは彼女を引き止めた。「お気の毒ですが」

決定的なこの瞬間、警官たちはとても礼儀正しかった。そのあと、彼女のすべてを引き裂いた。想像もしなかった事実を告げた。彼女は息を呑《の》んで床にへたり込んだ。彼女の夫はアリス・リーへの強姦《ごうかん》及び殺害の容疑で逮捕された。追悼会の夜、彼女は夫の手を握っていた。その男はどこに潜んでいるかわからないのだから気をつけるように、という夫の言葉を、優しく笑って受け流していた。

その男はどこに潜んでいるかわからない。

トム・マーティンがこの女性の体に注いだ数々の嘘《うそ》は、どれだけの日数をかけようともきれいにこすり落とすことはできないだろう。これからさまざまなことが明らかになる。トムのパソコンから見つかるはずのハードコアポルノや未成年ポルノ。出会い系サイトに投稿していた偽《にせ》のプロフィール、クローゼットに隠し持っている覚醒剤《アンフェタミン》、以前つきあっていた女性からの、別れたときにストーカー被害に遭ったという証言。さらに、まもなく明らかになるのが、十八歳の女性の頭部をカメラのレンズで殴打《おうだ》したこと、ニコチンで黄色くなった指で彼女の首を絞めたこと、彼女がハドソン川の土手で死にかけているあいだ、その体に性的暴行を加えつづけたこと。彼女の下着、靴、パーカをかき集めたこと、カメラから血の付いたレンズを外したこと。そのあいだ、凄惨《せいさん》な姿となった十代女性を見下ろすように立っていたこと。彼女が味わった具体的な恐怖については他人にはけっしてわからないが、この部分はこれから彼の妻をもっとも苦しめるだろう。若い女性が生きていた証拠となるものを片づけた夫の冷静沈着さ。しかも、何を持ち帰り、何を置いていくかを選別した。

この女性はこれから先、もう何も信じられないだろう。こういう男たちが破壊するのは、一つの人生だけではない。

今度は彼の人生が語られる番だ。新聞各紙は彼のこれまでの人生を詳しく調べ、なぜこんなことをおこなったのかを解明する。でも、そんなことはどうでもいい。あなたがたは彼についてはもうじゅうぶんに知っている。わたしは彼の物語を語りたくはない。これ以上、名前を口にするのもいやだ。その生涯を再構築し、記憶にとどめておかなくてはならないのは彼ではない。

わたしはアリス・リー。そして、これはわたしの話なのだから。

彼は逮捕された。

逮捕された。

最初、ルビーは愕然《がくぜん》としていた。長いあいだ、一つの疑問と付き合ってきたので、これが答だと納得するには時間がかかった。ニュースで犯人の顔を見つめ、いっしょに過ごした時間を思い返すと、体じゅうに虫が這《は》い回って皮膚を食い破ろうとしているような感覚に襲われる。わたしの死体を見つけたあとの、じっと壁を見つめているような鈍い悲しみではなく、火傷《やけど》のような、かゆみのようなものが彼女を苦しめている。

わたしは懸命にあのときの記憶、彼女が突然、理解し、感じた、恐ろしいものを彼女から取り上げようとしている。だが、熱のあるぼうっとした頭のどこかで、彼女は自分の見たものから目をそらすことを拒んでいる。最後には、あきらめて、わたしは彼女のそばにすわる。そして、もっと美しい、穏やかな話を耳元でささやく。熱からさめたとき、ルビーには一つの事実だけではなく、ほかのことも思い出してもらいたかった。

〈デス・クラブ〉の女性たちは、懸命にルビーの面倒を見た。スーは食べ物――パイやケーキやマフィンなど、温かいできたてのもの――を運んだ。ルビーがベッドから出られないうちは、レニーが花を持ってきたり、窓を開けておくようにした。彼女たちはルビーの横で次々に入ってくるニュース記事を読み、いっしょに恐ろしい事実と向き合った。犯人逮捕のあと、発作的な興奮が起こった幾晩かは、ルビーがちゃんと眠れるように、レニーが泊まり込んだ。彼女はキャシーにも電話をかけた。隣にすわっているルビーがうまく話ができないので、代わりに彼女の身が安全であることと、オーストラリアの家族や友人たちを気にかけていることを伝えた。「ええ、ショックを受けていますが、ルビーは大活躍だったんですよ。妹さんがあのいまいましい事件を解決したんですから。表彰されるかもしれません」

しばらくして熱からさめてから、ルビーは自分で三本の電話をかけた。一つ目はキャシーと母にかけ、自分はもうほんとうにだいじょうぶであることを伝えた。そのころには、リヴァーサイド殺人事件解決のニュースは、太平洋を渡ってオーストラリアの新聞雑誌にも掲載されていた。被害者の名前もわからない事件の始まりから終わりまで、ルビーは見えない糸でつなげた。どのようにこの話をつなぎ合わせたのかを知る読者はまずいないが、それはルビーの望むところだった。

「この話は」ルビーは言う。「最初から最後までアリスのものなんだもの」

家族との会話を終えて――最後に、これからは死体に近づかないようにすると約束をして――次に、ノアにかけた。ルビーはこう考えていた。ノアは事件の新しい進展に関して、あまり積極的に聞きたいとは思っていないだろう。ただ、どのようにしてルビーが犯人を突き止めたのかについては知りたいのではないか。さらに、その男のことをどうこう言うつもりもないだろう、と。実際、ノアは顔写真を見ることもできないと言った。そういう写真を目にすることで湧《わ》き上がる怒りや、消えることのない復讐心《ふくしゅうしん》といったものに、ノアは慣れていない。そういう反応を示すことは、その手の男たちをより増長させる、と本能的に理解しているので、ノアはその殺人犯に酸素を送らないことで、無の存在にしてしまおうと心に決めていた。

「きみはなんて勇敢な、勇敢な女性なんだろう」電話の最後にノアは言った。「アリスのためにいろいろ手を尽くしてくれてありがとう」

最後にかけた電話の相手はジョシュだった。彼は、ずっと彼女からの電話を待っていたように、二度目の呼び出し音で電話に出た。

「ごめんね」「ごめんなさい」と、二人は同時に謝った。お互いにこのときを待っていたかのようだ。ジョシュはスーにきつく叱責《しっせき》されたことを伝えた。自身の母親よりも厳しかったし、レニーにもさんざん責められた。

「ちゃんと話をしないうちにキスしたりしちゃだめでしょ」と、レニーは叱《しか》った。

「選択の自由を奪ってはいけないわ」

彼は何が起こったのかを尋ね、自分が関われなかったこの短い期間に起こった出来事にたいする恐れと戸惑いを口にした。

「どんなことでも話してもらいたい。ぼくはここにいて、きみのためならなんでもする」

ルビーは同じ話を繰り返すのに疲れ、それなら彼自身のことをすべて話してくれるよう頼んだ。

ジョシュはこう語った。彼の結婚生活は自転車事故のあと、破綻《はたん》した。最初の数か月、体の回復期には、自分の体がなじみのない物体のように感じられた。理屈に合わないものがただくっついている感じだった。ときどき自分のことを例の歩く死体ではないかと思った。どんなところにいても、そこには属していないような気がした。本当の肉体は、彼を置いてどこかへ行ってしまったのではないか。だが、そんなはずはなく、手首には脈があり、ゆっくりと骨がつながるときのきりきりした痛みに襲われ、自分にはまだ電気が流れていること、まだ生きていることを理屈で理解した。しかし、暗黒は今でも彼を引っ張りこもうとする。黒いコールタールが広がり、やがて心にべっとりとこびりつく。かつて冷笑的なライターだったジョシュは、その粘つく場所に閉じ込められ、もう二度と何かを書いたり、気持ちが軽くなったりすることはないだろう、と自分でも思ったし、ほかにもそう思う者がいた。

当初、リジーは協力的で、病院ではベッドのすぐそばにいたし、自宅でも彼の近くで動きまわっていた。けれども、ジョシュが暗黒の中にいる期間が長くなればなるほど、妻はいらいらするようになった。

「あなたは適応障害よ」アイパッドでウェブサイトを見て、毎晩、夫の症状に当てはまるものを見せながら、そう言い張った。「ここに書いてあるわ。適応障害はこういう男性に見られるもので――」あちこちの雑誌記事を読み聞かせ、退院後、ジョシュが以前の生活や、以前の自分に戻りたがらない理由について、専門家の意見を検索し、解明しようとした。なぜ、突然、彼が白紙状態になってしまったのか。なぜ、これまで普通にやって来たことに心を惹《ひ》かれなくなったのか。事故以前の彼がどれだけ活動的だったかを知る人たちが一番驚いていることなのだが、なぜ、何日たとうと幾晩続こうと、この新たな状態に慌《あわ》てることなく平然としているのか。

六か月がたち、リジーは彼の元を去った。彼女はもう一年以上、ロサンゼルスで暮らし、テレビ番組の台本を書いている。初めは、ジョシュが以前の彼に戻ることに望みをつないでいた。

「あなたに霊媒師《シャーマン》を見つけてあげるわ」西海岸に落ち着いて二か月ほどたったころ、リジーはそう言った。「霊媒師ならほかの人よりずっと奥深くまで入り込めるわ。あなたが行ってしまった深いところまで」リジーは瞑想《めいそう》のビデオや、バリ島でのヨガ修養会のリンクを送ってきた。ジョシュを自分の元に戻してくれるためのもの、ある夜、彼がセントラルパークを通って帰宅しようとして、自転車のタイヤが木の根にぶつかり、すべての配列がおかしくなってしまう以前の二人の関係、優しいリズムに戻してくれるためのもの。リジーは、ルーフトップ・バーでのパーティや薬物セックス、それに、お気に入りの雑誌で夫の署名記事を目にしたことを懐《なつ》かしく思った。しかし、時がたつにつれて、夫への愛情は薄れて消えた。初めはほんの少しずつ、やがてどっと流れ出て、限りある貯蔵量はついに底をついた。

リジーはかなり前から、スマッジスティック（煙を使って邪気を清める浄化儀式に使われる物）や薬草に使われる多肉植物の話をしなくなった。今、彼女からのメールやメッセージに書かれているのは、離婚届や東九十七丁目にあるアパートメントの売却についてだった。ジョシュは、自分が次のステップに進むのを避けてきたのは、結婚生活を修復したかったからではない、とルビーに語った。それどころか、今のほうがずっと快適に感じている。新たな生活の変化でどう変わるかを恐れていたのかもしれない、と今、彼は認めた。

「悪いほうに変わりはしないかと」

「わかるわ」ルビーは言った。「わたしにはよくわかる」

幼いころ、自然豊かな外洋に面した場所で暮らし、そこで学んだことを思い返していた。離岸流に巻き込まれたら、流れに身を任せて運ばれるしかない。水の力はいずれ弱まるが、そのときには遠く沖のほうまで運ばれている。安全なやり方は潮の流れに身を任せ、体が自由になるのを待つことだ。そのあと、方向を変え、死に物狂いで陸をめざして泳げばいい。

ルビーは外洋という気まぐれな自然現象への対応の仕方を知っている。だったら、愛という自然災害も同じことではないか、とルビーはジョシュに言った。始まった場所とは違う場所に行き着くが、そのときが来たらみんな家に帰り着く。波に揉《も》まれているあいだ、落ち着いていることが大事だ。

抗《あらが》うのではなく、身を委《ゆだ》ねることで救われる命もある。

ルビーはアッシュには電話をかけなかった。けれども、アッシュのほうは、彼女が重大事件の解決にひと役買ったらしいという噂《うわさ》を職場で聞きつけて、メッセージを送ってきた。

こりゃ驚いた、すごい体験をしたんだねえ！　それについて話をするのが待ちきれないよ。ニューヨークでね、たぶん(^^)

彼のこの無神経な対応に悪気がないのは、ルビーにもわかっている。だが、自分のことをまじめに考えてくれているのだろうか、と首を傾《かし》げたくなる。答を訊《き》くまでもない。アッシュはルビーとの関係にまじめさなど求めてはいない。彼にとってのルビーは、まじめなことからの逃げ場なのだ。それが二人の取り決めの一つだったが、彼女はもうこれ以上それにつき合うつもりはなかった。起こったらいいと思っていた何かが実際に起こった。アッシュの婚約を聞かされたあとも彼を受け入れた自分と、今の自分は同じだろうか。自分ではよくわからないが、あのときの自分が、今の強くて有能なルビーと同じだとは思えなかった。オバーン刑事の前にすわって、アリス・リーを殺した犯人と出会った話を詳しく語り、振り返ってみれば、複雑な殺人事件捜査を解決へと導いた功労者になったのだ。

　これはアッシュが知っていた女性ではない。

　彼女がなりたいと思っていた女性だ。

来てもらわなくてけっこう。

　ルビーはようやく返事を入力した。

フィアンセを大事になさい。あなたが決めたことなんだから、邪魔はしたくない。

ちゃんと結婚すること。ちょうどいい頃合い。お別れしましょう。

この返信を送ってから、ルビーはまる一時間天井を見つめていた。真実は人を自由にするという。しかし、ときには嘘が人を自由にすることもある。返信はない。アッシュから返事は来ないだろう。ルビーは最後にもう一度だけ思い出にふけり、ニューヨークでいっしょに過ごそうと思い描いていた計画を懐かしく思い返した。暗いバーやきらびやかなルーフトップ・バーで過ごす夢を味わい、舌の上で転がし、彼を求める自分の思いを味わう。それから、呑み込む。自分には手の届かない人生だった。もう少しで届きそうだったが、失ったものにすがり続けることはできない。

あなたを愛していた。

ルビーはこの最後の真実を海の向こうに送りはしなかった。その言葉は、この瞬間には、この結末には、小さすぎる。沈黙だけが今夜、彼女が悲しみに浸るのにじゅうぶんな大きさだ。

現像した写真の束の中に、一枚だけほかの写真と異なるものがあった。一番はじめのスナップ写真。ニューヨークで撮ったほかのものよりずっと前に撮ったもの。先生から使い方を教わったとき、白黒フィルムが装塡《そうてん》されたときに撮られたものだ。

「ここからのぞくんだよ。これがレンジファインダーで、最初は二つの像が見える。このフォーカスレバーを動かすと、二つの像の距離が縮まって重なる。こつをつかむまで少し時間がかかるが、最後にはこの二つの像が重なって、はっきりした一つの像になる。ほらね？」

彼が体を寄せ、カメラがすぐ目の前に来たので、わたしは頭を引いて顔を遠ざけようとした。ちょうどそのとき撮られた写真だ。暗がりの中で、わたしの髪がフレームを横切って銀色に輝いている。顔は見えないけれど、わたしは声を上げて笑っていたのを憶《おぼ》えている。

これは忘れられない写真だ。

24

ルビーは時間をかけてアップタウンを散歩している。いつか、川沿いの道を北に向かってジョギングしていたとき、そのままジョージ・ワシントン橋まで行けるのではないかと思ったことがある。ところが、先に行けば行くほど、巨大な橋が遠ざかるように見え、日も暮れかけてきたため、折り返してくねくねと近くの西九十数丁目界隈《かいわい》まで戻ってきた。今日は、ブロードウェイを北に向かって歩いている。自分が住んでいるあたりと同じように見えるブロックをいくつも通り過ぎながら、来週にでも入ってみたいと思うカフェや、先シーズンのデザイナージャケットがウィンドーに並んでいるコンサインメント・ストア（売り主が品物を店に委託して売ってもらう形態の店）などをメモする。一目でわかる広大なコロンビア大学まで来ると、ルビーは金属製の門を押し開けて、キャンパスに足を踏み入れた。ここはおなじみの場所だ。今ではニューヨークのたいていの場所と同じようになじんでいる。この大学の広い階段や堂々とした建物は、彼女が見た数々の映画やテレビドラマによく出てきた。彼女は中庭を横切って東に向かい、少人数のグループや一人ですわっている学生たちに笑顔を向けながら、今日は何を勉強しているのだろう、自分も秋になったらここで授業を受けようか、と思った。ニューヨークに残ることに決めたなら。キャンパスを出たあとはアパートメントに戻ろうと、モーニングサイド・パークの西端に沿って進んだ。この街が市民のために確保しているスペースの広さにあらためて驚かされる。ニューヨークには、まだまだたくさんの発見がありそうだ。

　アムステルダム街のほうへ歩いて行くと、セント・ジョン・ザ・ディヴァイン大聖堂が目の前に現れた。モダンな低層住宅街にある、信じられないほど凝った装飾の施された建物だ。神に祈る時間はなかったが、あまりにも美しく、圧倒的な迫力を持った建物に惹きつけられ、好奇心から正面の広い階段を上って、分厚い二重扉を抜けた。中は、天井の高い洞窟《どうくつ》のような感じで、日の光がさまざまに反響し合っている。万華《まんげ》鏡《きょう》のような花に手招きされて進んでいくと、その眺めのすばらしさに、ルビーは思わず息を呑んだ。身廊の入り口には募金箱があり、あわてて五ドル札を探して箱に入れてから、靴音を立てないよう、つま先に体重をかけて歩き出した。聖堂内が礼拝者で埋め尽くされていたなら違っていたのかもしれないが、平日の午後ということもあって、今はわずか二十人ほどの人たちが太い柱やアーチのあいだをゆっくりと移動している。壮麗な建物であるにもかかわらず、ルビーは予想外の静穏さと安らぎを感じた。

さらに、彼女は上を見上げるのも忘れてはいなかった。

静かに聖堂内を探索しているうちに、喉《のど》に塊のようなつかえを感じ、やがて飲み下すことができないくらい大きくなっていった。壁一面に名前があり、ダッシュでつながった生没年がある。一つ一つ声に出して読むには多過ぎる。ルビーは気が遠くなりそうになり、気持ちを落ち着けるため、腰を下ろして自分なりに祈ろうかと思った。けれども、その壁の前には、たくさんの名前の前には、すでに一人の女性が立ち、頭《こうべ》を垂れ、祈りながら涙を流している。ルビーは瞬《まばた》きして涙をこらえ、その先へと進んだ。

〈詩人コーナー〉まで来たとき、ようやく喉のつかえが消えた。ルビーの目から熱い涙があふれ、床や壁の石版に刻まれた文字がぼやけて読めなくなった。彼女はこの国の〈言葉の錬金術師〉の記念碑の前に立っている。人間としての経験を苦心して短い完璧《かんぺき》な文へと昇華させた人たちだ。世の中やその悲しみを言葉で正確に書きあらわした作家たち。

著名な詩人の作品の抜粋を、ルビーはひとり読み上げた。歌と墓碑銘が刻まれたミレイ。ディキンソンは独居と意識を謳《うた》っている。エマーソンとヘミングウェイはひたすら真実を求め、ヒューズの魂は川のように深い。ボールドウィンは治安を乱すことについて語っている。

そして、この人。

ウォルト・ホイットマン。ニューヨークを深く愛し、またニューヨークからも愛された一人の人間であり、詩人。

わたしはどこかで立ち止まり、きみを待つ。

今、ほかの人たちは移動してしまい、涙を流している女性だけが彼女の詩人と悲しみとともに残されている。何世代もの作家たちが手を伸ばして彼女の体に腕を回し、生き延びるための手段をその体に優しく刻み込もうとしている。

ルビーは帰宅するとすぐにジョシュを部屋に招いた。話したいことがあると言って呼び出したのだが、彼が狭い部屋に足を踏み入れたとき、言葉はいらなかった。ルビーは彼に駆け寄り、挨拶《あいさつ》の言葉を口にする暇も与えないうちに、全身全霊を込めて彼に抱きついた。

こうして初めて愛し合ったが、二人とも慎重で不器用だった。初めての肉体への接し方や、神経の使い方を探っていく。唇を重ねたまま笑ったり、目を開いていなくてはいけないときに閉じたりしたが、互いの気持ちをぶつけ合った時間に気まずさやためらいはなかった。互いに教えあったり、教わることを喜んで受け入れたりして、ジョシュの愛撫《あいぶ》によって絶頂を迎えたとき、ルビーは体にぽっかりと空いていた隙間《すきま》にまで自分自身が広がり、空洞がようやく満たされたような気分を味わった。わたしはここで立ち止まり、あなたを待っていた、と彼女はささやいたが、そのときジョシュの体には電流が走っていて、青い光が低い音を立てながら全身を駆け巡っていた。彼女の声はかき消された。だいじょうぶ。二人はこのあと何度もこれを繰り返していくのだから。そのたびに、相手のことがしだいにわかっていくだろう。

わたしの葬儀費用はノアが出してくれる。ウィスコンシンへは行かないという意志を貫き、彼は式そのものには参列しない。花代や棺《ひつぎ》代、式のあと参列者にふるまうサンドイッチ代を払ってくれるのだ。わたしの火葬費用も。わたしの遺灰を使って何か特別なことをするつもりはあるのか、とだけ彼は尋ねた。星雲の話、明るい夜空の中で死んでいく星の話をしたが、誰にも理解できなかった。

「ルビー」ノアは言う。「わたしたちだけで何かしてあげたいね、アリスのために」

葬儀の日、マスコミの記者の話では、ピアソン通りとフラッシング通りの角にある小さな教会に、会葬者が押し寄せ、入りきれずに砂利を敷いた私道にまであふれて、中の礼拝の様子をうかがっていたという。わたしが通っていた高校の生徒や、よその町から来た興味本位の人たちもいる。もちろん、タミーと彼女の母は最前列のグロリアの隣にすわっている。母と娘と後見人が一体となってスポットライトを浴び、この短いひとときを楽しんでいる。犯罪ドキュメンタリーの番組プロデューサーと打ち合わせをすることになっているし、先週はタブロイド週刊誌のインタビューも受けた。わたしはなんとも思っていない。彼女たちにこの町以外の何かを、ここの住人以外との何かを体験する機会を与えたい。タミーはいつもわたしによくしてくれた。もしかしたら、これが彼女の母親やグロリアにとってもよいチャンスになるかもしれない。

そのインタビューの中で、グロリアはわたしの母のことを語った。わたしも知っている話だ。幼少期に激しい暴力を受けたこと、家や家族の崩壊、ようやく十八歳になって母が家を飛び出したとき、誰ひとり捜しにも来なかったこと。グロリアによると、女手一つでわたしを育てているときも、母は何も欲しがらず、わたしの幸せだけを願っていたという。わたしが知らなかった話もある。心に傷を負った少女は完全に大人にはなれなくて、現実感の喪失に悩まされた。当時のわたしには、母がゲームをしているように見えたに違いない。わたしを無事に育てるために、母は麻薬の売買から、好きでもない年配の男たちに体を売ることまで、いろいろやっていたこともわかった。自分の身を守ることを二の次にし、心のトラブルや法律に触れる問題も抱え、どんどん深みにはまっていった。さすがにグロリアも、あの日の午後、母が拳銃《けんじゅう》の引き金を引いた理由まではわからなかったが、こう言った。

「彼女が精いっぱい娘を愛していたのは確かよ。少なくとも、これで二人はいっしょになれたわね」

　ジャクソン先生も葬儀には参列しなかった。しばらく前に、彼は町から消えている。家はからっぽで、アトリエは閉めた。秋になっても学校へ戻るつもりはない。あれこれ噂が広まった今、戻るのは不可能だ。彼が教えた女の子たちの大半は、先生がアリス・リーを誘惑したという説をばかにしている。なかには、その逆ではないかと言う者さえいる。みんな先生のほうに好感を持っていたからだ。ジャクソン先生から初めて服を脱ぐよう言われたとき、わたしの皮膚の下に震えが走ったことを知らなければ、こういう若い女の子たちには理解できないだろう。人は生きるためにイエスと答えなければならないことがあるのだ。いつか自分がその立場になったら、わかるだろう。

　ともかく、先生は身を隠した。いずれ、姿を現して自分の言い分を語ることもあるかもしれない。心の傷が別の若い女性たちを惹きつけ、呼び寄せることになるかもしれない。その女性たちに、彼は言うだろう。愛した若い女性がいたが、彼女は死んだ、と。事実を脚色しているうちに自分でもそれを信じる。相手を支配するつもりはなく、癒《いや》しを求めているだけだと自分に言い聞かせ、また別の十七歳の娘を抱き寄せ、ベッドに誘うのだろう。

いずれはそういう娘の一人が自分の話を語り始める。今度は、彼女の行方を捜す人たちがいて、見つかったときには、またジャクソン先生のドアがノックされるだろう。当分はまだ、そのノックの音は聞こえないだろうが、いずれ聞こえるのは間違いない。

今や何に耳を傾ければいいのか、わたしたちにはわかっている。

わたしの友人たちはいっしょに川へと向かっている。夏の最初の日。季節は変わり、空は青く晴れ上がっている。

ノアは茎の長い薔薇《ばら》を抱えている。七色の薔薇だ。ルビーは小さなシルバーの南京《ナンキン》錠《じょう》を胸元に持っている。二人は温かなハグをした。フランクリンはふわふわした毛の上から、首に紫色のスカーフを巻いていた。

この晴れた日に公園には人がおおぜいいる。ノアとルビーは子供や犬のあいだを縫い、野球の試合の五イニングか六イニング目をやっているそばを通った。ルビーは改めて、人々がここで日常生活を送っていることに感銘を受ける。このあたりでは、子供たち、家族連れ、スポーツチームやペットが、地域社会の共有の場所で何時間もいっしょに過ごしている。

二人はいくつかあるドッグランの一つを通り過ぎた。リードをはずしてもらい、甲高い声で鳴く子犬から高齢犬までが、ボールや尻尾《しっぽ》やお互いを追いかけている。ルビーはフェンスのところで、つかのま足を止めて、わたしのことを思った。いつかちょうどこのあたりで、ジョギング中の彼女がわたしのそばを通り過ぎることがあったかもしれない。美しいイエロー・ブロンドの髪をした女性が、言うことを聞かないビーグル犬やパグを大声で呼んだり、走り回っている犬たちのデザイナーブランドのリードをつかもうと飛びついたりしている姿を想像する。ノアもまた、実現していたかもしれない二人の出会いを思い描く。そして、自分の肩をルビーの肩に軽く当て、動くように促した。

川のほうへと歩き続ける。

ルビーもノアも水際《みずぎわ》に近づくにつれて口数が少なくなっていった。今日のハドソン川は穏やかで、向こう岸のニュージャージー州がはっきり見える。ルビーには、並んでいる杭《くい》が水面から突き出している様子が今でも不気味に思える。隠れている水の深さを意識するからだ。けれども、杭をのぞけば、ここは特別にどうということのない場所だ。いいとか悪いとか謎《なぞ》めいているということはない。細長く広がる公園の、とりたてて特徴のない一部分にすぎなかったはずだ。頭に血が上った横柄《おうへい》な男が、四月のある朝、一つの命を奪い、その瞬間からあらゆることが始まらなかったなら。

「だいじょうぶかい？」ノアが尋ねた。彼の顔を明るい色の美しい花が縁取っていた。

ルビーはうなずく。

「ちょっと考えていただけ。ここは特にどうということのない場所なんだなって」彼女は岩場に捨てられて風にぱたぱたしているジュースのパッケージに視線を落とした。

「数え切れないくらい何度もここを走ったはずなのに、一度もそんなふうに思ったことはなかったわ」

「それでも」ルビーはノアに顔を向け、手に持っている南京錠をぎゅっと握りしめた。

「ここはどこよりも特別な場所よ。アリスを見つけた場所ですもの。あのとき、罪悪感を覚えたわ。もっとしてあげられることがあったんじゃないか、と。でも、あの日、わたしが走り続けていたらどうなっていたかしら。一度も足を止めなかったとしたら。どんなことになっていたか、想像できます？」

「きみはどうなんだね？」ノアは聞き返し、薔薇の花を一本取り出して、川に投げ入れた。

二人はその花が上下に揺れているのを眺めた。暗い色の水面で、鮮やかな黄色の星がダンスを踊っている。二人は無言のまま、残っている薔薇も手すり越しに投げた。一本、また一本と、鮮やかな美しい色がハドソン川の暗い水面を覆《おお》っていく。最後の一本が水面に浮かんだとき、ルビーはしゃがんで、柵の下の部分にあるワイヤーに、南京錠を付けた。カチッという音とともに鍵《かぎ》がかかると、ルビーはつやつやした表面に彫られたＡの文字を人差し指でなぞった。

背後の小道で、子供が高い声を上げたり笑ったりしている。ルビーは立ち上がって大きく息を吸い、ニューヨーク市を肺に吸い込んだ。

「ありがとう、アリス・リー」静かにそう言うと、ルビーは岩場や川に背を向けて、歩き出した。

もし、わたしが生きていたなら……。

その女性は公園のベンチでわたしの隣に腰を下ろし、息を整えようとしている。彼女は川に沿って南へとジョギングしてきた。引き返すのを忘れて、少し遠くまで、クルーズ船乗り場のあたりまで走ってきた。今、上体を折ってすわり、呼吸を正常な状態に戻そうとしている。今日は、彼女はわたしに気がついていないかもしれない。でも、フランクリンは頭を下げている彼女の頰に濡《ぬ》れた鼻を押し当てた。歓迎の挨拶だ。

彼女は驚いて、はじかれたように体を起こすが、その顔には笑みが浮かんでいた。

「こんにちは、ワンちゃん」そう言って、うれしそうに歯を見せている犬の耳の後ろを手で掻《か》いてやった。

「あなたの犬」わたしを見て、声を上げて笑った。「なかなか積極的ね」

「この子はわたしの犬じゃないんです」と、言おうとしたが、今では自分の犬のような気がしている。わたしはただ微笑《ほほえ》んだ。

「そうなんです、フランクリンは生粋《きっすい》のニューヨークっ子だから。自分の好きなものがちゃんとわかってるんです」

「わたしもあやかりたいわ」その女性は答える。

「どちらからいらしたんですか?」彼女の発音の仕方が印象に残り、わたしは尋ねる。

「どこかしら。ときどきわからなくなる」わたしたちは初めて見つめ合った。空と大地の出会い。

「アリスです」と、言って手を差し出す。

「ルビーよ」と、彼女は答える。手と手が触れ合って、小さな光の花が咲く。

「ちょうど一か月前にこっちに来たのよ」彼女は話し始め、やがて、二人は同じ夜、春の雨の季節の始め、陰鬱《いんうつ》な夜にこの街に来たことがわかる。

「わたしは逃げてきたんです」わたしが打ち明けると、彼女も誰かから逃れてきたという。ある男から。

「わたしもそうなの！」わたしは〈スナップ〉でようやく同じカードをめくることができた。

「そうだったの？　アリス、年はいくつ？」ルビーは眉《まゆ》を上げながら尋ねた。

「十八歳。あなたは？」

「三十六よ。それじゃ、あなたはちょうどわたしの半分の年ね」

「あなたはわたしの倍の年齢」わたしが言い返すと、彼女は声を上げて笑う。その笑い方で、わたしたちは友だちになれると思う。公園のベンチで一時間以上もおしゃべりをし、足下にいるフランクリンはうるんだ目で二人を見上げる。来たばかりのこの街のことや、わたしたちがあとにしてきた故郷のことを話題にする。話をしているうちに、わたしたちがどんな男から逃げてきたのか、打ち明けなければならないような気になる。

「いろいろあってね」ルビーはため息をつく。

「本当に」わたしはそうつぶやいた。彼女がすっかり話してくれる日が来るのがわかっている。

いつかそのうちに。

長い時間話し込んでいると、いきなり、フランクリンの頭に雨粒が落ちてくる。二人とも空が暗くなっていることに驚いた。まもなく、また激しい雨になりそうだ。

「このあいだ、ここで足止めされたことがあったわ。嵐《あらし》の朝に」ルビーは手のひらを上に向けて出し、雨の様子をうかがう。「ここに一人でいるのは、正直言ってちょっと怖かった」

「先週の火曜日？　雷鳴と稲光がひどかったときでしょう？」わたしは興奮して訊いた。スナップ！　「わたしもここで嵐の写真を撮っていたわ。自分でも非常識だと思ったけど、すごくいい写真が撮れたんですよ！　死にさえしなければ苦労は人を強くするって言いますものね」

「でも、用心しなくちゃ――」ルビーは言いかけて、肩をすくめた。「もっとも、あなたは自分のことはちゃんと自分でできる人のようね。いつかあなたの写真を見せてもらいたいわ」今度は考え深げな表情になる。「ともかく、あのときここにいたのがわたし一人じゃないとわかってうれしいわ、アリス」

もし、わたしが生きていたなら。もし、あの朝、ほかの誰かがわたしの運命を勝手に決めたりしなければ、わたしたちはずっとお互いを捜し求めていたのがわかったかもしれない。

もっと違ったふうに出会って、お互いの話をしていたかもしれない。

よりによって、ルビーがわたしの死体を見つけてくれたとは。すごいと思うことは二つあるが、これはその一つだ。彼女はいっしょにいてくれて、わたしを家に連れて行ってくれた。そして、悪夢や混乱に苦しみながら、わたしのことや自分のことに向き合おうとした。自分自身の荒波を乗り越え、しかも、わたしが沈まないように気を遣ってくれた。わたしの名前を知る前から。

見知らぬ人でも他人の人生を変えることができる。それもすごいことだ。わたしはルビー・ジョーンズの人生を変えた。いいほうに変えたと思いたい。彼女のほうはそう思えない時期もあっただろう。たとえば、自分自身の悲しみをじっと内に抑えていたかったはずだが、実際にはそれを表に出して爆発させてしまった。

それから、ノア。彼が広告を出したこと。わたしのような者が来るとわかっていたのだろう。借用書代わりの付《ふ》箋《せん》、彼の控えめな微笑み、ニューヨークについてのレクチャー――わたしが知りたいことをなんでも教えてくれた。知りたくなかったことも少し。

　わたしは彼の人生も変えた。それはわかっている。わたしは彼を人間の世界に戻した。そのすぐあと、わたしのほうは世界からはじき出された。そうなる前に、もう少し長くいっしょにいられたらよかったのだが、それだけが心残りだ。最初からわかっていなければいけなかったのだ。ノアはけっしてあきらめずに、わたしの帰りを待っていてくれることを。

　ルビーとノア。ニューヨークでわたしをブックエンドのように両端から支えてくれた二人。わたしを招き入れてくれたとき、どれほどの危険を抱え込んだことか、またわたしに会うためにどれだけ遠くまで旅をしなくてはならなかったか。だから、その二人がようやく出会ったとき、わたしの小さな断片は一つにまとまった。

　自分の中に世界を取り込めば、なにもかもが近くにあるように見えるものだ。

「ノア、ぜひ〈デス・クラブ〉のメンバーになって」

　ルビーはずいぶん前に自分にかけられた誘いの言葉を口にした。彼女がわたしの名前を知らないころ。二人が知り合う前。そして、ノアはその申し出を受け入れた。彼はあのときのルビーと同じくらい寂しかったし、人はときには自分のやり方を変えることがある。そして、自分の本当の声に従うこともある。

〈デス・クラブ〉のほかのメンバーはノアに会うのを楽しみにしているし、この予定外の集まりをリヴァーサイド近くの安いバーでおこなうことにも賛成した。わたしの行きつけの店、とメッセージで場所を知らせるついでに、ルビーは説明を加えた。アリスを偲ぶ集まりに参加してね。ただ一つのお約束——ノアと自分の心の準備ができるまで、裁判が行われて逃れられない有罪判決が出るまで、みんなにこれを求めるつもりだ——あの男のことは話題にしないで、お願い。

　わたしは〈デス・クラブ〉のメンバーが一人一人到着するのを眺めている。入り口から転がり込むように入ってきたレニー。これまで仕事で接していた死者たちの細かい塵《ちり》が彼女を取り囲んでいる。それは、わたしがこの世で見た、ほかのどんなものよりも星雲に似ていた。次にスーがやってきた。母親らしい愛情と気配りそのものの人。それから、ジョシュが急いで店に入ってきた。ルビーとのキスや彼女が抱きついてきたときのことを思い浮かべているため、この暖かい六月の夜、彼女のほうへと歩いてくる彼は、全身が無数の蛍に包まれているように見える。

長いあいだ行方不明だった友人に会ったように、彼らはノアを歓迎した。べたべたした床や不揃《ふぞろ》いな椅子《いす》、好きなスポーツ中継に気を取られているバーテンダーのことなど、誰も気にしてはいない。〈デス・クラブ〉のメンバー五人――ノアの足下に寝そべっているフランクリンを数に入れれば六人――は、こうして出会ったことを喜んでいる。テーブルを囲んだメンバーは星座のように見え、わたしは彼らが描いている形を記憶する。時間がたつにつれて、彼らは輝きを増す。今夜は何かが変化している。メンバーたちは異なった口調でわたしのことを語り、謎や切迫感は悲しみや感動に替わっている。もし、わたしが生きていたなら……、でも、わたしは生きてはいない。川縁《かわべり》で殺された。普通に生活を送り、空や雨やノアを愛し、自分も幸せな人生を送れるかもしれないと新たな希望を抱いていたのに。

（もう少しだった。あと少しでうまくいったはずだった）

自分でもわかっている。彼らはもう、わたしが誰なのかを考えてはいない。その代わり、今夜は、わたしのことを偲《しの》んでいる。

そのあとどうなるのか？　ノアが疑問を提示した。それがしきたりだとわたしは知っていた。

死者はどこへ行くのか？　わたしたちのもとからいなくなってしまうのか、それとも今もその辺にいるのか。

「両方じゃないかしら」スーが答える。彼女はリサのことを考え、リサが夢の中で母のもとに帰ってくる、またとないすばらしい時間のことを考えている。こんなふうに戻ってきているのはわたしだけではない。そう考えていたら、リサの姿がちらりと目に映った。ここからあまり遠くないところにいる。彼女はすらりとした美しい娘で、たしかではないけれど、手を差し伸べているように見える。

今夜は何かが変わろうとしている。

「基礎物理によれば、エネルギーは一定不変だ」ノアが彼らしいくつろいだ態度で言った。「それは造ったり壊したりできる物ではない。ただ、状態が変化し、形が変わるだけだ。そんなふうに考えれば、アリスの体を作っていた原子はずっと前からつねに存在していたことになる。なんらかの形でね。たぶん今、彼女はありとあらゆるところにいる。わたしたちのほうは一つの場所にしかいない」

そう考えれば、わたしはどちらかを選ばなくてもいいことになる。いなくなることもできるし、同時にここにいることもできる。わたしの存在が緩み始めるのを感じた。

わたしはルビーに目を向けた。ノアの言葉を聞いて考えているうちに、彼女の頬にしょっぱい涙が伝い落ちる。彼女には選ばなければいけないことがある。ニューヨークを去るか、それとも根を下ろして留まるか。わたしたちは同じ夜、ここにやって来た。同じものをあとに残し、かつていた場所から逃げ出した。今、わたしはルビーに言いたい。このあと何を決断するにしても、それはあまり意味のあることではない。目を上げることを忘れなければわかるはずだ。どっちにしても空は変化する。いくら自分が立ったまま動かないでいると思っていても。

　世の中は動き続ける。ルビー、去るにしろ、留まるにしろ、わたしたちはすでに新しい場所にいる。

　次に起こったことは別に意外なことではない。母の両手が髪に触れているのを感じたのだ。〈デス・クラブ〉のメンバーは科学や天国や、わたしたち死者からのささやきがたしかに聞こえたときのことを話し合っている。

「わたしは彼女がここにいっしょにいるのをよく感じるのよ、目には見えないけれど」と、ルビーは言う。わたしは自分が消えかかっているのを感じたが、今度ばかりは抵抗するつもりはない。ちょうどすばらしい長い一日が終わって眠りにつくような感じだ。

　もう遅くなってきた。テーブルのあちこちにグラスが置かれ、店内では今、ソウルの名曲がちょうどいい音量で流れている。サム・クック。アル・グリーン。マーヴィン。アレサ。オーティス。川のほとりでは、七色の鮮やかな薔薇に水が打ち寄せ、穏やかな波が外洋へと運んでいく。

お嬢ちゃんたちは、誰でもみんな、つらい気持ちになるもんさ。

ジョシュはルビーの手を取り、空はさらにもう一度変化する。

謝辞

さて、ここまできた。

何よりもまず、本作品の出版を可能にしてくださったすばらしい女性たちにありがとうを。わたしのエージェントで超優秀なキャラ・リー・シンプソン、わたしの本の発行者であるダーシー・ニコルソンとジェイン・ポールフリマン。あなたがたはわたしの人生を変えてくれました。永遠に。

次の方々にも感謝いたします。編集について遠方から指導してくれたタリア・プロクター、ソフィー・ウィルソン、クリスタ・マンズ、また、アリス・リーが世界を旅するのに協力してくれたＡＮＡの人たち。彼女を守ってくれる過去の、現在の、未来の擁護者であるスフィア／リトル、ブラウン、アレン＆アンウィン、さらに、その先に続くはずの各出版社の人たち。わたしたちの住む村を用意してくれてありがとう。

そして、大、大、大好きな家族。物語を作り出す才能と執念を授けてくれたお母さん。わたしの成長に力を貸してくれた、カリーナ、ターニャ、ショーン、ジョーディ。いっしょにダンスに加わってくれた夫の親族たち。それから、すばらしい姪《めい》や甥《おい》。誰もがわたしの自慢であり、喜びであります。

特別な感謝を、わたしの心の支えであり、闘技場でいつもそばにいてくれたカリーナに。そして、ワインや知恵を惜しみなく提供し、わたしの正気を保ってくれたキースにも。

おおぜいの大切な友人や同僚のおかげで、この本は形になりました。みんなの協力に、心から感謝します。中でも次の人たちには特別な謝意を。まだ骨組みだけだったこの本を読んでくれたステフ・ボンジョヴァンニ、ローラ・ブレイスガードル、カレン・ラヴエル、クレア・アメリア・グレアム、ヴェイル・ジョイ。執筆のきっかけを与えてくれたジェシカ・ルイス。実務をやってくれたスーザン・ウィッテン。マンハッタンの街（それにＲ＆Ｂのマンハッタンズ）を身近なものにしてくれたジャクリーン・テイラー。

マジックについて教えてくれたシモーン・ターキントン。一歩一歩進みはじめたとき、行く手になんの危険もないように配慮してくれたステイシー・レモン、ポーポー、ブロック、アーロン・ベックハウス、リンジー・〝ＬＫＢ〟・アンドルー、クリス・サリヴァン、ソーニャ・コール、イーネズ・ケアリー、マイケル・〝ベス〟・バトリー、コンラッド・ブラウン、クリントン・バーミンガム――みなさんのおかげで、こんなことを（こんな人生を）達成することができました。

どんなつらいときも変わることなく支えてくれたニッピーとルビーにキスを。

わたしの「かわいい子」であり最初の読者でもあるソフィー・アランに最大の愛情を。

最後に、つらいときでもまっすぐに突き進むことを教えてくれたジョニー・Ｂへ。もう一度あなたを見つけることを学ばなくてはなりませんでしたよ、お父さん。でも、ちゃんとゴールにいて、声援を送ってくれていたんですね。アイ・ラヴ・ユー。

訳者あとがき

本書はニュージーランド出身の作家ジャクリーン・バブリッツの第一作である。献辞に「あちらにいる父へ」とあるように、二〇一九年に他界した最愛の父に捧げた作品で、随所にこれまでの彼女の人生が反映されている。以下、公表されている著者へのインタビューを参考にして、本書を書くに至った足取りをざっと紹介してみよう。

バブリッツは、食肉加工会社に勤める父と、靴店と介護施設で働く母のあいだに、五人きょうだいの末っ子として生まれた。幼いころはミュージカル『アニー』が大好きで、ブロードウェイのスターになりたいと夢見ていた。ニューヨークへのあこがれを抱き続け、高校三年生のとき、奨学金を得て一年間アメリカに留学する。受け入れ先はニューヨークから千キロ以上も離れたミシガン州の小さな町にあるフラッシング高校だった。しかし、そこで学んだ演劇、歌、文芸創作、ジャーナリズム、刑事司法などが、のちの執筆活動に生かされている、とバブリッツは語る。

　高校卒業後は、演劇学校に入るか、歌やピアノを習うつもりで、オーストラリアの都会メルボルンに移り住む。だが、現実は厳しく、当初の暮らしはコールセンターで働きながらの不本意なものだった。やがて、アメリカのエンターテインメントのウェブサイト〈ブロードウェイ・ワールド〉で劇評を書き始め、小説の執筆にも取りかかる。生活費を切り詰めるために友人と共同生活をして小説を完成させるが、出版には至らなかった。一年近くそのショックを引きずっていたが、別のテーマで新たな作品を書いてみてはどうか、というライティング講師の助言で、ニューヨーク行きの航空券を購入する。

　二〇一五年四月、バブリッツはマンハッタン西九十四丁目にあるアレクサンダー・ホテルにチェックインする。部屋には電子レンジ、ウオッカとフルーツサラダが入るだけの小さな冷蔵庫があるだけ、周りの眺めはレンガの壁ばかりという小さな部屋だった。ちょうど、本書で、もう一人の主人公、オーストラリア人女性ルビーが借りていた部屋と重なる。バブリッツは、小説の執筆にはこれでじゅうぶんだと思ったが、まもなくニューヨークに来たのは室内に閉じこもるためではないことに気づく。アリスと同じように、バブリッツもエネルギーあふれる街を歩き、高層ビルの輝く尖塔《せんとう》やネオンに彩《いろど》られた広場に惹《ひ》かれていく。作品の中でニューヨークのさまざまな姿が描かれている。読者も、ぜひニューヨークの街に目を向けてもらいたい、とバブリッツは述べている。

ある朝、主人公のイメージが頭に浮かぶ——アトリエで美術教師のためにモデルをしているアリス。その一場面から十八歳の主人公が殺害され、死んだ彼女の口から物語を語らせるという着想を得る。次に、バブリッツはアッパー・ウエスト・サイドを歩き、事件が起こってもおかしくない場所を探し、ハドソン川沿いに候補地を見つけた。

五か月あまりの滞在ののち、バブリッツはメルボルンに戻って就職する。本書の第一稿が完成するまでには、さらに三年を要している。その間、父が入院したことで、計二十三年間暮らし、第二の故郷となったメルボルンを離れ、ニュージーランドのニュー・プリマスへ戻り、九か月間、父を看護する。この時期に死について深く考えさせられ、それが本書の後半で登場する〈デス・クラブ〉へとつながって、作品の深みが増すこととなった。

家族にとって父は〝ライオンキング〟のような存在だった、とバブリッツは語る。父親を埋葬した一週間後、彼女はライオンの肉球のタトゥーを入れた。

死者を語り手に選んだのはなぜか？　本書が刊行されたあと、バブリッツはこう答えている。「通常、読者は、周囲の人たちの言葉から被害者を知ることになる。アリスを語り手にすると、読者に何を伝え、何を伝えないかを、被害者の彼女自身が決められる。そうすることで、読者も被害者をストーリーにおける〈駒《こま》〉の一つとしてではなく、一人の〈全体的な人間〉として理解できるようになるのではないか」

バブリッツの第二作 *Leave the Girls Behind* は二〇二四年十月刊行予定である。

【本作品が受賞、または最終候補となった主な賞】

英国推理作家協会賞　ゴールド・ダガー最終候補（二〇二二年）
バリー賞　最優秀新人賞最終候補（二〇二三年）アメリカ
ナイオ・マーシュ賞　最優秀長篇賞受賞（二〇二二年）ニュージーランド
ナイオ・マーシュ賞　最優秀新人賞受賞（二〇二二年）ニュージーランド
ダビット賞　最優秀新人賞受賞（二〇二二年）オーストラリア
ダビット賞　最優秀読者賞受賞（二〇二二年）オーストラリア
オーストラリアン・ブック・インダストリー・アワード　一般文芸書部門受賞（二〇二二年）

解説

小橋めぐみ

彼女の死体はジョギング中の女性によって発見された。

どうして誰もそのあとジョギング中の女性がどうなったかに触れないのだろうか。

早朝、ジョギング中に死体を発見することは日常においてまず起こらない。

でも、犯罪小説においては、朝の散歩かジョギング中の人物が遺体の第一発見者になることは、多々ある。そしてそのほとんどは脇役《わきやく》であり、発見後、物語から退場する。

何故か。遺体を発見するためだけに存在する人物だからだ。驚いて、終わり。

ある日突然、殺された遺体が目の前に現れた時の心理的ショックを素通りすることに、犯罪小説の読者は慣れすぎてしまったのかもしれない。そのことに改めて気付かされた。

ニュージーランド出身の作家ジャクリーン・バブリッツのデビュー作『わたしの名前を消さないで』では、その脇役であるはずの第一発見者と発見される遺体の魂が主人公となる。

自分の過去と決別し、新しく人生をやり直そうと、同じ日にニューヨークに来た二人の女性、十八歳のアリス・リーと三十六歳のルビー・ジョーンズ。数週間後、アリスは殺され、ルビーは早朝のジョギング中に、アリスの惨殺《ざんさつ》された遺体を発見する。それまで二人の人生に接点はなかったが、遺体を見つけた瞬間から二人の人生は大きく交差することになる。亡《な》くなったアリスの魂がルビーに取り憑《つ》いて、物語の続きを語っていく。どのように死を迎えたかではなく、自分自身を知ってもらうために。

アリスの父親は彼女が生まれる前にいなくなり、母親はアリスが十四歳の時に自殺をした。十七歳の時に十八歳と偽って、美術教師、ジャクソン先生の家で暮らし、芸術という名のもとに裸の写真を撮られ、彼と不適切な関係にあった。しかし、アリスが未成年であることが分かった瞬間、部屋を追い出されてしまい、ジャクソン先生の母の形見であるライカのカメラと彼のお金を握りしめ、ニューヨークへ向かった。

一方、ニューヨークへ向かう以前のルビーは、自分の年齢に戸惑っていた。数年前から外見の衰えを意識し、世間一般が思っている三十六歳に追いついてないと焦燥感を募らせていた彼女は、ある日、自分の積み上げてきた三十六年間を放り出してしまおうと決心する。これは自分がいるつもりだった状況ではない、と。ルビーが今、そういう状況になってしまった原因は、一人の男性、アッシュの存在だ。彼はほかの女性と婚約しながら、ルビーをキープしようとしている。アッシュに心を囚《とら》われながら、この先もここに収まっていたいと思わない彼女は、片道航空券で、ニューヨークへと旅立つ。「自分を改造するにはニューヨークが最適に思えた」から。

こうして、二人の世界は近づいていく。ルビーが飛行機の中からメルボルンに別れを告げている時、アリスはウィスコンシンからのバスに揺られていた。

ニューヨークに着いて、先に人生が好転し始めたのは、アリスだ。広告で見つけた空き部屋を訪ねると、巨大なシャンデリアが煌《きら》めく豪華なマンションで、家主は、茶色の大型犬とともに暮らす年配の男性ノア。彼は、見返りを求めることなく、アリスに様々なものを提供し、彼女の新しい人生の始まりを後押しする。アリスはいつの間にかニューヨークに恋をしていると感じるほど街に馴染《なじ》み、マンハッタンのあちこちを歩き回りながら、カメラのレンズから街を覗《のぞ》く。

その頃、ルビーは、今までのルーティーンであった友人とのブランチや、週二回のパーソナル・トレーニングがなくなり、自分がどこからも必要とされていない悲しみに潰《つぶ》れそうになっている。最大の悲しみは、やはりアッシュだ。体を愛撫《あいぶ》しながら結婚式への招待を口にする残酷な男からの呪《のろ》いを解くために、ジョギングに出かける。

一旦《いったん》は、「洗礼でも受けたように新たな気持ちに」なっても、まもなくアッシュからメッセージが来て、すぐにずるりと過去へ引き戻されていく。電線がつながっているように、体が反応してしまう。彼からのメッセージがルビーを囚えて離さない。アリスもルビーも、男に支配されていた。それを断ち切るようにニューヨークへ来たのだった。

アリスの遺体を見つけてから、ルビーの人生は一瞬にして変化する。

恋人が他の女性と結婚してしまうことも、年齢と折り合いがつかなくなっている人生も、全《すべ》て、自分でコントロールできると確信する。最大の悩みが反転し、自分ではコントロールできないことがこの世にはあるのだと知る。殺されたのはもしかしたら自分だったかもしれない、もっと早くそこに着いていたら彼女を助けられたかもしれないと思い、無惨に殺された彼女の遺体のことが頭から離れない。

アリスは誰にも告げずにニューヨークにやってきた。そのため、遺体が発見され、ニュースになっても、彼女が誰であるか分からず、身元不明のままになってしまう。故郷から離れたルビーもまた、ここニューヨークで殺されたら、同じように身元不明者になったかもしれない、とアリスの中に、自分の影を見る。

そしてルビーは思う。こんなひどいことをしたのはどんな男だろうと考え続けていたが、そんなひどいことをされた女性は、一体どんな人物だったのだろう、と考えるべきではないかと。アリスの名前を知る前から、彼女の人生に思いを寄せる。

アリスの魂は、人に取り憑いてはいけないと思いながら、身元不明のまま消えたくはなく、自分の存在を知ってもらいたくて、一生懸命、ルビーに念を送る。言葉を囁《ささや》く。言葉はいつもかき消されてしまうが、念は徐々に成功するようになり、ルビーを導いていく。

ルビーが一歩踏み出したことで出会った〈デス・クラブ〉の仲間たちが、物語の後半、重要な位置を占める。

損傷を負った遺体の修復の仕事をしているレニー。生死を彷徨《さまよ》う事故を経験して以来、人生が変わってしまったジョシュ、事故で娘を亡くした母親のスー。レニーは言う。「人はたいてい死について話すのを避けるわ」と。〈デス・クラブ〉のメンバーは、死についての探究が、いかに生きるべきかを明示すると考えている。毎回、料理とお酒を楽しみながら、生と死について議論をしている彼らは、ルビーの話にも耳を傾け、助言をし、支えになる。ルビーはようやく、ニューヨークでの居場所を見つける。そばで聞いているアリスは、人は死んだらどうなるのか、自分なら答えられるのにと思いながら、その声は、〈デス・クラブ〉のメンバーには届かない。彼らは探究者であって、霊媒師ではない。

ニューヨークで居場所を見つけること。それは実際に、この小説を書くために、メルボルンからニューヨークへ渡り、約半年滞在した作家、バブリッツが成し得なかったことだ。

幼い頃、ミュージカル「アニー」に憧れた少女にとって、ニューヨークは特別な場所だった。初めて書いた小説が選考に残らず、立ち直るのに一年かかったバブリッツは、次の小説を書くために、二〇一五年四月、ニューヨークにやってきた。アリス・リーという人物は、その時に生み出され、殺人を犯しても犯人が人目を避けて逃げられそうな場所も見つけたが、結局、ビザも資金も底をついてしまった。ニューヨークは訪れるには素晴らしい場所だが、友人を作ったり、住んだりする場所ではないと悟ったバブリッツは、メルボルンに戻り、そこで原稿を完成させた。

この小説を読んでいて惹《ひ》かれたのは、犯人に光を当ててなるものかという作家、バブリッツの強い意志だ。犯人の生い立ちや普段どんな生活をしてきたかなど、必要最低限以上の情報は描かない。大事なのは、どうやって殺されたかではなく、命果てるその瞬間まで、どう生きたかなのだ、と。また、一人の死の前でとどまる時間を最大限取っているのも新しい。人の死を扱いながら、なぜ死んだか、どう死んだかばかりに今まで焦点が当たっていた気がする。死そのものをここまで深く掘り下げている犯罪小説には、なかなか出会えない。人は、人の死の前で途方もない時間苦しむ時がある。その苦しみに、そっと寄り添ってくれるような小説だと感じた。

バブリッツは、最愛の父が亡くなるまでの九ヶ月間、父のベッドの横で、『わたしの名前を消さないで』を推敲した。娘の本の完成を見ることなく、父はこの世を去った。バブリッツは言う。

「死について、以前より少しは知ることができたと思う。悲しみについても」

父との別れが近づく中、アリスの声に耳を澄まし、物語の中の死と静かに向き合うバブリッツの姿が目に浮かぶようだ。

先日、車で走っている時、二日続けて交通事故の現場に遭遇した。

一日目は、その道路で一時間前に起こっていて、死者が出ており、かなりの距離が通行止めになっていた。

二日目は、ご年配の男性が運転する車が歩道に突っ込み、数人の怪我《けが》人が出ていた。もし、もう少し早く家を出ていたら、あの道を歩いていたら、自分が巻き込まれていたかもしれないと思い、事故に対する自分の心の距離感がいつもとは全く違うものになっていた。しばらくニュースが頭から離れなかった。その瞬間を見たわけではないのに、近い時間に遭遇しただけでこんなにも違うものかと思った。

霊になったアリスは言う。

これだけはわかってほしい。わたしは生きたかった。

この言葉が胸に突き刺さるのは、アリス本人の口からアリスがどう生きてきたかを語っているからだろう。

十八歳の誕生日をニューヨークで迎えたアリスは希望に満ちていた。この先自分には六十年以上の年月が残っていて、それだけの年数があれば、きっとすごいことができる。自分の未来の可能性を信じていた、一人の少女の生の煌めきと、それを二度と取り戻せないことへの怒りと悔しさに、眩《まぶ》しいほどの光が当たっている。

ルビーはアリスの命を救うことはできなかったけれど、彼女の魂を最後に救うことになる。

ラストシーンの美しい瞬間に、私もいつか出会うのだろうか。

もし出会えるなら、死は終わりではない。目を逸らすことなくその時まで、希望を持って生きていきたい。

（令和五年十二月、女優）

本書は本邦初訳の新潮文庫オリジナル作品です。

L・ホワイト
矢口 誠 訳
気狂いピエロ
運命の女にとり憑かれ転落していく一人の男の妄執を描いた傑作犯罪ノワール。あまりに有名なゴダール監督映画の原作、本邦初訳。

D・E・ウェストレイク
木村二郎 訳
ギャンブラーが多すぎる
ギャンブル好きのタクシー運転手が殺人の容疑者に。ギャングにまで追われながら美女とともに奔走する犯人探し——巨匠幻の逸品。

P・ベンジャミン
田口俊樹 訳
スクイズ・プレー
探偵マックスに調査を依頼したのは脅迫された元大リーガー。オースターが別名義で発表したデビュー作にして私立探偵小説の名篇。

W・グレアム
三角和代 訳
罪 の 壁
善悪のモラル、恋愛、サスペンス、さまざまな要素を孕み展開する重厚な人間ドラマ。第1回英国推理作家協会最優秀長篇賞受賞作！

D・ヒッチェンズ
矢口 誠 訳
はなればなれに
前科者の青年二人が孤独な少女と出会ったとき、底なしの闇が彼らを待ち受けていた——。ゴダール映画原作となった傑作青春犯罪小説。

D・R・ポロック
熊谷千寿 訳
悪魔はいつもそこに
狂信的だった亡父の記憶に苦しむ青年の運命は、邪《よこしま》な者たちに歪められ、暴力の連鎖へ巻き込まれていく……文学ノワールの完成形！

R・トーマス
松本剛史訳

愚者の街（上・下）

腐敗した街をさらに腐敗させろ——突拍子もない都市再興計画を引き受けた元諜報員。手練手管の騙し合いを描いた巨匠の最高傑作！

C・R・ハワード
高山祥子訳

56日間

パンデミックのなか出会う男女。二人きりの愛の日々にはある秘密が暗い翳を投げかけていた。いま読むべき奇跡のサスペンス小説！

C・R・ハワード
高山祥子訳

ナッシング・マン

連続殺人犯逮捕への執念で綴られた一冊の本が、犯人をあぶり出す！　作中作と凶悪犯の視点から描かれる、圧巻の報復サスペンス。

C・オフット
山本光伸訳

キリング・ヒル

窪地で発見された女の遺体。捜査を阻んだのは田舎町特有の歪な人間関係だった。硬質な文体で織り上げられた罪と罰のミステリー。

C・ニエル
田中裕子訳

悪なき殺人

吹雪の夜、フランス山間の町で失踪した女性をめぐる悲恋の連鎖は、ラスト1行で思わぬ結末を迎える——。圧巻の心理サスペンス。

M・ロウレイロ
宮﨑真紀訳

生贄の門

息子の命を救うため小村に移り住んだ女性捜査官を待ち受ける恐るべき儀式犯罪。〈スパニッシュ・ホラー〉の傑作、ついに日本上陸。

J・ノックス
池田真紀子訳

堕落刑事
―マンチェスター市警
エイダン・ウェイツ―

ドラッグで停職になった刑事が麻薬組織に潜入捜査。悲劇の連鎖の果てに炙りだした悪の正体とは……大型新人衝撃のデビュー作！

J・ノックス
池田真紀子訳

笑う死体
―マンチェスター市警
エイダン・ウェイツ―

身元不明、指紋無し、なぜか笑顔――謎の死体〈笑う男《スマイリー》〉事件を追うエイダンに迫る狂気の罠。読者を底無き闇に誘《いざな》うシリーズ第二弾！

J・ノックス
池田真紀子訳

スリープウォーカー
―マンチェスター市警
エイダン・ウェイツ―

癌で余命宣告された一家惨殺事件の犯人が病室内で殺害された……。ついに本格ミステリーの謎解きを超えた警察ノワールの完成型。

J・ノックス
池田真紀子訳

トゥルー・クライム・ストーリー

作者すら信用できない――。女子学生失踪事件を取材したノンフィクションに隠された驚愕の真実とは？　最先端ノワール問題作。

T・R・スミス
田口俊樹訳

チャイルド44
（上・下）
CWA賞最優秀スリラー賞受賞

連続殺人の存在を認めない国家。ゆえに自由に凶行を重ねる犯人。それに独り立ち向かう男――。世界を震撼させた戦慄のデビュー作。

J・グリシャム
白石　朗訳

冤罪法廷
（上・下）

無実の死刑囚に残された時間はあとわずか――。実在する冤罪死刑囚救済専門の法律事務所を題材に巨匠が新境地に挑む法廷ドラマ。

T・ハリス
高見浩訳

羊たちの沈黙（上・下）

FBI訓練生クラリスは、連続女性誘拐殺人犯を特定すべく稀代の連続殺人犯レクター博士に助言を請う。歴史に輝く〝悪の金字塔〟。

T・ハリス
高見浩訳

ハンニバル（上・下）

怪物は「沈黙」を破る……。血みどろの逃亡劇から7年。FBI特別捜査官となったクラリスとレクター博士の運命が凄絶に交錯する！

T・ハリス
高見浩訳

ハンニバル・ライジング（上・下）

稀代の怪物はいかにして誕生したのか――。第二次大戦の東部戦線からフランスを舞台に展開する、若きハンニバルの壮絶な愛と復讐。

M・キャメロン
田村源二訳

密約の核弾頭（上・下）

核ミサイルを積載したロシアの輸送機が略奪された。大統領を陥れる驚天動地の陰謀とは？ 軍事謀略サスペンスの極北！

D・ベントレー
村上和久訳

奪還のベイルート（上・下）

拉致された物理学者の母と息子を救え！ 大統領子息ジャック・ライアン・ジュニアの孤高の死闘を描く軍事謀略サスペンスの白眉。

コンラッド
高見浩訳

闇の奥

船乗りマーロウはアフリカ大陸の最奥で不気味な男と邂逅する。大自然の魔と植民地主義の闇を凝視し後世に多大な影響を与えた傑作。

デュ・モーリア
茅野美ど里訳
レベッカ（上・下）

貴族の若妻を苛む事故死した先妻レベッカの影。だがその本当の死因を知らされて——。ゴシックロマンの金字塔、待望の新訳。

H・ジェイムズ
小川高義訳
デイジー・ミラー

わたし、いろんな人とお付き合いしてます——。自由奔放な美女に惹かれる慎み深い青年の恋。ジェイムズ畢生の名作が待望の新訳。

H・ジェイムズ
小川高義訳
ねじの回転

イギリスの片田舎の貴族屋敷に身を寄せる兄妹。二人の家庭教師として雇われた若い女が語る幽霊譚。本当に幽霊は存在したのか？

J・オースティン
小山太一訳
自負と偏見

恋心か打算か。幸福な結婚とは何か。十八世紀イギリスを舞台に、永遠のテーマを突き詰めた、息をのむほど愉快な名作、待望の新訳。

ナボコフ
若島正訳
ロリータ

中年男の少女への倒錯した恋を描く誤解多き問題作にして世界文学の最高傑作が、滑稽でありながら哀切な新訳で登場。詳細な注釈付。

J・ラヒリ
小川高義訳
停電の夜に
ピューリッツァー賞
O・ヘンリー賞受賞

ピューリッツァー賞など著名な文学賞を総なめにした、インド系作家の鮮烈なデビュー短編集。みずみずしい感性と端麗な文章が光る。

Title : BEFORE YOU KNEW MY NAME
Author : Jacqueline Bublitz

わたしの名前《なまえ》を消《け》さないで

新潮文庫　ハ－61－1

Published 2024 in Japan
by Shinchosha Company

令和六年三月一日発行

訳者　宮《みや》脇《わき》裕《ゆう》子《こ》

発行者　佐藤隆信

発行所　株式会社　新潮社

郵便番号　一六二―八七一一
東京都新宿区矢来町七一
電話　編集部(〇三)三二六六―五四四〇
　　　読者係(〇三)三二六六―五一一一
https://www.shinchosha.co.jp

価格はカバーに表示してあります。

乱丁・落丁本は、ご面倒ですが小社読者係宛ご送付ください。送料小社負担にてお取替えいたします。

印刷・株式会社光邦　製本・株式会社大進堂

ISBN978-4-10-240461-4 C0197